W0024420

RICHARD FORD
Irische Passagiere

Erzählungen

Aus dem Englischen
von Frank Heibert

Hanser Berlin

Die amerikanische Originalausgabe erschien 2020
unter dem Titel *Sorry for Your Trouble* bei HarperCollins in New York.

1. Auflage 2020

ISBN 978-3-446-26588-2
© 2020, Richard Ford
Alle Rechte der deutschen Ausgabe
© 2020 Hanser Berlin in der Carl Hanser Verlag GmbH & Co.KG, München
Umschlag und Foto: Peter-Andreas Hassiepen, München
Satz: Greiner & Reichel, Köln
Druck und Bindung: CPI books GmbH, Leck
Printed in Germany

Inhalt

Nichts zu verzollen   9
Happy   34
Am falschen Ort   56
Überfahrt   87
Der Lauf deines Lebens   98
Jimmy Green, 1992   164
Aufbruch nach Kenosha   190
Der freie Tag   213
Die zweite Sprache   228

Kristina

Nichts zu verzollen

Die Seniorpartner lachten alle über einen Film, den sie gesehen hatten. *Fünfundvierzig Jahre*. Weiß der Geier, irgendwas, dass es fünfundvierzig Jahre dauerte, diesen Film abzusitzen. Sie saßen am äußersten Ende des langen Tisches, und die Frau, die McGuinness bekannt vorkam, spielte mit. Beugte sich vor, als hörte sie alles zum zweiten Mal. »Miss Nagel« nannten sie sie. »Was halten Sie davon, Miss Nagel? Raus mit der Sprache.« Gelächter. Er wusste nicht, worum es überhaupt ging.

Sie war nicht groß, eher zierlich, in einem maßgeschneiderten braunen Leinenkleid, das ihre Bräune und ihren schlanken Körper gut zur Geltung brachte. Zwei Mal hatte ihr Blick ihn gestreift, vielleicht sogar öfter. Ein flatternder Blick, der zunächst für zufällig gehalten werden wollte, sich dann aber auch als Bekenntnis lesen ließ. Sie hatte gelächelt, dann weggeschaut, vielleicht kannte sie ihn von früher. Wie komisch, dachte er, dass es ihm nicht einfiel. Würde es schon.

Sie waren im *Monteleone*. Die schummrige alte Nachmittags-Bastion mit der Karussellbar. Es war noch nicht voll. Auf der Royal draußen, vor den hohen Fenstern, schob sich gerade eine Parade vorbei. Um-pa-pa, um-pa-pa. Dazu die schrillen Trompeten, etwas schief. St.-Paddy's-Tag war am Dienstag, heute war erst Freitag.

An seinem Ende redeten die Jüngeren über »beurkundungspflichtige Verträge«. Man wurde wieder reich. »Helft den Banken«, sagte jemand. »Die ersten Fische, die angespült werden. Gut und schlecht. Lieber will noch der Mensch das Nichts wollen als nichts wollen ...« Sie gehörten zur alteingesessensten Kanzlei Irlands von der Poydras Street. Coyne, Coyle Kelly & McGuinness et al. Freitags war der übliche Vorbeischau-Termin nach Dienstschluss mit den Juniorpartnern. Eine Chance für sie, ihren Platz zu finden usw. McGuinness war da, um sich gesellig zu zeigen.

Die Frau war nicht allein gekommen. Sondern mit einem Mr. Drown. Irgendein Klient, der schon gegangen war. Sie trank zu viel. Jeder New-Orleans-Neuling bestellte den Sazerac. Dieser sündige Geschmack nach Anis. Sie war schon mindestens beim vierten.

Jetzt streifte ihr Blick ihn schon wieder. Ein Lächeln. Sie hob herausfordernd das Kinn. Der alte Priester saß links neben ihr. Father Fagan mit seinem Pfaffenkragen. Er hatte ein Kind gezeugt, vielleicht auch zwei. Anscheinend typenoffen. Sein Bruder war Verkehrsrichter. »Warum hättest du mit mir besseren Sex als mit deinem Mann?«, hörte er die Frau sagen. Die Männer lachten alle, zu laut. Father Fagan verdrehte die Augen, schüttelte den Kopf. »Was hat Thomas Merton gesagt ...«, meinte der alte Coyne. Der Priester legte die Hand an die Stirn. »Was hört man da?«, sagte jetzt eine der jungen Frauen in seiner Nähe. »Nichts Neues«, war die Antwort. »Coyne hält sich für einen Priester, dabei ist er nur ein Drecksack.«

»Miss Nagel! Miss Nagel! Was sagen Sie *dazu*?« Es wurde wieder laut.

* * *

Vor fünfunddreißig Jahren waren sie zusammen nach Island gereist (und jetzt hier zu sein war ein Schock). Beide studierten in Ithaca. Damals kannten sie sich noch kaum, das hatte keine Rolle gespielt. Ein Junge von der Katholikenschule in *uptown* New Orleans. Ihre

Mutter, eine reiche Landschaftsmalerin, die im Apthorp Building in New York wohnte, ihr Vater auf einer Yacht in Hog Bay; schillernde Trinker. Exotisch im Kleinformat.

Sie hatten in den Frühjahrsferien nach Griechenland fahren wollen – auch wenn sie wenig voneinander wussten, waren sie bereit für ein Abenteuer. Mykonos. Das klare Wasser. Die gekalkten Häuschen, für ein paar Cent. Jeden Tag fingen die Eingeborenen Fisch für einen und bereiteten ihn auch zu. Aber das Geld reichte doch nur für Island. Um die Reise wurde zu Hause kein großes Gewese gemacht. Damals wurde sie »Barbara« gerufen. Den Namen mochte sie nicht. Er war schlicht Sandy McGuinness. Alex. Ein Anwaltssohn. Seine Mutter war Lehrerin. An denen war nichts exotisch.

Sie warfen zusammen und nahmen einen Pauschalflug nach Reykjavík und einen Bus an die abgelegenen Fjorde im Westen. Zehn Stunden. Sie rechneten mit Jugendherbergen, freundlichen Isländern, gesundem, preiswertem Essen, kalter skandinavischer Sonne. Aber nichts dergleichen. Nicht mal Fremdenzimmer. Ein Fischer am Ende eines langen Feldwegs, der sich um ein Trockengestell für Kabeljau kümmerte und kaum Englisch konnte, bot ihnen ein Grassodenhaus an, wo auf dem Dach Ziegen schliefen. Gratis. Sandy hatte sich schon in sie verliebt, bevor der Flieger abhob.

In dem Grassodenhaus schliefen sie zusammen im Kalten, redeten, rauchten, saßen am Fjord, wenn's mal etwas Sonne gab. Er versuchte sich erfolglos am Angeln, während sie ihre Füße wärmte und Neruda über Machu Picchu las, Ken Kesey, Sylvia Plath. Sie erzählte, von ihrem Vater her habe sie Navajo-Wurzeln. Der sei Regisseur und stehe auf der schwarzen Liste. Ihre Mutter sei im Wesentlichen eine halb französische Kurtisane. Und sie selbst wolle gern »Contenance« lernen – diese (flüchtige) innere Entschlossenheit, von der sie bei Scott Fitzgerald gelesen hatte. Außerdem habe sie mal Frauen geliebt.

Währenddessen versorgte der Fischer sie mit Kabeljau, hartem Sodabrot, einem hefigen hausgebrauten Bier, Decken, Kerzen, Kleinholz gegen die frostige Märzkälte. Eines Abends lud er sie ein. Zu sich, mit seiner Frau und seinen beiden Kindern – die konnten mehr Englisch, waren aber scheu. Die Frau musterte Barbara finster. Sie gingen nur einmal hin. Sie waren zwanzig. Es war 1981.

Sandy McGuinness wusste nicht, was er von alldem halten sollte. Wenn sie sich unterhielten, würzte Barbara ihre Rede mit kleinen, hörbaren Einatmern, als würde keiner von ihnen ihr Gespräch je vergessen – er fand es eher belanglos. Sie hingegen fand er bildschön, gefühlstief und unvorhersehbar, und etwas weniger klug als sich selbst. Im Lauf ihrer sieben trägen Tage bemerkte er öfter, dass sie ihm bei den häuslichen Pflichten zusah, beim Warm- und Trockenhalten – Holztragen, Lüften, Fegen. Sie schätzte ihn ein, auf der Suche nach einer endgültigen Entscheidung. Er hätte nicht sagen können, was da entschieden werden musste – über ihn. Und dann teilte sie ihm überraschend mit, dass sie dort bleiben wollte. Sie wollte lernen, die Sagas zu lesen, das würde ihr sicher die Contenance verleihen, nach der sie suchte.

Woraufhin er dachte: Ja. Sie zu lieben ging eigentlich nicht über das Gefühl dieses Augenblicks hinaus. Er würde frohgemut nach Hause fahren. Sie vielleicht wiedersehen, vielleicht auch nicht. Damals überlegte er, Tierarzt zu werden. Sollte sie ruhig ihre Sagas lesen. Andererseits hätte er sie aber ebenso gut auf der Stelle heiraten können.

Am letzten Tag liefen sie zu Fuß in die kleine Stadt, damit Sandy zu seinem Bus kam, danach wollte sie zu ihrem Haus zurück. Sie hatte mit der Frau des Kabeljautrockners ausgemacht, ihr im Haushalt zu helfen – ein regelrechter Sieg! Außerdem sagte sie, mit einem Lächeln in die gleißende arktische Sonne, ein leuchtender, fremder Anblick in ihrem großen blauen Pullover: »Weißt du,

Schatz«, sagte sie, »sobald wir uns selbst kennengelernt haben, wollen wir niemand anderen mehr. Das ist eine sehr schwere Entscheidung.«

»Von solchen Sachen verstehe ich nichts«, sagte er. Seine billige schwarze Nylonreisetasche stand neben ihm an der Bushaltestelle. Sie hatte dieses Lächeln. Strahlend. Karamellfarbene Augen. Glänzendes, mahagonifarbenes Haar, das sie an der Sonne trocknete. Am Morgen hatten sie sich noch geliebt. Nichts Besonderes. Sie sprach inzwischen mit weniger Worten als notwendig. Als ob so vieles nicht gesagt werden müsste, völlig offensichtlich geworden wäre. Er fand das aufgesetzt und selbstverliebt, seine Abreise war genau das Richtige. Was er vermissen würde, war vermissbar. Im schroffen Stadtlicht bekam ihr Gesicht etwas Grobes, das er vorher nicht bemerkt hatte, wahrscheinlich hätte es ihm bald missfallen.

»Gute Entscheidungen ergeben nicht immer gute Geschichten«, sagte sie. »Ist dir das schon mal aufgefallen?« Die Sonne zog über ihr Gesicht, sie musste blinzeln.

»Nein«, sagte er. »Ich dachte, das täten sie.«

»Wir werden uns wiedersehen«, sagte sie. »Und darüber reden. Ob es wohl stimmt.«

Sie küsste ihn auf die Wange, drehte sich um und stapfte entschlossen das Sträßchen entlang.

* * *

Barbara war nicht nach Ithaca zurückgekehrt. Er hörte allerdings einiges. Dass sie ihren Namen geändert hätte, von Barbara zu Alix, und Theologie an der Divinity School in Harvard studierte. Dass sie eine Zeitlang für einen Künstler Modell gestanden hätte. Dass sie krank gewesen sei – etwas Mysteriöses. Vielleicht Tuberkulose. Dass sie einen Arzt geheiratet hätte und jetzt in New York City lebte. Alles plausible Zukünfte für sie. Von den Sagas war nicht die Rede. Er fing ein Jurastudium in Chicago an und wollte danach wieder nach Hause ziehen und als Anwalt arbeiten. Das Fremde, das ihm gefallen, das er womöglich kurzzeitig geliebt hatte, würde seinen Platz in seinem Erinnerungsrepertoire einnehmen. Der Platz, den sie in seinem Leben einnahm – Island, in seinem Privatjargon –, war zu einer guten, erzählbaren Geschichte geworden. Als er mal mit einem Mädchen auf Reisen gegangen war.

* * *

Jetzt stand sie auf, entschuldigte sich am Tisch. Sie hatte ihm noch einen Blick zugeworfen – mit einem kleinen Flunsch, weil er nichts gesagt, kein Getue um sie gemacht hatte. Hatte sie etwa erwartet, ihm zu begegnen, nur weil sie nach New Orleans kam – nach all den Jahren? Die kleinen Annehmlichkeiten einer kleinen Stadt. Schon komisch, dass es ihm nicht schneller eingefallen war. Aber auch nicht komischer als der Zufall, dass eine Frau, die er als Student mal unverbindlich geliebt hatte, hier auftauchte. Sie war dünner geworden, fitter. Sie sah nicht nach vierundfünfzig aus. Er empfand sich selbst immer noch als jung. Der jüngste unter den Partnern. Für diese Dinge gab es keine Schablone.

Anscheinend ging sie auf die Toilette. Die Juniorpartner waren jetzt beim »Sparkassen-Paradox«. Beim »Fehlschluss vom Teil aufs Ganze«. »Ein Haus von oben nach unten aufbauen.« Das war nicht seine Welt. Sein Spezialgebiet war das Seerecht. Große Schiffe.

»Lasst sie mal durch«, sagte der Priester laut. Alle Männer standen auf – für die Dame. »Miss Nagel. Miss Nagel muss mal pullern. Oder sehen wir das falsch?« Sie hatten sich schon viel zu sehr an sie gewöhnt.

Das ärmellose braune Kleid war schlicht, aber schick. Ihre gebräunten Beine und schlanken Fesseln schimmerten im Kerzenlicht der Bar. Die Parade draußen hatte noch etwas Restschwung. Eine abgeranzte Clownstruppe. Eine Dudelsack-Polizeieinheit.

»Du hättest ja …«, sagte sie, als sie an ihm vorbeischlüpfte, als ginge sie davon aus, dass nur er sie hörte. Sie klang wie kurz vorm Lachen. Ihre dunklen Augen erkannte er jetzt wieder.

»Du hättest ja …« Einer der jüngeren Männer hatte es aufgeschnappt und wiederholte es flüsternd. Die Damentoilette befand sich auf der gegenüberliegenden Seite des goldenen Hotelfoyers.

»Ich hatte nicht erwartet …«, wollte er sagen und wandte sich zu ihr. Sie hielt inne, als hätte er sie als Erster angesprochen. Sie war richtig schön gealtert. Jetzt lag nichts Grobes in ihren Zügen, nur kostbare, zuverlässige Haut. Die Männer an ihrem Ende des Tisches redeten über sie, das wusste sie bestimmt. Dass sie zu viel getrunken hatte, erkannte man an der Veränderlichkeit ihrer Miene. Als wäre sie irgendwie unentschieden. Ihre Hände drückten eine gewisse Unsicherheit aus. Ihre Augen funkelten.

»Also. Würdest du, Lieber?«, sagte sie huldvoll.

»Natürlich …«, sagte er. »Ich …«

»Im Foyer. Gleich – so lang es auch immer dauern mag, um wieder vorzeigbar zu werden?« Jetzt war sie schon unterwegs Richtung Foyer, wo sich die Hotelpagen nach ihr umdrehten. Sie trug schmale, teure, blassblaue Schuhe. Sie wirkte sportlich und roch nach etwas Exotischem. »Natürlich« hatte sie ihn nicht sagen hören. Sich nur umgewandt, im Vorbeischieben. Wie sie wohl jetzt hieß? Wahrscheinlich wieder Barbara.

***

Am hinteren Ende der Bar stand auf einem flachen Podest ein Schlagzeug, außer Gebrauch. Ein großer, älterer Schwarzer mit weißem Hemd und dunkler Hose war damit beschäftigt, es in Position zu rücken. Bald war mit Musik zu rechnen, dann würde sich die Rotunde der Bar füllen. Wer aus anderen Gründen hier war, würde zu Publikum werden. Es war nach fünf. Draußen auf der Straße ging die Parade zu Ende. Einige der Partner standen schon, aufbruchbereit, wollten nur abwarten, ob Miss Nagel zurückkam. Die Juniorpartner waren mit den jungen Kollegen einer anderen Kanzlei am Nebentisch ins Gespräch gekommen. Hershberg – Linz. Öl- und Gas-Anwälte damals in den Boomzeiten. Jetzt Gewerbebauten. Gebäude bauen. Hatte kaum noch was mit Juristerei zu tun. Es war lärmiger geworden. »Diese Miss Nagel«, hörte er jemanden sagen und lachen.

※ ※ ※

Zum Warten stellte er sich im Foyer an den Schaukasten mit Büchern und Fotos von berühmten Schriftstellern, die hier schon abgestiegen waren. Tennessee Williams. Faulkner. So ein Ort war das – selbstgestaltet-literarischer Anstrich. Touristen, die sich die Parade angeschaut hatten, strömten verschwitzt und erschöpft von draußen herein. Sie brauchten, was das Hotel zu bieten hatte. Die Pagen ignorierten sie lächelnd. Die Drehtür ließ schubweise heiße Essensluft herein in die Kühle. »Waren die echt?«, hörte er jemanden fragen. Klang nach einem Farmer aus Iowa. »Die waren so schön. Diese rosa Federn. Und so viele.« Koffer wurden an den Pagen vorbeigezogen. Die Eincheck-Zeit war längst vorbei.

»Ich dachte gerade, wie nett es ist, irgendwo anzukommen«, sagte sie, plötzlich neben ihm. Die Touristen hatten ihn kurz abgelenkt. Der Priester mit seinem weißen Strohhut hastete, ins Handy vertieft, nach draußen. »Ich meinte natürlich, wenn man in Paris ankommt. Nicht hier«, sagte sie. »Es ist viel zu heiß. Und es ist erst März.« Von der fernen Vergangenheit würde nicht die Rede sein. Worüber sollte man denn sonst reden? Eine Liste machen? Aber dann würden sie genauso dastehen.

»Wer ist Miss Nagel?«, fragte er.

»Drowns unwitzige Fantasie.«

»Wo ist der abgeblieben?«, fragte Sandy. Der beurlaubte Klient. »Kurve gekratzt?«

»Tja«, sagte sie. Jetzt wirkte sie frischer, die Augen nicht mehr so funkelnd. Eine winzige Wasserperle saß noch auf ihrem Kinn. Mit einem Lächeln fasste sie hin. Sie roch nach Zigaretten. »Der König des Wunschdenkens sitzt jetzt bestimmt in seiner Gulfstream, zurück nach Dallas. Wir hatten eine Meinungsverschiedenheit. Eine kleine.«

Sie standen nebeneinander und redeten wie zwei Fremde, die an einer Garderobe warten und bald woanders sind. Sie hatte keine Handtasche dabei.

»Toller alter Schuppen oder?« Sie sah sich um. Sie roch immer noch gut. »Pagen. Schreibmöbel. Zigarrenstand.« Das gefiel ihr.

»Mein Vater hat hier seinen Hokuspokus veranstaltet«, sagte er. »In den Fünfzigern.«

Und da war das plötzliche schnelle Einatmen. »Hokuspokus«, sagte sie. »Das ist ja mal ein nützliches Wort.« Ihr Blick streifte ihn. »Was hat er gemacht?« Anscheinend hatte sie eine Seinsform gefunden. Vorläufig.

Er sollte gehen, dachte er. Er hatte Pläne – sie hatten Pläne. Seine Frau. Mit alten Unifreunden ins *Clancy's*. Er begriff, dass es bei jeder Begegnung mit ihr, wie jetzt, zu einer Neueinschätzung des Lebens kommen konnte. So war es früher mal gewesen und hatte nichts am Lauf der Dinge geändert. Trotzdem. Würde nicht jede Frau gern so wirken?

»Hattest du gedacht«, meinte er, »wenn du nach New Orleans kommst, kannst du mich einfach heraufbeschwören?«

Ihr Blick streifte ihn wieder, kehrte zurück und hielt inne. Ihr Mund kräuselte sich leicht. »Na ja. Hab ich doch.«

»Könnte man sagen.«

Von draußen auf der Royal kam der Lärm einer Menschenmenge. Johlen. Eine Basstrommel, sehr schnell. Da näherte sich die Parade nach der Parade. Mehr würden sie über die Vergangenheit nicht sagen.

»Mach schon, McGuinness, du Blödmann«, rief jemand quer durchs Foyer, durch die Menge. Coyle. »Hast uns den ganzen Spaß versaut.« Er war im Aufbruch, auch mit Hut.

»Entschuldigung«, sagte er.

»Hast du Zeit für einen Spaziergang?«, fragte sie leise.

»Du hast doch gesagt, es ist zu heiß.«

»Es ist aber wirklich ziemlich unnatürlich.« Sie legte eine Fingerspitze aufs Kinn, wo die Wasserperle gewesen war. Weg. Ein blauer Fleck saß dunkel auf dem knochigen Handrücken ihrer Linken. Verräterisch.

»Wie hast du dir das geholt?«, fragte er.

Sie schaute auf ihre Hand wie auf eine Armbanduhr. »Ist schnell passiert.«

»Hat da einer …?« Wahrscheinlich war sie gestürzt.

»Na klar.« Sie riss die Augen in gespielter Verblüffung auf. Die Drehtür wirbelte warme Luft und Straßenlärm herein. »Wollen wir los?«

»Wenn du das möchtest.«

»Ich bin zahlender Gast hier«, sagte sie. Im Hotel. Wieder sah sie sich um, als bewunderte sie alles. »Ich habe eine Suite ganz oben. Heißt nach einem Schriftsteller, von dem ich noch nie gehört habe. Mit Flussblick.«

Verhielt er sich ihr gegenüber jetzt eigentlich genauso wie vor fünfunddreißig Jahren? Wie würde man das nennen? Unbeholfen? Distanziert? Missbilligend? Zu verliebt? Damals hatte es ihn nicht zufriedengestellt. Aber vielleicht gab es ja eine Alternative.

* * *

Sie traten nach draußen auf die Royal, wo die zweite Runde inzwischen vorbeigezogen war. Da stand die atemlose Wand aus Frühlingshitze, aus üppigen Nachmittagsgerüchen, den Sedimenten des Tages. Ein einsamer, weiß geschminkter Clown schlurfte in großen roten Schuhen daher, störte den Verkehr und klapperte mit einem Löffel auf einer kleinen Metalltrommel herum. Keine Überraschung, nirgends. Sofort schwitzte er in seinem Jackett und zog es aus. Sie würden zum Fluss schlendern, den sie von ihrem Fenster aus sehen konnte. Selbst in der Hitze keine Entfernung. Da würde ein kühler Wind gehen. Sie waren sich jetzt erstaunlich nah, aber kein Paar.

Sie kamen an Antiquitätenhändlern vorbei, einem *Walgreens*, einem berühmten Restaurant, dem »Die ganze Welt der Wörter steht dir offen«-Buchladen. Zwei massige Polizisten saßen auf Motorrädern mit blauem Blinklicht und guckten sich das alles an. In einem Eingang rauchte einer ein Tütchen. Penner tranken auf dem Bürgersteig Wein. Das French Quarter halt.

Eine Zeitlang gingen sie weiter, und sie sagte nichts, als wäre ihr Geist auf Reisen gegangen, entrückt. Immer noch wehte die feuchte Brise, und die Spätnachmittagssonne strahlte schräg zwischen Häusern hindurch. Das braune Kleid flatterte gegen ihre Schenkel.

Sie bogen in eine Seitengasse, eine Abkürzung zur Kathedrale und zu dem stattlichen Platz mit der Statue des dubiosen Präsidenten auf dem sich aufbäumenden Hengst. Erst jetzt fiel ihm ihr kleines, zartes Hinken auf. Das hatte sie sich zugelegt. Aber vielleicht lag es auch an den blauen Schuhen.

»Das sieht alles nicht echt aus.« Als wollte sie einen neuen Gedanken vorschlagen.

»Echt?«, echote er, ein gespieltes Verspotten, wie sie hoffentlich merken würde. Wahrscheinlich wartete Drown, der Klient, in dem Zimmer hoch oben auf sie, während das hier ablief. »Ist aber echt«, sagte er. »Ich bin hier geboren.«

»Wer baut hier eine Stadt hin?«, sagte sie. »Du hast immer davon geredet. Aber warum ist das was Gutes? Musst du hier wohnen, weil du von hier stammst?«

»Mehr als das.«

»Ja, natürlich.«

»Wo wohnst *du*?«, fragte er. Diese Frage klang geradezu anmaßend. *Und wo wohnst du?* Als würde er da jemals hinkommen.

»In D.C.«, sagte sie im Weitergehen. »Aber kaum. Ich hab da einen Mann.« In der Gasse gab es einen Zigarrenladen, der auch Masken und Pralinen verkaufte. »Ach bitte. Kauf doch eine Zigarre«, sagte sie plötzlich. »Zigarren mochtest du doch immer, oder?« Der Laden war zu, dunkel.

»Falsches *Du*«, sagte er.

»Dann kauf mir eine wunderschöne Maske, ich liebe Masken.« Sie lachte und hatte es schon wieder vergessen. »Jaja.« Sie stimmte einem Gedanken zu, der ihr gerade durch den Kopf ging. »Ich nehme an, es gibt eine Mrs. Sandy.«

Endlich wurde also sein Name ausgesprochen. Ihren hatte er noch nicht gesagt. Weil er sich unsicher war. »Meine Frau«, sagte er. Nicht laut. »Priscilla.«

Sie musterte ihn. Das braune Kleid hatte schmale Seitentaschen, in die sie jetzt demonstrativ die Hände steckte. Unter den Armen hatte sie verschwitzte kleine Halbkreise, Schatten auf dem Stoff. Nicht das richtige Kleid für diese Hitze.

Im Jackson Park, nach dem abgevetternwirtschafteten Präsidenten benannt, gab es Musik. Straßenmusiker, Bläser, Trommeln. Leute tanzten dazu, machten ihnen beiden elegant Platz. Andere ließen sich unter knalligen Schirmen in der späten Hitze die Zukunft vorhersagen. Der Fluss war ganz nah, überall stieg sein Geruch auf. Ein Duft wie Jahrmarktstoffee. Sie würden bis ganz heran gehen und den Blick nach Algiers genießen. Auf die große Wendestelle gen Süden. Worüber sollten sie in der kurzen Zeit, die ihnen das Leben zugestand, bloß reden?

»In der Stadt gibt es einen sehr netten Kleiderladen«, das war eine ungeschützte Bemerkung. »Dort habe ich dieses braune Kleid gekauft. Er wird von sehr netten Libanesen geführt. Wahrscheinlich kauft deine Frau da.«

Er machte keine Bemerkung. Er fragte sich, ob er in den fünfunddreißig Jahren »oft« an sie gedacht hatte. Einen unbewussten Augenblick lang (könnte man schon sagen) hatte er jeden einzelnen Tag an sie gedacht. An viele andere Dinge allerdings auch. An etwas denken, das bedeutete nicht, was die Leute immer sagten.

»Was für ein juristisches Fachgebiet machst du eigentlich?« Sie sah ihn an, als spürte sie, dass ihn gerade irgendetwas leidvoll beschäftigte. »Machen? Sagt man das so? Ein Fachgebiet machen?«

»Geht schon«, sagte er. »Seerecht.« Er schwitzte sein Hemd durch. Der Schlips steckte längst in der Jackentasche. Die Brise am Fluss würde alles erfrischen. Später.

»Schiffe«, sagte sie, um Bewunderung auszudrücken.

»Supertanker«, sagte er schnell. »Vor allem versichern wir sie. Ersetzen sie. Verkaufen sie. Holen sie manchmal vom Meeresgrund wieder hoch.«

»Die wollen alle irgendwo sinken, oder?«

»Wenn ich Glück habe«, sagte er.

»Na, hast du doch«, sagte sie. »Du hast Glück. Schau dich an.«

Sie stiegen die Betonstufen zur Flusspromenade hoch. Wie aus dem Nichts tauchten drei anmutige schwarze Jungs mit breitem Grinsen neben ihnen auf. Nicht bedrohlich, nur spielerisch. Amüsiert. »Ich weiß genau, wo's die Schuh da gibt«, sagte einer von ihnen mit plötzlich anzüglichem Lächeln. Alter Trick. Ihr gefiel das. Sie sah sie an und freute sich, dass sie da waren.

»Ich auch. An ihren Füßen«, sagte Sandy, um sie zu verscheuchen.

»Oahh. Klar, Mann«, sagte derselbe Junge. »Wo kommt ihr her, Leute?« Und ließ sie durch.

»Von hinterm Mond«, sagte er. Der alte Spruch der Leute, die von vorm Mond herkommen.

»Kenn ich«, sagte der Junge. »Ich kenn alles.« Sie redeten und lachten und tänzelten weg, um andere zu necken.

* * *

Und dann standen sie an dem großen Fluss, wo die Luft plötzlich weit wurde und nach draußen ging, in einem Moment von Grenzenlosigkeit nach oben zog und weg, bevor sie zu dem breiten geschwungenen mythischen glanzlosen Strom zurückkehrte. Die Brücken mit ihrem Tumult, vor ihnen, rechts von ihnen. Die kleine Fähre, ein winziger Fleck auf halbem Weg nach drüben, nach Algiers. Nicht die Hauptstadt von Algerien. Eine stetige brütende Süße strudelte landeinwärts. Und ein Klang. Keiner, den man hören konnte. Eher eine Kraft – wie die Zeit, irgendetwas Dauerhaftes.

»Oh, wow«, sagte sie und verschränkte ihre ausgestreckten Hände. Der blaue Fleck war erst mal vergessen. Von irgendwo – von nirgendwo – hörte er die Dampforgel auf dem Flussboot. *Grab your coat and get your hat, leave your worries on the doorstep.* Er kam selten hierher, verstand aber ihre Reaktion. Ihm fiel ein, wie er aus Island nach Hause geflogen war, über den verschneiten Lappen von Grönland. Damals hatte er sich vorgestellt, er würde nie aufhören, über Länder hinwegzufliegen. Hatte er dann aber. »Da kommen einem die Tränen«, sagte sie, sie wollte hingerissen, entrückt, ehrfürchtig wirken – nein, *sein*. »Ganz was anderes, als das von meinem Zimmer aus zu sehen. Was für ein Raum sich auftut.« Sie lächelte verträumt und ließ den Blick zum blassen Himmel schweifen, dann gen Süden, wo Möwen flogen, ein Pelikan. Schwarze Vögel. »Empfinde ich das richtig?«, fragte sie. »Das möchte ich.«

»Alles richtig«, sagte er, sein warmes Jackett überm Arm.

»Aber bestimmt gibt es ein vollkommenes Richtig.« Sie atmete wieder jäh und schnell ein.

»Ich weiß nicht«, sagte er. »Ich hab es einfach immer …«

»Einfach immer was?« Plötzlich war sie spitz, als machte er sich wieder über sie lustig, aber diesmal ernst gemeint. Stimmte gar nicht.

»… einfach gesehen«, sagte er. »Alles hier gesehen. Seit Kindertagen.«

Sie betrachtete die vorbeigleitende braune Fläche, als wäre sie ausgehungert danach. In dem gebrochenen, schattenlosen Licht gab es die verkleinerte Stadt hinter ihnen schier nicht mehr. So hübsch wie im Hotel sah Barbara nicht mehr aus, offenbar spürte sie das, gab aber nichts drauf. Was war ihr noch alles piepegal? Darin hatte, als sie jung war, ihr großer Reiz bestanden – weniger darin, woran ihr lag. Jetzt wirkte sie schroff dadurch. Und er, wirkte er genauso wie früher? »Ach«, sagte sie plötzlich, als wäre es ihr gerade eingefallen. »Da krieg ich Lust, dich zu küssen. Sandy. Darf ich dich jetzt küssen?« Sie wandte sich um, ihr Blick suchte sein Gesicht, als wäre er gerade aufgetaucht. Noch eine Variante von egal.

»Nicht hier«, sagte er. Und hielt sich das warme Seersucker-Jackett vor die Brust.

»So«, sagte sie und setzte sich augenblicklich in Bewegung, als hätte er nicht die geringste Enttäuschung bei ihr ausgelöst. »Was tun wir, statt uns zu küssen?« Jetzt würde sie wieder nüchtern werden.

»Wir gehen einfach weiter.«

Sie nickte. »Und so. Gingen sie einfach weiter.«

* * *

Sie gingen Richtung Canal Street, gegen die stürmische Strömung des Flusses – westwärts, vielleicht auch südwärts –, über die Promenade, benannt nach dem berühmten Bürgermeister mit dem Spitznamen »Moon«. In der blassen Frühabendbrise war tatsächlich ein Mond zu sehen – wie in Wartestellung, ohne Licht an den Himmel abzugeben. Vor ihnen lagen hohe Gebäude, die weniger stimmungsvollen Geschäftsviertel, wo auch sein Büro lag. Immer mehr Touristen. Penner angelten im abfallenden Seichten, tranken und hockten sich auf die Aufschüttung. Jetzt tauchte wie eine Erscheinung ein großer schwarzer Frachter auf, unter den Brücken hervor, krängte lautlos auf den großen Wendepunkt zu, von kleinen Booten umsorgt. Faszinierend. Die Unwägbarkeit des Navigierens.

Nicht sehr hoch über der Wasseroberfläche puckerte ein kleines Flugzeug daher, ein Banner im Schlepptau, das allen hier unten *Happy St. Paddy's* wünschte. Von irgendeiner Bar im French Quarter. Dabei war das doch erst in ein paar Tagen.

»Muss nett sein, wenn man Ire ist«, seit sie vor einigen Minuten weitergegangen waren, ihr erster Satz. Sie klang nicht zugeneigt. »Wenn man sich um gar nichts kümmern muss.« Ein Telefon klingelte – eher ein Summen, in einer Tasche ihres Leinenkleids. Sie ließ sich nichts anmerken, dann hörte es auf. Er fühlte Erleichterung und wusste nicht, warum. Ihr Hinken war weitgehend verschwunden.

»Wie kommst du über die Runden?«, fragte er, einen halben Schritt hinter ihr in der warmen, beweglichen Luft, ließ seine Stimme kaum vernehmen, was ihr Autorität verlieh.

»Wonach fragst du genau?«, fragte sie zurück und warf lächelnde Missbilligung über ihre linke Schulter, als gefiele sie sich darin.

Er hatte gefragt, wollte es aber eigentlich gar nicht wissen. Er stellte sich vor, wie er wohl geschmeckt hätte, ihr Kuss. Anis. Tabak. Lustlosigkeit. Als junge Frau hatte sie sich leicht ablenken lassen. Langsam beim Aufessen. Beim Anziehen. Beim Zuendesprechen eines Satzes oder beim Weg zum Orgasmus. Das hatte ihm nicht gefallen. Sie hatte ausschließlich Fotos von sich selbst. Eins auf einer toten Giraffe, die sie mit ihrem Vater in Afrika erlegt hatte. Ein anderes, wie sie nackt auf einer Chenille-Tagesdecke lag – von einem berühmten, vergessenen Fotografen gemacht.

»Nur so«, sagte er – auf ihre Frage nach seiner Frage. Hörte sie ihn überhaupt in der heißen, dann kühlen metallischen Brise, die sie umwehte, im Schub des Frachters kurz vor der Wende gen Süden? Jetzt hätte er sich nach der Lektüre der Sagas erkundigen können.

Sie hatte ihren Gang geändert, hin zum Lässigeren. Das Hinken war komplett weg. »Fragst du alle Frauen, ob sie Huren sind? Und leugnen sie es alle – oder nur ich?«

»Nein, alle«, sagte er und akzeptierte, dass sie ihnen einen Scherz erlaubte. Diese Zärtlichkeit hatte es immer gegeben, einander nicht zu ernst zu nehmen, wenn sie Klartext redeten.

»Sagen wir so, als Nicht-Antwort«, antwortete sie fast fröhlich. »Sagen wir so ... ähmm ... Ich bin nicht sehr gut darin, aus Ex-Liebhabern Freunde zu machen. Entweder bleiben sie Liebhaber, oder ich mag sie nicht.« Sie ging immer noch voran. »Vorhin dachte ich gerade daran, irgendwo anzukommen. Und wie viel besser es ist, als wegzugehen. Ich dachte an woanders, nicht an diesen wunderschönen Ort am Vater aller Gewässer. Das habe ich, glaube ich, schon gesagt. Aber es ist wirklich sehr romantisch, dass du mich fragst, wie ich über die Runden komme.«

Jetzt gingen sie fast nebeneinander, halb im Kontakt, halb im Konflikt. Er mit Seersucker-Hose und blauem Hemd, Jackett in der Hand; sie in ihrem smarten Kleid, mit gebräunten Armen und Beinen und den blauen, garantiert italienischen Schuhen. Sie schwitzte am Haaransatz, vom Alkohol. Er überlegte, sie an der Schulter zu berühren, um zu ihr aufzuschließen. Er stellte sich ihre Schulter auch in der Hitze kühl vor.

Inzwischen war die Stadt sehr nahe gerückt und nicht mehr belanglos. Bedrängend. Er erspähte das Haus, in dem sein Büro lag. Eine Tram fuhr vorbei. Der große Frachter war weit hinausgeglitten, gab sein triumphierendes, tiefes Tuba-Signal von sich und verschwand Richtung Golf. Die Brise roch jetzt nach Petroleum. Es musste fast sechs Uhr sein, in New Orleans der einsetzende Abend, wenn die Schatten sich zur Dunkelheit hin abkühlten. Eine kleine Flottille grünköpfiger Enten schaukelte am Flussrand im entspannten Kielwasser des großen Frachters. Leute – Touristen – auf Parkbänken sahen den beiden nach. Ein gutaussehendes Paar, das zog immer verstohlene Blicke auf sich. *Guck mal. Wie die sich irren. Wir kennen das. Wir kennen alles.*

»Wie geht es deinem Vater?«, fragte er, jetzt nah bei ihr, er konnte sie riechen. Einmal war die Rede davon gewesen, dass sie sich kennenlernen sollten. Der Vater und der neue Lebensabschnittsgefährte. Ob der Vater überhaupt noch lebte? Seiner war lange dahin. Seine Mutter allerdings nicht, die saß allein im großen Haus in der Philip Street, gar nicht so weit von ihnen entfernt.

»Ach, Jules geht's gut«, sagte sie, als amüsierte sie der Gedanke. Oder dass er fragte. Sie ließ einen Handrücken – den rechten, nicht den lädierten – an seinem Hosenbein rascheln. Viel weiter konnten sie nicht laufen. Hotels und Malls und das Konferenzzentrum lagen vor ihnen. »Meine Eltern sind beide noch nicht unter der Erde – soweit ich weiß«, sagte sie. »Meine Mutter lässt sich von schicken Jungs zu Tanzbällen ausführen und das Geld aus der Tasche ziehen. Und Jules lebt mit seiner peruanischen Frau in Locarno und schreibt einen Roman. Wolltest du das nicht auch mal tun? Dass du geschrieben hast, weiß ich noch.«

»Wieder jemand anders«, sagte er.

»Waren wir nicht in Hog Bay bei ihm?«

»Nicht dass ich wüsste«, sagte er.

»Aber sicher«, sagte sie. »Ich weiß es ja noch. Er hat eine Schule in Kenia aufgebaut. Die Peruanerin will davon nichts wissen.«

Zwei Airedale-Terrier entfernten sich von ihrem jungen Besitzer und rannten zu ihnen, für eine Inspektion. So lief das hier auf der Promenade. »Nette Hunde«, sagte sie. »So süß.« Er hatte ihren Namen immer noch nicht benutzt. Hier verstand sich offenbar einiges von selbst, so sein Gefühl. Aber seinen Namen hatte sie benutzt. »Ist es nicht wirklich heißer, als es sein sollte?« Sie fächelte mit einer Hand herum.

»Wir sind hier in den Tropen«, sagte er. »So ist das halt.«

»Und nie ganz so, wie man es will.« Wieder fehlten Worte. Ihm fiel ein, wie weit weg sie in Sekundenschnelle sein konnte. Schroffe Abwendung. Genau das, wozu ein vorsichtiger Vater raten würde. Er hatte selber zwei Töchter, siebzehn und dreizehn. Beide hatten die Unnahbarkeit im Repertoire.

Aus der Ferne, aus den engen, wuselnden Straßen des alten French Quarter erklangen wieder Dudelsäcke. Die Parade hatte kehrtgemacht, die Chartres Street hinunter. Sie würden sie nicht sehen. Trommeln waren zu hören. Blaue Polizeilichter blinkten. »Ha. Keine Dudelsäcke bitte«, sagte sie. »Dafür ist es viel zu spät.« Noch ein Witz, den nur sie kannte.

»Heißt du immer noch Barbara?«, fragte er. Miss Nagel. Alix. Wer war sie? Er fühlte sich ausgeschlossen, weil er fragte.

Die Airedales waren ihnen gefolgt. Der Besitzer rief nach ihnen. »Lulu und Gracie. Lauft nicht weg.«

»Aber ja!« Sie drehte sich mitten auf der immer belebteren Promenade zu ihm um. »Barbara.« Der flache Fluss war ein Hintergrundfoto. »Wieso?« Sie strahlte, als müsste sie gleich lachen. Ihre wunderschönen Augen.

»Ich dachte, das müsste ich einfach wissen.« Er hatte in Erinnerung, oder falsch in Erinnerung, dass ihr Geburtsort Kansas City war. Das hatte sie zumindest vor Jahr und Tag gesagt. Konnte ebenso gut sein wie alles andere. Reagierte er jetzt anders auf sie? »Ich weiß noch, wie du gesagt hast, dass es so toll wäre, wir zwei zu sein.«

»Und dann hast du gesagt, ich hätte bloß gemeint, es wäre so toll, ich selbst zu sein.«

»Richtig.« Und ebenso schnell gab es ein kleines Gekabbel, auf der Straße. Vor den Leuten.

»Manchmal«, sagte sie, »denke ich an dich. Nicht sehr oft. Letzten Sommer habe ich dich in New York gesehen – du bist über eine breite Straße gegangen. Eine Avenue. Ich kam nicht bis zu dir. Natürlich warst du es nicht.«

Er fuhr durchaus nach New York. Da traf er sich mit jemandem. Nicht oft. »Wahrscheinlich nicht.«

»Ich dachte ...«, sagte sie und brach ab. Zwei Leute – junge Leute – kamen vorbei, ein Mädchen, ein Junge, beide wunderschön, sie sprachen Französisch. *Mais quand même, quand même.* Sie schaute sie an, als verstünde sie ihr Gespräch, dann merkte sie, dass sie darüber vergessen hatte, was sie sagen wollte. Vielleicht genau das, was er wissen wollte. Was sie dachte. »Vielleicht«, sagte sie, »bin ich deshalb heute hergekommen. Weil ich dich fast gesehen habe, aber dann doch nicht.« Strahlendes Lächeln. Schon möglich, dass das nicht weit von dem entfernt war, was sie ursprünglich hatte sagen wollen. Wieder wirkte sie, als wollte sie gleich loslachen.

»Ganz bestimmt«, sagte er.

»Würdest du mit mir wegfahren?«, fragte sie. »Ich habe noch nie jemanden besonders glücklich gemacht. Aber ich dachte immer, dich könnte ich glücklich machen – wenn ich mich dazu entschlösse. Es wäre eine Herausforderung.« Ihr Lächeln leuchtete, ohne jeden Hauch Traurigkeit. »Du siehst jünger aus als ich.«

»Das stimmt nicht«, sagte er.

»Ich würde dich immer noch gern küssen.« Der feuchte Wind brachte ihre Haare durcheinander. Sie schüttelte ganz kurz den Kopf, was ihr Lächeln auffrischte.

Er hielt inne – um sie wirklich richtig wahrzunehmen. Und um sie zu küssen. Weit hinter ihnen, im Gewirr der Stadt, prangte das *Monteleone*-Schild auf seinem rechteckigen weißen Gebäude. Aus dessen Fenstern hätte sie jeder sehen können. Anonym, aber deutbar. Weiter unten an der Promenade erspähte er den Priester, der mit einem frischen, hellgelben Hemd und Jeans auf einer Bank saß, neben ihm ein jüngerer Mann.

Er trat an sie heran und legte seine Hand, wohin er sie längst hatte legen wollen, auf ihre bloße Schulter, die sich tatsächlich kalt anfühlte – unerklärlicherweise. »Ja«, sagte er und küsste sie, beugte sich zu ihr, während sie sich in ihren blauen Schuhen reckte, dem Kuss entgegen. Sie roch süß, nach Anis, ein bisschen nach Zigarette.

* * *

Später, als sie wieder durch die alten Straßen zurückgingen, wurde sie gesprächig, so als hätte etwas – nicht nur ihr Kuss – eine Stimmung in ihr ausgelöst, und nun wären sie zusammen wie früher beinahe, in Island.

Ihm war, eher frei assoziierend, sein alter Juraprofessor eingefallen, der jung gestorben war. Ständig hatte er im Mittelpunkt gestanden, als Ziel von Interesse, Aufmerksamkeit, Bewunderung, Verehrung. Doch dann dauerte es nicht lange, und keiner sprach mehr von ihm. Professor Lesher. Er hatte einen schrecklichen Tick gehabt. War ein brillanter Kopf gewesen. Als Nächstes dachte er kurz an seinen Vater, der die Familie verlassen hatte und, ehrlich gesagt, nie zurückgekehrt war; er hatte sein Leben in anderen Städten gelebt, mit anderen Menschen. Ein großer Fehler. Aber dann schließt sich die Wunde irgendwann.

»Was hast du erlebt, Sandy?«, fragte Barbara. »Wie würdest du das beurteilen?« Sie hatte vergessen, dass sie ihn gebeten hatte, mit ihr wegzufahren. Sie waren jetzt auf der Iberville Street, nicht weit von ihrem Ausgangspunkt. Von dem geschichtenumwobenen alten Kasten, wo sie Gast war.

»Ich bin nicht die Sorte Anwalt«, sagte er. Dass das weder ihre noch irgendeine Frage beantwortete, war ihm schon klar. »Uns sind außergerichtliche Einigungen lieber als Urteile.«

»Ich finde«, sagte sie schnell und packte seinen Arm. Sie war über einen kaputten Pflasterstein gestolpert, hatte sich ein Knie aufgeschrammt, ihren hübschen Schuh ruiniert. Er hatte sein Jackett wieder an. Den Schlips nicht. »Du gibst dir jede Mühe, kompliziert zu sein. Während ich mir jede Mühe gebe, einfach zu sein.« Sie drückte seinen Arm fest, als suchte sie Schutz. Es war hier gar nicht so leicht, in ihren Schuhen zu gehen. Aber barfuß würde auch niemand durchs French Quarter gehen. Sobald sie wieder auf ihrem Zimmer war (falls es überhaupt eins gab), würde sie diese Schuhe wegwerfen. »Du hast eine Zielscheibe auf dein Herz tätowiert«, sagte sie. »Das ist nicht kompliziert.«

»Ich bin anderer Meinung«, sagte er. Sie irrte sich.

»Möchtest du mit mir schlafen?«, fragte sie ganz beiläufig. Hinter ihnen auf dem Fluss ging wieder die Dampforgel los. Diesmal mit einem Beatles-Song, an dessen Titel er sich nicht erinnern konnte.

»Na klar«, sagte er.

»Was ich dir alles beigebracht habe. Das übst du jetzt mit jemand anders, oder?« Sie machte einfach weiter. Und da war wieder das kleine Keuchen beim Einatmen.

Sie hatten die Drehtür erreicht, durch die sie vor höchstens einer Stunde in die Hitze hinausgegangen waren. Der große Portier in seiner blauen Uniform mit Goldquaste und Epauletten trat heran, lächelte, schob die Drehtür an. »Ich mach schon.« Ein Schwall kalter Luft drang hinaus. In der Lobby war es immer noch voll und hell, Leute wuselten umher und sangen laut. Was sie ihm alles beigebracht hatte, war ein viel zu weit gehendes Thema, um jetzt damit anzufangen, aber sie hatte ihn nie glücklich gemacht und es auch nie versucht. Für ihn galt dasselbe. Er hatte sie nur vor ziemlich langer Zeit kurz fast geliebt.

Er trat beiseite und berührte sie noch einmal an der Schulter, als sie seinen Arm losließ. Einmal hatte er ihren Namen gesagt, aber er wiederholte ihn nicht. »Ein andermal«, sagte sie etwas unsicher, während sich die Glastüren drehten. Wahrscheinlich hatte sie etwas anderes gemeint. Aber egal, was sie jetzt sagte, es wäre in Ordnung gewesen.

»Ja«, sagte er, als sie durch die Drehtür eintrat, und machte sich auf seinen – nicht allzu weiten – Weg die Canal Street hoch.

* * *

Auf der Fahrt Richtung *uptown*, wo er mit seiner Frau und Freunden verabredet war – er würde zu spät kommen –, hing er noch einem Gedanken über seinen Vater nach. Zum letzten Mal besucht hatte er ihn in dem stattlichen Haus auf der Lakeview Avenue, schon auf der North Side von Chicago, wo er mit seiner neuen Frau Irma wohnte. Sein Vater hatte sich eins von den alten, abgestuften Brownstones ausgesucht. Großer Erker mit Buntglasfenstern. Es war Oktober. Die Linden und Buchen verteilten sich ordentlich über den Park. Damals arbeitete sein Vater für den Zulieferer einer irischen Firma, die Küchenkeramik herstellte. Er hatte genug vom Anwaltsberuf. Zwei Jahre noch, dann würde er auf der Gangway zu einem Flugzeug sterben. Vollkommen glücklich.

»Ich konnte keine Minute mehr in dieser Stadt leben«, sein Vater meinte New Orleans. »Deine Mutter war nicht dran schuld. Damals gab es keine Irma. Wir hatten uns einfach nichts mehr zu sagen, schon seit Jahren nicht. Ja, ich weiß. Na und? Aber. Ich war einfach ... wie sagt man? ... *de-fasziniert*. Das wirst du nicht verstehen. Ich hoffe, nie.«

Er war hochgeflogen, um Familienangelegenheiten mit seinem Vater zu besprechen. Die Vermögensmasse. Das geänderte Testament. Wie seine Mutter, die abgelegte Ehefrau, bedacht wurde. Sein Vater hatte ein umfassendes Vermögensverzeichnis aufgestellt, wünschte sich aber jetzt überraschenderweise eine Einigung in Anwesenheit des Sohnes, eine Anhörung. Er war groß, mit hellen Augen und einem glatten Gesicht. Geistreich und durch und durch verschlagen. Er war Richter gewesen, Karnevalskönig in der Stadt. Ein Grande. »Heutzutage muss sich jeder ständig auf die eigene Schulter klopfen, auch wenn es für lauter Selbstverständlichkeiten ist«, sagte sein Vater und trat an das geschwungene Erkerfenster, dessen bleigefasste Scheiben in Rot und Grün und Gelb und Blau leuchteten. Er schaute auf die laubbedeckte Straße hinunter, als gäbe es da etwas Interessantes zu sehen.»Ich habe jede Selbstgefälligkeit abgelegt. Man kann doch auf nichts mehr stolz sein. Darauf musst du unbedingt aufpassen. Es ist nicht der schlimmste menschliche Makel, aber der mit dem größten Selbstbetrug und dem meisten Schmerzpotenzial.«

»Ja«, sagte Sandy. »Ich passe auf. Verstanden.« Dachte er.

Und das war das letzte Thema, über das sie sprachen. Sein Vater war ein Mann großer Ansagen und stürmisch gelernter harter Lektionen. Mehr Anhörung wollte er nicht. Später wurde Sandy klar, dass es seinem Vater nur um die Vorkehrungen für die verlassene Exfrau gegangen war. Besonderen Dank erwartete er dafür auch nicht. All das hatte keine Bedeutung. Aber einen Moment lang, als er ihn zu verstehen glaubte, hatte sein Vater scheinbar über eine Tat oder eine Frage von großer Tragweite gesprochen. Was gar nicht stimmte.

Dieses Gespräch fiel ihm oft in den unerwartetsten Momenten ein, wie jetzt zum Beispiel, da er sich eher anderen, nach vorn gewandten Gedanken hätte widmen können – dem baldigen Abendessen. Seiner Frau. Den abwechslungsreichen, detailliert durchgesprochenen Angelegenheiten ihres Tages, worauf er sich schon freute. Diese letzte Stunde – die gerade mal so herumgebrachte Zeit mit Barbara – würde nicht durchgesprochen werden. Da gab es wenig bis gar nichts an Konsequenzen oder Auswirkungen zu bedenken. Kein Schaden war angerichtet, niemand war enttäuscht worden. Er würde sie einfach nicht wiedersehen. Schon daraus zog er ein gewisses – was war es? Ein Zutrauen vielleicht, aber auch nicht ganz. Wie sein Vater gesagt hatte: Es gab wenig, worauf man stolz sein konnte. Nicht dass das jetzt eine besondere Lebensmaxime gewesen wäre, aber damit würde er ganz gut über den Abend kommen und über die zahllosen Abende, die noch vor ihm lagen.

Happy

Happy Kamper rief am Freitag an, um ihnen mitzuteilen, dass Mick Riordan gestorben war und sie westwärts fahren würde, aber ob sie heute Abend vorbeikommen, ein Glas oder zwei oder drei auf den alten Krieger trinken könne und sich vielleicht an Tommy Thompsons Schulter ausheulen?

Die Thompsons hatten die Jacobson-Parrs zum Abendessen inklusive Übernachtung eingeladen, und Tommy war zum Einkaufen nach Camden hochgefahren, für große Lammkoteletts und Sommermais und Ochsenherzen, die Kiste Montrachet stand schon bereit. Alle freuten sich auf das Feuer am Strand. Es war ihr *Jährliches*, das Ritual zum Ende des Sommers in Maine. Sam und Esther, die aus Cape Neddick kamen, würden noch vor dem Kolumbus-Tag nach Florida fliegen, Islamorada.

Tommy hatte natürlich sofort gesagt: »Ja. Na klar. Wie furchtbar«, ohne einen Blick zu Janice. In den Neunzigern waren sie alle sechs eine *Gang* gewesen, als Tommy und Esther Parr ihre beste Zeit als Romanschriftsteller hatten und Janice und Sam mit dem Megaerfolg ihrer Galerie alle über Wasser hielten. Deswegen hatten die Thompsons ein Ganzjahreshaus in Maine und eine Wohnung in der Rue Froidevaux. Keiner arbeitete mehr so richtig, außer Esther Parr. Tommy Thompson hatte mit ein paar Romanen passable Zahlen geschrieben, aber er arbeitete nicht besonders gern.

Mick Riordan war in den guten Jahren Esthers und Tommys Lektor gewesen. Er war Ire, sein Vater ein bis in die zwanziger Jahre in

Dublin bekannter imagistischer Lyriker. Mick kam vom Trinity College, hatte einen humoristischen Roman verfasst, fürs literarische Feuilleton und beim Radio gearbeitet, hatte angefangen, sich mit seinem Stilgefühl einen Namen zu machen, und wollte nun ein Mädchen aus Roscommon heiraten, das er von der Uni kannte – aber dann beschloss er einfach, dass New York die neue Zukunft war. Er war groß, fleischig, auf eine weiche Art gutaussehend, hatte widerspenstige Haare wie sein Vater und blassblaue Augen. Wenn er mit Höhergestellten zu tun hatte, brachte er etwas Witzig-Geistreiches, Konfliktvermeidendes, Vertrauensvolles in die Beziehung. Er war ein Freund des Alkohols, und er war ein Freund der Frauen. Er gab damit an, dass er *fast* denselben Nachnamen hatte wie der berüchtigte Kommunist O'Riordan. Dank Beziehungen seines Vaters bekam er einen Job bei Berensen & Webb und wollte – wie so viele – nur so lange arbeiten, bis ihn sein zweiter Roman in den Ruhm und die vielgepriesene amerikanische Literaturszene, so viel größer als im kleinen Dublin, hineinkatapultieren würde.

Es kam nicht mal annähernd dazu. Es sollte keinen zweiten Roman geben, auch nicht den Versuch einer Handvoll Erzählungen. Lektor sein war kinderleicht, stellte er fest. Talent herausbringen, das lag ihm mehr als Talent hervorbringen. Außerdem begeisterte ihn die Verlagsbranche – die Klubs, die neuesten Restaurants, die Empfänge mit den Drinks, die späten Abendessen mit den smarten Autorenkumpeln. New York war nicht der *Duke-Pub* und Jagdwochenenden und Schwimmen im Meer und das *Hotel Abbey* und Abendessen bis nach dem Morgengrauen im Landhaus von irgendwem. Aber es war dort, wo alles Wichtige anfing. In Irland hörte es auf. Amerikaner litten an intellektueller Verstopfung, konnten sich nicht anständig unterhalten – geschweige denn ein Lied singen –, tranken nicht genug, legten jedes Wort auf die Goldwaage und lachten selten von Herzen. Aber es war dort bei alldem authentisch und bejahend. Ein freundlicher, geistesgegenwärtiger, gutaussehender irischer Paddy stach heraus und konnte sich einen annehmbaren Platz erarbeiten, auch wenn das in puncto Leistung nur ein semiliterarischer Platz war. Nach kurzer Zeit hatte er jemand anders geheiratet, rasch zwei Töchter hervorgebracht, war nach Bronxville in ein Haus auf der Broad Avenue gezogen, und das war das. So konnte das Leben gern immer weitergehen – den späten Zug in die Stadt nehmen und den noch viel späteren wieder nach Hause, an den Wochenenden lesen, die Mädchen hinbringen, wo sie hinmussten, bis sie älter waren, und im Sommer mit Marilyn auf das Anwesen ihrer Familie fahren, an einem See in den Adirondack-Bergen. Manchmal wehte ihn, das musste er zugeben, der Hauch des Gefühls an, im Leben nur ein Zuschauer zu sein. Aber in Amerika – da war jeder ein Zuschauer. Seinem Eindruck nach war keiner bei irgendetwas hundertprozentig dabei.

1970 war er vierzig, die Kinder waren schon fast keine Teenager mehr, er hatte sich scheiden lassen – nachdem er Bobbi Kamper (Happy) auf einer Wochenend-Kunstparty in Vermont kennengelernt hatte (sie war Bildhauerin). Er hatte mit ihr spontan in Cabo San Lucas einen draufgemacht, und das war's mit der Ehe. Er wohnte jetzt an der Upper West Side, Bobbi im Village, wo ihr Mann schon in jungen Jahren gestorben war. Mick polierte mittlerweile seinen schillernden Hochglanzruf, er machte aus literarisch mäßig guten Romanen *causes célèbres*. Er fühlte sich mit Schriftstellern aller Altersklassen wohl, rauchte gern seine Camels, trank gern einen im *Grammy* oder im *White Horse*, bei *Raoul's* und in der *Oak Bar*. Er mochte Jazz, mochte die Hamptons und das North Shore und hatte sich in Beck's Harbor in Maine ein kleines Hummerfischerhaus am Meer gekauft, wohin er sich jeden August den ganzen Monat lang »zum Lesen« zurückzog. »Mir ist, als wäre ich weit vorangekommen«, sagte Mick Riordan, dann: »und es wäre doch keine sehr weite Reise gewesen.« Sein Leben war rund und selbstbestimmt, weit weg von dem hohen, düsteren Backstein-Herrenhaus in Ballsbridge, wo sein Vater seine Reden geschwungen hatte (beide Eltern waren seit Jahrzehnten verstorben). Fast war es, sagte Mick oft, als hätte er, der unterm Strich nur Halb-Ire war, die besten Teile abbekommen, nichts von dem ollen Kackkrempel.

Bobbi und er zogen nicht zusammen. Sie hatte zwei Lurcher, die er nicht mochte, daraus machte er auch keinen Hehl. In den Achtzigern und Neunzigern war sie mit ihren großen, kinetischen, solarbetriebenen Metall-Glas-»Installationen« für den Außenbereich bekannt geworden, die die Verschiebungen der Sternbilder nachahmten und in verschiedenen Jahreszeiten verschieden »tropiert« waren. Viele Leute in Bucks County und Connecticut und Taos besaßen eine Happy Kamper. Ihre Werke »re-frameten« die Naturwelt, vor allem den Ozean, in neuer, mysteriös erhellender Weise. Manche Menschen fanden, nur in deren Nähe zu sein, »verändere« sie. Sam Jacobson vertrat sie für die Galerie, und ein Weilchen war sie in aller Munde und auf allen Zeitschriften, wurde von *Interview*, *Vanity Fair* und *Der Spiegel* porträtiert. Wurde mit ihren Lurchern auf dem Morrissey-Anwesen, in Paris und in Moskau fotografiert. Sie gewöhnte sich eine Uniform an – große, blau getönte Fliegerbrille (gedacht für eine angeborene Krankheit der Augenlider, die sie nicht hatte), Birkenstock-Sandalen und grellbunte Röhrenjeans (in Gelb, Pink, Grün). Sie wog nur knapp über 45 Kilo, war klein und zerbrechlich und mürrisch, was ihrem Namen einen interessanten Beiklang gab – Happy. Ihr Vater, beliebter Kantor in einer Reformgemeinde in Riverdale, hatte ihr den Namen gegeben, als sie im Kindesalter war, obwohl sie, wie er betonte, »normalerweise alles andere« sei. Sie war auf dem Sarah-Lawrence-Kunstcollege gewesen, »mit den ganzen anderen Neurotikern«, wie Mick Riordan oft sagte, wenn er zu tief ins Glas geschaut hatte. Die Verbindung zwischen ihm und Happy, sagte er im Älterwerden, sei eine *mariage de convenance*, nur ohne Ehe und mit ziemlich wenig Vernunft. Sie stritten sich. Sie vertrugen sich. Sie machten lange Autoreisen. Sie tranken extrem viel. Sie waren berüchtigt für unschöne Scharmützel bei teuren Essen, und alle, die das einmal miterlebt hatten, darunter auch Tommy und Janice und die Jakobson-Parrs, bedauerten es. Happy fuhr öfter für ihre Skulpturen nach Taos und überließ Mick seinem Schicksal (sie war fünfzehn Jahre jünger). Mit der Zeit arbeitete er nur noch halbtags bei Berensen & Webb. Er verkaufte das Haus in Maine, als seine Töchter nicht mehr hinfuhren, und kaufte ein kleineres Stein-Cottage in Watch Hill, Rhode Island, von wo er bequem auf den Zug kam. Er verbrachte allmählich immer mehr Zeit »auf dem Land«, malte aus Spaß kleine Ölbilder à la Jack Yeats und spielte Canasta mit den älteren Schriftstellern, die in der Nähe wohnten. In die Stadt fuhr er nur noch, wenn er musste – da kam er dann bei Freunden mit Gästezimmer unter. Er nahm fast »einen halben Zentner« zu und fand, er komme immer mehr auf den älteren Brendan Behan raus, wenn der überhaupt älter geworden wäre. Es gab Gerüchte, dass er Lungenprobleme habe, aber ignoriere.

Plötzlich – es wirkte sehr plötzlich – bestand das Leben daraus. Und aus nicht viel mehr. Pläne waren jetzt nur noch kleinere Pläne oder gar keine Pläne mehr. Reisen wurden ins Auge gefasst, dann verworfen. Freunde wurden nach Watch Hill eingeladen, dann wurde das irgendwie verschoben. Happy fuhr mit ihrem Willys-Oldtimer hoch zu Mick – manchmal an seinem Geburtstag, immer ohne die Hunde. Sie blieb nie lang, aber danach noch bei Bildhauerfreunden in Mystic. Mick war schlicht alt geworden – so wurde das im Allgemeinen eingeschätzt –, dabei war er weiterhin eine angenehme Gesellschaft und mochte Besuch, auch wenn er in seinem Cottage kein Gästezimmer hatte. Er spielte Speed Scrabble mit jedem, der es wollte, war überhaupt gut in Gesellschaftsspielen, trank Martini-Cocktails und sah im Fernsehen nur BBC. Er fuhr zwar nicht mehr gern selbst, ließ sich aber gern auf einen Ausflug in die kleinen saisonalen Städtchen die Küste rauf und runter mitnehmen. Nach Weekapaug. Quonochontaug. Charleston Beach. Eher wie England statt Irland. Der Verlag hielt ihn symbolisch im Team, zu einer reduzierten Honorarpauschale, die er »für meinen Abschied« nannte. Es klang durch, dass sein Dichtervater ihm genug hinterlassen hatte, damit er in Würde und mit einem Restbestand an Geld aus dem Leben gehen konnte, wenn es so weit war. Er blieb (in seinen Worten) »angenehm und zumindest teilweise brauchbar«, und trotz des zusätzlichen Gewichts, das seinen Knien schwer zu schaffen machte, auch immer noch halbwegs gutaussehend. Er behielt seine Haare. Wer ihm nahestand – Tommy und Jan weniger als Esther und Sam –, fand ihn so weit in Ordnung (aber sie fanden auch, dass Happy ein bisschen öfter nach ihm sehen sollte, als sie es tat). Anderen, weniger eng Bekannten war Mick Riordan noch ein Begriff, aber sie dachten, er sei vielleicht verstorben oder nach Irland zurückgekehrt – was aber nie geplant war. »Irland«, sagte Mick, »hatte seinen Platz im letzten Jahrtausend, aber jetzt hat es jedes Gefühl für den historischen Zeitpunkt verloren – etwas, was den USA schon immer egal war.«

Und dann war er gestorben. Eine Woche zuvor hatte er einen »kleinen Schlaganfall« gehabt, seitdem hatte er so ein »Kribbeln« auf einer Seite, war aber immer noch einsatzfähig. Er schaffte es, Happy in New York anzurufen und sie davon zu unterrichten. Eine weitere ärztliche Behandlung erschien unnötig. Mick war nicht scharf auf Ärzte. An dem Tag, als er anrief, konnte Happy nicht weg, kam aber drei Tage später mit ihren Hunden im Willys hochgefahren. Es war Anfang September. Mick war auf der vorderen Veranda, als sie vorfuhr – humpelte fröhlich mit einem Stock und einer Bloody Mary durch die Gegend. Er hatte »echten« Pimentokäse gemacht – ein Lieblingsgericht. (Er schickte Leute zum Einkaufen.) Die Lurcher kamen in den umzäunten hinteren Garten, wo sie sich darauf beschränkten, nur herumzubuddeln. Mick ging es augenscheinlich nicht gut, irgendetwas stimmte nicht.»Er ging schiefer als sonst und hatte auch nicht seine normale Farbe«, erzählte Happy den Thompsons und den Jacobson-Parrs. Sie verkündete ihm, sie würde ihn am nächsten Morgen ins Rhode Island Hospital bringen. Mick fügte sich. Ihr Kantorenvater war an einem Schlaganfall gestorben, und sie wusste, die kamen typischerweise immer im Zweier- oder Dreierpack. Wer wusste denn, wie viele Mick schon hinter sich hatte. Sie machte einige Telefonate mit der Unimedizin an der Brown. So wurde seine Einlieferung arrangiert.

Happy ging auf den Farmer's Market in Westerly, um fürs Abendessen einzukaufen, brachte Schwertfisch, seinen Lieblingskopfsalat und grüne Bohnen. Mick würde die Vinaigrette machen. Um sechs genehmigten sie sich einen »echten Drink« – Martini – und sprachen über einen Roman, der ihm zugeschickt worden war, weil man seine Meinung, die eines erfahrenen Lektors, hören wollte – was ihm gefiel. Er half dabei, den Salat trocken zu schleudern, und saß ansonsten mit seinem zweiten Drink am Küchentisch. Er wurde still, als sei er ganz mit seinen Arbeitsaufgaben beschäftigt. Happy achtete nicht besonders auf ihn; so schlimm schienen die Dinge nicht zu stehen.»Ich habe angefangen zu planen, wie ich …«, sagte Mick. Und verstummte. Sie warf ihm einen Blick von der Spüle aus zu. Es war acht Uhr, auf dem Meer lag immer noch blendendes Licht. Draußen hörte man die Halsbänder der Hunde klingeln, während sie die Stockrosen genauer inspizierten. Mick schien, sagte sie später, im Sitzen zu schlafen. Nach ein paar Drinks nickte er inzwischen immer schnell ein. Sie konnte ihn auf seinem Stuhl dösen lassen und aufwecken, wenn der Fisch pochiert war. Sie stellte etwas Musik an. Vom Fenster drang der kühle Abend herein. Chet Baker.

Johnny Hartman. Die hörte Mick gern. »*My one and only love* …« Aus irgendeinem Grund sagte sie seinen Namen, obwohl der Fisch noch gar nicht fertig war. Sie sagte zu Tommy, plötzlich hätte sie genau gewusst, dass er tot war, die Hand noch auf dem Salat liegend. Und tot war er. »Friedlich«, sagte Happy. Als wäre das, wofür er angefangen hatte zu planen, sein Sterben gewesen. Erst dreiundsiebzig. Alle dachten, er wäre älter gewesen. Sie sagte, sie hätte nicht gleich geweint. Sondern vor allem erst mal die Töchter angerufen.

* * *

Tommy Thompson fuhr ins Dorf zurück, kaufte noch zwei Lammkoteletts und noch mehr Tomaten und Maiskolben, bei denen man die Körner rauslösen konnte, so wie es Janice mochte. Für Happys Ankunft kaufte er eine Flasche Gin und Oliven. Janice und er hatten vor einer Weile eine Alkoholpause beschlossen, und Sam und Esther waren sowieso schon Abstinenzler. »Wie in der Geschichte von Fitzgerald«, hatte Esther gesagt. Die in Paris, mit der kleinen Tochter, die der Held nie zurückbekommen wird, wegen des Trinkens und der bösen Schwester. Jeder kannte die Geschichte, aber keiner konnte sich an den Titel erinnern. Esther wusste sogar noch eine Zeile auswendig. »Er war kein junger Mann mehr mit lauter netten Ideen und Zukunftsträumen.« »Geschieht ihm recht«, fügte Esther hinzu, die Fitzgerald bewunderte, obwohl er ein totaler Mistkerl gewesen war, keiner las ihn mehr, und Frauen hassten ihn. »Ich dachte immer, das sei von Hemingway«, sagte Sam.

Happy hatte angerufen und ihre voraussichtliche Ankunft für acht Uhr angekündigt. Sie fahre gerade an Kittery vorbei. Noch zwei Stunden, wenig Verkehr vorausgesetzt. Tommy hörte in Happys Stimme das verräterisch Kehlige und den vollen Klang und die übersorgfältige Aussprache, mit anderen Worten, sie hatte schon etwas getrunken. Ihre »Königinnen«-Stimme hatte Mick das genannt, »... perfekt für Kundgebungen aller Art«. Eigentlich konnten sie, dachte Tommy, noch alle früh schlafen gehen; Gespräche über Mick – sofern es sie brauchte – konnten beim Frühstück auf der Terrasse stattfinden. Happy konnte das »kleine« Zimmer im Gästehaus nehmen, Sam und Esther hatten das andere. Die Hunde, falls sie sie dabeihatte, konnten im Auto schlafen. Es war nachts jetzt kühl genug dafür.

Um halb acht war das Meer mit der einsetzenden Ebbe von den Felsen in der Nähe abgelaufen, weit genug, um dort eine Feuergrube auszuheben. Sam und er gingen mit Schaufeln und Anzündholz in einem Papiersack hinunter. Auf der Seemauer hatte Tommy schon Treibholz für das Feuer zum Trocknen ausgelegt. Jan und er setzten sich oft zum Sonnenuntergang mit einer Flasche Wein hier unten hin. Da von der Landzunge her eine stetige Brise wehte, gab es nur wenige Mücken.

Sam und er gruben eine Weile, dann setzte sich Sam auf die Treppen zum Strand und rauchte eine Zigarette, das genoss er. So eine Sandgrube war keine harte Arbeit – und bis zum nächsten Morgen war sie angenehmerweise wieder aufgefüllt. Ein Eistaucher saß auf der gläsernen Meeroberfläche und rief einen anderen, den man nicht sehen konnte, der aber antwortete. Stimmen aus anderen Häusern, von anderen Abenden taumelten quer über die Bucht. Jemand hämmerte mit einem Hammer auf Holz. Ein Hummerboot lag unbewegt eine gute halbe Meile draußen, der Kapitän bastelte an dem Motor herum. Jan und Esther waren oben im Haus beim Kochen und demnächst fertig.

Sam sagte, Happy habe ihn im letzten Monat angerufen, wegen Micks kleinen Bildern im Jack-Yeats-Stil. Micks Vater war mit allen Yeats bekannt gewesen. »Die kannten sich alle in Dublin. Alle Großen. Es ist eine kleine Insel. Nur eine richtige Stadt.«

»Was wollte sie denn von dir?«, fragte Tommy und musterte die Größe der Grube.

»Na ja. Schätzen sollte ich die. Für den Verkauf. Was sonst? Er wollte sie ihr hinterlassen. Er wusste, dass er bald die letzte Bahn zum Friedhof nehmen würde. Ich werde mir die Bilder demnächst mal anschauen. Es gibt ja einige davon.« Sam blies Rauch in die dunkle Luft. »Am Donnerstag habe ich selbst eine kleine Operation«, sagte er. Sam war groß und umwerfend attraktiv – clever –, hatte aber seit dem College fast nichts mehr gemacht. Er hatte das Geschäft von seinem Vater übernommen und hatte keinen großen Ehrgeiz. Wäre lieber öfter gesegelt. Er fand es wunderbar, der Mann von Esther Parr zu sein. Mehr brauchte er nicht. Sie kamen beide aus reichen Familien.

»Erfährt man da auch was Näheres?«, fragte Tommy und schaute aufs Meer hinaus zu dem Hummermann, der nun still dasaß. Ein wunderschönes, schlichtes Leben.

»Nur, dass die Sache meinen Arsch betrifft«, sagte Sam weiterrauchend.

»Okay. Mal sehen«, sagte Tommy und fing an, seitlich neben der Grube mit der flachen Seite des Spatens den feuchten, klitschigen Sand glattzuziehen. »Ein Hirntumor. Etwas Kognitives.«

»Du hast dich mit deiner Berufung vertan. Und mit dem Schreiben deiner Scheißbücher dein wahres Talent verkümmern lassen.«

»Taugen Micks Bilder eigentlich was?«

»Mick war ein kolossaler Bursche«, sagte Sam. »Aber nur so gut wie alles andere, was er sein musste. So schwer war das Leben für den guten alten Mick nicht.«

»Mit einem Wort«, sagte Tommy, steckte den Spaten in den Sand und bewunderte seine Grube. »Oder mit ein *paar* Worten.«

»Oder mit ein paar Worten«, sagte Sam. »Die fassen uns alle zusammen. Ein glückliches, glückliches, glückliches Leben. Einfach happy. Punkt.«

Sie spazierten zum Haus zurück.

* * *

Happy kam kurz nach acht mit dem Willys an. Jeder wusste, dass sie da war, denn durch sämtliche Fenster waren zwei riesige Hunde zu sehen, die ohne Leine durch den Garten fegten, Taglilien umknickten, Gartenmöbel umstießen und dann plötzlich innehielten, um im Rasen zu wühlen und große Klumpen hochzuschleudern, wo sie Beute vermuteten, und natürlich pissten und schissen sie ihre ganz eigenen großen Klumpen, bevor sie wieder verschwanden. Die armen Wesen, die das Pech hatten, von ihnen überrumpelt zu werden.

»Offenbar ist Happy eingetroffen«, sagte Janice, ein Glas Wein in der Hand, am Küchenfenster. »Ihre Meute verrät sie.« Sie alle nannten sie lieber Bobbi; Esther hatte sie an der Pratt kennengelernt, als sie noch Bobbi hieß; die hübsche, zu dünne und eigenbrötlerische Roberta Kamper aus Fieldston – zuvor *Rachel* Kamper aus Fieldston. Aber jetzt sagte Janice »Happy« – um der Tatsache Rechnung zu tragen, dass Mick Riordan vor erst drei Tagen gestorben war, der sie schließlich so genannt hatte – nicht unironisch.

»Ach je-chen.« Sam hatte noch nie etwas mit »Happy Kamper« anfangen können, obwohl er sie ordentlich reich gemacht hatte.

»Aber – bitte«, sagte Esther. »Eines Tages, wenn du tot bist, mein Schatz, wird mich auch keiner sehen wollen.«

»Ich schon«, sagte Janice. »Ich will dich immer sehen.«

Tommy ging zur Tür und warf einen Blick zurück. »Ich hab sie eingeladen«, sagte er. »Oder hatte es vor.«

* * *

Draußen, wo alle ihre Autos auf dem Rasen geparkt hatten, segelte Happy ein. Sie ließ die Hunde los, die über sie hinwegpurzelten und dann davonrasten. »Tschuldigung«, sagte sie und griff ins Wageninnere nach ihrer großen Henkeltasche. Blau getönte Fliegerbrille, neue schwarze »Trauer«-Röhrenjeans, ein weißes Cowgirl-Shirt aus Seide mit Silberdeko. Ein Silberreif hielt ihre schwarzen Haare zurück. »Mir ist kein Geschenk für die Inneneinrichtung eingefallen. Du hast gerade Hundemangel, oder, Tommy? Wie hieß diese süße Collie-Dame noch? Die war wunderbar.«

»Jasper«, sagte Tommy. »Ein Er.«

»Ist der nicht tot?«

»Vor fünf Jahren.« Er nahm ihr vorübergehend die Henkeltasche ab.

»Ach? Seit Mick und ich das letzte Mal hier waren?« Sie sah zu ihm hoch und lächelte.

»Länger.« Tommy trat näher und küsste sie auf die Wange. »Mein herzliches Beileid.« Er sprach nicht sehr laut.

»Jepp«, sagte Bobbi und nahm den Kuss bewegungslos entgegen. »Siehe, die blablabla. Gibt es ein Wort für das, was ich bin, Tommy? Überlebende Buhle. Ex-Lebensabschnitts-Sonstwas-Gefährtin.« Ihre Stimme war die Königinnenstimme. Der Gin lag nicht lange zurück. Wahrscheinlich in der großen Handtasche, gegen sämtliche Gesetze von Maine verstoßend. Unten am Strand, wo Sam und er die Grillgrube geschaufelt hatten, bellten die Hunde irgendwas an. Mick und sie hatten gern betrunken am Steuer gesessen, geradezu süchtig danach, ein Wettstreit im ständigen Von-der-Straße-Schlittern, in diverse Tümpel hinein, aber irgendwie waren sie dem Knast und dem Tod immer ausgewichen. Aber jetzt war der Sommer zu Ende, und die ortsansässigen Cops hielten sich an allen Auswärtigen schadlos, schenkten ihnen nichts. Auf Happys Nummernschildern stand New York. Sie würde über Nacht bleiben müssen oder sich um drei Uhr früh von ihnen aus dem Knast freikaufen lassen, was kein Mensch wollte.

»Wie wir dich am besten nennen, überlegen wir uns später«, sagte Tommy. »Was machen wir mit den Hunden?«

»Meine Kinder der Nacht«, sagte Bobbi. »Die beruhigen sich gleich.« Sie ging auf das Haus zu.

»Laufen die nicht weg?«

»Ich füttere sie. Die sind doch nicht blöd. Würdest du von Janice weglaufen?« Sie ging weiter. »Mick ist tot. Schon gehört?«

»Haben wir alle, Süße«, sagte Tommy. »Sam und Esther sind auch hier. Wir sind alle wie betäubt.«

»Verstehe«, sagte sie. »Ich auch. Total unter Schock.«

* * *

Die Cocktails liefen bestens. Janice machte ein großes Trara um Bobbi, die happy wirkte, Bobbi zu sein, nicht Happy, als sei dieser ganze Abend eine Rückkehr (für sie, niemanden sonst) zu einer anderen Daseinsform, älter als alles, was dann leider aus ihrem Leben geworden war. Janice verfolgte das unausgesprochene Ziel, eine Atmosphäre zu schaffen, die sich anfühlte, als wäre Bobbi zufällig vorbeigekommen, als wäre gar keiner gestorben, und nun hätten sie haufenweise Themen zu besprechen – nach der viel zu langen Funkstille. Und Bobbi musste den vieren auch unbedingt von ihren neuen Projekten erzählen, von ihren Plänen für den Herbst und Winter (»natürlich in Taos«) und von dem berühmten Museum in L. A., das jetzt *endlich* zu Potte kam und den Ankauf in Gang setzte, nach sechs Jahren Verzögerung, und dass sie gerade als Artist-in-Residence von einer großen staatlichen Uni in Alabama angefragt worden war, die viel Geld in die Hand genommen hatte, um eine Weltklasse-Kunstfakultät zu werden (durch Abwerben guter Leute aus

Yale und Santa Cruz). Und sie, Bobbi, sollte nun ihr Fixpunkt werden. Das wäre ja wohl der totale Brüller, sagte Bobbi, wenn ein kleines *Schatzele* von der Palisade Avenue in New Jersey da hingehen würde, wo immer es genau war. »Gibt es überhaupt Juden in Alabama?«, fragte sie. Sie trank Gin, trug ihre blaue Sonnenbrille und ihre neuen Goldsandalen. Die Königinnenstimme war unermüdlich im Einsatz.

»Doch, doch«, sagte Sam. »Da müsstest du jeden Samstag Baumwolle pflücken.« Er hatte die Musik übernommen und Dave McKennas »Dancing in the Dark« ausgesucht, Mick hätte es gefallen.

»Scheiß drauf«, sagte Bobbi, die Musik übertönend. »Juden pflücken keine Baumwolle.«

»Kommt drauf an«, sagte Sam, »ob der Kilopreis rauf- oder runtergeht.«

Da war anscheinend nichts zu machen. Tommy merkte, dass er auf leeren Magen betrunken wurde. Draußen war es immer noch hell. Das abendliche Wasser, bei fast voller Ebbe, leuchtete schwarz und gelb von der restlichen Sonne. Ab und zu konnte man die großen Hunde erspähen, die an den Fenstern vorbeistürmten. Einmal sah es so aus, als hätte einer von ihnen etwas Zappelndes im Maul.

Das Abendessen kam um exakt Viertel vor zehn auf den Tisch. Alles perfekt. Das Lamm war außen kross, innen rosa, dazu die würzige Ingwermarinade, die Janice aus der *Times* hatte. Esther hatte zu den Tomaten eine Senfvinaigrette gemacht und die Maiskörner aus den Kolben gelöst. Plus »Bobbis Rosenkohl«, den zu putzen ihre Aufgabe gewesen war, aber sie war es schnell leid geworden und hatte an Tommy delegiert. Zunächst flammte reihum etwas Angestrengtes auf, das legte sich dann aber beim Essen. Später legte Sam lebhafte brasilianische Musik auf, und alle »kamen runter«, ohne vorher gemerkt zu haben, dass sie angespannt waren. Angespannt wegen Micks Tod. Angespannt wegen etwas zwischen den vieren – Widerwillen –, das sich mit Bobbis Ankunft verändert hatte. Angespannt wegen Bobbi, die beschlossen hatte, einfach anzukommen und sich ein Mitgefühl abzuholen, das zunächst keiner meinte für sie übrigzuhaben, und dann, sieh an, war es doch da. Das tat sehr gut, dachte Tommy. Dass sie in ihrem Alter über Reserven verfügten und bereit waren, sie anzuzapfen. Er war sich nicht sicher gewesen.

Aber er wünschte sich, dass sie ganz bald zum Strand hinuntergingen. Für den dünnen Streifen letztes Licht tief am Horizont – blau und orange, zu grünlichem Dunkel verblassend. Das schuf eine friedliche, einvernehmliche Stimmung. Janice und er vernachlässigten das zu oft. Er würde einen Roederer Cristal mit runternehmen, dann könnten sie auf Mick Riordan anstoßen und danach schlafen gehen.

Nach dem Essen, bei einem Glas Jameson-Whiskey, beschrieb ihnen Bobbi still und geduldig Micks letzte Augenblicke in der Cottage-Küche in Watch Hill. Wie sie das Essen vorbereitete und er am Tisch saß, wie er ansetzte, etwas über einen Plan zu sagen, den er ausbrütete; sie wusste nicht mehr, ob er gesagt hatte, was für einen, vielleicht, dass er etwas schreiben wolle – sie wusste es nicht mehr. Seine Sprechweise, erzählte sie, war wohl etwas wacklig von seinen Schlaganfällen. Ihrer Meinung nach hatte Mick keine Sekunde lang vorgehabt, am nächsten Tag ins Krankenhaus nach Providence hochzufahren, und sich entschieden (falls man das so sagen konnte), genau so zu sterben, wie er starb, am Esstisch, vor ihm ein fast volles Glas Martini, als wäre das der logischste »nächste Schritt« des Lebens, wie er es sich ausgerechnet haben mochte. Er hatte einfach darauf gewartet, dass sie – Bobbi – eintraf, und dann konnte jedes Puzzleteil an seinen Platz fallen. »Richtig traurig war es gar nicht«, sagte sie, immer noch hinter ihrer blauen Brille hervor. »Ist das nicht seltsam?« Bobbi beäugte ihren Whiskey, als spräche sie zu ihm oder über ihn.«»Die ganzen vier Tage danach war ich einfach nur da, musste mit seinen albernen Töchtern reden, die Einäscherung organisieren, jemanden finden, der sich um das Haus kümmert, Donleavy in New York anrufen und die Anwälte – es war, als wäre Mick *dabei*, als erledigten wir all das zusammen.« Bobbi nickte zu ihrer Einschätzung der ganzen Situation. Wie schwer wog der Tod gegenüber dem Leben. Alle vier stimmten zu, jeder mit seinen Worten, dass es wahrscheinlich gut so gewesen sei. Nicht gut, dass Mick gestorben sei. Klar. Aber gut, dass es für Bobbi in Ordnung war, wie es sich abgespielt hatte. Erleichtert (das war wohl das richtige Wort).

Esther Parr setzte an, davon zu erzählen, wie sie dabei gewesen war, als ihre Großmutter – auch eine Esther – starb, in einem Zimmer in Brooklyn Heights, und wie sie plötzlich das Gefühl hatte, als würde etwas, eine Last, von ihr genommen, und dann sahen sie und ihre Mutter und ihre Schwester Rachel sich an und fingen fast an zu lachen. Doch dann beschloss sie, es lieber bleiben zu lassen.

»Gehen wir an den Strand«, schlug Tommy vor, kühn (fand er) und zugleich auch ehrerbietig (warum, das hätte er nicht sagen können).

»Ich bin tot. Ich bin absolut tot«, sagte Bobbi kopfschüttelnd. »Ich muss die Viecher füttern.« Ihre Hunde, denen sie in den letzten zwei Stunden keinerlei Aufmerksamkeit geschenkt hatte. Ab und zu hatte einer mal an der Tür gekratzt und gebellt oder gewinselt, aber Bobbi hatte sie abgetan. »Die sagen nur: ›Uns geht's gut.‹ Die haben Spaß. Die langweilen sich nie. Die sind gezüchtet worden, um Löwen zu jagen, da kommt ihnen alles wie ein großes Spiel vor.«

»Jetzt ist die Flut schon wieder zu hoch«, sagte Sam. Janice fing an, Teller und Besteck abzuräumen, klirrte und klimperte herum. Esther stand auf, um ihr zu helfen.

»Wo schlafe ich?«, fragte Bobbi. Sie nahm ihre Brille ab, noch im Sitzen, und wischte sich die Augen, keine Träne, nur die Schlacken der Müdigkeit. Ihr Gesicht war nackt und zerbrechlich, die Augen lagen tief in den Höhlen. Sie sah nicht so aus, wie man ihr Gesicht hinter der Brille erwartet hatte. Tommy wusste, wie alt sie war. Fast sechzig. Was durchlebte sie gerade? Vermutlich gab es dafür kein richtiges Wort. Ohne es abzuwerten: Trauer war es nicht so recht. Eher eine Vorstufe davon.

»Im Cottage«, sagte Tommy. »Das kleine Zimmer ist bereitgemacht.« Da hatte sie schon einmal geschlafen – als Mick so betrunken und grässlich war, dass man es nicht mit ihm in dem großen Schlafzimmer aushalten konnte, deshalb war sie umgezogen. Das war Jahre her. Diverse Hunde her, die Flöhe hinterlassen und einen Bildschirm zerstört und alles Mögliche zerkaut hatten. Nichts, was sich nicht ersetzen ließ – aber Mick und Bobbi war das zu lästig gewesen. So machten sie es meist. Möglichst wenig zurückschauen.

»Weißt du noch, letztes Mal?« Bobbi grinste schief und setzte wieder die Fliegerbrille auf, ihre Maske. Draußen bellte leise einer der Hunde, dann der andere. Sam war zum Rauchen in den Garten gegangen und schaute in die letzten angeleuchteten Wolken hinein. Oder er hatte irgendetwas gespürt. Er kannte Bobbi seit Ewigkeiten und kannte die üblichen Abfolgen in ihren Verhaltensmustern, wie leicht sie sich in Groll hineinsteigern konnte.

»Ja, ich weiß noch«, sagte Tommy.

»Wir wissen es noch«, sagte Janice aus der Küche, wo sie mit Esther spülte.

»Ihr zwei wart so dermaßene Arschlöcher«, sagte Bobbi, rückte ihre Brille hinter den Ohren zurecht und schüttelte kurz den Kopf, als wachte sie gerade auf.

»Ach ja?« Janice war nicht zu sehen, klang aber spitz. Draußen sprach Sams Stimme mit den Hunden. »Ein bisschen vernachlässigt, und schon schlagt ihr über die Stränge«, sagte er gerade. »Schon der Flügelschlag eines Schmetterlings in ...« Den Rest verstand man nicht.

»O ja, absolut«, sagte Bobbi, vom Tisch aus. »Ihr wart beide so richtig widerlich. Ein armseliger kleiner Bildschirm und irgendein billiger afghanischer Teppich, stimmt's?« Vor ihr stand ihr Glas mit Martini, ein Drittel voll. Sie tunkte einen Finger ein und leckte ihn ab.

Das musste doch alles nicht erwähnt werden, fand Tommy. Aber es war schon eine Art Wendepunkt gewesen. Das hatte Bobbi vergessen oder es sich zu vergessen gestattet. Nun, wo der alte Mick gestorben war, entschied er sich für Schwamm drüber. Es war keine große Sache gewesen. Aber die beiden waren nicht mehr gekommen, das stimmte schon.

Janice sagte nichts mehr, spülte mit Esther weiter vor und bestückte die Spülmaschine.

»Also, Mick hat gesagt.« Jetzt ließ sich Bobbi nicht mehr aufhalten. »Ihr kennt Mick. Er hat gesagt, wenn sich Gastgeber so benehmen wie ihr damals – wie totale Arschlöcher –, dann würde man in Irland ins Bett scheißen, als Abschiedsgruß. Ha! Das haben wir immerhin nicht gemacht. Wir waren zu nett. Wir waren gute Gäste.«

»Na vielen Dank«, sagte Janice. Esther und sie waren amüsiert und verärgert über Bobbi. Tommy war einfach nur anwesend – im Esszimmer, wo die Kerzen herunterbrannten und noch leere Gläser herumstanden, aber die Deckenbeleuchtung strahlte hell und machte deutlich, dass der Abend vorbei war. Er verspürte so etwas wie ausgehöhlte Verpflichtung. Aber wem oder was gegenüber? Eine (falsche) Verpflichtung einer Zeit gegenüber, die jetzt vorbei war, mit Bobbi Kamper als ihrem unerwünschten Überbleibsel? Oder vielmehr Verpflichtung gegenüber etwas Grundsätzlicherem – es musste Bescheidenheit sein. Das mochte durchaus mit seinem schriftstellerischen Ungenügen zusammenhängen und würde ihn überdauern. Danach musste er Janice fragen, wenn sie im Bett lagen und das Licht aus war.

»Vielleicht sollten wir alle schlafen gehen«, sagte Tommy und setzte als Korrektiv ein Lächeln auf – dass da bloß nichts entgleiste. Das wollte keiner.

»Darauf trinke ich«, sagte Janice in der Küche. »Esther schläft hier schon im Stehen, statt mir zu helfen.«

»A-hem«, machte Esther Parr. Dann hörte man, wie sie durch die Hintertür hinausging, zwischen den Bäumen den Hügel hinunter zum Gästehaus. Sam rauchte eine zweite Zigarette und fummelte immer noch mit den Hunden herum. Die Tür zum Flur klickte ins Schloss – Janice verzog sich ohne Gutenachtgruß ins Bett. Sie hielt ihre eigene Privatetikette hoch. Sie war hier zu Hause. Und sie konnten wirklich alles noch einmal durchsprechen, nachdem Bobbi weg war.

Tommy hörte Sam, der im Garten noch mehr Lyrik zitierte. »*Ein Hund, der hungert vor dem Haus / Sagt den Ruin des Staats voraus*. Ihr Hunde solltet mehr auswendig lernen. Dann wärt ihr bessere Weggefährten.« Sam hatte Blake fast komplett drauf, und nicht nur den.

»Was bist du doch für ein guter Ehemann«, sagte Bobbi hinterhältig. »Wie machst du das bloß? Den Trick würde ich nie lernen.« Sie hatte gemerkt, dass Janice gegangen war. Sie konnte alles sagen, was ihr einfiel. So erlebte sie den Verlust – als Befreiung, als Ablösung von ihren wenigen sympathischen Eigenschaften. Diese Frage mochte er nicht beantworten. Es war gar keine Frage. »Kannst du dich erinnern, wie du versucht hast, mich zu ficken?«

»Daran kann ich mich wirklich nicht erinnern«, sagte Tommy. »Wann soll das gewesen sein? Ich erinnere mich an die meisten Frauen, die ich mal ficken wollte – vor allem an die, wo ich gescheitert bin.«

»Und wie du gescheitert bist«, sagte Bobbi. »Total. Feige. Erbärmlich. Es war bei den Dupuis – diesen grässlichen Leuten aus New Orleans, die dieses gigantische Sommerschloss in Westport gemietet hatten, wir waren alle da und mussten auch dort übernachten. Janice war da. In der Nacht warst du kein so guter Ehemann. Du warst extrem besoffen. Ich hab kein Ding draus gemacht. Aber später hab ich natürlich Mick davon erzählt. Er fand es lustig. Und auch lächerlich. Aber es war ihm egal.«

»Komisch, was einem so alles entfällt«, sagte Tommy. Vielleicht glaubte sie ja dran. Mick hatte immer gesagt, wenn Bobbi Gin trank, dachte sie sich Szenarien, Lebensläufe, Brüskierungen, Liebesgeschichten, Missetaten aus, mit denen er dann leben musste.

»Mick fand dich nur mäßig begabt«, sagte Bobbi. »Esther war viel talentierter.«

»Das habe ich auch immer gedacht«, sagte Tommy.

»Wir wissen Bescheid, oder?«, sagte Bobbi. »Über uns selbst.«

»Manchmal, ja.« Es schien sie zu beruhigen, wenn er ihr derlei Kleinigkeiten zugestand. In ihren späteren Jahren hatte sie solche Momente der Übereinstimmung vermutlich nicht oft erlebt.

»Worum geht es uns denn überhaupt, Tommy?«, fragte Bobbi im Licht der letzten Kerzen, während Sam draußen noch die Hunde bespielte und die anderen im Bett lagen.

»Vielleicht lässt sich das gar nicht sagen.«

»Nein?«, meinte Bobbi. »Ist das nicht beängstigend? Es geht letztlich um – was denn? Was würdest du sagen? Um gar nichts von größerer Bedeutung?« Sie lehnte sich zurück, als wollte sie von ihren eigenen Worten abrücken.

»Würd ich nicht sagen«, sagte Tommy.

»Ich habe Micks Asche im Auto. Keine Ahnung, was ich damit anfangen soll.«

»Da fällt dir schon was ein.«

»Könnte ich sie nicht einfach hier bei euch lassen? Asche ist irgendwie nicht so meins.«

»Nein«, sagte Tommy. »Das wäre nicht gut.«

»Ah!«, sagte Bobbi. »Es geht also doch um was. ›Und am Ende durfte die arme trauernde Frau die Asche des alten Mannes nicht dalassen, weil es *nicht gut* war.‹ Den Spruch schenke ich dir, Thomas. Kannst du in deinem nächsten Roman benutzen.«

»Zeit zum Schlafengehen«, sagte Tommy, wahrscheinlich schon zum vierten Mal.

Bobbi Kamper erhob sich, nicht besonders standfest. Man würde Sam bitten müssen, sie nach unten zu begleiten. »Wo schlafen die Hunde?«

»Bei dir im Zimmer«, sagte Tommy.

»Und diesmal bringst du dich nicht um deswegen?« Sie stützte sich mit beiden Händen auf dem Tisch ab.

»Zum Andenken an Mick«, sagte Tommy. »Das schenk *ich* dir.«

»Du darfst uns ein Küsschen geben, Süßer«, sagte sie. »Mach Happy happy.« Sie setzte die blaue Brille wieder ab. Ihr Gesicht war klein und präzise, verkleinert vom Zahn der Zeit. Nicht unhübsch. Er würde ihr ein Küsschen geben. Das hatte er immer gern getan, viele Male im Lauf der Jahre. Unschuldig. Bedeutungslos. Das würde wieder so ein Küsschen werden. Um die Dinge abzuschließen, so gut sie sich eben abschließen ließen. Er beugte sich vor, um sie zu küssen.

* * *

Er stand im Garten, wo Sam bei den Hunden gewesen war. Aus dem Gästehaus weiter unten, wo noch Licht brannte, drangen Stimmen hoch – Sam und Bobbi –, dann Gelächter. Dann Esther. »Als wüssten wir nicht alle …«, hörte er sie sagen. Die drei kannten einander viel länger, zwischen ihnen war es anders. Doch jetzt war auch die letzte Verbindung zu etwas Wichtigem dahin. Am Ende (nämlich jetzt) stand alles einfach still. Er hatte eine verrückte Idee: zu ihrem Auto gehen, die vermutlich ganz schlichte Urne mit der Asche vom alten Mick finden, sie zum Strand tragen und in die Feuergrube schütten – falls die noch da war –, damit die Flut sie mitnahm. Damit die Meeresströmung sie wegspülte, so wie er es oft mit kalter Asche aus dem Ofen der kleinen Fischerhütte am Strand gemacht hatte, wo er früher seine Bücher schrieb. Das wäre ein weitaus besserer Ausgang für den alten Esel, als wenn seine sterblichen Überreste irgendwo herumstehen würden, übersehen, für etwas anderes gehalten, vergessen. Bobbi fand, Asche war nicht so ihrs. Nur deshalb war sie hergekommen. Total schräg. Natürlich hätte er die Asche nehmen können. Aber das machte man nicht. Das (angemessene) Gefühl der Verpflichtung gegenüber jener grundsätzlichen Bescheidenheit stand dagegen.

Aber, dachte er beim Hineingehen, beim Ausschalten der Lichter und unterwegs ins Bett, was Jans und sein angeblich unzivilisiertes Verhalten betraf, als die Hunde das Zimmer verwüstet hatten und Mick und Bobbi alles weggelacht, sie ganz sicher ausgelacht hatten – da lag Bobbi total falsch. Janice und er hatten nur erwähnt, was jeder erwähnt hätte, und waren nicht weiter darauf herumgeritten. Keine große Sache. Und hatten sie Bobbi nicht heute Abend in ihr Leben hereingelassen, ihr Trost und ein bisschen Ablenkung in diesem Moment der Trauer geboten, als sie allein war und nur sie hatte – nicht unbedingt Freunde, aber doch auch keine Feinde? Hatten sie nicht alle miteinander ihr Bestes getan? Für Bobbi? Und für Mick? Für sie alle? Das war natürlich nur seine Meinung, eine Schutzbehauptung, die man ebenso gut vergessen konnte, wenn man alles recht bedachte, Mick und den Augenblick selbst und auch, wie sie sich morgen alle verhalten wollten, wenn ein neuer Tag anbrach und sie noch eine Menge zu klären hatten.

Am falschen Ort

Wenn dein Vater stirbt und du bist erst sechzehn, dann ändert sich vieles. Das Leben an der Schule ändert sich. Du bist auf einmal der Junge, dessen Vater fehlt. Man hat Mitleid mit dir, aber man wertet dich auch ab oder nimmt es dir sogar übel – was genau, das kannst du gar nicht sagen. Um dich herum ist die Luft anders. Früher umgab sie dich völlig. Und jetzt ist da etwas aufgeschnitten, was dir Angst macht, aber so viel Angst auch wieder nicht.

Und dann noch deine Mutter und ihr Verlust – diese Leerstelle musst du ausfüllen, zumindest in sie eintreten, während du mit diesen Empfindungen umgehst. Mit der Angst. Und anderem. Chancen. Und dann ist da immer das Faktische der Sache mit deinem Vater, den du liebst oder geliebt hast und von dessen Leben bald nur noch das Ende übrig ist – das Restliche verblasst fast alles so schnell. Also. Du bist allein auf eine derart vielschichtige Weise, dass es kein Wort dafür gibt. Jeder Versuch, das Wort zu finden, verwirrt dich – da die Verwirrung nicht völlig ungewollt oder unangenehm ist. Versuche das Wort zu finden.

***

Es ist nicht nötig, sehr viel zu meinen Eltern zu sagen. Mein Vater war ein Junge vom Land, aus der Nähe von Galena, Kansas. Groß und gutaussehend und gutmütig. Meine Mutter war ein skeptisches, ehrgeiziges Stadtmädchen aus Kankakee. Sie waren sich im

Speisewagen eines Rock-Island-Passagierzuges zwischen St. Louis und Kansas City begegnet, wo mein Vater hinfuhr, weil er dort Arbeit gefunden hatte. Es war 1943. Keiner von ihnen hätte sagen können, dass ihnen irgendetwas auf der Welt Sorgen machte oder dass sie auf irgendetwas nicht hätten verzichten können. Dass sie nicht im Entferntesten füreinander geschaffen waren und nie geheiratet hätten, wenn meine Mutter nicht schwanger geworden wäre – das werfe ich ihnen nicht vor. Hätte er einfach länger gelebt, dann hätte sie sich von ihm scheiden lassen können. Ich hätte an die Militärakademie gehen können – das war mein Wunsch. Die Dinge wären anders gelaufen. Ganz gleich, wie verbürgt dir der Verlauf deines Lebens vorkommt, wenn du es Tag für Tag lebst – alles hätte immer ganz anders sein können.

**

Gegenüber unserem Haus in Jackson – noch waren wir nicht in die Doppelhaushälfte gezogen, was aus Geldmangel bald nötig sein würde – hatten sie ein älteres Wohnhaus in ein Wohnheim umgewandelt, vor dem ein Holzschild mit einer Telefonnummer stand. RUF AN: 33 377. Mehr nicht. Meine Mutter – in ihrer komischen, unvollständigen Trauer – missbilligte dieses Haus, ja sogar das Schild. »Das Ruf-an-Haus« nannte sie es irgendwie angewidert. Wer da wohnte, war heimatlos, sagte sie. »Heimatlos« war für sie gleichbedeutend mit unerwünscht. Es stand für Schwäche, für ein Versagen, das einen ins Verderben stürzen konnte. Und das Verderben war die Naturgewalt, die sie *jetzt* fürchtete. Mein Vater hatte ihr ein Gefühl der Sicherheit gegeben – unabhängig davon, welche Gefühle er sonst noch ausgelöst hatte. Dass wir nun in dieser kleinen Südstaatenkapitale allein saßen – wo er uns hingebracht hatte und wo wir noch niemanden kannten, aber auch vorläufig nicht wegkamen –, das setzte uns nach ihrem Empfinden allen möglichen Fallstricken und Risiken aus, die uns ruinieren konnten, jede Chance auf ein wiederhergestelltes Leben konnte uns ganz schnell zwischen den Fingern zerrinnen.

Also, mein Vater war tot, und meine Mitschüler drängten mich ab in eine merkwürdig ambivalente Position. An manchen Tagen war mir, als hätte mich sein Tod in einen »besonderen Menschen« verwandelt, der Mitgefühl und sogar eine an Zuneigung grenzende Bewunderung verdiente. Als wäre der Verlust ein Fortschritt, den sich alle wünschten, der aber nur wenigen vergönnt war. Und gleichzeitig spürte ich bei denselben Menschen – ob Jungen oder Mädchen – einen tiefen Widerwillen, als wäre ich ein Alien und sie suchten noch nach einem Grund dafür, ihn nicht zu mögen. Ich durchschaute das natürlich nicht. Aber es hatte zur Folge, dass ich mich alldem unterwarf, daran glaubte, wenn es mich stärkte, und daran glaubte, wenn ich mich dadurch verlassen fühlte. An meine Zukunft dachte ich, wenn überhaupt, nur mit schlechten Gefühlen.

In dem Ruf-an-Haus war immer etwas los. Ich interessierte mich dafür, weil ich, ob sie mich in der Schule nun verehrten oder ablehnten, durch meine Rolle als Fremder keine Freunde fand und, wenn der Schultag vorüber war, viel freie Zeit hatte. Außerdem kam meine Mutter damals zu der Überzeugung, dass sie eine Arbeit annehmen sollte. Die Firma meines Vaters hatte nur sein Begräbnis finanziert, und dieses Geld war jetzt aufgebraucht. Meine Mutter arbeitete, wenn auch nicht lange – nur bis sie ihren ersten Freund kennenlernte –, als Nachtkassiererin in einem Hotel in der Stadt. Das heißt, sie ging zur Arbeit, wenn ich nach Hause kam, und kehrte zurück, wenn ich schlief oder hätte schlafen sollen.

Unser Viertel war schon älter – große, früher mal vornehme Häuser, seit langer Zeit bewohnt von älteren Witwen, die sich selten nach draußen wagten und einem Sechzehnjährigen nichts zu bieten hatten. Das Ruf-an-Haus, früher so ein prächtiges Haus, war diesen älteren Menschen ein Dorn im Auge, denn dort geschahen rätselhafte Dinge, manchmal lautstark bis spät in die Nacht, so ein Leben war man auf der Grand View Avenue nicht gewohnt. Ich aber spürte, dass sie und ich eher so lebten wie die Leute im Ruf-an-Haus, nicht hinter Hecken und Holzläden verschanzt wie in den Herrenhäusern an der Grand View. Auch wenn wir uns nicht so sahen: *Wir* waren heimatlos. Wir selbst fanden uns behütet und unbeugsam. Hätten wir uns aus einer gewissen Distanz betrachten können, hätten wir gewusst, wer wir waren, geworden waren. Solche Veränderungen kann man, während sie geschehen, nicht leicht einschätzen.

Im Ruf-an-Haus gingen alle möglichen Leute ein und aus. Es gab diverse Zimmer – mindestens zwölf. Das Haus hatte drei Stockwerke und viele Fenster und musste dringend neu gestrichen werden. Früher hatte es einem bekannten Richter gehört, mit Kindern und Kindeskindern – eines davon lebte angeblich immer noch unterm Dach, vom erst kurz zurückliegenden Krieg traumatisiert. Manchmal starrte ich hoch zu dem Fenster, das ich in meiner Fantasie ihm zuordnete, und glaubte ihn hinter einem dünnen Vorhang schemenhaft zu erkennen, wie er hinausstarrte. Draußen sah ich ihn nie, aber ich hätte ihn auch nicht erkannt, selbst wenn er zu mir gekommen wäre und meinen Namen gesagt hätte.

Sekretärinnen wohnten im Ruf-an-Haus. Kellnerinnen. Verheiratete Paare aller Altersstufen. Vertreter auf der Durchreise. Musiker, die in den hiesigen Kaschemmen auftraten und deren laute Autos vor dem Haus standen und in den frühen Morgenstunden immer verschwanden. Meine Mutter war überzeugt, dort spielten sich unappetitliche Dinge ab, ich solle mich fernhalten. Zwei Männer lebten dort zusammen, das wusste ich – jüngere Männer, die in der Stadt als Schaufensterdekorateure arbeiteten. Manchmal sah man sie Hand in Hand.

Im Ruf-an-Haus wohnte auch eine ganze Familie. Der Vater fuhr ein Taxi, das ihm gehörte und vor dem Haus parkte. Sie waren Iren – das wusste ich, weil meine Mutter gelegentlich mit der Frau redete und dabei einiges über sie erfahren hatte. Bei diesen Leuten – den MacDermotts – machte sie eine Ausnahme von ihren strengen Ansichten über die Bewohner. Die MacDermotts respektierte sie, weil sie katholisch waren, so wie sie selbst in Illinois erzogen worden war, und weil sie als Familie zusammenhielten, weit weg von dem Ort, wo sie hingehörten. Sie fand sie tapfer.

Diese Iren hatten einen Sohn und eine Tochter, und die beiden gingen, vielleicht weil sie noch nicht lange in der Stadt waren, nicht zur Schule. Der Junge, Niall, war ein Jahr älter als ich. Das Mädchen, Kitty, war jünger und blieb die meiste Zeit drinnen. Niall aber war extrovertiert und freundlich, manchmal fuhr er das Taxi, wenn sein Vater krank war – das kam oft vor. Meine Mutter machte unmissverständlich klar, dass ich mit niemandem aus dem Ruf-an-Haus Umgang haben sollte. Die vollbusigen, augenzwinkernden Sekretärinnen, die billigen Musiker, die beiden schwulen Jungs – ich sollte mich vor ihnen hüten, als hätten sie eine ansteckende Krankheit.

Aber für den großen, höflichen Niall MacDermott mit seinen rotblonden Haaren und blauen Augen machte sie eine Ausnahme. Seine fröhliche, singende Art zu reden gefiel ihr, schien sie aus Sorgen und Kummer herauszuholen. Es hatte mit dem Irischsein zu tun, dass die Welt ihm nicht allzu sehr zusetzte, davon war sie überzeugt. Selbst sie als Witwe fasste dadurch neuen Mut.

Manchmal hockte sich Niall MacDermott auf unsere Verandastufen und erzählte mir vom Leben in Irland. Er war in einer Stadt namens Strathfoyle auf der katholischen Schule gewesen. Seine Familie sei von dort hergekommen, um bessere Chancen zu haben. Dass sein Vater jetzt Taxi fuhr, statt im Hafen zu arbeiten, hielt er aber für keinen besonders großen Fortschritt. Und dort zu leben, wo sie jetzt waren, in die engen, übelriechenden Räume eines Wohnheims gezwängt, während sie sich da, wo sie herkamen, ein ganzes Haus hatten leisten können, das ergab für ihn keinen Sinn.

Natürlich war ich, im Vergleich zu dem, was Niall in fast derselben Lebenszeit schon alles ausprobiert hatte, nicht besonders spannend. Ich kannte nur den einen anderen Ort, wo wir gewohnt hatten, nicht weit vom Geburtsort meines Vaters in Kansas. Ich konnte sagen, dass sich meine Eltern nie besonders gut verstanden hatten und dass ich an die Militärakademie wollte, was jetzt nicht ging. Und natürlich, dass mein Vater gestorben war – nicht lange bevor die MacDermotts ins Ruf-an-Haus gezogen waren. Niall fragte mich, wie das denn gewesen sei – vor allem, ob ich ihn hatte tot *anschauen* müssen, denn so lief das in Irland. Er hatte seinen Großvater in einem hellgrauen Anzug im Sarg liegen sehen, ein gespenstischer Anblick, den er nie vergessen würde, sagte er. Dann fragte er, ob meine Mutter sich einen Freund suchen wolle, was in Irland undenkbar sei. Witwen blieben dort Witwen oder verließen die Stadt – was er unfair fand. Und ob ich mal mit den »zwei Typen« geredet hätte, den Schaufensterdekorateuren. Die seien nett. Nichts gegen zu sagen. Er fragte, ob ich seine Schwester Kitty hübsch fände (tat ich nicht), und sagte, sie seien »irische Zwillinge« – auf die Stunde neun Monate auseinander.

Auf all diese Fragen gab ich, während wir da auf den Backsteinstufen saßen, unbefriedigende Antworten, das weiß ich. Ich hatte tatsächlich meinen Vater im Sarg gesehen, aber es hatte mich nicht schockiert. Ich wollte, dass sich meine Mutter einen Freund suchte, damit sie sich weniger mit mir beschäftigte. Ich hörte viel lieber was vom Leben in Strathfoyle, das mir geheimnisvoll und verlockend vorkam, da wollte ich unbedingt hin, wenn ich hinaus in mein eigenes Leben zog, obwohl mir Niall versicherte, ich wäre da vermutlich nicht willkommen. Es gebe zu viele unfreundliche Engländer, die alles bestimmten, deshalb würden die Leute nicht nett zu mir sein. Wobei ich nicht kapierte, wo Strathfoyle doch zu Irland gehörte, was Leute aus England, also einem ganz anderen Land, da überhaupt zu sagen hatten.

Eins verstand ich aber sehr wohl, nämlich dass ich nicht viel wusste und dass das möglicherweise so bleiben würde; während Niall MacDermott eine Unmenge Sachen wusste, die ihm wichtig waren und eine Rolle für seine Zukunft spielten. Sein Wissen hing nicht von dem Zufall ab, wer er war und woher er stammte.

***

Im weiteren Verlauf meines Schuljahres kam es immer öfter vor, dass Nialls Vater – er hieß Gerry – »nicht ganz auf dem Damm war«, so drückte Niall es aus. Und nun waren die MacDermotts meiner Mutter offenbar immer weniger genehm. Mrs. MacDermott – Hazel – hatte wohl angedeutet, Gerry habe ein Problem mit dem Trinken, und bei einer anderen Gelegenheit, er habe »was an der Lunge«, vom Rauchen, was hier im feuchten Mississippi schlimmer werde. Da sei Arizona besser.

Meine Mutter sagte, Gerrys Probleme seien eine »genetische Vorbelastung« und ich solle mich von ihm fernhalten. Wobei sie zu meiner Überraschung Niall weiterhin schätzte und ihn mir gegenüber als ehrgeizig, gutaussehend und klug darstellte, was ich alles für zutreffend hielt. Er war offenbar bereit, mich anders zu behandeln, als meine Klassenkameraden es taten, als seinen »jüngeren Freund«, nicht auf Augenhöhe, aber fast. Das sah ich als gute Fügung an, eine Chance, mir jemanden zum Vorbild zu nehmen, der eine Zukunft hatte.

Harry, so nannte mich Niall. Etwa in »Stimmt's oder hab ich recht,

Harry?«, »Du willst mich wohl veräppeln, Harry« oder »Mensch Harry, sag bloß, altes Haus«. Ich verstand seine Sprüche nicht immer, aber ich mochte es, wenn er sie sagte. Ich hieß eigentlich gar nicht Harry, sondern Henry Harding, wie mein Vater, den laut meiner Mutter seine hochnäsige Familie nach einem berühmten Maler benannt hatte. Als ich Niall fragte, warum er mich Harry nannte, lachte er nur und sagte: »Ach, wenn ich Henry Harding zu dir sagen würde, wär das ziemlich affig, ein fettes Wort-Sandwich.« Kein Mensch in Irland würde den Namen je benutzen. Niall dagegen sei der gebräuchlichste irische Name, er bedeute Leidenschaft. Und dass er ihn trage, führe dazu, dass ihn die Leute mochten und alles leichter funktionierte. Ire zu sein, davon war ich überzeugt, hielt einiges Lehrreiches bereit. Wobei ich gar nicht daran dachte – oder nur vage –, dass ich natürlich kein Ire war und auch nie sein würde.

Nach einer Weile kam mein Vater – obwohl sein Tod und alles, was er bedeutete, das Leben in unserem Haus überschatteten – nicht mehr so häufig vor, wenn ich mit Niall MacDermott zu tun hatte. Ich wusste, Nialls Bereitschaft, sich mit mir anzufreunden, war ursprünglich ein reiner Akt der Güte gewesen. Ich glaubte aber auch, dass ihm meine Mutter gefiel, die mehr als doppelt so alt war wie er, aber jünger aussah, und er gefiel ihr auch. Mehr als einmal stellte ich mir eine gewagte Szene mit meiner Mutter und mir und Niall in einem Zug nach Chicago oder New York oder sonst wohin vor, Hauptsache, weit weg von Mississippi, wo also keiner etwas von uns wusste und keiner sah, dass wir gar nicht zusammenpassten.

Mein Vater war im Juli gestorben. Im Oktober hatte sich meine Mutter schon daran gewöhnt, im Hotel zu arbeiten, und betrachtete die Welt, inklusive der Menschen im Ruf-an-Haus, nicht mehr nur als eingeschworene Feinde all dessen, woran ihr lag. Vielleicht hatte sie da auch schon Larry Scott kennengelernt, einen geschiedenen Collegeprofessor, ausgerechnet. Wo sie ihm begegnet war, habe ich nie erfahren. Er interessierte sich wenig für mich, was auf Gegenseitigkeit beruhte.

In der Schule lief es nicht besser für mich. Obwohl meine Noten in Ordnung waren, gefiel es mir dort nicht. Ich dachte wieder über eine Militärakademie nach, ich hatte von einer in Florida gehört und überlegte, ob ich ausreißen, einfach dort auftauchen und um Aufnahme betteln sollte, wodurch sich meine Mutter vielleicht erweichen ließe. Wie das genau funktionieren sollte, gehörte nicht zu meinen Überlegungen. Wir hatten praktisch kein Geld. Meine Militärakademie-Träume, das war mir schon klar, würden irgendwann zerfallen wie Papier in Wasser.

Niall MacDermott fuhr jetzt häufiger das Taxi seines Vaters, oft nachts, wenn sein Vater zu Hause blieb. Aus unserem Vorderfenster sah ich das Taxi am Bürgersteig vor dem Ruf-an-Haus stehen, die gelbe Leuchte auf dem Dach brannte, der Motor lief. »Irish Cab« plus Telefonnummer war mit Hilfe einer Schablone auf die Tür gemalt worden. In der trüben Innenbeleuchtung war Nialls Gestalt auf dem Fahrersitz zu erkennen, in ein Taschenbuch vertieft. Er rauchte – wie sein Vater –, und ab und zu schnickte er eine Kippe oder Asche aus dem Fenster. Das Taxi war ein viertüriger Mercury aus den späten Vierzigern, mit einer basecapartigen Sonnenschutzblende für den Tagesbetrieb. Der Ford meiner Mutter war ein schöneres Auto.

Am Tag vor Halloween, das auf einen Samstag fiel, kam ich aus der Schule nach Hause, Niall saß wieder mal im Taxi vor dem Haus. Wenn ein Kunde anrief, klingelte drinnen das Telefon, und Nialls Mutter oder seine pummelige Schwester kamen dann auf den Bürgersteig, sagten ihm, wo er hinsollte, und schon fuhr er los. Niall hatte mir erzählt, sein Vater habe beschlossen, Schwarze als Kunden zu akzeptieren, solange die Abhol- und die Zieladresse ein Haus waren. Auf der Straße würde er sie nicht einsteigen lassen, sagte Niall. So lief das damals in Mississippi natürlich nicht. Die Schwarzen hatten ihre eigenen Taxifirmen, so wie es auch alles andere für sie noch mal extra gab. Niall erzählte, sein Vater rechne deshalb mit Ärger von Weißen *und* Schwarzen – habe aber keine Angst. Irland habe genug eigenen Ärger, und davor wegzulaufen bringe einen auch nicht weit. Es gebe viel zu viele Schwarze, die irgendwo hinmussten, um sie einfach zu ignorieren. Er würde sogar einen Engländer fahren. Wie schlimm konnte es da sein, einen Schwarzen zu fahren.

Als ich an dem Nachmittag Niall im Taxi sitzen sah, winkte er mir zu, als hätte er auf mich gewartet. Ich hatte ihn seit ein paar Tagen nicht gesehen und geglaubt, er habe nachts gearbeitet. Er stieg aus und kam über die Straße zu unserem Haus. Etwas an ihm war anders, das fiel mir sofort auf. Er wirkte schnittiger. Er trug sein Haar kürzer und ordentlicher, so sah man mehr von seinem attraktiven, lächelnden Gesicht, das wie geschrubbt wirkte, noch rasierte er sich nicht. Er trug einen Pullover, dessen Karomuster Argyle heißt, wie ich später lernte, dazu eine zünftige braune Kordhose und geputzte schwarze Schuhe. Ich hatte den Eindruck, er würde fortgehen – möglicherweise nach Irland – und wollte sich bei mir verabschieden. Ein Zitronenduft hing an ihm – ein bisschen wie das Haarwasser, das man beim Barbier bekam, wo mir früher die Haare geschnitten wurden, als mein Vater noch lebte und es ein Leben gegeben hatte, in das ich hineinpasste. Jetzt schnitt mir meine Mutter die Haare, und es war keine Meisterleistung.

»Gestern Nacht hatte ich eine Hure im Taxi.« Niall redete einfach los, als wären wir mitten im Gespräch gewesen. Waren wir gar nicht. Aus irgendeinem Grund sah er mich direkt an, so intensiv wie noch nie, als wollte er mich beeindrucken. Er wirkte wie unter Strom, aber er hielt auch irgendetwas zurück. Wenn er »Hure« sagte, klang es wie »Hore«. Ich wusste nicht, woher ich das Wort überhaupt kannte, aber ich kannte es, und ich wusste auch, was *Horen* angeblich taten, wenn auch nicht in allen Einzelheiten. »Sie hatte interessante Dinge von ein paar hochnäsigen Windbeuteln aus der Stadt zu erzählen«, sagte Niall. »Sehr lustig.«

»Was denn?«, fragte ich. Wieder wirkte Niall verändert. Plötzlich kam er mir vor, als wäre er über zwanzig und wollte, dass ich das auch war. War ich aber nicht. Ich war nur ein Junge, dem seine Mutter die Haare schnitt und der seinen Vater vermisste und nachts aufwachte und merkte, dass er im Schlaf geredet hatte und nicht wusste, mit wem.

»Ach. Das muss ich dir mal erzählen«, sagte Niall. »Da lachst du dich schlapp und willst nur immer mehr davon hören, immer was Neues. Hab ich dann vielleicht auch zu bieten. Sie sagt auch, ein Riesenteil von New Orleans ist krachvoll von Iren. Ich hab so ein Gefühl, die seh ich wieder, wenn du verstehst, was ich meine.«

Ich dachte, er meinte, er würde diese Frau wieder im Taxi seines Vaters herumfahren, und dann würde sie ihm vielleicht neue lustige Geschichten über die Beamten der Stadt erzählen – wer immer die waren –, und vielleicht würde er sie nach New Orleans bringen.

»Dann hab ich noch mit deiner Mam geredet«, sagte Niall, es wirkte immer noch so, als würde er etwas verbergen. Das kam alles aus heiterem Himmel. Außerdem hatte Niall von sich aus mit meiner Mutter gesprochen, das wollte was heißen. Wahrscheinlich lief es mit dem Erwachsenwerden genauso. Eines schönen Tages bist du nicht mehr der, der du warst. »Sie sagt, du gehst gern ins Kino. Stimmt das wirklich?«

»Ja«, sagte ich, »stimmt.« Das tat es auch. Samstags nahm mich mein Vater, wenn er da war, in die Stadt ins *Prestige* mit, wo wir ein komplettes Nachmittagsprogramm absaßen, Pferdeopern (so nannte er sie), Komödien mit den Stooges, eine Dschungelshow, Zeichentrickfilme und Wochenschauen aus dem Zweiten Weltkrieg und Korea. Danach stolperten wir mit brennenden Augen in die Sonne hinaus, und mir war flau zumute und auch, als hätte ich irgendwie was Unrechtes getan. Was, wusste ich nicht. Mit seinem Tod hörte das alles auf. Seitdem war ich nicht mehr im Kino gewesen, meine Mutter hatte keine Zeit, mit mir hinzugehen, und allein ließ sie mich nicht.

»Pass auf«, sagte Niall. Ich sah seine Packung »Fluppen« unter dem Argyle-Muster in der Brusttasche. »Wie wärs, wir schnappen uns heute Abend das Taxi und fahren ins *Holiday*. Unter sechzehn ist der Eintritt frei. Wenn ich mich nicht irre, bist du deutlich unter sechzehn. Du hast jetzt lang genug hier rumgehockt wie ne trübe Tasse. Deine Mam meint, das muntert dich auf, und ich bin mir da ganz sicher. Ich werd dich ausführlich mit den perversen Faxen der Windbeutel amüsieren.«

Ich war schon sechzehn – seit ein paar Monaten. Aber ich sah jung aus für mein Alter, was mich nicht besonders froh machte. Ich wusste, dass Niall meinte, ich könnte schwindeln und mich reinmogeln. »Es ist ein Kracher mit Bob Hope«, sagte er. »Wir werden unseren Spaß haben.« Ich fragte mich sofort, ob er etwa die *Hore* mitnehmen wollte und was dann wohl passieren würde. Im *51-Holiday* war ich noch nie gewesen, es lag am Stadtrand und war ein Drive-in-Kino. Einmal war mein Vater abends dort vorbeigefahren, als gerade ein Film lief. »Ach, die alte Fummelhöhle«, sagte er. »Irgendwann wirst du da drin abgeknutscht werden.« Auf der großen Leinwand war ein Wagenrennen in vollem Gange – mit wilden Pferden und Männern in goldenen Rüstungen, die Schwerter schwangen und schrien –, alles ohne Ton. Vom Rücksitz aus wirkte das für mich, als geschähen diese Ereignisse auf der Leinwand wirklich, nicht in einem Film, sondern da draußen in der Nacht, als gäbe es ein anderes Dasein, das ich sehen, aber nicht betreten konnte. Das gefiel mir.

»Ich komme mit«, sagte ich, egal ob nun eine *Hore* dabei war oder nicht. Dass meine Mutter gesagt hatte, ich dürfte mit, und mich Niall anvertraute, überraschte mich. Womöglich noch eine

Art, wie das Erwachsenwerden passierte. Unerwartete Freiräume. Sie hatte natürlich keine Ahnung von der *Hore*.

»Halb acht brechen wir auf«, sagte Niall, ganz erpicht darauf. Er verpasste mir einen übermütigen Stoß gegen die Schulter – so was hatte er noch nie gemacht. »Mach dich ein bisschen schick«, sagte er. »Heute Abend gehst du mit dem alten Niall aus, heiße Sache.« Dazu sein breites Lächeln.

»Kommt sonst noch wer mit?« Ich sah die Straße hinunter. Vor einem der Häuser, das später auch in ein Wohnheim umgewandelt werden sollte, stand eine ältere Dame in einem rosa Hausanzug auf dem Bürgersteig und fegte die Beeren vom Paternosterbaum zusammen. Sie hielt inne und musterte Niall und mich streng, dann fuchtelte sie mit dem Besen in unsere Richtung, als wäre sie wütend. Ich hatte keine Ahnung wieso. »Böse Jungs. Kschsch. Geht weg«, schrie sie uns an. »Ihr habt hier nichts zu suchen. Kschsch. Weg mit euch.«

Niall lachte sie höhnisch aus und streckte ihr zwei gesenkte Daumen entgegen. »Hör dir diesen Mist an«, sagte er. »Wir sind Abschaum. Aber wir werden ihr zeigen, dass *sie* Abschaum ist.«

Ich hatte Niall noch nie höhnisch gesehen. Ein seltsamer Anblick, wie schnell sein Gesichtsausdruck wechselte – als hätte er ihn bereitgehalten. Meine Mutter hatte ich allerdings schon so erlebt – wenn sie meinen Vater auslachte, mehr als einmal.

»Also. Halt dich bereit, alter Junge, heute gibts was zu lachen«, sagte Niall und wandte sich ab, nachdem er mir noch mal gegen die Schulter geboxt hatte. Er ging über die Straße zurück zum Ruf-an-Haus, wo ich noch nie gewesen war. Plötzlich wirkte er aufgekratzt, als hätte die alte Dame ihn glücklich gemacht.

* * *

Um halb acht wartete Niall im Taxi vor seinem Haus. Es war fast dunkel. Die kleine gelbe Dachleuchte schien hell in der Dämmerung. Er rauchte. Die Fenster des Ruf-an-Hauses waren hell erleuchtet. Hillbilly-Musik kam aus einem Radio, und ich sah, wie jemand – eine Frau – am Fenster vorbeiging, ohne nach draußen zu schauen. Die Luft war sommerlich warm, dabei hatten wir Ende Oktober.

Sobald ich einstieg, sagte Niall, als hätte er nur drauf gewartet, es mir zu erzählen: »Ich überlege, zur Marine zu gehen.«

»Warum?«, fragte ich, dabei wusste ich, das war nicht die richtige Frage. Aber mein Vater hatte wegen seiner Herzprobleme im Krieg nicht gedient. Ich wusste nicht, warum jetzt Niall als Ire dienen sollte.

Wir fuhren durch die alten Viertel Richtung Norden und in die Außenbezirke, wo das *51-Holiday* lag.

»Mein Alter spekuliert drauf, dass ich einen Handwerksberuf zugeteilt kriege, wenn ich da hingehe, und dann kann ich nachher ein Amerikaner werden wie du. Grad läuft kein Krieg, der mich vielleicht zu Jesus schickt. Mein alter *Da* war natürlich bei der britischen Armee – total gegen seinen Willen. Schlimme Sache. Bei so was mach ich nicht mit. Mir schwebt da eher eine Kreuzfahrt vor, mit Hula-Hula-Mädchen.« Niall boxte mir aufs Knie und ließ sein Lächeln über den dunklen Vordersitz blitzen. »Was ist mit dir, junger Harry? Stehst du auf Hula-Hula-Mädchen? Ich könnte wetten.«

»Ja«, sagte ich. »Klar.«

»Das glaub ich gerne.« Niall war immer noch aufgekratzt, und ich sollte das jetzt auch sein. Am Nachmittag hatte meine Mutter zu mir gesagt: »Deine Freunde sind nett zu dir, weil du deinen Dad verloren hast. Ich mag Niall. Er ist sympathisch. Ihr könnt Spaß zusammen haben. Versuchs doch mal.«

»Mach ich«, hatte ich geantwortet. Und sie hatte recht. Sonst war niemand nett zu mir gewesen. In der Schule behandelten sie mich wie einen Kranken, den sie nicht mochten – wenn sie mich nicht links liegenließen. Das sagte ich aber meiner Mutter nicht. Es hätte ihr für ihr eigenes Leben den Wind aus den Segeln genommen.

***

Das *51-Holiday* lag draußen am Highway, wo es nur dunkle Drive-in-Bars gab, die baufälligen Hütten und Kaschemmen der Schwarzen, vor denen am Freitagabend dicht geparkt wurde. An der Kasse vom *Holiday* stand eine lange Autoschlange mit leuchtenden Scheinwerfern. Auf der Leinwand war schon Werbung für Geschäfte aus der Stadt zu sehen – ein Gebrauchtwagenhändler, ein Fußbodenleger, ein Fotoladen, das Hotel, in dem meine Mutter in diesem Moment arbeitete. Sogar ein Beerdigungsinstitut. Im Westen stand am niedrig hängenden Himmel immer noch ein Streifen Tageslicht, es leuchtete orange, was die große eckige Leinwand ausgebleicht und trübe aussehen ließ, anders als bei völliger Dunkelheit.

»Wir müssen uns so weit wie möglich nach vorn schieben«, sagte Niall und manövrierte uns an der kleinen Holzhütte vorbei, wo ein Mädchen aus einem Fenster heraus Tickets verkaufte.

»Zwei?«, sagte das Mädchen.

»Nur eins«, sagte Niall dreist. »Der Kleine hier ist noch nicht mal vierzehn.« Ich starrte vor mich hin und zeigte keine Reaktion, als wäre ich schwerhörig.

Das Mädchen beäugte mich. »So jung sieht er aber nich aus.«

»Wie seh ich denn für dich aus?«, sagte Niall lächelnd.

»Na, halbwegs clever«, sagte sie. »Wo kommst du her, Louisiana?«

»Siehst du? Da hast du deine Antwort«, sagte Niall, ignorierte die Frage, wo er herkam, und gab ihr einen Ein-Dollar-Schein. »Das sieht man eben nicht auf den ersten Blick. Ich bin Alfred Einstein.«

»Da hast du mich aber reingelegt, Alfred«, sagte das Mädchen und schob zwei rote Karten durch die Öffnung. »Du siehst eher wie ein Idiot aus.«

»Na, herzlichen Dank auch«, sagte Niall. »Morgen komm ich bei dir zu Hause vorbei und hol mir meinen Kuss ab.«

»Ich erwarte dich«, sagte das Mädchen, »mit meiner Pistole.«

»Die lieben mich alle«, sagte Niall, als wir in den großen umzäunten Bereich fuhren, wo andere Autos nach dem besten Platz suchten. Die Scheinwerfer beleuchteten die Leinwand und verwischten die Werbung.

Ich bewunderte, wie Niall vorging – so sacht. Er fuhr, den Ellbogen aus dem Fenster hängend, benutzte den Knopf am Steuerrad zum Lenken, Zigarette schräg aus dem Mundwinkel. Es gefiel mir, dass er einfach mit dem Taxi ins Kino fuhr, dass er das mit meiner Mutter arrangiert und bei ihr einen Eindruck hinterlassen hatte, der womöglich ihre Meinung von mir verbesserte. Es gefiel mir, meine Schwierigkeiten hinter mir zu lassen – die Schule, die Trauer über meinen Vater und meine Unsicherheit, wie ich die ganzen miesen Gefühle überwinden sollte. Niall ging das Leben in seinem Tempo an und hatte anscheinend immer ein Ziel vor Augen – egal ob er sein Zuhause hinter sich lassen musste, obwohl er das gar nicht wollte, oder mitten in der Nacht *Horen* begegnete oder mich in das Drive-in hineinschummelte. Er hatte eine entspannte Art, die Dinge zu nehmen, wie sie kamen, und wusste instinktiv, wie er mit ihnen umzugehen hatte. So trat man der Welt viel besser entgegen, als wenn man immer recht haben musste, im Gegensatz zu den anderen, die im Unrecht waren – so sah meine Mutter das Leben, und das hatte sie mir beigebracht.

Niall fuhr uns ans andere Ende des Kinogeländes, wo weniger Autos einem die Sicht verstellten. Er war bestimmt schon mal hier gewesen. An diesen Ort kam man mit einem Mädchen, um zusammen im Dunkeln zu sitzen. Die alte Fummelhöhle.

Niall manövrierte das Taxi neben einen Pfosten, wo ein Lautsprecher aus Metall an einem Elektrokabel hing. Er ließ das Fenster herunter, holte den Lautsprecher zu uns herein und hängte ihn an die Scheibe, dann schaltete er den Motor aus. »Perfekt«, sagte er. »Famos. Jetzt mach dich bereit, dir nen Ast zu lachen.« So drückte er das aus. Wahrscheinlich irisch.

Es war erst mal komisch, nebeneinander in einem Taxi zu sitzen, dessen Schnauze auf eine große Leinwand achtzig Meter entfernt gerichtet war, so als würden wir über den Highway fahren. Aber aufregend war es auch. Das Leben vor uns versprach eine reiche Ausbeute an Neuem. »Wann geht es los?«, fragte ich.

»Erst kommt der Zeichentrickfilm«, sagte Niall. »Und dann ist der ewige Clown Bob Hope dran. ›Ein ganzer Ozean des Lachens‹ steht in der Reklame. Der Film spielt zum Teil in Paris. Da musst du selbst mal hin. Einen draufmachen.« Noch einmal klapste er mir auf die Schulter. »Du willst wohl keine von meinen Fluppen, oder? Ich find sie ja beruhigend.«

»Nein«, sagte ich. Obwohl ich gerne eine wollte. Meine Mutter hatte gesagt, ich solle auf keinen Fall damit anfangen. Seit mein Vater gestorben war, rauchte sie, unser ganzes Haus roch danach. Sie rauchte nachts im Bett. Das würde ich überhaupt nur machen, dachte ich, wenn ich allein wäre. Ich begriff nicht, warum Niall sich beruhigen wollte.

»Und wie wär's mit Monsignore Hall O. Dri?« Niall hatte sein breites Grinsen immer noch eingeschaltet. Unter dem Sitz zog er eine braune Papiertüte hervor, aus der ein kurzer Flaschenhals ragte. Er schraubte den Deckel ab, nahm einen Schluck und stieß ein Keuchen aus. »Au-au-au-au-au« war das Geräusch, das er von sich gab. Und im Auto roch es auf der Stelle nach dem Atem meines Vaters, wenn meine Mutter und er gerade ihren »Verdauungsschnaps« getrunken hatten. So nannte er das, sagte er, weil meine Mutter, wenn sie einen getrunken hatte, »verdaulich« wurde – was aber nie lang anhielt. »Soll ich dich in Versuchung führen?«, sagte Niall. »Dann wird's ein bisschen heller.« Er streckte mir die Tüte hin. Und ich nahm sie. Und obwohl meine Lippen die Flasche da berühren würden, wo seine gewesen waren, tat ich, was ich ihn hatte tun sehen – ich nahm einen Schluck, ohne eine Ahnung davon, was da drin war oder was passieren würde.

Der Alkohol war sehr warm, weil er unter dem Sitz gestanden hatte, meine Kehle ging sofort zu davon, fast bekam ich keine Luft mehr. Ich wollte aufschreien vor Schmerz und in einem Ausbruch würgen und husten. Aber das durfte ich vor Niall nicht zulassen. Ich würde auf ewig als Dummerchen dastehen. Also wurde ich ganz ruhig und atmete gar nicht. Ich ließ das, was ich getrunken hatte, brennend aus meiner Brust hinauslaufen in meinen Magen und dort weiterbrennen – das war nicht mehr so schlimm. Mir standen die Tränen in den Augen. Ich war feuerrot angelaufen und hatte keine Ahnung, was ich dagegen tun konnte.

»Haut ganz schön rein, was?«, sagte Niall mit einem taxierenden Lächeln, als er bemerkte, dass ich nicht sprechen, mich vielleicht noch nicht mal bewegen konnte. »Jetzt erst mal ein Schlückchen Luft holen«, sagte er. »Höchstwahrscheinlich stirbst du nicht. Aber musstest du dir gleich alles reinkippen? Ist schon üblich, was für die anderen übrig zu lassen. Deinen Amateurstatus hast du behalten. So viel ist sicher.«

»Was ist das?«, krächzte ich, mit der Luft, die ich anweisungsgemäß geholt hatte.

»*Queen's Reserve*«, sagte Niall. »Pap hat immer was in der Taxe und vergisst dann, dass ich empfänglich dafür bin. Mehr als empfänglich.«

Mein Bauch und die ganze Kehle waren versengt. Und obwohl ich mich nicht beschwipst fühlte – so hatte es mein Vater immer genannt –, wusste ich, dass ich mich blamiert hatte, wahrscheinlich dachte Niall jetzt ganz abschätzig von mir.

»Komm noch mal zu Papa, Schätzchen.« Niall nahm die Tüte, schüttete sich einen zweiten großen Schluck rein und schraubte den Deckel wieder drauf. Er lächelte pausenlos, was immer er wirklich dachte. »Du bist jetzt auf Knast-Ration«, sagte er. »Du musst erst mal lernen, wie das richtig geht.« Er zwängte die Tüte wieder unter den Sitz zurück.

Vom Geruch her nahm ich an, dass ich Gin getrunken hatte – das war der Verdauungsschnaps meiner Eltern gewesen. So was wollte ich nie mehr anrühren. Mein Nacken schien geschwollen zu sein, die Kehle hatte nur noch den halben Durchmesser, während sich mein Magen wie leergepumpt anfühlte. Meine Mutter hatte zum Abendessen Schmorbraten gemacht, und ich hatte ordentlich zugeschlagen. Aber ich fühlte mich leer da drinnen und hatte fast sofort einen leisen, stechenden Kopfschmerz bekommen. Am liebsten wäre ich nach Hause gegangen.

Der Alkohol hatte auch auf Niall eine Wirkung. Seine gute Laune war schlagartig verflogen, er drückte sich an seine Wagentür, als sei gerade irgendwas passiert, das ihm ganz und gar nicht gefiel. Ich hatte die Sache mit dem Schnaps vermasselt, amateurhaft, was ihm vermutlich nicht passte. Aber ich wusste nicht, was ich machen sollte.

Den Zeichentrickfilm hatte ich schon im *Prestige* gesehen und fand ihn nicht komisch. Ich versuchte zu lachen, Niall lachte überhaupt nicht. Die Stooges waren Ärzte in weißen Kitteln und arbeiteten in einem Krankenhaus und standen allen und jedem im Weg und schubsten sich und fielen hin. »Guck sie dir an«, sagte Niall, an seine Tür gelehnt. »Lächerlich. Hör doch auf. Mein Alter sagt, alles hirnlose Zwerge. Typisch. Warum gucken wir uns das an?«

Nach den Stooges gab es eine Pause, und auf der Leinwand wurden wir alle eingeladen, zum Erfrischungsstand zu kommen. »Was willste?«, fragte Niall, kein bisschen freundlich. Er hatte seine Tür aufgemacht, so dass die Innenbeleuchtung anging. Leute aus den anderen Autos strömten zu dem flachen Betonbau in der Mitte des großen Geländes, wo Lampen brannten und wo sich offenbar der Projektor befand. »Ich hab deiner Mam gesagt, ich würd dich hätscheln. Also, was will das Baby?«

»Nichts«, sagte ich, »vielen Dank.« Im Schummer der Innenbeleuchtung fühlte ich mich sehr weit weg von allem, was mir vertraut war. Niall war nicht wiederzuerkennen. Er lächelte nicht mehr.

»Wer nicht will, der hat schon«, sagte Niall nach unten in den Innenraum, als bereute er, dass ich da war. Er schloss die Tür und verschwand im Dunkeln, zu dem Erfrischungsstand.

Ich wusste wirklich nicht, was ich machen sollte. Kurz ging mir durch den Kopf, wie ich mit meinem Vater im *Prestige* gewesen war und wie viel Spaß wir gehabt hatten. Aber diese Gedanken führten immer zu der Nacht, in der mein Vater einen Herzanfall hatte und auf einer Bahre aus unserem Haus getragen wurde, schon tot. Das konnte mich leicht zum Weinen bringen, was ich hier und jetzt nicht wollte. Aber Niall und ich waren bloß zwei Jungs, das dachte ich auch – obwohl er fahren konnte und trinken und rauchen, obwohl er *Horen* kannte und in vielem Bescheid wusste, wovon ich keine Ahnung hatte. Dass er auf einmal so gefühllos und wortkarg und mies drauf war, ließ ihn nicht älter wirken, als ich es war, sondern eher noch unerwachsener. Als käme jetzt sein eigentlicher Charakter ans Licht.

***

Als Niall zurückkam, brachte er eine Tüte Popcorn mit, die gut roch, aber mir bot er nichts davon an. Er warf mir einen Blick zu, als warte er darauf, dass ich etwas sagte. Aber ich hatte nicht vor, meine

Gedanken laut auszusprechen. Da wäre er erst recht sauer gewesen. Dabei war er wohl gar nicht wirklich sauer. Wahrscheinlich gab es das richtige Wort für seinen Gefühlszustand gar nicht. Darin waren wir uns unterm Strich ähnlich.

Auf der Leinwand hatte jetzt der Hauptfilm angefangen – der Lichtkegel schien über die Autodächer hinweg, beleuchtete sie teilweise. Die Leute rannten lachend und schnatternd zu ihren Autos zurück. Bierdosen wurden geöffnet, Autotüren zugeworfen. Ein Mann sagte, sehr laut: »Was zum Teufel macht ihr zwei da hinten? Ich will nicht die Polizei rufen müssen.« Eine Frau brach in Gelächter aus. »Wir sind verheiratet. Ist eh egal.«

»Clowns allesamt«, sagte Niall und kurbelte sein Fenster hoch, so dass der Lautsprecher gegen die Scheibe knallte. »Mach deins auch zu«, sagte er. »Ich will nicht hören, wie die da rumquaken. Mein Da ist schlimm genug, jeden Abend.«

Ich tat es, und schlagartig war die kühle Abendluft ausgeschlossen. Nicht lange, und uns würde heiß werden, das wusste ich. Mir tat immer noch der Kopf weh, und ich hatte Angst, dass mir durch die Hitze von dem Gin schlecht wurde.

Falsches Geld und echte Kurven hieß der Film. Die Farben waren grell und verschwommen, am Anfang liefen gut gekleidete Leute auf einem Ozeandampfer herum und redeten miteinander. Ein paar davon sprachen etwas, das nicht Englisch war, das sollte wohl komisch sein. Ein Mann mit großer Nase, schickem Sportjackett und Filzhut kam herein, mitten in einen Raum, der wie eine Hotelhalle aussah, und redete mit allen und versuchte, nicht zu lächeln. Sonst passierte gar nichts, lustig war das kein bisschen. Ich hatte Bob Hope noch nie gesehen, aber klar, der Mann mit der großen Nase war er. Seine Stimme klang wie im Radio, ich hatte ihn mal zusammen mit meinen Eltern gehört. Da hatte ich ihn auch schon nicht witzig gefunden.

Aber Niall fand ihn witzig. Er lachte laut über irgendwas, das Bob Hope sagte, und genauso über die Antworten von einer der Figuren in der anderen Sprache. »Mannomann, guck dir das an«, sagte Niall über eine hübsche blonde Frau, die in einem grauen Pelzmantel auftrat. »Die müsste ich aber mal dringend durchvögeln, würd ich sagen. Das geht dem Baby neben mir natürlich etwas anders, was.« Er hatte noch einen Schluck aus der Papiertüte genommen und mir nichts angeboten. Ich wollte auch nichts mehr.

»Ich weiß nicht«, sagte ich.

»Du bist also nicht ganz sicher, ja?«, fragte Niall, als machte es ihn wütend. Ich hätte wohl sagen sollen, ich auch, aber das war mir gar nicht eingefallen. Vielleicht war ich ein bisschen beschwipst.

»Würd ich auch«, sagte ich.

»Schwachkopf. Klar würdste«, sagte Niall. »Das ist Anita Ekberg, heilige Scheiße. Die ist Schwedin. Die ficken jeden.«

Ich sah mir die blonde Frau an, die auf der Leinwand größer aussah, als man sich vorstellen konnte. Die Frau, die Anita Ekberg war – ich kannte den Namen nicht –, wirkte nicht echt. Ich begriff nicht, wie man daran denken konnte, sie zu ficken. Dieses Wort hatte ich von anderen Jungs in der Schule gehört, die darüber Witze machten. »Wenn Anita Ekberg da sitzen würde, wo ich jetzt sitze, und sie beugt sich rüber und sagt: ›Hey Harry, wie wär's mit 'nem kleinen Anstich‹ – du wüsstest doch gar nicht, wo du anfangen solltest. Oder?«

»Doch«, sagte ich.

»Ach Quatsch. Das ist so klar wie Kloßbrühe.« Niall lächelte mich spöttisch an. Auf der Leinwand ging es weiter. Bob Hopes großes, verzerrtes Gesicht füllte die Leinwand aus, seine Augen jagten nach hier und nach da, seine Lippen kräuselten sich zu einem unechten Lächeln. Man sah Anita Ekberg einen langen Flur hintergehen, Stöckelschuhe und Pelzmantel in der Hand. Sie sah echt gut aus. Das konnte jeder erkennen. Vielleicht wäre es gar nicht so schwer gewesen, sie zu ficken, auch wenn ich keine Ahnung hatte, wie es ging.

Und dann schauten wir eine Zeitlang einfach nur zu. Anscheinend hatte Niall mich jetzt genug beschimpft – dass ich ein Schwachkopf sei und keine Ahnung hätte, wie es richtig ging. Er lachte über alles Mögliche, was sich auf der Leinwand abspielte – wovon ich das meiste nicht richtig verstand, auch wenn ich so lachte, als ob. »Der spricht Scheiß-Fersösisch«, sagte Niall über einen der Schauspieler, einen kleinen Burschen mit einem Pferdegesicht, der verwirrt guckte, dabei schien Bob Hope alles zu verstehen, was er sagte. »Französisch ist doof«, sagte Niall. »Aber lustig, wenn du es mal raushast.« Er hatte die Tüte wieder rausgeholt. »Nachschub, für die Stimmung?«, fragte er und hielt sie mir hin. Mir tat immer noch der Kopf weh, und ich wollte keinen Nachschub. Die Frauen in dem Auto neben uns lachten sich kaputt, und die Männer johlten über den Kleinen mit dem Pferdegesicht, der so tat, als müsste er sich auf zwei alte Damen in Liegestühlen erbrechen. Ich nahm die Tüte und ließ nur ein winziges Rinnsal durch meine Lippen. Ein feuchter Papierfetzen klebte an meiner Zunge, plus ein Stück Popcorn. »Pass bloß auf«, sagte Niall. Er wirkte nicht mehr wütend. »Wir wollen dich doch auf zwei Beinen nach Hause bringen.« Der Schluck brannte nicht und verschlug mir auch nicht den Atem. Es schmeckte eigentlich fast süß.

»Okay«, sagte ich, froh, dass seine freundlichere Seite wieder zum Vorschein kam.

»Ich kann mir vorstellen, dass du deinen alten Herrn verdammt vermisst«, sagte Niall mit weicherer Stimme. Er stellte den schallernden Filmlärm am Lautsprecher etwas leiser. Im nächsten Auto und in anderen lachten die Leute. Wie erwartet, war es wegen der geschlossenen Scheiben bei uns wärmer geworden. »Großer Scheiß«, sagte er und nickte mir zu. Wir hatten noch nie über meinen Vater als lebenden Menschen gesprochen. Ich hatte es gut gefunden, mit Niall befreundet zu sein, weil das nicht nötig gewesen war. Egal wo ich hinschaute, war mein Vater, tot oder lebendig. Aber nicht zwischen Niall und mir. Dass er mich ins Kino mitnahm und mir Aufmerksamkeit schenkte, zeigte eine Art heimliche Sympathie. Er hätte die Hure mitnehmen und betrunken machen können, um mit ihr anzustellen, was er wollte. Er musste sich nicht mit einem wie mir abgeben, der keine Ahnung hatte und immer traurig war. Einem Schwachkopf.

»Ja, manchmal schon«, sagte ich. Denn ich vermisste meinen Dad. Ich konnte meine Stimme unter der Tonspur des Films hören. Es war, als benutzte jemand anders meine Worte, spräche meine Gedanken aus. Nur wollte ich gar nicht darüber reden. Mein Herz fing in diesem Moment an zu rasen – wo die Möglichkeit bestand, etwas zu sagen, das mich zum Heulen bringen könnte. Das war mir schon passiert.

»Weißt du, was ich jetzt gern tun würde, falls ich die Gelegenheit dazu bekomme«, sagte Niall und streckte eine Hand über den warmen, leeren Raum zwischen uns und legte sie mir an die Wange – was mich verblüffte. Das hatte nichts mehr mit dem Stoß gegen die Schulter zu tun. Es ähnelte eher dem, was meine Mutter in den letzten Monaten oft getan hatte.

»Nein«, sagte ich, obwohl es ja nicht viel Auswahl gab, was zwei Menschen so tun konnten. Zwei Jungs.

»Dir ein Küsschen geben«, sagte Niall und strich mit seiner rauen Hand durch meinen Bürstenhaarschnitt, wie es meine Mutter tat. Seine Finger rochen nach Popcorn und Gin und seinem zitronigen Parfüm. Ich starrte auf Nialls dicke, dunkle Augenbrauen. Sie waren dicht und drahtig, wie bei einem Mann. »Das könnte alles wieder ein bisschen in Ordnung bringen«, sagte er und beugte sich zu mir.

»Ich weiß nicht«, sagte ich. Mein Herz hämmerte immer noch, hatte gar keine Zeit gehabt, langsamer zu schlagen.

»Probieren wirs doch einfach mal aus«, sagte Niall. Er legte mir eine Hand aufs Knie, stützte sich ab und drehte mit der anderen Hand meine Wange und meinen Mund zu sich und schob sein Gesicht näher. Und küsste mich. Auf die Lippen. Genau wie im Film zwei Schauspieler sich küssten, das hatte ich schon gesehen, oder wie meine Mutter meinen Vater küsste, als sie ihn noch liebte.

Ich kann nicht sagen, dass ich nicht schockiert war. Und ich kann gar nicht recht sagen, was ich tat, während mich Niall MacDermott küsste. Es dauerte nur einen Moment. Ich weiß, dass ich weder Arme noch Hände rührte, mein Gesicht weder von ihm weg- noch auf ihn zubewegte. Ich atmete nicht ein noch aus. Mein Herz schlug tatsächlich langsamer, und die Starre, in die mich Nialls Wut versetzt hatte, löste sich allmählich. Ich kann es nicht erklären, aber ich entspannte mich geradezu – nicht so, als ob mich jemand küssen würde, sondern, als hätte mich jemand beiseitegenommen und etwas Freundliches zu mir gesagt, was bis dahin nur meine Mutter getan hatte.

Aus Nialls Kehle kam ein leises Geräusch, genau als er mich küsste. Eine Art *Mmmmm*, was unnatürlich wirkte, aber er wollte es von sich geben. Ich machte kein Geräusch, soweit ich weiß, und war froh, als er wieder von mir abrückte. Er leckte sich über die Lippen und sah mich geradeaus an, direkt in die Augen. Er schien mich um etwas zu bitten – ich sollte etwas sagen oder tun. Vielleicht ihn küssen. Aber das hatte ich nicht vor. Es war nicht das Allerschlimmste, wenn zwei Jungs sich küssten. Es war gar nicht so anders, als meine Mutter zu küssen, aber es war nicht *wirklich* so, wie wenn sich Filmstars küssten, wenn sie spielen sollten, dass sie verliebt waren. Es hatte mir keinen Spaß gemacht. Er hatte mich geküsst. Ich hatte ihn nicht geküsst.

»Na, wie war das jetzt?«, fragte Niall. Seine drahtigen Augenbrauen hoben sich, als rechnete er damit, jetzt etwas zu hören, das ihm gefiel. Und ich hätte auch irgendwas gesagt, das ihn glücklich machte, wenn mir was eingefallen wäre. Es war eine große Überraschung gewesen, denn ich hatte noch nie einen Jungen geküsst, ein Mädchen erst recht nicht. Aber ich hatte nicht vor, es noch mal zu tun. Obwohl es eigentlich egal war, dass wir es getan hatten. Oder vielmehr er.

»Hast du gehört, was ich gesagt habe?« Niall hatte sich wieder an seine Tür zurückgezogen. Er hatte die Hand von meinem Knie genommen, aber er lächelte noch. »Ich habe etwas gesagt«, sagte er. »Nämlich: ›Wie war das?‹«

»Es war okay«, sagte ich.

»Es war *okay*«, sagte Niall. »Ein bisschen *okay*? Nimm's oder lass es bleiben?«

»Ja«, sagte ich. Ich wusste nicht, was ich sonst sagen sollte, höchstens »Lass es bleiben«, was ihm nicht gefallen würde, das wusste ich.

Niall drehte sich zum Steuerrad, legte seine geballten Fäuste ab und klopfte darauf. Auf der Leinwand war tiefste Nacht, Anita Ekberg stand in ihrem Pelzmantel an Deck des Ozeandampfers und sah wunderschön aus.

»Gott«, sagte Niall – nicht zu mir, glaube ich, eher zu sich selbst –, als wäre ich gar nicht da. »Du bist die reine Zeitverschwendung, oder? Eine Scheiß-Zeitverschwendung.«

»Ich dachte …«, setzte ich an. Wer weiß, was ich sagen wollte. Ich verließ mich drauf, dass die richtigen Worte kommen würden, und sie kamen nicht.

»Du *dachtest* …« Niall warf mir einen Blick zu, ich war an meine eigene Tür zurückgewichen, als wollte ich gleich rausspringen. Sein Lächeln war so höhnisch wie vorhin. »Du dachtest … was? Dass du mir gefällst? Dass ich dich süß finde? Du dachtest – was weiß ich?«

Er schien nicht wütend zu sein, nur enttäuscht darüber, dass das, was er mit seinem Kuss hatte erreichen wollen, nicht funktionierte. Mir tat das auch leid.

»Ich dachte, es täte dir leid, dass mein Vater tot ist«, sagte ich. Es war jetzt sehr, sehr heiß in dem Auto, und die gedämpfte Tonspur des Films erfüllte den Raum.

»Tut es auch«, sagte Niall. »Hab ich doch gesagt, oder? Erzähl deiner Mam bloß nichts hiervon. Abgemacht? Das bleibt zwischen dir und mir? Damit könnte sie nichts anfangen. Sie würde mich wegschicken lassen. Wo ich doch kein richtiger Bürger bin.«

»Mach ich nicht«, sagte ich. Dass Niall weggeschickt würde, war das Allerletzte, was ich wollte. Er war mein einziger Freund. Wenn ich ihn verlöre, hätte ich es gleich ganz aufgeben können mit dem Leben. Falls wir wieder ins Kino gehen sollten, dachte ich, würde ich ihn küssen, denn unterm Strich war es mir nicht so wichtig.

* * *

Auf dem Heimweg fuhr Niall so, wie ich es bewunderte – einhändig, Fenster offen, Ellbogen rausgestreckt, und die kühle Nacht flutete herein und ließ die Zigarettenglut zwischen seinen Fingern aufleuchten. Ich hatte mein Fenster auch offen, und die Nacht kam herein und umwirbelte mich. Mein Kopf tat nicht mehr weh. Wir waren nicht bis zum Ende des Films geblieben. Niall hatte das Interesse verloren, wobei mir der Teil gefallen hatte, wo die Figuren nach Paris gingen, eine Stadt, über die ich einen Aufsatz aus dem *World Book* abgeschrieben hatte und die ich mal sehen wollte – aber Niall sagte, die Pariser Straßen auf der Leinwand lägen alle in Kalifornien.

Niall sagte lange Zeit nichts. Er schien nachzudenken. Ich überlegte, ob es vielleicht eine ganz normale Art der Beachtung darstellte, mich zu küssen, was man als Ire verstand, ohne dass es Verwirrung gab. Ein Kuss konnte ja Verschiedenes bedeuten. Mir ging es besser, weil ich mit ihm im Drive-in-Kino gewesen war, egal was zwischen uns passiert war.

»Sag mal«, sagte Niall, ohne den Blick von der Straße zu nehmen. Wir waren wieder in den Straßen der alten Viertel. Für die Welt da draußen waren wir ein Taxi, nicht zwei Jungs in einem Auto auf dem Rückweg von einer Filmvorführung. Ich fühlte mich geheim und geschützt.

»Was denn?«, sagte ich.

»Was ist das Allerschlimmste, das du je getan hast?« Er nahm einen tiefen Zug aus seiner Pall Mall und blies aus dem Mundwinkel Rauch in die Nacht.

Eine lange Zeit sagte ich gar nichts. Und ich kann nicht behaupten, dass ich mir eine Antwort überlegte. Ich hatte nicht vor, überhaupt zu antworten.

»Meins kann ich dir eindeutig verraten«, sagte Niall. »Oder zumindest die drei Sachen, die ganz vorne stehen. Vielleicht sind das auch nur die Sachen, die ich überhaupt zugeben will, und das Allerschlimmste bleibt unter der Decke. Fang doch vielleicht mit dem *Besten* an, was du je getan hast, was dir leichtfallen sollte, wo du doch so ein Muster an Vollkommenheit bist. Wofür gibt's die Goldmedaille, raus damit. Dein Geheimnis ist bei mir gut aufgehoben.« Er lächelte, zufrieden mit sich selbst.

»Viele gute Sachen hab ich gar nicht getan«, sagte ich, und tatsächlich fiel mir nicht eine ein. Aber ich hatte auch noch nie drüber nachgedacht.

»Das ist entschuldbar«, sagte Niall. »Das hast du mit anderen gemeinsam.«

»Was hast du denn Gutes getan?«, fragte ich.

»Meine Schwester *nicht* gefickt, als sie mich darum gebeten hat. Bis jetzt die Krönung bei mir. Lang hat's nicht gehalten. Irgendwann hab ich nicht mehr so gut aufgepasst, eine Schande. Das darfst du deiner Mam aber auch nicht erzählen.«

»Mach ich nicht«, sagte ich. Das kam mir echt nicht wie das Schlimmste vor, was ein Junge tun konnte. Aber ich hatte ja auch keine Schwester.

»Und jetzt *du*«, sagte Niall. »Ich muss irgendwas über dich in der Hand haben. Damit du mich nicht verpetzt. Also los.«

»Ich hab meine Mutter angelogen«, sagte ich. Wir waren in unserer Straße, rollten bergab, vorbei an den alten Villen und der nach einem Bürgerkriegshelden benannten Backsteinschule.

»Das geht mir vierkant am Arsch vorbei«, sagte Niall. »Es muss was Schlimmeres geben. Sei kein Feigling. Freunde machen das so. Zeigen sich gegenseitig das Schlimmste.«

Ich wollte das Schlimmste von mir nicht zeigen, aber ich tat es trotzdem, weil ich wollte, dass Niall mein Freund war, und zwar mehr, als ich mich schützen wollte.

»Als mein Vater gestorben ist«, sagte ich, »war ich nicht so traurig, wie ich hätte sein sollen. Ich hab mich schrecklich gefühlt, aber es kam mir nicht genug vor.«

»Ach komm«, sagte Niall. »Findest du dich selber schlimmer als die Tatsache, dass er gestorben ist?«

»Ja«, sagte ich. »Genau.«

»Na dann, *te absolvo*«, sagte Niall und hielt vor dem Ruf-an-Haus, wo in den meisten Fenstern das Licht brannte, in einem stand ein Halloweenkürbis mit einer Kerze drin. In unserem Haus war es dunkel. Meine Mutter arbeitete noch.

Einen Moment saßen wir da, der Motor tickte, in der Luft um uns hing der Ahornduft. Mit seiner Hand, die die Zigarette hielt, machte Niall im Dunkeln zwischen uns eine Bewegung.

»Was bedeutet das?«, fragte ich.

»Es bedeutet, alles ist vergeben. Das sagen die Schwuchtelpriester durch das Gitter zu dir, wenn du alles ausgespuckt hast. Eigentlich heißt es: ›Wen juckt der Scheiß. Du wirst noch Schlimmeres tun. Du wirst töten und stehlen und Herzen brechen und deine Schwester ficken und Häuser anzünden.‹ Ich hab mir oft *gewünscht*, mein Pap wär tot. Kannst du das überbieten? Ich wollt's nicht rausposaunen. Aber da hast du's. Jetzt haben wir unser Treuegelübde geschworen. Scheiß drauf. *Te absolvo.*«

Nach diesen Worten kickte er seine Tür auf. »Komm mit«, sagte er. »Zeit, dass die unschuldigen kleinen Harrys ins Bett kommen. Wir haben unser Bestes und unser Schlimmstes getan, und wir kennen nicht mal den Unterschied.«

Und damit endete dieser Abend – dass der Unterschied zwischen Gut und Böse im Dunkeln verschwamm. Als hätte uns das Leben bisher nur das beigebracht.

* * *

Niall MacDermott blieb nicht viel länger im Ruf-an-Haus. Er ging noch ungefähr einen Monat bei uns ein und aus. Meine Mutter zeigte sich weiterhin an ihm interessiert, trotz ihres Alters. Es wirkte ungewöhnlich, aber Schlimmeres konnte man darüber nicht sagen. Jedenfalls sah ich Niall häufiger und war glücklicher, und eine Weile lief es auch in der Schule besser.

Eines Tages sagte meine Mutter, als ich nach Hause kam: »Niall geht zur Armee. Es hat Theater wegen dem Taxi und irgendwelchen Schwarzen gegeben.« Ein Richter, sagte sie, hatte Niall verschiedene Auswege angeboten, und Niall hatte den leichtesten genommen und sich am selben Nachmittag in den *Trailways*-Bus nach Louisiana gesetzt. Von meiner Mutter hatte er sich verabschiedet, aber von mir nicht, was mir viel ausmachte, schließlich waren wir doch Freunde.

Nach nicht allzu langer Zeit verließ Nialls Familie das Ruf-an-Haus. Das Taxi verschwand. Ihre Fenster blieben dunkel. Meine Mutter wusste nicht, wo sie hingegangen waren, aber nach einer Weile schrieb Niall, sie wären in New York und könnten bald wieder in Strathfoyle sein. Er habe gedacht, das Militär würde seine Probleme lösen, aber dann erkannt, dass er für das Leben als Soldat nicht geeignet sei, er habe keine Lust zu kämpfen. Er sei »entlassen worden« und würde mit einem Frachter zurückfahren. Von nun an würde alles glücklicher werden.

Als ich den Brief las, überlegte ich, wie ich Niall MacDermott wohl beschreiben würde. Was für eine Art Junge war er? Wir gehen mit festen Vorstellungen durchs Leben, wer oder was ein bestimmter Mensch ist. Er ist so – oder zumindest eher so als so. Oder noch anders, und wir wissen, wie wir mit ihm umgehen können und wo es ihn hinzieht. Bei Niall konnte man das nicht richtig einschätzen. Er war ein guter Mensch, das glaubte ich, im Grunde. Oder hauptsächlich. Er war freundlich oder konnte es sein. Er wusste vieles. Aber ich war mir sicher, dass ich manches wusste, was er nicht wusste, und ich konnte mir vorstellen, wie er womöglich falsche Entscheidungen traf, die dann sein ganzes Leben beeinflussten. »Mit Niall wird es kein gutes Ende nehmen«, sagte meine Mutter, einen Tag nachdem sein Brief eintraf. Irgendetwas hatte sie enttäuscht. Irgendetwas an Niall, das heimatlos war oder am falschen Ort. Irgendetwas an ihm hatte sie in ihrem zerbrechlichen Zustand angezogen und auch mich, in meiner eigenen Zerbrechlichkeit. Aber auf das, was Niall war, würde man nicht setzen, so hatte es mein armer Vater ausgedrückt. Danach suchte man doch, fand er, wenn man bereit war, jemanden an sich rankommen zu lassen. Einen, auf den man setzen konnte. Das klingt nicht schwer. Ja, wenn doch nur – und das habe ich seit damals, als meine Mutter und ich zusammen allein waren, tausend Mal gedacht –, wenn das Leben doch nur so einfach wäre.

Überfahrt

Sie waren drei Damen. Gehörten zusammen, nahm er an. Auf der Fähre rüber von Holy Head. Aus Amerika – wie er. Obwohl, die eine hätte auch Kanadierin sein können, die silberhaarige, kleinere, lachende, die mehr Spaß zu haben schien als die anderen. Ihr Akzent – *oot* statt *out*, *aboot* statt *about*, *hoose* statt *house* – brachte ihn darauf. Sie waren alle in Hochstimmung. Unterwegs zu irgendeinem Konzert in Dublin. Irgendwo in den Docklands, hatte er aufgeschnappt. Da wollten auch andere Leute auf der Fähre hin. Woher kamen diese Frauen?

Irgendwann sangen sie alle drei, »*Once, twice, three times a lady*«, und lachten albern. Wer immer diesen Song aufgenommen hatte, den wollten sie sehen – vermutlich noch am selben Abend – und dann morgen mit dem ersten Boot zurückfahren. Irgendwie hatten sie was. Amerikanerinnen auf dem Weg von Wales nach Irland. Damen eines gewissen Alters, hätte seine Mutter gesagt. Warum hielt er sie für Musiklehrerinnen? Aus dem Mittleren Westen. Drei Klassenkameradinnen auf der großen Europatour.

Die meisten anderen in der breiten, halligen Lounge waren verhaltener. Typisch für die Fähre. Den Kopf voll, Alltagspflichten, kommende Probleme. Die Bootsfahrt nichts Neues für sie. Sogar die Kinder hielten sich zurück, aßen ihre säuerlichen Dosenfleisch-Sandwiches und warm gewordenen sauren Gurken, starrten schläfrig hinaus auf das aufgewühlte graue Meer. Drinnen roch alles nach angebranntem Kaffee und Desinfektionsmittel und Chips und irgendwas Süßlichem. Müll. »*Once, twice, three times* ...« Sie versuchten es noch mal mit weniger Schwung. Keiner achtete auf sie.

Er war unterwegs zu einem Termin bei seinen Anwälten. Ein öder, langwieriger Prozess. Zu unterschreibende Dokumente. Zeugen. Ein Eid. Alles ohne Beteiligung von Patsy – die war jetzt weg, hatte sich mit der älteren Tochter in den hohen Norden verkrochen. Er hätte von Bristol rüberfliegen können. Aber Zug und Boot, hatte er gedacht, machten einen tristen Tag vielleicht weniger trist. Kein Grund zur Eile.

Die junge Frau auf der grünen Hartplastikbank gegenüber erinnerte ihn an Patsy, wobei Patsy gut aussah und diese Frau nicht. Das Irische. Das leicht unvollständige Kinn. Die rundlichen, blass makellosen Wangen. Zwei plumpe Hände. Das seelenruhige, blauäugige, zutiefst desinteressierte Starren. All das konnte für starke Ausstrahlung, Tiefe, ja sogar Schönheit sorgen. Oder für nichts dergleichen. Hier lag weder Schönheit noch Ausstrahlung vor, nur abschreckende Tiefe. Schwerfälligkeit. Die Taille ein Äquator, zu dicke Beine in einem zu engen Rock, der zu viel Einblick gewährte. Stammesähnlichkeit.

Irgendetwas an dieser Frau erinnerte ihn kurz ans Studium in Ohio, rief eine seiner Eigenschaften auf, die ihn öfter auf Irrwege gebracht hatte. Herbst, wie jetzt. Eine Party in einem gemieteten Haus auf dem Land. Spätabends, einiges getrunken. Er hatte einem ähnlich dicken, unattraktiven Mädchen angeboten, sie in die Stadt mitzunehmen. Nur eine Mitfahrgelegenheit. Er kannte sie nicht, meinte aber, zwischen ihnen läge etwas in der Luft. Irgendwann bogen sie ab, um am Fluss »in die Sterne zu schauen«. Der richtige Moment, so schien ihm, für einen Kuss – auf den sie sich nicht sehr überzeugt einließ. Dann sagte sie: »Schluss damit.« »Warum?«, fragte er. »Warum das hier verderben«, sagte sie. Er war gar nicht auf die Idee gekommen, es gäbe ein *das hier* zu verderben. Es gab nur jetzt. Er wusste nicht, was er noch sagen sollte, wünschte sich aber, *das hier* – was immer es war – würde besser ausgehen als verdorben. Er fragte sie, wann genau im Verlauf des Abends ihr klar geworden sei, dass sie mit ihm nicht weiter gehen wolle als bis zu einem Kuss. Und was er getan habe, dass das unumstößlich sei – falls es das sei. Er bettelte, es war entwürdigend. Aber wenn es schon nichts mehr zwischen ihnen geben würde, dann sollten sie wenigstens irgendetwas sagen, fand er. »Es gab keinen genauen Zeitpunkt«, sagte sie und schaute gleichgültig in die stille Frühlingsnacht über dem Wasser. Sie kam aus Pennsylvania, aus einer Textilstadt auf der anderen Seite des Flusses, nicht weit weg. Er war mit einem Stipendium aus Louisiana gekommen, von weit, weit weg. Aber er saß jetzt sehr nah bei ihr, er war selbstbewusst bei den Mädchen aus dem Norden. »Ich finde dich nicht attraktiv«, sagte sie. »Und ich habe meine Tage. Können wir jetzt gehen?«

Später hörte er, sie hätte einen Rüpel aus ihrer Heimatstadt geheiratet, der wohl zu viel trank. Ab und zu begegnete er ihnen an der Uni. Dann fragte er sich, ob sie dem Säufergemahl von seinem erbärmlichen Versuch erzählt hatte und von der Nachfragerei hinterher – das war in seinen Augen das Schlimmste. Das Nachfragen nach dem Scheitern. Doch als sie ihn einmal bemerkte, wollte er etwas sagen, etwas anbieten. Sich vielleicht entschuldigen. Aber sie starrte ihn gehässig an, als hätte er eine Rolle – eine finstere Rolle – dabei gespielt, dass alles schlecht für sie ausgegangen war. Bei dieser beschissenen Folge schlimmer Ereignisse. Immerhin wusste er – so dumm er auch gewesen war –, dass das nicht stimmen konnte.

Aber bei diesem Impuls zu »verstehen«, nachzufragen, da war es in Wirklichkeit um etwas anderes gegangen: doch noch seinen Willen durchzusetzen. Das hatte Patsy ihm an den Kopf geworfen, als ihre Beziehung für sie unerträglich wurde, und auch nie verzeihen können, so dass sie ihre Töchter nahm, außer Reichweite zog, verschwand, für immer – wie es schien.

Als er am Vorabend im Gedanken an die heutige Reise eingeschlafen war, hatte ihn das lächerliche Gefühl ergriffen – nicht ganz ein Traum –, dass man die gesamte Erfahrung des Lebens, Jahre und Aberjahre, tatsächlich nur in den letzten Sekunden erlebt, bevor der Tod die Tür zuschlägt. Die komplette Lebenserfahrung nur eine Fehlwahrnehmung. Eine Lüge, wenn man so will. Nichts Tatsächliches. Letzten Endes war es eine Befreiung, so zu denken. Das hatte er sich bei vielen Dingen angewöhnt.

* * *

Die Amerikanerinnen waren zu Michael Jackson übergegangen. Sie fingen ihre Sätze immer mit »okay« an und antworteten in derselben hektischen Weise. »Okay. Hört zu. So läuft das.« Sie hatten einen Dokumentarfilm gesehen, darin wurde Michael Jackson als kindliches Genie dargestellt, das jeder liebte, nicht als lüstern lauernder Kinderschänder. Die kleine Frau – doch keine Kanadierin, wie er jetzt dachte – sagte, sie habe ihn oft gesehen und jedes Mal geweint, wenn »Michael« am Ende an einer Überdosis starb. Sie könne nicht glauben, dass er wirklich tot sei. »Jepp. Jepp. Jepp. So tot, töter geht's nicht«, stimmte eine der anderen beiden zu. Es verdarb ihnen nicht die gute Laune.

An dem Abend, als alles auseinanderfiel, waren Patsy und er in der Dawson Street gewesen. Regen und Kälte. Dezember. Busse ratterten um die scharfe Kurve von der Nassau Street an der Trinity vorbei, bogen abrupt Richtung Stephen's Green ab, die kamen immer zu schnell an, erst recht an einem nass schillernden, stockfinsteren Abend mit Verkehrsgewimmel. Patsy und er waren zu Fuß zu einem Vortrag an der Uni gegangen und warteten an der Ampel.

Neben ihnen stand ein Junge, Zehen am Bordstein. Und genau als der große Bus viel zu nah vorbeidonnerte, schubste jemand diesen Jungen von hinten. Ein Reifen – alle sahen es – überrollte seinen Kopf. Sofort tot, vor aller Augen. Einen erhabenen Augenblick lang herrschte schreckliche Stille, dann schrien alle. Halt! Halt!

Der Unfall war von fast nichts ausgelöst worden, einem kleinen Missverständnis unter zwei Freunden, das gewiss nicht mit dem Tod enden sollte. Doch plötzlich hielt es Patsy nicht mehr aus. Ein Augenblick kann aus heiterem Himmel das ganze Leben umkrempeln. Dumm. Aber wir alle wissen, so kann es sein.

Zur Erholung fuhr sie weg. Nahm die Mädchen mit. Eine Reise nach Grönland, um in der großen heilsamen Kälte über Eis zu wandern. Er ging wieder zur Arbeit. Aber nichts war wie zuvor. Wobei es schon seit einiger Zeit nicht mehr wie zuvor gewesen war. Ihre Familie hatte das große Haus in Inishowen. Sie war am Meer aufgewachsen. Plötzlich drehte sich alles um sein vorgetäuschtes, anwaltsmäßiges Interesse daran, »zu verstehen«, auszufragen, was gar keinem ernsthaften Verstehenwollen entsprach. So amerikanisch, sagte sie. So unaufrichtig. Die Amerikaner glaubten, sie könnten alles bewältigen. »Ich war schon immer so«, sagte er. »Ich dachte, das wäre eine Stärke.« »Ich weiß«, sagte sie. »Ich habe dich nicht klar genug gesehen, was? Das eine ist dein großer Fehler. Und das andere ist meiner.« Um alles leichter zu machen, gab er das Haus in Ranelagh auf und gestattete sich eine Versetzung nach Bristol, wo die Firma auch Büros hatte. Das war immer noch recht nah bei den Mädchen, die ihn besuchten, wenn sie es erlaubte.

Die junge teilnahmslose Irin stand auf, schenkte ihm einen abschätzigen Blick und stellte sich dann in die Kantinenschlange. Vermutlich sein Businessanzug, die schöne Gladstone-Tasche, die *Financial Times*. Vielleicht hatte er auch unter ihren Rock »gespäht«. Dann hatte er es nicht bemerkt. Das graue Meer glitt unter den gischtfeuchten Fenstern vorbei, in der großen Fährenlounge war es immer kalt. Die drei Frauen musterten ihn quer durch den offenen Raum. Man konnte jetzt schon Irland erkennen – den großen Nadelfelsen in der Bucht von Dublin, Howth Head, die Berge von Wicklow beim Hafen. Ein großes silbernes Flugzeug, gerade im Landeanflug. Es würde kein guter und auch kein besonders schlechter Tag werden. Vielleicht konnte er über Nacht bleiben, im *Merrions* schlafen, bei *Pep's* essen, am Morgen ein gutes Frühstück. Am Samstag. Die Kastanien im Stephen's Green würden jetzt leuchten, mitten im Herbst. Keine schlechte Stadt. Sie konnte einem Kraft geben.

Die »Jeremys und Simons«, hatte Patsy die Engländer genannt, die sie so abgrundtief verachtete, wie es – seiner Meinung nach – nur eine Katholikin aus Donegal fertigbrachte. Er dachte daran und an sie. Die Rückfähre nach Holy Head kam vorbei, eine Viertelmeile entfernt, mit hohem, schaumigem Kielwasser, das sich gegen die auflaufende Flut bäumte. Warum ging ihm das durch den Kopf? Das Scheitern beim Versuch, verstehen zu wollen. Belanglos jetzt.

Ein Mann mit einem kleinen braun-weißen Terrier setzte sich auf den freien Platz der Irin – näher am Ausgang, schon für die Ankunft. Hahnentritt-Reitjacke zum Trilby-Hut. Silbernes Armband und grellrote Socken. Englisch. Diese Typen waren unverkennbar. Die Ausstrahlung unbehaglichen, unverdienten Ausgeschlossenseins. Die Blicke der beiden Männer trafen sich, keine Zugeständnisse. Der Hund, der ein passendes silbernes Halsband trug, lag auf dem kleinen Fuß seines Herrchens. Vermutlich hatte er diesen Mann wahrgenommen, ohne es zu merken, und deshalb war ihm das mit den »Jeremys und Simons« wieder eingefallen.

Plötzlich sagte eine der Amerikanerinnen viel zu laut: »*Oh. Helloooouh! How are juuuuuuh!*« Sie machten sich über jemanden lustig, der nicht anwesend war. Irgendeinen unbeliebten Kollegen, über den sie, fern der Heimat, endlich ablästern konnten. Sie schauten quer durch die schäbige Lounge zu ihm und taten so, als wäre es ihnen peinlich. Dann lachten alle drei. Typisch amerikanische Art, Spaß zu haben. »Wir sind ja so schlimm!« Waren sie gar nicht.

Eine der Frauen fixierte ihn lächelnd und machte deutlich, dass sie gleich rüberkommen und mit ihm reden wollte. Sie flüsterte ihren Freundinnen noch etwas zu, dann stand sie auf, straffte sich, reckte leicht theatralisch das Kinn und kam lächelnd zu ihm. Er war fünfzig. Sie war sechzig. Er döste nicht, noch saß er mit jemandem zusammen. Daher war es durchaus möglich, ihn zu stören. Oder zumindest anzusprechen. Sie durchquerten gerade das Kielwasser der entgegenkommenden Fähre. Ihren Weg zu ihm legte die Frau in Schieflage zurück, sie tat ein bisschen so, als taumelte sie, aber nicht richtig.

»Okay. Wir haben gerade einen albernen Wettbewerb«, setzte sie an, vor ihm stehend. Sie war nicht die mit dem Hel-*looouh!* Aber schon in wenigen Worten die unverkennbar kiesigen Vokale von Chicago. Drei fröhliche Musiklehrerinnen aus Chicago. Die einen draufmachten. »*Once, twice, three times ...*«

»Was für einen Wettbewerb denn?« Er wollte liebenswürdig erscheinen. Entgegenkommend. Sie waren Landsleute. Der Akzent verriet es. Die Frau trug beige Hosen und einen rosa Pulli über einer weißen Bluse, dazu sehr vernünftige, ebenfalls beige Wanderschuhe. Alle drei waren sie plump und ähnlich angezogen. Glückliche Reisende.

»Wir versuchen immer zu erraten, wer Amerikaner ist. Und wenn wir richtigliegen, kriegen wir raus, was sie hier machen. Später lassen wir sie dann hochleben.«

»Hier, also auf dem Boot nach Irland?«

»Okay!«, sagte sie und setzte ein eindringlich breites Lächeln mit aufgerissenen Augen auf, in dem ein Wir-sind-nicht-blöd-Hinweis steckte, falls er sarkastisch werden wollte oder sich darüber lustig machen, dass sie aus dem Mittleren Westen kam. Wollte er gar nicht.

»Ich bin aus dem Süden von Louisiana«, sagte er. »Weiter nichts.« Sie hatte gar nicht gefragt, wo er herkam.

»Na, wie *gut*«, sagte sie. »Wir sind aus Joliet. Nicht aus dem Gefängnis. Das ist geschlossen.«

»O-*kay*«, sagte er im gleichen Tonfall wie sie. »Sonst hätte ich Sie ja anzeigen müssen.«

»Sie klingen aber nicht nach Louisiana«, sagte die Frau.

»Ich habe lange Zeit woanders gelebt.«

»Ist das der Irische Kanal da draußen?«, fragte sie und warf einen Blick durch das dicke, gischtbesprühte Fenster aufs Wasser und Großbritannien.

»Das Irische Meer«, sagte er. »Der Irische Kanal ist ganz woanders.«

»Ich bin Sheri. Das sind Phil und Trudy. Die drei wilden Mädels aus West-Joliet.« Nicht Kanada. Nicht mal ganz Chicago. Die Fähre schaukelte und stampfte. »Womöglich werd ich gleich seekrank«, sagte Sheri vergnügt.

»Wir sind fast da«, sagte er. »Tom mein Name.«

»Tom«, sagte Sheri, als überraschte der Name sie. Ihre Nase war ziemlich breit, ansonsten sah sie ansprechend für ihr Alter aus. Irgendwer fand das bestimmt. »Sind Sie Collegeprofessor? Das hat Phil getippt. Normalerweise liegt sie richtig.«

»Anwalt.«

»Ein *Anwalt*?«

»Die gibt's hier«, sagte er.

»Tja«, sagte sie. »Darauf ist keine von uns gekommen.«

»Dann mach ich ja irgendwas richtig«, sagte er.

»Wir sind alle geschieden, wir kennen uns mit Anwälten aus«, sagte Sheri. Die schwere, plumpbeinige Irin, die gegenüber gesessen hatte und jetzt langsam den Anfang der Schlange erreichte, warf ihnen einen missbilligenden Blick zu. Laute Amerikaner. Posaunen ihre Angelegenheiten raus. Als gehörte ihnen die Welt. »Was machen Sie hier, Tom? Haben Sie einen großen Fall oder so was? Urlaub? Das müssen Sie uns verraten.«

»Ein kleiner Fall«, sagte er. »Fast fertig. Ich schließe meine Scheidung ab. Heute.« Überraschenderweise erzählte er es. Warum auch nicht. Er hatte es bis jetzt nur nicht gesagt – zu niemandem.

»*Nein*«, sagte Sheri. »Hören Sie auf. Ich glaub kein Wort.« Sie beugte sich etwas zu ihm herüber, auf sein Gesicht zu.

»Doch«, sagte er. Dann sagte er ja und merkte, dass er – bei dem Gedanken – hätte weinen können, aber nicht weinen würde. Idiotisch. Ein kleiner, unbeobachteter Saum, hinter dem kleine Tränen saßen, war ganz kurz durchstochen worden. Diamanten aus Irland, wie der Titel des alten Klagelieds, das Patsy in ihrem Fundus hatte. Aus den turbulenten Zeiten. Aber falls diese piefige Frau, diese Sheri, Tränen sah, war es egal. Sie hatte ihre eigenen geweint.

»Na.« Sheri erhob sich ein bisschen steif, immer noch zu ihm gebeugt. »Ist das nicht alles ein Scheißladen, wo wir leben, Tom. Mit diesem hirnlosen Präsidenten und so. Und schuld daran sind ganz allein wir selbst.«

»Wir selbst«, sagte er. Eine Träne hatte sich tatsächlich gelöst. Er fasste sich an die Nase und drückte sie praktisch weg.

»Das finden alle zum Heulen, stimmt's?«

»Stimmt«, sagte er und lächelte munter.

»Können Sie überhaupt wählen?«

»Schon«, sagte er. »Hab ich aber nicht.«

»Tja. Wozu auch. Aus die Maus.«

»Hoffentlich nicht«, sagte er. Die anderen beiden sagten Sheris Namen und schauten zusammen auf ein Handy. »Sie holt sich seine Nummer«, konnte man hören und Gekicher.

»Wollen Sie heute Abend mitkommen, Tom?«, fragte Sheri. »Wir haben noch eine Karte, Phil hat es ein bisschen übertrieben. Es würde Ihnen gefallen. Da bin ich mir sicher. Kennen Sie seine Musik?«

»Nein. Aber das ist sehr nett von Ihnen. Ich habe eine Verabredung.«

»Nur damit Sie an einem schweren Tag nicht allein sind«, sagte Sheri. »Wir würden dafür sorgen, dass es interessant wird.«

»Ganz bestimmt«, sagte er.

»Falls Sie sich's anders überlegen … Wir sind im *Buswells*. Wo immer das *Buswells* ist. Cocktails um sechs. Auf uns. Wir müssen Sie doch hochleben lassen.«

»Das ist nett«, sagte er noch einmal.

»Komm schon, komm schon, *komm schon!* She-ri! Lass den armen Mann in Ruhe.« Sie hielt sie auf. Die Fähre gab einen lauten Trompetenstoß von sich, kurz vor ihrem Anleger, die großen Motoren ächzten. Sie waren da. Es war gerade Mittag.

***

In seiner Aktentasche waren die Unterlagen. Er hatte etwas Hunger. In der Stadt konnte er herumschlendern, zum Fleischbüfett bei *O'Neill's* einkehren (aber nicht zum Bier), bei der Firma vorbeigehen und den alten Fallon besuchen, der immer ein verlässlicher Freund gewesen war und jetzt in Rente ging, mit sechzig. Zurück nach Amerika, wo seine Kinder lebten. Atlanta oder Houston.

Die drei Frauen waren lachend über die Gangway von Bord gegangen. Bald würden sie singen. »*Once, twice, three times a lady.*« Er ließ sich Zeit mit dem Aussteigen, wartete ab, bis die Lounge sich leerte. Stimmen hallten wider. Unter ihm rumpelten Autos über die eiserne Rampe. Der Termin beim Notar war erst um vier. Der Engländer mit dem Hund beobachtete ihn, er wollte als Letzter aussteigen.

Er neigte natürlich nicht zum Weinen; egal, wie schlimm es kam. Nicht dass er Weinen für Schwäche gehalten hätte. Es hatte Zeiten gegeben, da wäre es gut gewesen – das Gegenteil von Schwäche. Meistens, dachte er – während er aufstand und etwas wacklig auf das AUSGANG-Schild zuging –, meistens, wenn man weinte, hätte man schon früher weinen sollen. Aber trotzdem. Eine Träne laufen lassen vor irgendeiner Wichtigtuerin aus Joliet, die nachher noch Cocktails mit ihm trinken und die Dinge »interessant« werden lassen wollte. Was war das? War er mittlerweile so lächerlich? Die meisten Tränen waren sowieso Theater. Schauspieler konnten aufs Stichwort welche hervorbringen. Und was, wenn er zusammengebrochen wäre, die Arme um die Brust geschlungen, sich vor und zurück wiegend, laut aufheulend – wie er es einmal bei einem verurteilten Mann gesehen hatte, als er das furchtbare Verdikt hörte? Wie wäre das gewesen? Doch nur diesen kleinen Diamanten fallen zu lassen, in einem höchst unerwarteten Augenblick, das war zulässig. Ein unangenehmer Moment der Selbstwahrnehmung. Nichts, was ihm jemand vorwerfen könnte, weshalb er rot werden müsste. Es ging ihm deshalb tatsächlich ein bisschen besser als erwartet, wenn man alles betrachtete, die Tage hinter ihm und all das, was darüber hinausging.

Der Lauf deines Lebens

Im zweiten Sommer nach dem Tod seiner Frau beschloss Peter Boyce, das kleine Haus fast am Ende der Cod Cove Road zu mieten. Nicht das Haus, wo Mae und er jahrelang jeden August gewohnt hatten, sondern das ältere, kleinere, mit vergrautem Holz verschalte Bauernhaus, an dem sie manchmal abends vorbeispaziert waren, sie hatten mit dem Gedanken gespielt, es zu kaufen. In den Jahren zuvor hatten sie das rote Cape-Cod-Haus weiter oben gemietet, an dem Mae die Steinpergola so gefiel, der offene Pavillon mit Fliegengitter, das polierte Balkenwerk und das Spinett, plus die lustigen roten Haushaltsgeräte. Und der Meerblick – obwohl es keinen Strand gab. Das rote Haus, das zwei schwulen Ärzten in Washington gehörte, hatte Pfingstrosen und Taglilien und Tränende Herzen, an denen Mae herumgärtnern konnte, einen Spindelstrauch, der sich früh verfärbte, und warme Brisen, die die Insekten wegwehten. Der fehlende Strand war ein Nachteil; aber das Haus war hell und sauber und geräumig und lief der kratzigen Unbeständigkeit von anderen Häusern in Maine, die Freunde gemietet hatten, mit Leichtigkeit den Rang ab. Ihre Tochter Polly hatte Klassenkameraden aus Tulane eingeladen, später brachte sie ihren Mann Terry und noch später ihre Tochter Phoebe mit. Nachbarn aus New Orleans machten einen Zwischenstopp auf der Fahrt nach Dark Harbor und Stonington, und manchmal, in spätabendlich-feuchtfröhlicher Stimmung, spielte Mae Klavier und sang dazu, und alle fühlten sich gut versorgt, sie hatten »eine Adresse in Maine«, um die sie sich den

Rest des Jahres nicht kümmern mussten. Peter Boyce wäre jedes Mal ebenso gern in der Stadt geblieben, selbst wenn dort die Hundstage herrschten. Immobilienrecht – sein Spezialgebiet – war im Sommer wenig gefragt. Er mochte das gelassene Abebben der sich leerenden Stadt, das Dableiben, wenn die anderen weg waren. Mal die Möglichkeit, ein Buch anzufangen und auszulesen. Eine Matinee im Prytania Theatre besuchen. In Ruhe irgendwo essen gehen, wo es nicht überfüllt war. Aber er beschwerte sich nie – das rote Haus machte Mae so viel Freude, schließlich stammte sie aus dem County Kerry und hatte sich in dreißig Jahren noch nicht richtig mit New Orleans angefreundet.

***

Wenn sie an Sommerabenden an dem »kleinen Haus« vorbeikamen, betraten sie manchmal den Garten, spähten durch die blasigen Fensterscheiben hinein, musterten die alte, leere Küche mit der Handpumpe, die womöglich noch funktionierte, den vernagelten Kamin in der guten Stube und die großen Krater in der Decke, wo irgendetwas gehangen hatte. »Das ist die reinste Scheuer«, sagte Mae. »Höchstens als Hühnerstall geeignet, und ein Huhn bin ich nicht. Noch nicht jedenfalls.« Aber hier gab es ein Stück Strand mit einem Pfad zwischen Kartoffelrosen und Gagelsträuchern hindurch, den der Verwalter stets freigemäht hielt. Die Besitzer redeten zuweilen von Verkaufen, sagte Fenderson, aber es waren echte Mainer. Schottisch-irisch. »Die klammern sich ihr Leben lang an ihre ersten Pennys. Und sie verkaufen *nuscht*.« Er wusste, dass Mae aus dem Westen Irlands stammte, und sagte es extra für sie so.

Jedenfalls wurde das kleine Haus für zu derb und zu eng befunden. Keiner wollte die Unterhaltskosten für nur einen Monat im Jahr tragen, und sie konnten sich auch keine Mieter wie sie selbst vorstellen. »Am Ende würde man es abfackeln, nur um da wieder rauszukommen«, sagte Mae auf dem Rückweg. »Was eigentlich für die meisten Ferienhäuser gilt.« Anwälte kaufen erst, wenn es gar nicht mehr anders geht, lautete Boyces Antwort. Am Tag nach Labor Day hatten sie ihre Zelte schon wieder abgebrochen und kamen über den ganzen langen Winter nicht mehr auf das Thema zurück.

Der Beschluss, das kleine Haus für den August zu mieten, war nur ein Ausdruck seiner chronischen Unruhe seit Maes Tod, das wusste Peter Boyce. Aus der Trauer war Hibbeligkeit geworden, ein kaum zu beherrschender innerer Aufruhr, das kannte er von anderen, nicht von sich selbst. Er wurde nie ungeduldig. Ungeduld hielt er für eine Form von Faulheit. Er wäre ganz sicher nie nach Maine gekommen, wenn Mae nicht das Bedürfnis nach einer regelmäßigen Atempause von den »Strotzern« verspürt hätte – so nannte sie seinen alten Freundeskreis in New Orleans, wo alle vor Reichtum und Gesundheit nur so strotzten. Aber was war das für eine Unruhe? Natürlich die unruhige Erwartung, dass Mae bald wiederkam und ihr Leben weitergehen konnte – auch der Teil in Maine. Was sollte er denn sonst tun? Ihrem hemmungslosen Beispiel folgen? Kein Gedanke. In seinem ersten Winter allein in der 6. Straße hatte er das Trollope-Zitat immer wieder gelesen: »Es gibt so großes Unglück, dass schon die Angst davor zu einer Beimischung des Glücks wird.« Hieß das, er würde nie wieder in Reichweite des Glücks kommen? Oder dass das Glück, mit der Trauer als Beimischung, noch stärker zurückkehren würde? Beimischung. Das hatte etwas Zweischneidiges. Darin bestand die Herausforderung des Verlusts – diese Erfahrung zu machen.

* * *

Im ersten Sommer hatte er sich gegen eine Rückkehr entschieden. Mae hatte sich eine Woche nach Mitte August das Leben genommen, er hatte sie nach Hause gebracht und begraben – im vollen Bewusstsein der Tatsache, dass eine Beerdigung im vorstädtischen Metairie, Louisiana, an einem fremden Ort (und in für Katholiken unzulässiger Erde) für eine aus Tralee gebürtige Katholikin zumindest unpassend und unrühmlich war. Dabei war sie nie nach Hause, nach Irland, zurückgefahren, nicht mal, als ihre Eltern starben, und sie hatte auch keine Anweisungen für ihre »Beisetzungsfeierlichkeiten« hinterlassen. Da konnte er offenbar nichts falsch machen. Hier konnte er sie besuchen, wenn er wollte. Bislang hatte er nicht gewollt.

Aber in diesem ersten Jahr hatte nach Thanksgiving eine Art Wintererschöpfung eingesetzt, die bis nach Karneval anhielt. Nichts Überraschendes. Walter Hobbes, Partner in einer anderen Firma, lud ihn zum Angeln ein, nur Männer, nach Duck Key. Er lehnte ab. Er war gern in seinem Haus – auch allein, nur ein paar Straßen entfernt von seinem Kindheitshaus in der Coliseum Street. Bis spätnachts lesen war luxuriös. Den Trollope auslesen. Dann mit Forster und Woolf weitermachen – er schätzte diese Generation für ihren geistvollen Mangel an Gewissheiten. Während die Trauer und die Gedanken an Mae im Hintergrund herumpolterten, las er, um die Zeit auszufüllen, nicht aus Vergnügen oder Erkenntnishunger. Er wusste, er war ein pragmatisch gesinnter Bücherwurm. Seiner Meinung nach passierten die meisten Ereignisse so, wie sie sollten – dafür musste allerdings so manches luftdicht abgeschlossen werden. Maes Tod.

Ein Bücherwurm zu sein hieß aber auch, dass, egal was man las, der Geist seine eigenen Wege ging. Unwillentlich die Fühler ausstreckte. Im Frühling kaufte er, nur um mit dem Nachdenken aufzuhören, ein Fahrrad, fuhr damit über den Damm und im Park herum. Anderthalb Jahre verflogen irgendwie unbeachtet.

Als das zweite Frühjahr kam, ertappte er sich dabei, an das rote Haus zu denken. Nebenan waren, das ganze Jahr über, die Scotch trinkenden Parkers – ein pensionierter Episkopalenprälat (Maes Worte) aus Connecticut. Mae hatte seine Frau Patty einmal beim Spannen erwischt, sie sonnte sich auf einem Handtuch auf dem Gras, Patty starrte von ihrem Badezimmerfenster im ersten Stock aus. »Was wollte die alte Mösenschnüfflerin denn?«, hatte Mae gesagt. »Als hätte ich gleich die ganze Angebotspalette ins Schaufenster gestellt.« Aber Boyce wusste, im roten Haus wäre er nur von einem Zimmer ins nächste getigert, hätte sich aufgesagt, was in diesem oder jenem Raum gesprochen oder gesehen worden war, verspeiste Abendessen, getrunkene Weine, wer wen brüllkomischer imitiert hatte, und dann Mae am Klavier mit Debussy und Satie. Polly hatte bereits verkündet, sie werde nie wieder einen Fuß in das rote Haus setzen. Im April war sie, frisch geschieden, nach Hause gekommen, hatte sich auf den hinteren Balkon gesetzt und gefunden, jetzt müsse ihr Vater sich einen neuen Ort suchen, wo er sich erneuern könne. Maine sei jetzt verdorben und ausgehöhlt durch den Tod. Untypischerweise schien sie über seine Trauer zweifelsfrei Bescheid zu wissen. Sie hatte sich, als bereits mit achtundzwanzig unglückliche Anwältin in Chicago, auf das kulturelle Leben gestürzt, ein Opernabonnement gekauft, Phoebe beim Ballett und beim Chinesischunterricht angemeldet und erwog eine neue Karriere im Kunstmanagement. In Neuseeland vielleicht. Das war wohl, dachte Boyce, ihre Art, ihn zu manipulieren und qua Vorbild zu missbilligen. Sie hatten sich noch nie gut verstanden. Selbst für Mae war sie eine Herausforderung gewesen. Mit fünfzehn war sie noch ein hübsches »irisches« Mädchen mit heller Haut und langen Gliedmaßen, das gern zur Schule ging und viele Freunde hatte (Mae hatte sie Niambh getauft, das bedeutete hell und strahlend), doch sie wurde unglücklich erwachsen. Nahm zu. Zeigte zunehmend sarkastische

Ansichten. Sie hatte eine schnippische Zunge – Dubliner Verkäuferin, sagte Mae – und den dazu passenden Blick auf die Welt. »Man tut, was man kann«, sagte Mae, »mehr geht nicht.« Nach dem College hatte Polly ihren Namen geändert »… zu etwas Zivilisiertem. Niambh. Was soll das sein?«

Im März hatte Boyce Fenderson angerufen – diesmal wegen des »kleinen Hauses«, des älteren Bauernhauses am Ende der Cove Road. Es wurde das »Birney-Haus« genannt. Er hatte selbst nicht gedacht, dass er es wirklich tun würde, dann tat er es einfach. Es kam ihm notwendig vor. Fendersons Frau war die Stadtschreiberin. Sie konnte die Renovierung arrangieren, das Haus gründlich durchreinigen, die schmierigen Vorhänge abhängen, die Decke ausbessern, die Abflüsse funktionsfähig machen lassen und Lampen besorgen, vor allem eine Leselampe fürs Bett – falls es ein Bett gab (es gab eins). Das Tageslicht war immer anständig gewesen, dazu dieselben, zärtlichen Brisen vom Wasser her. Keine Mücken. Keine Parkers. Die fernen Besitzer stimmten zu. Boyce konnte weitere Dinge mit dem Auto hinschaffen und alles andere kaufen. Er hatte keinen besseren Plan.

* * *

Mae war in dem roten Haus gestorben. Anfang '06 hatte sie eine Runde Brustkrebs gehabt – der aber wegzugehen schien. Kleine OP, keine Chemo. Sie machten ihre Pläne für August. Dann tauchte ziemlich bald im Frühling eine neue Wucherung auf, was ihnen allen Wind aus den Segeln nahm – Übelkeit erregende Gifte, zehrende Bestrahlung, Haare weg. Aber keine weitere OP. Mae saß im Frühsommer auf dem Bett in der 6. Straße, verfolgte den Irakkrieg im Fernsehen, aß Joghurt (was halt so drinblieb), spielte kein Klavier, gab keinen Unterricht, ging nicht aus. Ihre Haut war fleckig geworden, sie hatte abgenommen, rigoros verlangt, dass ihr Boyce den Rücken massierte – der sich auf einmal anfühlte wie aus Pappe, nichts dahinter. Sie stellte fest, dass sie ohne jeden Zweifel sterben musste, egal wie sehr ihr Boyce versicherte, das sei gar nicht ausgemacht, die Ärzte vor Ort in New Orleans seien mit Krebs sehr gut. Langsam wuchsen ihre Haare nach, grau, sie trug sie jetzt aber kurz, vorher waren sie schwer und lang und braun und üppig gewesen.

Maes englischer Vater, Jack Purcell, war Dichter und Kirchenorganist gewesen – ein Verwandter des *großen* Purcell. Er hatte in London als Pharmazeut Karriere machen wollen, doch dann lernte er ein Mädchen aus dem westlichen Kerry kennen, das weder in England bleiben noch nach Amerika gehen wollte. Wenn er sie liebte, musste er also umziehen. Er eröffnete eine Apotheke in Ballybunion, spielte in der Kirche Orgel und schrieb seine Liedchen – frohgemut. Mae aber – seinen Augapfel – schickte er zu Verwandten nach Boston. Und bei ihrem Musikstudium in Princeton lernte sie den schlanken, fast zerbrechlichen Peter Boyce aus New Orleans kennen. Ihre Mutter verließ den Vater bald und tat sich wieder mit Owen zusammen, ihrem Footballspieler von vorher. So lief das halt hinter den sieben Bergen, sagte Mae. Sie war mit ihrer Mutter nie klargekommen. Hatte dem Irisch-Sein nie etwas abgewinnen können. Als sie nach Amerika kam, änderte sie sofort ihren Namen von Maeve in Mae – genau wie Polly. Peter Boyce teilte sie von Anfang an mit, ihr Gesicht – das typische Klavierlehrerinnen-Plumpudding-Gesicht – sei zu rund, dabei hätte es gemeißelt sein sollen, ihre Augen »zu weit auseinander«, alles ein wenig schmeichelhafter Mix aus den diskret englischen Zügen ihres Vaters und den brachial bäuerlichen ihrer Mutter. Eine irische Herkunft, sagte sie, sei »ein unterschwelliges Gebrechen, ein ordinärer, trister Unfall der Geburt, der ein mittelmäßiges Ende erwarten ließ«. Er war nie dieser Meinung gewesen, hatte sie immer anziehend und erdig und wunderschön gefunden, so wie sie war.

Aber kaum war sie erkrankt, nahm sie zu Peter Boyces Verblüffung alles wieder an – das Irische. »Egal ob du es vorher wolltest oder ob es dich wollte«, sagte sie, »du kommst darauf zurück.« Eine Zeitlang schien ihr das zu gefallen.

Nach dem neuerlichen Ansturm im Juni wurde Mae griesgrämig. Auf einmal legte sie breites Fluchen an den Tag – was vorher nie vorgekommen war. Sie äußerte sich ätzend über die Eltern ihrer Klavierschüler und -schülerinnen, manchmal auch direkt an ihre Adresse, wenn es Klagen über den ausbleibenden Unterricht gab. Und sie ließ schlimme Sprüche über New Orleans ab, über Peters Kanzleipartner, deren Frauen und all ihre Freunde. Die »Strotzer«. Sie blieb immer öfter im Bett, hörte sich Rush Limbaughs Politkommentare an, tat ihre bisherigen, moderaten Ansichten als Mist ab, sprach für den Krieg und sagte, nächstes Mal würde sie Bush wählen, und falls Boyce nicht aus dem Muspott käme, würde sie sich von ihm scheiden lassen. »Ich hab dich sowieso erfunden«, sagte sie. »Und das brauchte es auch.« Damit hatte sie vielleicht sogar recht. »Also kann ich dich auch sehr gut wieder ent-finden.« Ihre Medikamente, sagte die Onkologin Dr. Milly, lösten eine leichte Depression aus (obwohl Mae nicht deprimiert wirkte). Da dürfe er nicht beleidigt sein. Einfach mitziehen, egal was kam. Nach Maine fahren. Die Dinge würden schon besser werden. Abwarten.

Aber im Frühsommer lief Mae nachts rastlos durch das große Haus, schaltete Lichter ein, stellte den Fernseher zu laut, manchmal lief sie auch nackt herum und gab Stöhnlaute von sich, die er nicht deuten konnte. Sie sprach mit irgendwelchen Leuten, die es nicht gab. »Könntest du das freundlicherweise bitte unterlassen!«, hörte er sie von ganz oben herunterschreien und fragte sich, ob da jemand war. »Nimm das obere! Das verfickte obere!«, brüllte sie weiter. Und ein andermal: »Und warum noch mal? Sag's mir einfach. Ich wehre mich überhaupt nicht. Ich bin auch nicht tapfer. Sag's mir einfach, du Sackgesicht. Weil du nämlich verzweifelt bist. Darum. Du bist aus deinem verfickten Lauf geraten.«

Aber, sagte die alte Milly zu Boyce, ihre Überlebenschancen gingen ein ordentliches Stück über anständig hinaus. Irgendwas anderes setzte ihr zu. Vermutlich die Medikamente.

* * *

Boyce fand es zu spät heraus: Mae hatte ihre Schmerztabletten, von denen sie immer etwas spinnert wurde, gehortet. Als sie ihre Pläne für Maine machten, hatte sie diskret mehr davon und stärkere verlangt. Später wurde ihm klar, wenn auch nicht richtig klar, dass sie sich, aus ihren ganz eigenen Gründen, in ihre ganz eigene Welt hineingebracht hatte – jenseits von Trübnis und Krebs. Wo sie ihr Schicksal selbst in der Hand hatte. In Wahrheit hatte sie nie viel Schmerzen gelitten. Milly hatte schlicht nicht aufgepasst.

Mit einem Mal war sie glühend dafür gewesen, nach Maine zu fahren. Die Kühle würde, verglichen mit New Orleans (das sowieso niemandem guttat), wie das reinste Stärkungsmittel wirken. Ihm war aufgefallen, dass sie hübscher geworden war. »Ja, wie das Mädchen mit dem Flitterschal von Leech, findest du nicht?« Ihre Mutter hatte einen Druck davon in ihrem Haus in Ballybunion hängen. »Es ist so einfach«, sagte sie. »Ich brauch bloß sterben, schon hab ich meine Mädchenblüte wieder.« Sie kündigte an, sie würde gleich nach der Ankunft für Patty Parker die *gesamte* Angebotspalette ins Schaufenster stellen. Für ihn auch.

Ab Juli bestellte sie Milly ab und wollte unbedingt los, hibbelige Vorfreude. Jetzt vergaß sie häufiger, auf der Toilette abzuziehen, schnauzte Boyce an und auch Polly, die auf Besuch kam und erschüttert abreiste. Einmal, als sie im Wohnzimmer neben dem Stutzflügel stand, auf dem sie nicht mehr spielte, nackt und dünn, in krasser Schönheit und selbstsicher mit ihrem kurzen Bob, da sagte sie zu Peter Boyce: »Weißt du, ich habe einfach in der Vergangenheit nicht genug gelebt. Habe mein musikalisches Talent nicht richtig genutzt. Das ist deine Schuld, mein Schatz. Du bist ein Mensch mit mehr als einer Schutzhaut, immer ein bisschen zurückgezogen. Ein Mann voll Maß und Zurückhaltung. Du glaubst, du kannst das Leben noch mal von vorne beginnen. Ich dagegen – ich lebe, als hätte ich es noch nie gelebt.« Er hielt beides für falsch.

* * *

In drei Tagen fuhren sie hoch. Virginia. Connecticut. Über die hübsche Brücke aus New Hampshire raus. Sie zeigte, wo die Bushs wohnten – »wahrscheinlich sind sie jetzt gerade da, im Glanz ihres Alltags, und benehmen sich anständig«. Das rote Haus war bereit für sie. Fendersons Frau hatte den Kühlschrank gefüllt, Wein gekauft, Fenster geputzt. Der olle Parker kam höflich vorbei, um sie für demnächst einzuladen. Kein Wort zu Maes Bob. Sie erwarteten ihre Kinder. Und weitere Gäste. Einen Moment würde es dauern. Lebt euch erst mal ein. Der Monat würde wie im Flug vergehen.

Schon in der ersten Stunde sagte Mae, am hinteren Fenster sitzend, mit Aussicht auf den Rasen und das Meer: »Etwas fällt von mir ab, das spüre ich absolut. Irgendeine Last. Merkwürdig. Findest du nicht, Pietro?« Manchmal nannte sie ihn jetzt so, wie früher, in ihrer Jugend. »Seit Monaten passt für mich nichts mehr richtig zusammen. Aber genau jetzt ist es großartig.« Sie trug eine locker sitzende Hose aus grüner Baumwolle. Ein grobes, handgewebtes Hemd. Sie war schmaler geworden – wie ein Junge, dachte er. »Hirngespinste«, sagte Mae munter, »die halten wir für schrecklich und beängstigend. Dabei bedeutet das eigentlich nur, dass irgendwas nicht richtig zusammenpasst. Wahrscheinlich gibt es gar nichts Schlimmeres.« Sie lächelte ihn quer durchs Wohnzimmer an. Er hatte die Koffer schon reingebracht.

»So haben sie es uns im Jurastudium beigebracht«, sagte Boyce, froh über diesen beinahe normalen Wortwechsel. »Logik, Vernunft, Ratio – das entdeckt man nicht, man erfindet es.« Er erwiderte ihr Lächeln. »Man sorgt dafür, dass die Dinge zusammenpassen.«

»Das habe ich überhaupt nicht gemeint«, sagte Mae, das Lächeln war aus ihrem Gesicht verschwunden. Sie war schon woanders, es sah nur so aus, als spräche sie noch zu ihm. »Du verstehst alles so, wie du es verstehst, mein Schatz. Schon gut.«

* * *

In den ersten Augusttagen wurde Mae fast wieder wie früher. *Robust* war ihr Wort dafür, als hätte sie an Gewicht und Ausdauer gewonnen, was gar nicht stimmte. Aber sie riss Witze, lief schwungvoll durch das rote Haus, summte im Bad, fuhr mit dem Wagen ins Dorf und ging einkaufen, setzte sich in den Pavillon, rief Polly in Chicago an, kaufte die Bostoner Zeitungen, ging zu dem kleinen Strand der Parkers hinunter und sammelte Strandglas – als wäre sie wiederhergestellt. Sie schlief mehr, war aber immer noch zu allen möglichen Zeiten auf. Sie sagte Boyce, ihr sei aufgefallen, dass die Leute im Dorf so viel redeten. Auf dem Markt, bla bla bla. Die reinste Epidemie. Sie saß an dem alten Kimball auf der Sonnenveranda und spielte und sang die romantischen irischen Melodien, die ihr Vater geschrieben hatte, als er um ihre Mutter warb. »Kompletter Mumpitz, muss man dazusagen.« Ihr Blick auf die Welt war jetzt irisch. Viel mehr als in ihrer Jugend. Sie hatte sich einmal komplett gewandelt und hatte das jetzt noch einmal vor.

Außerdem wollte sie, dass sie sich liebten – oft sogar –, was ihn glücklich machte, aber auch verwirrte, es schien ein Zeichen für irgendetwas zu sein, denn früher hatte sie sich nie sehr begeistert gezeigt. Er massierte ihr immer noch die Füße und den Rücken, wo sie Schmerzen hatte, rieb ihr Schultern und Arme ein, als wäre sie wieder jung. Sie wanderten die Straße entlang, an dem kleinen Haus vorbei, gingen diesmal aber nicht nahe heran. Boyce hatte das Gefühl, eigentlich könne er gar nichts Nützliches tun – nur Zweckdienliches. Was immer ihr Leben antrieb, sie steuerte es.

Am 20. August, einem der Nebeltage, als das Wasser in der Bucht flach und konturlos dalag und die Mücken in der feuchtsalzigen Luft herumschwirrten – die Art Tag, die keiner mochte –, verkündete Mae, sie habe einen Heißhunger auf süße weiße Melonen, die es nur am Verkaufsstand einer Farm in Warren gab. Sie könnten doch »ein kleines Abenteuer« daraus machen, meinte sie. Nachher Austern beim Fischladen kaufen und vorm Dunkelwerden zu Hause sein. Als sie das sagte, saß sie nachdenklich im Bett. Seit ihrer Ankunft hatte sie die Krankheit selten angesprochen. »Du willst doch deinem abgezehrten, kränklichen Schatzspatz ihren Wunsch nicht abschlagen, oder«, sagte sie. »Das könntest du gar nicht. Einem bleichen hübschen Mädchen wie mir.«

Boyce war müde vom Spazierengehen. Im Haus war genug zu essen, Melonen gab es im Dorf. Später fragte er sich, ob er da schon begriffen hatte. Ohne es zu merken.

Er setzte, während Mae sich anzog, den Wagen aus der roten Garage. Als sie in ihrem gestreiften Hausmantel und flamingorosa Pantoffeln an die Seitentür kam, hatte sie Flecken im Gesicht, als wäre sie wegen irgendetwas aufgeregt. Sie hatte Lippenstift aufgelegt. »Heute bin ich keine gute Gesellschaft, Pietro«, sagte sie. »Ich bin etwas down, und nachher lasse ich es noch an dir aus. Bringe dich ins Schwanken. Aber ich habe wirklich einen Heißhunger auf eine süße Melone. Womöglich geht es um Leben oder einen grausamen, langsamen Tod. Bring auch was fürs Abendessen mit. Und beeil dich. Sorry für den Fehlalarm.« Er sollte wegfahren. Nicht so schnell wiederkommen. Sie war fröhlich – gar nicht down – mit ihrem puscheligen Fuß auf der Steinstufe zur Seitentür, ihr Hausmantel klaffte auf und entblößte einen Streifen weißer Unterwäsche und ihre blassen Schenkel. Sie winkte, schüttelte den Kopf, als er zurückwinkte und auf die Straße bog, dann verschwand sie schnell drinnen, in den Zimmern des roten Hauses. Schatzspatz.

***

Maes plötzliche Abwesenheit traf ihn von Anfang an, wenn er Sachen vom Auto in das Birney-Haus trug, Kommoden und Schränke öffnete, die Kellertür aufmachte, Wasserhähne aufdrehte, die Zimmer lüftete, sie traf ihn von Anfang an wie eine Keule; ein Schock, dass sie fehlte, sogar in einem Haus, in das sie nie einen Fuß gesetzt hatte. Dann wurde ihre Abwesenheit fast zu einer Erleichterung, einem Trost, einer Anwesenheit. Und dann wieder zu der elenden Guillotine der klaren Tatsache.

An den ersten Tagen lief er nur durch die kargen Zimmer, die Mae und er durch die blasigen Fenster erspäht hatten. Jetzt wirkten sie größer. Er sprach laut vor sich hin, manchmal raste sein Herz. »Ja«, zu irgendetwas. Und: »Am Ende stellte sich heraus, dass es ihm doch gefiel, obwohl es gar nicht groß war.« Und: »Sie war natürlich nie drin gewesen.« Zu wem sprach er? Nachher saß er ruhiger draußen auf der Granitstufe und rauchte – nachsinnend, nachdenklich, verlegen. Er wollte nichts noch mal von vorne erleben. Da hatte sie sich geirrt. Was nicht hieß, dass alles so einfach war.

***

An den üppigen Herbsttagen ihrer Studienzeit waren sie vom netten Nassau aus auf ihre »Autotouren durch Amerika« gegangen. Über den Delaware aufs Land in Pennsylvania, Meile um Meile. Kleine Dörfer und große, Weiler am Fluss, Felder, Farmen, Dämme, Fabrikgerippe – sie spürten dem Leben nach wie Kartografen, und das Land war ihnen beiden fremd. Mehr als einmal erblickten sie am Ende irgendeines staubigen Maisfelds ein Haus – auf Grund gelaufen, mit abblätternder Farbe, abbröckelndem Dach, leeren Fensterhöhlen. Die Familie auf und davon. Dann stiegen sie aus dem Auto, gingen ein Stück die Straße entlang, nur um über Glasscherben hinweg einzutreten, wo die Balken bloßlagen, wo die Decken eingestürzt, die Böden bis auf das offene Erdreich durchgerottet und einzelne Latten durch Gipsschichten sichtbar waren. Dann die schwankenden Treppen hoch zu den Schlafzimmern – ramponierte Sofas, Kinderwiegen, gestapelte Bilderrahmen und Zeitschriften, abgesägte Armaturen, ein Fenster, ein Blick aufs Feld und einen kleinen Hügel, ein fernes Städtchen mit einem Wasserturm, der gegen den Himmel stupste, schwebende Geier, zurückstarrende Rehe.

Diese Häuser ähnelten sich. Sie waren Beweismaterial. Für Peter Boyce feierten sie das Mögliche. Zurückgefordertes Leben. In seiner jungen, verlustbeklagenden Art glaubte er, die Leute könnten zurückkehren und ihre Häuser würden sie erwarten. »Das alles aufzugeben«, sagte er zu der 19-jährigen Mae Purcell. »Ein Haus hat doch eine *Bedeutung*.« Er drehte eine dreieckige Fensterglasscherbe aus ihrem eingetrockneten Kitt und schleuderte sie in die Luft hinaus, mitten in den blühenden Mais. Sie wollten ernsthafte Gespräche führen. Das war ihr Vorsatz.

Mae verdrehte die Augen. Sie war nicht so ganz anmutig. Stämmig. Eine Pianistin mit kräftigen Händen, die eine Dezime greifen konnte. Jetzt schon schlauer, als er je werden würde. »In Irland ist das total normal«, sagte sie. *Or-land* sprach sie es aus. »So wie du die Welt siehst, gibt es immer noch einen nächsten Versuch, oder?« Sie wandte sich ab. »Die Ururoma von meiner Mam wurde von einem walisischen Viehhändler rausgeschmissen. Ins Meer gestoßen. Das bedeutet was? Für mich bedeutet das gar nichts. Du wärst ein guter …«

»… ein guter was wäre ich?« Peter Boyce war ganz erpicht darauf, zu erfahren, was er eines Tages in ihren Augen sein konnte. »Was meinst du?« Er liebte sie schon und glaubte, sie liebe ihn.

»Ein Priester, könnte ich sagen. Oder ein alter, altmodischer Engländer. Aber ich hasse Priester, und meine Meinung von den Engländern ist, wegen meinem Pap, eher gemischt. Sagen wir halt *Ehemann*. Okay? Für eine, die leichtsinnig und dumm genug ist.« Damit war sie zufrieden. »Als Farmer wärst du natürlich eine Null. Du merkst nie, wenn du völlig alle bist.« So waren sie schon ganz am Anfang gewesen. Das Birney-Haus erinnerte ihn an diese Nachmittage. Das hatte er gar nicht geplant.

***

Nach einer Woche in dem Haus fing Boyce an, schlecht zu schlafen, und wenn er schlief, träumte er, Mae wäre am Leben, und wachte schweißgebadet auf. Danach lag er wach, was zu ungnädigen Selbstbefragungen führte. Was hatte er falsch gemacht? Warum hatte sie das bloß getan? Suizid war eine klare Entscheidung fürs Abtreten – nicht nur eine aggressive, selbstsüchtige Tat aus Trotz. Eher aus Unabhängigkeit und Ungehorsam. Mae hatte ihm immer dabei geholfen, Ordnung in seine Gedanken zu bringen. Und jetzt waren sie in Unordnung. Dinge, die nicht richtig zusammenpassten. Hirngespinste.

Also versuchte er es mit festen Abläufen – früh ins Bett gehen, ein Glas Stoli aus dem Tiefkühler, ein Licht an der Treppe anlassen, sich die Red Sox anhören und kanadisches Radio, lesen, bis er in den Schlaf fand. Er hatte nur *Mrs Dalloway* mitgenommen. Eine Last-Minute-Entscheidung, wegen der Länge. Er hatte es im Studium gelesen und wusste so gut wie nichts mehr. Eine Party, irgendein Geck aus Indien, den keiner mochte, außer Mrs Dalloway. Oder war das der Roman, der in Cornwall spielte? Weit war er jedenfalls nicht gekommen – aber sie war auch eher nicht interessant genug als Frau, um sie in den Mittelpunkt eines Romans zu stellen. Das war wahrscheinlich genau der Grund gewesen.

Manchmal lief er barfuß im Pyjama nach unten und in den Garten hinaus und stand dann um zwei Uhr früh auf dem kalten Gras, atmete den schwefelartigen Geruch vom Meer ein, und die Nacht summte. Oft krachte irgendetwas im Unterholz und keuchte. Vogelflügel flatterten im Liguster. Autos rauschten über die Landstraße. Abgehacktes Stimmstakkato schwebte vom Strand hoch, dann Gelächter. Hölzerne Ruder klapperten. Ein Nebelhorn. Nach seinem Empfinden war er ganz und gar so, wie man ihn in diesen Momenten erwarten würde. Wach. Er musste nicht erfunden werden. Er erkannte wieder, wer er hier war.

***

Wenn sie jedes Jahr im August im roten Haus eintrafen, nahmen sie beide sofort die Rituale des Fertig-Wohnens an und mochten das auch. Aufgeklappte Koffer, aufgerissene Fenster, um den Gestank nach Ungezieferspray aus den verschlossenen Räumen zu lüften. Betten in Ordnung bringen, die eigenen Handtücher aufhängen, Küchengerät auspacken. Die emsigen, präzisen Routineabläufe, gefolgt von einem ruhigen-aber-belebenden Ausatmen im Geist der vorläufigen Zugehörigkeit. Dann die erste Flasche Pouilly aus dem Kühler, der Sonnenuntergang des ersten Tages hinter den Bäumen, über der Bucht. Das Läuten der Kirchenglocken aus dem Dorf. All das sehr, sehr erfüllt. Manche Menschen werden erfüllt geboren – so schätzten sie Mae zu Hause alle ein. *Zu* erfüllt, würden die Parkers insgeheim gedacht und gesagt haben. Lärmig. Stellte den Vivaldi zu laut. Warf mit Blicken um sich. Verarschte die Leute. Das fehlte jetzt. Die Nachricht, die sie an ihn geschrieben und auf den Esstisch gelegt hatte – und die er fand, als er mit den Melonen zurückkam (als er weg und sie mit sich beschäftigt war, hatte sie bestimmt gelacht). »Besser, du stirbst in einem Haus, das dir nicht gehört, weißt du.« Ein Spruch, der alles entschuldigen sollte. Tat er aber nicht.

* * *

In der zweiten Woche wurde über Nacht sein Auto aufgebrochen, sein Handschuhfach. Es fehlte nichts, nicht einmal Kleingeld, aber in den Lack des Kofferraums hatte jemand mit etwas Scharfem »Hau ab« geritzt. Er rief den Sheriff an, der kam und meinte, das hätte schon beim Hochfahren passiert sein können. An einem anderen Tag, als er gerade eine Testamentsabschrift weggeschickt hatte, war ihm, als wäre jemand in der Küche gewesen, aber er konnte es nicht sicher sagen. Es roch anders. Schweiß. Dann, eines Morgens vorm Hellwerden, hörte er eine Autotür zuschlagen und dann Schritte im Gras unter seinem Fenster. Ein metallisches Tink-tink-tink ließ sein Herz rasen. Er lief im Pyjama die beleuchtete Treppe runter und riss die Haustür auf. Abrupt. In New Orleans hätte er das nie gemacht – mit leeren Händen einem Eindringling gegenübertreten. So kamen Leute zu Tode.

In dem Rechteck aus Licht, das auf den Rasen fiel, stand ein Mann. Vielleicht hatte er ihn schon mal im Dorf gesehen. Er kannte nur Ladenbesitzer, die Frau von der Post, Giles von der *Gulf*-Tanke.

Keiner ließ sich anmerken, dass er ihn kannte. Die Gestalt im Garten trug einen Neoprenanzug und hatte Taucherausrüstung dabei – eine Metallflasche (tink-tink-tink). Eine Harpune, Flossen und eine Maske.

»Geh fischen. Okay für Sie?« Der Mann sprach in dem typischen Singsang der Gegend – als würden sie sich kennen und der Moment jetzt wäre das Ergebnis davon. Er blinzelte im Licht, lächelte oder schaute finster drein. »Meine Frau hat mal hier gewohnt«, sagte er und hielt inne, als hätte Boyce zu einer Antwort angesetzt. »Mieter, ja?« Die silberne Harpune war geladen.

»Früher hatte ich hier in der Nachbarschaft was gemietet«, sagte Boyce. »Und klar.« Der Mann war krummbeinig, klein, plumpe Muskeln unter seinem Anzug. Er gehörte hier nicht hin.

»*Ihre* Frau ist gestorben, nicht wahr?« Der fragte nicht um Erlaubnis für irgendwas.

Boyces Augen brannten vom Schlaf. »Ja. Vorletzten Sommer. Genau.«

»Wollte Ihnen nicht komisch kommen«, sagte der Mann. Seine Haltung hatte sich verändert. Er hatte sich entspannt. Offenbar fühlte er sich wohler in seiner Haut, wenn er andere verunsicherte.

Boyce zog sich einen Frotteemorgenmantel an, den er hinter der Badezimmertür gefunden hatte. Ein Frauenmodell.

»Ich lasse Ihnen einen Tautog da, falls Sie so was mögen.«

»Was ist das, ein Tautog?«

»Ein Lippfisch«, sagte der Mann mit unfreundlichem Grinsen. Die stellten sich nie vor. »Eine seltene Meeresdelikatesse aus Maine«, sagte er. »Ha ha.« Er hatte nicht so schlechte Zähne wie manche Leute.

»Ess ich«, sagte Boyce verblüfft.

»Ah. Na prima. Ich auch.« Der Mann setzte sich, weiter grinsend, zum Strandpfad in Bewegung, als wäre jetzt etwas beschlossen worden, und hinterließ eine Spur im taufeuchten Gras. Tink-tink-tink-tink.

»Und vielen Dank auch«, sagte Boyce.

»Hm-hmm«, sagte der Mann vielleicht, und das war's.

**

Polly kam am zweiten Wochenende. Sie hatte Anwaltstermine in Boston und fuhr mit einem Mietwagen hoch. Es gab da jetzt auch eine neue »Beziehung«. Sie erwog dort hinzuziehen. Terry hatte anständigerweise erlaubt, dass sie Phoebe mitnahm, von Chicago aus. In ihrem Leben wurde es gerade offenbar etwas heller. Von Neuseeland und Kunstmanagement war keine Rede mehr.

Aber Polly war aus dem Stand unleidlich. Sie mochte das kleine Haus nicht, dabei hatte sie doch darauf bestanden, dass er das rote Haus aufgab. Aus irgendeinem Grund reagierte sie empört auf die Tatsache, dass ihre Mutter nie in dem kleinen Haus gewesen war – als machte Boyce es sich leicht, mit der Abwesenheit ihrer Mutter klarzukommen, als schwelgte er darin, das Gedenken an sie aufzugeben, wäre schon dabei, sich neu zu erfinden, was sie ihm ja geraten hatte. Jeder trauerte anders, dachte er. Was doch gut war. Aber alle trauerten. Er konnte ihr mit Toleranz begegnen. Tatsächlich fühlte er sich aber auch nicht einsam – nicht so, wie er Einsamkeit verstand. Er fühlte sich nur nicht ausgeschöpft.

Als sie zum Sonnenuntergang an den kleinen Strand gingen, mochte Polly immerhin *den*. Boyce trug eine alte grüne Kordhose, ein Jeanshemd und Turnschuhe, damit er weniger nach ihrem Vater und mehr nach einem Freund aussah. Pollys Mutter war tot. Er war der überlebende Elternteil. Vielleicht war sein Leben für sie jetzt unbegreiflich. Was er sich nicht wünschte.

Polly rauchte eine – das war neu – und bohrte mit den Zehen

im Sand herum, nach Strandglas. Boyce saß auf einem Felsen und schaute zu. Es war frisch, und der Strand stank. Millionen von winzigen Insekten wimmelten in dem zusammengebackenen Seetang. Eine Milchtüte lag herum, verkohltes Holz, eine grün gestreifte, zerbrochene Hummerboje. Der Ozean war voller Müll. Immer wenn er morgens mit seinem Morgenkaffee hier herunterkam, rechnete er mit einer angespülten Leiche.

Polly hatte weiter zugenommen. Sie trug hautenge Jeans, was es nicht besser machte. Ihre streng zurückgekämmten Haare hatten eine metallicrote Strähne drin. Über das Wasser drang von irgendwo das Knallen eines Bolzenschussgeräts, gefolgt vom Jaulen einer Motorsäge. Außer Sicht wuchs ein neues Haus empor. Eine Meile weit draußen lag ein Tonnenleger der Küstenwache vor Anker. Polly und er warteten, schauten auf das offene, immer noch helle Meer und den Horizont. Im Wasser war es zum Schwimmen schon zu kalt – aber das hätte Polly sowieso nicht gemacht, wobei sie früher richtig gern geschwommen war.

Auf dem Rückweg pflückte Peter eine Mütze voll Brombeeren zum Nachtisch und zeigte Polly den alten, überwucherten Steinwall und die ehemalige Straße zum Betonbunker, aus der Zeit, als hier in mondlosen Nächten U-Boote auftauchten und Spione aussetzten, auf dass sie irgendwo in Amerika verschwanden. Im Bunker war es kalt und roch nach Pisse, als sie einen Schritt hinein taten, und Sex hatte hier auch stattgefunden. Polly wandte sich im niedrigen Eingang ab und holte Luft. »Warum zeigst du mir das?«, fragte sie wütend.

»Entschuldige, ich dachte, es sähe anders da drinnen aus«, sagte Boyce. Eigentlich hatte er mal reinschauen wollen, bevor er sie herbrachte, es dann aber vergessen.

***

Er servierte das Abendessen auf dem Metalltisch unter der trüben Glühbirne in der Küche – Steaks, Kürbis, Tomaten direkt vom Bauern. Es gab Sancerre, er meinte, dass sie den mochte. Er versuchte Polly seine Anpassungsfähigkeit zu demonstrieren, als Argument für seine Anwesenheit hier. Dass er nicht unbegreiflich war – nur ein etwas reservierter Mensch mit mehr als einer Schutzhaut, wie ihre Mutter gesagt hatte. Was war daran falsch? Musste ihm die Trauer naturgemäß leichter fallen als ihr? Musste alles auf der sichtbaren Oberfläche stattfinden?

Polly saß da, die Ellbogen unverrückbar auf den Armlehnen, und schaute ab und zu aus dem Fenster, durch das ein Lichtschein auf den Rasen und die Rosenbüsche fiel. Sie nestelte an den Strähnen ihrer braunen und roten Haare herum, trank den Sancerre. Als kleines Mädchen hatte sie an ihren Haaren herumgezogen. Mae fand das unschön, so als stünde man mit offenem Mund da oder bohrte in der Nase. »Demnächst bist du so kahl wie ein Apfel«, hatte sie gesagt.

Er rechnete damit, dass Polly ihr Missfallen bekunden würde – über irgendetwas –, aß aber sein Steak weiter. Polly sprach reserviert von ihrem neuen Freund Hugh, den sie über Opernfreunde kennengelernt hatte. Er war achtundvierzig, wohnte in Truro, spielte in einer Dixieland-Kapelle Klarinette und hatte ein Boot in Eastham. Von Terry sprach sie herzlich, seine Eltern lebten als pensionierte Navy-Angestellte in Winnetka und hatten viel Zeit. Sie hatten Phoebe öfter bei sich gehabt als Mae und er, das nahm Polly ihnen übel: schlechte Großeltern. Phoebe war süß und schlau und sah aus wie Boyces Mutter als Kind. Er sagte, Polly solle sie doch mitbringen, nächstes Jahr vielleicht.

Boyce betrachtete Polly über den Tisch hinweg – freundlich zugewandt, hoffte er. Die Gesprächspausen wurden ohrenbetäubend. Polly führte sich auf, als überginge er ihren Standpunkt – was gar nicht stimmte. Sie trank zu viel, das war eindeutig, daher auch die Gewichtszunahme. Wie seltsam, dachte er, dass Mae und er, die doch immer glücklich gewesen waren, so ein unglückliches Kind großgezogen hatten. Was konnte man da sagen? »Wenn du nicht aufpasst, wird die Enttäuschung deine hervorstechendste Eigenschaft.« Mae hätte so etwas sagen können – wie den Satz mit den Haaren. Wäre Polly nur mit Terry verheiratet geblieben, den er mochte.

Irgendwann stellte Polly ihr Weinglas ein bisschen zu hart auf den Tisch. Sie konnte sein, was sie wollte. Aber ihm gefiel die Polly, die sie als hübsche, verplauderte Studentin im zweiten Jahr gewesen war, am besten.

»Also, Peter, was interessiert dich?«, fragte sie – er hörte einen gemeinen Unterton. Darüber wollte er gar nicht nachdenken, er wollte doch nur leben können, und möglichst nicht dumm oder unglaubwürdig oder kreuzunglücklich. Aber warum darüber reden? »Ich lese gerade *Mrs Dalloway*«, sagte er. »Und ich bin gern in diesem Haus, weil es hier so wenig Schwieriges zu tun gibt.« Er hätte am liebsten gelacht, aber davon hätte sich Polly angegriffen gefühlt. Und das wollte er genauso wenig.

Ihr Blick war eine Ohrfeige. »Kommt es dir nicht komisch vor, dass sich meine Mutter, deine Frau, ein paar Häuser weiter umgebracht hat, und du sitzt hier ganz allein und mietest dieses beschissene kleine Haus wie ein verschrobener alter Junggeselle? Was ist eigentlich los mit dir, Peter?« Sie hatte ihn nie Peter genannt. Aber sie hatte ihn schon so lange mit gar keinem Namen mehr angesprochen.

»Warum macht es dich wütend, wie ich bin?«, fragte er.

»Ich frag mich bloß.« Sie war wütend auf alles.

Dann fanden die richtigen Worte den Weg auf seine Zunge, so als spräche er mit Maes Stimme. Jeder trug die Stimme seiner Liebsten in sich. Schatzspatz.«»Ich lerne gerade erst, damit klarzukommen, mein Liebes. Genau wie du. Es ist erst zwei Jahre her. Wie man binnen genau zwei Jahren damit umgeht, steht doch in keinem Buch. Vielleicht in *Mrs Dalloway*.« Er wusste nicht, warum er das sagte. Er hatte es Mae sagen hören. Wie eine Anweisung.

Pollys Kiefermuskeln hoben sich, gaben nach, hoben sich wieder. Warum fuhr sie hier hoch, um ihn zu bestrafen?»Was soll das denn heißen?«, fragte sie steif.

»Ich weiß es nicht«, sagte er.»Deine Mutter und ich sind so lange verheiratet gewesen. Wir haben uns sehr geliebt. Du darfst dich nicht ausgeschlossen fühlen.« Polly stand abrupt auf, nahm ihren Teller und seinen, trug sie zur Porzellanspüle und machte beim Absetzen wieder viel zu viel Lärm.»Was soll ich denn deiner Meinung nach tun?«, fragte er. Er wollte, dass das endlich vorbeiging. Der Tod warf einen allzu langen Schatten.

»Sei einfach normal. Klingt das so abwegig?«

»Das hier ist normal. Ich tue nur nicht dasselbe wie du. Nicht auf deine Weise. Das ist alles. Ich bin nicht wütend.«

Sie stellte den Wasserhahn auf heiß.»Tut mir leid, dass ich gefragt habe.« Da war der schnippische Ton, den ihre Mutter beklagt hatte. Die Verkäuferin.

»Dir muss nichts leidtun«, sagte er. Dann, beinahe:»Ich bin dein Vater.« Oder vielleicht auch:»Ich bin *immer noch* dein Vater.« Aber er tat es nicht. Kurz war er davon überzeugt gewesen, er sollte es sagen.

»Es tut mir aber leid«, sagte Polly, die ihm den Rücken zukehrte.

Und das war's dann auch. Sie aßen seine Brombeeren nicht. Später, als er sich in ein kaltes Bett legte, fragte er sich, ob alles und jedes zwischen ihnen beiden sich immer um Mae drehen würde, die das Leben hinter sich gelassen hatte, weil sie nicht mehr bleiben wollte – die ihren Willen bekommen hatte. Dass sie nun weiterlebten, war kein Verrat an Mae – der Gedanke passte. Polly hatte ihm zwar nichts mitgebracht, aber immerhin ein kleines bisschen Klarheit eingebracht.

***

Mitten in der Nacht lag er wach und lauschte auf Geräusche draußen. Polly rumorte unten herum. Die Haustür öffnete sich, ihre Füße zischelten durch das Gras, es hörte sich an wie der Tautog-Mann. Polly telefonierte – zehn kleine Pieptöne. Er roch ihre Zigarette. Sie sprach müde, traurig, wehrlos: »Hi. Ich bin's.« Pause. Dann: »Natürlich. Nein.« Wieder eine Pause. »Ich musste nur deine Stimme hören.« Pause. »Das weißt du ja. Tu ich. Schlaf weiter. Ist er. Ja. Typisch.« Dann ein Piepen, wieder ihre Füße im Gras, die zurück ins Haus schuffelten – eine andere Frau als beim Abendessen.

Am Morgen sagte Polly nicht viel. Nur ein paar Einzelheiten über Phoebes Schule. Ein Wort zu ihrer Arbeit mit Versicherungsklienten. Er machte Frühstück. Und sobald sie aufgegessen hatte, brach sie wieder nach Boston auf. Er fragte sich, ob er etwas hätte tun können, um sie zufriedenzustellen. Wahrscheinlich nicht.

***

Der Sommer, merkte er, verabschiedete sich. In Maine fing der Herbst im August an. Das Nachmittagslicht fiel in einem anderen Winkel durch die Fichten und wärmte die geschrubbten Böden. Die Wolken wurden riesig, der Spindelstrauch röter. Plötzlich blühte der Hortensienbaum, und die letzten Taglilien vertrockneten auf ihren Stängeln. Er mochte das. So anders als der Süden. Natürlich war das in jedem ihrer Sommer hier so gewesen. Die Brise hatte sich schon abgekühlt – ein Kälteschub stand bevor. Wann würde es hier Winter werden? War ihm alles nicht aufgefallen.

Der Hausverwalter, Fenderson, kam zum Rasenmähen und stellte Plastikgeranien in die Fensterkästen. Er war groß, hager und faltig, mit dichtem weißem Haar und verwegenen Zähnen. Er hatte etwas unergründlich Betrügerisches an sich – genau wie die Hummerfischer, die Haushaltswarenverkäufer, die Bibliothekarin. Alle vom selben Schrot und Korn. Er war Trainer gewesen, auf dem GI-Ticket nach Dartmouth gegangen und Stadtrat im Dorf.

Sie unterhielten sich eine Weile im Garten, dann ging Fenderson, ohne zu fragen, schnurstracks ins Haus, holte ein ZU VERKAUFEN-Schild mit roten Buchstaben aus dem Keller und hämmerte es kommentarlos vor der Einfahrt in den Boden. Die Besitzerin, ließ er dann wissen, sei schon mehrfach verheiratet gewesen. Das belächelte er. Und manchmal, das müsse wohl mit ihrem unkonventionellen Leben zusammenhängen, verspüre sie das Bedürfnis zu verkaufen. Das war jedenfalls seine Sicht der Dinge. Wahrscheinlich hatte der Umstand, dass das Haus gerade vermietet war, dieses Bedürfnis etwas befeuert. Aber nicht lange, und das Schild würde wieder verschwinden. Hier, meinte Fenderson, als er in seinen alten Ford einstieg, müsse man sowieso alles abreißen und bei null wieder anfangen. Ein winziger weißer Pudel nahm seinen Platz auf Fendersons Schoß ein. Dann sagte Fenderson aus irgendeinem Grund, dass seine Familie aus dem County Cavan eingewandert sei. Aus Ballyhaise. »Schottisch-irisch«, sagte er mit anzüglichem Grinsen, als sei etwas nicht ganz koscher. »Wenn die sterben, klammern sie sich an ihre ersten Pennys.« Fenderson wusste nicht mehr, dass er so was Ähnliches mal zu Mae gesagt hatte.

***

Um den Achtzehnten regnete es drei Tage lang, und als es aufhörte und schwülwarm wurde, überlegte Boyce, ob die Tatsache, dass das Haus jetzt zum Verkauf stand, eine Art Mitteilung war. Ein weiteres Indiz. Nach dem Preis hatte er nicht gefragt – aber am Meer gab es nichts geschenkt. Falls man sich dafür entschied, das Haus *nicht* plattzumachen, würde es eine Menge brauchen. Böden. Trockenbau über den verrotteten Latten. Einige neue Fenster. Am Fundament musste was instand gesetzt werden. Alle Decken hatten braune Flecken in der Form von Kontinenten, wo Feuchtigkeit durchgekommen war. Das Dach musste weg. Beim Regen hatte es drinnen nach Katzen gerochen.

Unten, in einer Ecke des nur zur Hälfte befestigten Kellers, unter alten ZU VERKAUFEN-Schildern, fand er einen uralten *Wehrle*-Ofen neben einem löchrigen, nicht mehr an die Heizungsrohre angeschlossenen Ölbrenner, dazu eine noch teilweise gefüllte Kohlenkiste. Es gab staubige Fahrräder, eine Auswahl an verschimmeltem Gepäck, Telefone aller Generationen, zwei Kühlschränke ohne Türen, reichlich Spuren tierischer Aktivitäten, Schachteln mit Einmachgläsern, ölverschmiertes Werkzeug in einem Metallschränkchen, eine Kesselhaube, mehrere Ruder, Plastik-Weihnachtsbäume, einen Stapel zerschlissener amerikanischer Flaggen, die einst am Fahnenmast im Garten flatterten. Es gab auch einen Schrank mit Vorhängeschloss, dessen Schließband lose war, so dass die Schrauben heraushingen. Drinnen war eine alte .22 mit Kammerverschluss und ein Stapel Joan-Baez-Liederbücher. Das, dachte er in dem Dämmerlicht, kam alles weg. Das Haus hatte seine eigene Persönlichkeit gehabt, war aber (nur) der Familie einer oft verheirateten Frau zuzumuten – den Birneys –, auch wenn es nicht reichte, damit sie es behielten. Im Unterschied zu seinem großen, säulenbestandenen Haus in der 6. Straße hatte sich die Bedeutung dieses kleinen Hauses erschöpft. Der Gedanke, sich darum zu kümmern, war nur ein Aufbäumen gewesen, die Verlagerung von etwas Unsagbarem. Mal hieß es was, mal nichts.

* * *

Boyce rief die Parkers an, um sie zum Abendessen einzuladen. Der Tautog-Mann hatte einen zweiten Flatschen Fisch auf der Eingangsstufe hinterlassen – als er aufgewacht war, lag er da, mit noch pulsierenden Kiemen. Parkers Frau war förmlich am Telefon, als wäre seine Ehe mit einer Selbstmörderin – die ihre widerwärtige, unchristliche Barbarei nebenan ausgeführt hatte – der Stempel einer Degradierung. Sie hatten noch ihre Familie »da« – bis nach Labor Day, sagte sie –, und dann würde er vermutlich wieder zurückfahren nach »wo noch gleich? In einen der Staaten mit M?« Boyce sagte – ohne es ernst zu meinen –, dass er erwäge, das Birney-Haus zu kaufen. »O ja, das sollten Sie auf jeden Fall tun«, sagte Patty Parker munter. Dann fragte sie ihn aus heiterem Himmel, wie es ihm denn *gehe* – als wäre er krank gewesen. Als der Krankenwagen kam, um Mae abzuholen, hatten der alte Amory und sie an ihrem Briefkasten gestanden und mit verkniffener Miene zugesehen. Kein tröstliches Wort für ihn, nie. Typisch Neuengland. Warum sollte er mit denen zu Abend essen? Mae hatte sie als morbide bezeichnet. »Hochmögende Anglikaner. Noch schlimmer als Katholiken, weil sie keine Katholiken *sind*.«

Patty informierte ihn darüber, dass die Leute, die jetzt im roten Haus waren, aus Maryland kamen. Außerdem waren es Schwarze. »Drücken sich gepflegt aus. Höflich.« »… ein komischer schottischer Name.« McDowell. Anscheinend fühlten sie sich ganz wohl, wenn man sie in Ruhe ließ. »Tja …«, in endgültigem Ton, »… das ist alles schon seltsam, nicht wahr, Peter? Das Leben. Es geht einfach weiter. ›Selbst wenn einen die nächsten Freunde in den Tod begleiten, so wenig hilft's‹, oder? Das ist von Frost. Den verehre ich. Sie auch?«

»Ja«, sagte Boyce, kannte das Gedicht aber nicht. Sie war damit beschäftigt, sich selbst zu rechtfertigen.

»Waren Sie nicht in Princeton?«

»Ja«, sagte Boyce. »Abschlussjahrgang zweiundsiebzig.«

»Dachte ich doch«, sagte sie. Sie glaubte offensichtlich, sie würde lächeln, aber sie irrte sich. Patty Parker war Englischlehrerin in Darien oder irgend so einem anderen betuchten Allerheiligsten gewesen. Studium in Storrs. Er brauchte nie wieder mit ihr zu reden. Sie schafften einen Abschiedsgruß.

* * *

Am Zwanzigsten – dem zweiten Jahrestag von Maes Tod – ging Peter Boyce mit seinem Kaffee an den Strand runter. Er hatte vor, sich noch vor der Morgenflut tief in *Mrs Dalloway* einzulesen. Falls man Clarissa Dalloway faszinierend finden sollte, ihm ging es nicht so. Kleinkariert und nicht besonders klug – allerdings auch nicht vollkommen uninteressant als Lesestoff. Er mochte den einst gutaussehenden Verehrer Peter Walsh lieber (keine Überraschung), obwohl der ein großer Narzisst zu sein schien. Über der Bucht, wo zuvor körniger Augustnebel gehangen hatte, zogen die Wolken weiter. Eine Brise war aufgekommen. Ein einhändiger Hummerfischer saß eine Viertelmeile draußen in seinem Ruderboot, seine Frau las achtern in ihrem Buch. Und weiter draußen dann – vierzehn Meilen – lag Monhegan Island mit seinen westlichen Klippen weiß in der Sonne.

Da waren sie einmal fröhlich hingefahren, mit Freunden aus Mississippi – den Clubbs –, die hin wie zurück seekrank wurden. Auf dem Rückweg fand Madeline Clubb auf der Innenseite ihres

Oberschenkels eine Zecke und wollte sofort ins Krankenhaus. Sie waren nie wieder hingefahren. Künstlerkolonien auf Inseln, sagte Mae, das konnte nur Mist sein. Non-hegan, nannte sie es. Boyce fand Inseln vor allem unpraktisch, das Festland war fast immer besser.

Er holte eine Toscano hervor und zündete sie an, so dass sich ihr Rauch mit dem Nebel vermischte, der noch am Strand hing, wo die Flut den Sand mit Vegetation und Holzstücken aus einem Sturm auf See überzogen hatte. Ihm fielen lauter kleine Merkwürdigkeiten ein, nichts, was in irgendeinem sinnvollen Zusammenhang verankert wäre. Boyce war davon überzeugt, wenn man an etwas dachte, musste man es keineswegs immer direkt tun. Er legte sein Buch auf einen Felsen, der Kaffee war fast ausgetrunken. Irgendwie musste er den Jahrestag von Maes dunkler Stunde schon begehen. Der Trauer Worte verleihen usw. Aber er hatte aus der Juristerei noch eine bleibende Lektion gelernt, nämlich dass man nicht nach Antworten *suchen* sollte. Die Nadel befand sich niemals im Heuhaufen, sie *war* der Heuhaufen. Das hatte der alte Timmerman in Zivilrecht an die Tafel geschrieben. Man eliminiere alles, was etwas *nicht* ist, und schon entwirrt sich alles – wobei der Tod die allergrößte Wirrnis darstellt. Seinem Gefühl nach war er deshalb hier. Um zu eliminieren, was Mae (und ihr Tod) nicht war. Polly wollte das nicht verstehen.

Seine Gedanken trieben weiter voran ... Mae war eine erbärmliche Hausfrau gewesen. Mit der Zeit hatte sie es zugelassen, immer dicker zu werden – ihre *Winteringe*. Sie hatte bei Dichterlesungen und klassischen Konzerten immer gejohlt, was ihm immer peinlich gewesen war. Sie traute ihm – »Anwalt Boyce« – nie zu, dass er das Leben genug auskostete. (Das bezog sie eindeutig auch auf sich selbst.) Was er anders sah. Hatte er schon immer. Seine Kanzlei war die Spitzenkanzlei. Die gelehrte Kanzlei. Alteingesessen. Sie waren nur zu fünft, damit der Apparat schlank blieb; und jeder mit einem starken Fachgebiet. Alle von guten Schulen. Jeder von ihnen hätte etwas Außergewöhnliches werden können – Altphilologe, Konzertmusiker, Kriegskorrespondent, berühmter Architekt – und hatte sich für die Juristerei mit ihrer großen subversiven Anziehungskraft entschieden. Er selbst schrieb ab und zu bittersüße Short Storys im Cheever-Stil, die er nur wenigen zeigte. Er liebte New Orleans. Da teilten sich die Geister. Für Mae, die nie richtig Anschluss fand, war es immer schwierig gewesen. »Ein einfaches irisches Mädchen unter den Strotzern«, hatte sie gesagt. Es war auch immer schwierig gewesen, mit ihr verheiratet zu sein. Aber sie hatten das Beste draus gemacht – sie mit ihrem beseelten Klavierunterricht und dem weniger guten Großziehen einer Tochter. Und indem sie seine interessante, unberechenbare, ungewöhnliche irische Frau war. Insgesamt hatten sie sich ein Leben in Geborgenheit aufgebaut. Was gab es sonst?

Aber warum dachte er jetzt *daran*? Etwas geschieht und scheint das ganze Leben zu verändern, und dann raspelt sich alles zum erträglichen Maß zurecht, manchmal ein bisschen besser. Da konnte man auch gleich einfach alles tun, worauf man Bock hatte – lief es darauf hinaus? Oder darauf, dass nichts wirklich von Bedeutung war? Das nahm er allerdings nicht hin, keine Sekunde. Vermögensmasse, Besitztum, Testamente – das bedeutete alles etwas, hier lag der tiefe Kern des Gesetzes. Und doch. Wer steuerte schon sein eigenes Gehirn? Dein Gehirn steuert dich. Das hätte er Polly sagen sollen. Es hätte sie entlastet. Das war die Bedeutung von »normal«. Vielleicht hatte er es sogar gesagt.

Ein Stück den Strand runter – dort, wo die Felsen vorkragten, nicht weit von der Stelle, wo oben das rote Haus stand – angelte jemand (ein Mann und ein Junge) im Mittelwasser. Der Mann, groß und in gelben Bermudashorts, zeigte dem Jungen, wie man den Köder auswarf, führte es ungeschickt vor, dann ließ er den Jungen die

Angel nehmen, und der machte es wesentlich anmutiger und erfolgreicher, die Angel flog im Bogen durch die dunstige Luft und ploppte ins Wasser. Der Mann trat einen Schritt zurück und beobachtete den Jungen beim Einholen und neuerlichen, ebenso geschickten Auswerfen der Angel. Eine üppige Frau mit einem großen weißen Hut saß hinter ihnen auf den Felsen, daneben ein kleines Mädchen, das voller Zustimmung hinzeigte und redete. Das war die schwarze Familie, die das rote Haus gemietet hatte und gern für sich war. Ziemlich vernünftig. Sie wussten sicher nichts davon, dass in demselben Bett, wo jetzt ihre Kinder schliefen, die Frau des Vormieters hundert Schlaftabletten geschluckt hatte. Das konnte ihnen Patty Parker immer noch bei ihrer Abreise erzählen, damit sie auch ja nicht wiederkamen. Er hätte sie besuchen können, rübergehen, einen Kontakt zu ihnen aufbauen. Aber das wäre unfair gewesen. Die Geschichte musste zur Sprache kommen.

Und dann dachte er eine Weile an seinen Dad. An ihre legendären Angelausflüge nach Michigan. Der Alte, Typ Geschäftsmann – massig, lachlustig, oft betrunken –, halb verrückt an einem guten Tag, sagte seine Mutter, bevor sie sich von ihm scheiden ließ. Auf dem Au-Sable-Fluss in seiner uralten Hodgman-Watjacke, seine maßangefertigte Paul-Young-Angel und seinen Kescher mit Mahagonirahmen dabei – so pflegte sein Vater aus ihrem Kanu zu klettern, eine Fangleine um die Taille geknotet, und dann ließ er sich vom Kanu stromabwärts ziehen, schlitterte mit den Füßen über den sandigen Grund und angelte, angelte, angelte. »Ich komm bis ganz runter, wo die großen Fische sind«, rief er dann begeistert, mit breitem Grinsen, und schwang die Arme nach links und rechts. Wäre er in ein Loch getreten oder über einen Stein gestolpert oder sonstwie aus dem Tritt gekommen – das wär's gewesen, vor den Augen seines eigenen Sohnes. Der kleine, zurückhaltende Petey Boyce hatte das, obwohl er allein im Kanu saß, aufregend gefunden, gelacht und seinem Vater zugewinkt, der immer so tat, als fiele er hinein, und schrie »Mann über Bord«, »Rette sich, wer kann! Zur Hölle mit Frauen und Kindern.« Selbst heute, zwanzig Jahre nachdem seine Eltern beide tot waren, träumte er noch davon. Sein Vater war dem Tod immer näher gekommen, Hals über Kopf. Was hatte er geschafft? Die gleiche Frage hätte man Mae stellen können – und natürlich eine andere Antwort bekommen. Er hatte geangelt, aber für ihn war es mehr als Angeln gewesen. Er hatte irgendein großartiges Hochgefühl für sich entdeckt. Aber das würde man nie herausfinden, auch wenn man nachfragte.

Er hörte, in unbestimmter Entfernung, das Jaulen einer Sirene. Da brennt ein leeres Cottage, dachte er. Nicht seins. Er hatte nichts angelassen. Er hielt oberhalb vom Rosengestrüpp auf der Böschung Ausschau nach aufsteigenden Rauchschwaden, sah aber nichts. Die Sirene kam näher, wurde lauter. Es klang wie auf der Straße, dann passierte sie das Haus. Kurz darauf ein letztes Aufjaulen, dann brach sie ab.

Boyce nahm seine Tasse und *Mrs Dalloway* und erreichte das Haus, als der braun-weiße SUV des Sheriffs an der Einfahrt vorbeikam, unterwegs zu der Sackgasse, von wo sich ein Pfad zum Nudistenstrand von Nicholl's Cove hinunterwand – Nippel-Cove im lokalen Volksmund. Nachts fanden dort Partys mit Musik statt, das hatte er schon vom Bett aus gehört.

Er ließ die Tasse und das Buch auf der hinteren Eingangsstufe und ging hinüber, um zu sehen, wo der Sheriff war. Menschen und Autos ballten sich unten an dem Wendehammer, wo nachts die jungen Leute parkten – und von wo sie nach Mitternacht wieder zurücktuckerten, am Haus vorbei. Überall lagen Kondome und plattgefahrene Kleenexklumpen herum. Ein netter, altmodischer Ort, hatte Mae angemerkt. Die jungen Leute machten so was immer noch – wie in Irland. Er setzte sich in Bewegung.

Unten stand ein Krankenwagen mit blinkenden Lichtern und offenen Hecktüren. Zwei Sanitäter brachten eine Trage vom Strand hoch, auf der eine blonde Frau, weißes Laken bis zum Kinn, festgeschnallt lag. Ein Deputy half mit. Zuerst hörte, dann plötzlich sah man über den Bäumen einen orange gestreiften Hubschrauber der Küstenwacht.

Neben dem Krankenwagen hatten sich Gaffer versammelt. Der krummbeinige Mann, der ihm den Tautog dagelassen hatte, stand da, jetzt in Alltagskleidung, Hand in Hand mit einer dünnen Frau mit Sonnenbrille, neben ihnen ein alter Schäferhund. Zwei kleine asiatische Jungen – Hmongs – hielten die Arme vor dem bloßen Oberkörper verschränkt und flüsterten. Andere Leute. Städter. Nebelfetzen hingen in den Weinranken, die die Straße vom Strand trennten. In der Luft hingen Zedern- und Meeresdüfte, ein schwaches Stinktieraroma schwebte auch mit. So liefen die Dinge, dachte Boyce im Näherkommen. Wenn man dazugehörte, machte man das so, drüber reden, hören, erinnern. An den Tag, als das-und-das am Strand passierte.

Die beiden Sanitäter luden die blonde Frau in den Wagen. Sie waren beide massig und sahen nicht gesund aus, ein Mann und eine Frau in schwarzen Shorts und weißen Hemden mit roten Aufnähern und Gürteln voller Ausrüstung. Die Frau auf der Trage hatte ein rundes, überraschtes Gesicht, sie hatte die Augen offen und lächelte und redete. Auf dem Krankenwagen stand BELFAST. Ein zweiter, älterer Deputy gestikulierte und sagte: »Okay. Halten Sie Abstand, halten Sie Abstand«, obwohl gar keiner zu nah kam. Die Sanitäterin stieg hinten zu der Frau in das beleuchtete Innere, ihr Kollege setzte sich hinters Steuer. Der Deputy schloss die Türen und trat einen Schritt zurück.

Sofort setzten sich die beiden Hmong-Jungen Richtung Strandpfad in Bewegung, als interessierte sie das alles nicht mehr. Sie hatten Angeln dabei. Der Krankenwagen ließ die Sirene einmal aufheulen, setzte rückwärts an den Rand des Gestrüpps, dann mit krachender Gangschaltung vorwärts, und schließlich schaukelte er wieder hügelan zur Cod Cove Road, ohne Sirene, nur mit Blinklichtern. Die Sanitäter waren dieselben, die auch Mae abgeholt hatten. Aus Belfast. Was für ein unheimlicher Zufall an diesem Jahrestag. Natürlich konnte es auch sein, dass er sich falsch erinnerte.

»Na, erfreuen Sie sich an unserer Kleinstadtunterhaltung?«, rief ihm der Tautog-Mann zu. Der Deputy kletterte wieder in seinen SUV. Der andere Deputy saß schon drinnen. Der Tautog-Mann schrie, als wäre Boyce schwerhörig. »Wenn die Mongs sie nich gesehen hätten, wär sie mit der Flut nach Labrador geschwemmt worden. Suff, Drogen, was weiß ich.« Er sagte es singsangig. Ein paar hundert Meter weiter ließ der Krankenwagen einen wilden Jauler ab, als er auf den Highway einbog.

Der Tautog-Mann fixierte Boyce mit demselben Blick wie bei der frühmorgendlichen Begegnung im Garten. Er wirkte nicht mehr wie der Muskelmann, der sich bei der Erwähnung von Maes Tod entspannt hatte. Er trug ein Hawaiihemd und abgeschnittene Shorts und war barfuß. Sein Haarschnitt war stoppelkurz wie der eines Soldaten, und an einem Mundwinkel hatte er eine gezackte Narbe, da war vor ziemlich langer Zeit etwas verdammt schiefgegangen. Das hatte Boyce im Dunkeln nicht gesehen. Vom Aussehen her war er Maes Typ – Neville Brand als Hafenarbeiter. »Wird langsam Zeit für die Heimfahrt, was?« Der Mann setzte dasselbe herzlose Grinsen auf. »Irgendwo im Süden, war das nicht so?« Er hatte schon was getrunken, am Morgen. Seine Augen waren wässrig und verlangsamt.

»New Orleans.« Boyce versuchte es mit Fröhlichkeit.

»Wir kennen die Kleine«, schaltete sich die Dünne mit der Sonnenbrille ein, schmutziges T-Shirt und ebenfalls abgeschnittene

Shorts. »Stover.« Sie war zu dünn. Sie hatte zu viel Sonne abgekriegt und nicht nur das. Auf ihrem T-Shirt stand PRAISE. Durch ihre spitze Nase wirkte ihr Gesicht angespannt und misstrauisch. Aber ihre braunen Augen funkelten. Zusammen kamen sie einem vor wie ein Paar, das man auf offener Straße streitend im French Quarter antreffen konnte.

»Hätte genauso gut sein können wie mit dem toten Mädchen da unten in Costa Rica oder sonst wo«, sagte die Dünne. »Wir waren grad auf einem Strandspaziergang, er und ich. Wir haben sie gar nicht gesehen. Aber die Mongs da.«

Mae würde vor diesen beiden die Flucht ergreifen, mit vorbereitetem Abgang. »*Pardon*. Quiche im Ofen. Ich muss sausen.« Und später, bei Drinks im Pavillon, würde das alles noch mal genauer begutachtet werden. »Unsere persönlichen Bauern. Die große Gemeinde in klein«, würde sie sagen. Er würde es taktvoller handhaben, einfach stehen bleiben und abwarten. Aber um was zu sagen? Über den Fisch? Den hatte er gegessen. Köstlich. In Wahrheit war er schlecht geworden, und Boyce hatte ihn weggeworfen. Er war noch nie ein guter Lügner gewesen. Lügen war erst anstrengend, dann brachte es einem Ärger ein. Der alte Hund wedelte mit dem Schwanz, als hätte jemand zu ihm gesprochen.

»Und, kaufen Sie das Birney-Haus jetzt?« Der Tautog-Mann taumelte ein wenig, seine Zehen krallten sich in der Erde fest, unterm Arm hielt er ein Paar übel ramponierte Nikes. Keinerlei Disziplin im Blick. Boyce wusste immer noch nicht, wie er hieß. Wahrscheinlich Sean. Die hießen alle Sean.

»Nein«, sagte Peter Boyce. »War nur eine verrückte Idee.«

»Und schon … kommt der Winter! *Hal*-lo!?« Der Mann schaute zugleich anzüglich und verächtlich.

»Hab früher mal in dem Haus gewohnt«, sagte die Frau. Sie ließ den Mund leicht offen stehen. So drückte sie Überraschung aus und viele andere Gefühle. Da warteten noch weitere Worte, denen aber der Antrieb fehlte.

»Haben Sie den Lippfisch gegessen?«, fragte der Mann. Sein Mund stand genauso offen wie bei der Dünnen. Diese furchtbare Narbe.

»Ja«, log Boyce. »War lecker.«

»Garantiert nicht, wetten? Ich hab's ihr gleich gesagt.« Seine feuchten Augen gingen hoch, dann wieder runter. Er erkannte eine Lüge. Da fühlte er sich überlegen.

»Wir zwei war'n mal verheiratet.« Die Frau hatte entschieden, was sie sagen wollte.

»Und jetzt daten wir uns wieder«, sagte der Tautog-Mann mit grausamer Miene.

»Wenn das Feuerwerk erst vorbei ist, geht das Leben los, was«, sagte die Frau.

»Der weiß das. *Seine* Frau ist gestorben.« Man hörte den Alkohol in der Stimme des Mannes. Sie sah Peter Boyce perplex an.

»Mein Mann ist auch gestorben«, sagte sie. »Der andere. Mein Beileid.«

»Danke«, sagte Boyce. »Mir tut es auch leid.«

Ein Telefon klingelte, mit einem altmodischen Klingelton. Der Hund humpelte auf einen grünen Pinto zu, der am Strandpfad parkte. Der Tautog-Mann und die Frau tauschten einen Blick. »Na, wer *das* ist, wissen wir ja wohl«, sagte sie.

»Ich auf jeden Fall.« Der Mann grinste aufdringlich.

Das Telefon klingelte immer lauter, bis sich die Frau schließlich in Bewegung setzte. Ihr Gang war wacklig in den Knien, von einem strapaziösen Leben. Der Mann stand mit seinen lädierten Schuhen auf der Straße und sah nicht hin.

»Hoffe, wir sehen uns noch«, sagte Boyce. »Danke für meinen Fisch.«

»O ja, Sie werden mich wiedersehen«, sagte der Betrunkene. »Viel Glück, Prediger.« Jetzt hatte er ihn mit dem alten Parker verwechselt. Mae hätte vor Vergnügen losgejohlt.

* * *

Später am Nachmittag, als er auf den Eingangsstufen saß und an seinen Vater dachte, beschloss er, dass jetzt der richtige Zeitpunkt zum Aufbruch war – an Maes Jahrestag. Er erwartete niemanden mehr. Zwanzig Stunden Fahrt, dann konnte er in seinem eigenen Bett aufwachen. Was immer er hier veranstaltete – eine Festung errichten und verteidigen –, es lag ihm eigentlich nicht; ebenso wenig, wie es seinem Vater, dem verrückten Angler, gelegen hätte. Es war ja nicht so, als wäre er ein junger Mann oder wollte unbedingt etwas anderes werden. Kleine, abgestufte Anpassungen, das brauchte er. Dafür waren Anwälte auf der Welt – um für die bestmöglichen Konsequenzen aus den kleinen Anpassungen des Lebens zu sorgen. Nicht dass Mae eine Kleinigkeit gewesen wäre, ob bei ihm oder dahingegangen. Sie war jetzt sein großes Thema. Aber die Gründe für ihre schreckliche Tat wollte sie letzten Endes für sich behalten. Und er konnte auch nichts daran ändern. Hier jedenfalls gab es nichts mehr zu erfahren oder sich auszumalen oder neu zu erfinden. Liebe war jetzt nur noch wahrnehmen und annehmen.

* * *

Im ersten Winter war er nach New York gefahren. Ein Klient hatte einen Aufenthalt in einem schicken Klub für ihn arrangiert, wo Diplomaten Mitglied waren, wo es eine große Bibliothek mit Goldschnittbüchern gab und einen geheizten Pool, da schwammen die Männer nackt. Er war in der City ein paarmal ins Kino gegangen und hatte ein wenig denkwürdiges Theaterstück auf einer Rundbühne gesehen. Der Klub sponserte Mitgliederreisen. Nach Indien. Wandertouren in den Pyrenäen. St. Petersburg im Frühling. Berühmte emeritierte Professoren fuhren mit und hielten Vorträge. Auf solchen Reisen machte man Bekanntschaften – Frauen, passend in Alter und Temperament, die nicht nur aus Sehnsüchten bestanden. Er überlegte, dem Klub beizutreten, um das auszuprobieren. Wobei er nicht glaubte, dass eine Frau das fehlende Element in seinem Leben war. Er wusste im Vorhinein, dass er sich bedrängt und bevormundet vorkommen und sich bald schon wortlos verdrücken würde. Nach drei Tagen war er heimgefahren und hatte keinen weiteren Gedanken mehr daran verschwendet, dem Klub beizutreten.

Dann, letzten Herbst in New Orleans, hatte er eine Frau namens Sarah Gaines kennengelernt. Die Cousine der Frau eines Partners. Sie hatten zweimal bei *Clancy's* zu Abend gegessen, inklusive leichtem Schwips. Sie arbeitete beim Radio und hatte eine vollendete Stimme. Außerdem wusste sie eine Menge über die Geschichte der Einrichtungsgegenstände und plante ein Buch über skandinavischen Nippes. Sie war nicht so sehr hübsch als vielmehr majestätisch. Sie war fünfzig, aber irgendwie zu ausladend, auf eine Art und Weise, über die er in ihrer Gegenwart nicht aufhören konnte nachzudenken, er fühlte sich klein neben ihr. Ein Grübchen in ihrem kissenweichen Kinn tauchte beim Sprechen ständig auf und verschwand wieder. Sie hatte nie geheiratet, sagte sie. Die Reihenfolge der Dinge hatte nie gestimmt. Dazu die sture Unwilligkeit, aus ihrer Geburtsstadt im östlichen Ohio wegzuziehen. Die hingebungsvolle Pflege ihrer Mutter während einer langen Phase der Demenz, die schließlich zum Tode führte. Die unerwartete Rückkehr ihres Vaters nach zwanzig Jahren Abwesenheit und dann *sein* Niedergang. Sie respektierte die Ehe, hatte sie sich gewünscht, war eine nichtpraktizierende Katholikin, die Kinder mochte. Sie »liebte« New Orleans, versicherte sie ihm. Sie hatte viel zu erzählen.

Aber soweit er sehen konnte, interessierte sie sich gar nicht für ihn. Sie stellte keine Fragen. Erwähnte weder seine Arbeit noch Mae noch Polly noch Phoebe. Stattdessen redete sie von Ohio, von Athens, wo sie studiert hatte, vom Stress ihrer Arbeit beim Radio, wo es so sympathisch und lässig zuzugehen schien, in Wirklichkeit aber jeder gegen jeden kämpfte. Die Zusammenarbeit mit Frauen, sagte sie, sei am schlimmsten, denen könne man nicht trauen. Nach ihrem dritten Abendessen im *Café Degas* lud sie Boyce ein, nach Hause mitzukommen. Er dachte darüber nach und wusste genau, dass es schon beleidigend war, überhaupt darüber nachdenken zu müssen. Aber er sagte nein. Vielleicht, wenn er sie besser kannte. Was ganz vernünftig zu sein schien. Aber im Auto war sie in Tränen ausgebrochen. Weil er nein gesagt hatte, überlegte er, oder weil er erwähnt hatte, sie besser kennenzulernen – was ganz offensichtlich niemals passieren würde, schon gar nicht jetzt, wo sie aus unklaren Gründen anfing zu weinen. Plötzlich wurde ihm schwindlig, so als wäre Sarah Gaines gerade im Begriff, verrückt zu werden, oder wäre es schon immer gewesen, und als erlebte sie die gerade ablaufende Szene schon ihr ganzes Leben lang immer wieder. Er saß in seinem eigenen Auto und kriegte kaum noch Luft. Als er sie zur Haustür des Gebäudes an der Magazine Street brachte, wo ihre kleine Eigentumswohnung lag, umarmte er sie unbeholfen, dann schüttelte er ihr die Hand, sagte auf Wiedersehen und fuhr das kurze Stück bis zur 6. Straße mit einem erschöpften und auch zerknirschten Gefühl, als hätte er sich gemein und lieblos und unfair verhalten. Als er sie am nächsten Tag anrief, um sich nach ihrem Wohlergehen zu erkundigen, blieb sie zunächst wortkarg und sprach sehr leise mit ihrer Radiostimme. Sie sagte, sie wäre wohl von falschen Voraussetzungen ausgegangen – ein allzu typischer Fehler – und hätte von sich auf ihn geschlossen –, was ihr leidtue. Er dachte an ihr Grübchen. Und falls er sie noch mal anriefe, meinte sie, könnten sie vielleicht einen »Neustart« versuchen. Dann würde sie ihn einladen. Mae, dachte er, hätte Sarah Gaines gemocht, ihre Unabhängigkeit bewundert und gefunden, sie solle weniger jammern; ihm hätte sie mehr Toleranz angeraten und vorgehalten, dass er so öde und prüde war, wo Sarah doch nur offen sein wollte. Er fühlte sich jedenfalls nicht zerknirscht oder langmütig genug, um sich noch einmal auf Sarah Gaines einzulassen. Oder auf irgendeine andere Sarah. Er sah sie nicht wieder. Eine Frau, das wusste er schon, würde sein Leben stören und durcheinanderbringen, würde nicht passen – wobei er gar nicht genau wusste, warum, oder was denn passen *würde*. Ihm wurde einfach klar, dass es, egal was die Leute denken mochten, nicht dasselbe war, verwitwet oder single zu sein.

* * *

Später an dem Nachmittag, als er dachte, er würde abreisen, beschloss er abrupt, doch nicht zu fahren. Dass das resignativ wäre. Dass die kleinen Anpassungen doch in Reichweite lagen. Als er allein im Garten neben dem leeren Fahnenmast stand und sein Auto mit dem in den Lack gekratzten »Hau ab« betrachtete, beschloss er vielmehr, eine Schüssel aus der Küche zu holen, den Pfad zu der Brombeerstelle runterzugehen, sie vollzusammeln und einen Pie zu backen, so was in der Richtung. Das passte überhaupt nicht zu ihm – er war sich nicht mal sicher, ob er das konnte. Mae hatte in dem roten Haus oft Brombeerpie gebacken, und sie hatten sich die Zunge daran verbrannt und dann darüber gelacht. Als er die Stelle erreichte, sah er, dass da schon jemand gewesen war. Das Gebüsch war zertreten. Aber es waren noch genug da. Das war typisch Maine, diese Aura von Ereignissen, die man gerade eben nicht mehr sehen konnte. Heimlich, aber eigentlich nicht geheim. Wie am Vormittag die Frau am Strand. Dinge, von denen man einfach nichts wusste. Fast liebenswert war das. Würde sich aber nicht halten, wenn man länger hier wäre. Dann würde alles preisgegeben – wie die Trittspuren im Brombeergestrüpp. Das einzige echte Geheimnis war die Ehe gewesen. Was hatte er im Winter noch mal gelesen? Sie hielt das Gespräch in Gang. Und jetzt war das Gespräch vorbei.

Von dem Pfad aus konnte er vor lauter dichtem Bewuchs den Strand nicht erkennen, aber er hörte Menschen – wahrscheinlich Kajakfahrer, die über die spiegelglatte Wasseroberfläche der Bucht glitten, deren Stimmen aufwärtsschwebten. Paddel, die ans Dollbord stießen. Die Leute – wahrscheinlich waren sie zu zweit – führten ein vertrauliches Gespräch, mitten auf dem Wasser, im Glauben, niemand könnte sie hören. »Ja«, sagte die Frau. »Aber. Du siehst das nur von einer Warte aus.« »Das tue ich oft«, sagte der andere, der Mann. Dann Gelächter. Der Unterhalt der Dinge – eine ungenaue Wissenschaft. Man konnte es nur versuchen. Man backte einen Pie. Man tat es doch nicht. Man fuhr nicht zu früh ab. Jetzt hatte er genug gesammelt, dachte er und machte sich auf den Rückweg.

***

Als er das Haus erreichte, stand Fenderson im Garten, Hände in den Taschen seines farbbespritzten Overalls, und sah den Krähen nach, die zu dem Bauholz auf der anderen Straßenseite zurückflogen. Hoch oben verwehte der Kondensstreifen eines Flugzeugs im Landeanflug auf Boston. Krähen waren die Businessmänner der Vogelwelt, hatte Mae gesagt. Sie gingen zur Arbeit, dann kamen sie nach Hause und meckerten den ganzen Abend herum.

»Ich wusste, dass Sie hia irnkwo sein mussten, Hehr Anwalt. Steht ja Ihr Audo im Gaaten.« Fenderson äffte gern die Leute aus der Gegend nach. Er selbst stammte aus New Jersey. »Hehr Anwalt«, das verhieß allerdings irgendetwas. Er hatte was vor. »Paa von mein Behren klaun, wie?«

»Steht im Mietvertrag«, sagte Boyce, die Metallschüssel in der Hand.

»Die Früchte der Erde. Was sachste dazu.«

Fenderson ging auf die Haustür zu, wo er vor Tagen die Plastikgeranien unter das große Fenster gestellt hatte. Sein Truck stand im Leerlauf auf der Straße, gleich bei dem ZU VERKAUFEN-Schild, der winzige Pudel glotzte heraus. Boyce bemerkte einen Aufkleber: *Ein Betrunkener am Steuer hat meine Tochter totgefahren.* Das passte gar nicht zu Fenderson. Wahrscheinlich hatte der Sticker schon am Truck geklebt, als er ihn kaufte. Fenderson schien ins Haus gehen zu wollen, blieb dann aber stehen und drehte sich um. »Obs Ihnen wohl was ausmacht, wenn ich Ihr Haus zeige.« Er ließ den Blick über den Garten und den alten Betondeckel der Zisterne schweifen, damit er Peter Boyce nicht in die Augen sehen musste. Er wusste genau, dass das *nicht* im Vertrag stand. »Heute kamen Leute ins Büro, die ein Stück weiter wohnen – das sind Schwarze. Die Mieter von Ihrem früheren Haus. Haben wohl das Schild gesehen. Denen brennt das Geld Löcher in die Taschen. Kann schlecht nein sagen. Wenn ich denen das Haus nich zeige, werden sie rumzicken. Sie sind der Anwalt.«

»An wann hatten Sie gedacht?« Ihm lag an der freien, ungehinderten Nutzung des kleinen Hauses. Ohne Bedingungen. Fenderson erwartete bestimmt, dass er ablehnte. Dann konnte er ihm die Schuld zuschieben, wo er doch aus New Orleans war. Einer aus dem Süden. Alles wie früher.

Fenderson musterte die Krähen, die in dem Zedernwäldchen gegenüber ihre Nachtplätze einnahmen, flatterig, fickerig. »Die wolln am liebsten alles gleich gestern erledicht ham. Jetz solls der

Sonnenuntergang sein. Als würdse nich morgen auch untergehn.« Fenderson spähte zu seinen farbbespritzten Leinenschuhen hinunter und wartete. Er hatte in Vietnam Kampfeinsätze geflogen und Tapferkeitsmedaillen erhalten. Aber er war ein alter Faker. Den juckte nichts.

Boyce sah auf seine Schale voller Beeren hinunter. »Wer weiß, vielleicht wollen sie ja ein bisschen Brombeerpie.« Es war in Ordnung, nachzugeben. Jetzt würde er sie doch kennenlernen, die McDowells. Jedenfalls in gewisser Weise.

»Wer weiß.« Fenderson setzte sein breites Lächeln auf und zeigte seine großen, groben Zähne. Er mochte Fenderson nicht. Irgendwas an ihm war kalt und finster. Aber es war egal. »Ich frage jehnfalls«, sagte er, gab ein »Puh« von sich und ging zu seinem Truck zurück, glücklich über seinen Sieg und wie leicht er ihn errungen hatte.

***

Bis fünf Uhr hatte er einen Pie bewerkstelligt. Die Gitterkruste, mit einer Wodkaflasche ausgerollt, war nicht süß genug, also hatte er Zucker drübergestreut. Da er zu viele Brombeeren hatte, musste er die größere, angebrannte Pyrex-Form aus dem Keller hochholen. Natürlich fehlte ihm Mondamin, deshalb würde der Pie durchweichen, was sich aber verschmerzen ließ, wenn er süß genug war, und das würde er sein. Er würde ihn auf dem Herd stehen lassen. Ein Pie würde das Haus als heimelig und offenkundig bewohnt ausweisen. Wenn es bis zum Labor Day – also in zehn Tagen – nicht verkauft sein sollte, konnte er es sich immer noch anders überlegen und ein Dumping-Angebot machen. Festere Pläne hatte er nicht. Er hatte allerdings immer noch nicht nach dem Preis gefragt.

Aber was sollte er jetzt tun, während das Haus besichtigt wurde? Mae und er waren nie in den Dorfkneipen gewesen. Ihr fehlte, wie sie sagte, »die notwendige Verzweiflung für einen amerikanischen Pub«, sie trank lieber ihr Glas Pouilly im Pavillon, beobachtete die Schwalben im Abendlicht und hörte die Glocken von der anderen Seite der Bucht Kirchenlieder läuten. »*Softly and tenderly* …« Manchmal sang sie.

Die Leute hier nannten das kleine Dorf an der Bucht nach den alten Karten Gilesburg. Auf neueren Karten stand es als Amity, was ein Witz war, *Freundschaft*. Die Hummerfischer jagten die Kajakfahrer, schlitzten sich gegenseitig die Netze auf, schmuggelten Gras rein und zeigten den Stinkefinger, wenn sie einem den letzten Parkplatz vorm Eisenwarenladen wegschnappten. »Kein Strom, kein fließend Wasser, scheiß in ein Loch und fick deine Schwester, so mögen die das«, hatte Mae gesagt. »So ziemlich dasselbe wie in einem Dorf in Nordirland – wobei ich das Vergnügen nie hatte.«

Er fuhr über die Shore Road ins Dorf, an der geschwungenen Bucht entlang, während der Sonnenuntergang alles vergoldete. (Den bewunderten die McDowells jetzt.) Zuerst das Tor zum Mädchencamp, dann die Müllkippe, das *Dollar General*-Kaufhaus, die Ladenzeile mit den pleitebedrohten Einzel- und Großhandelsfarmen, Autoschrottplätze, Mokassin-Outlets, dazu das gleichförmige Siedlungsschema von Maine – aufgebockte Bootswracks, Haufen aus Fallen und Bojen, Holzspaltmaschinen und Nissenhütten aus Zeltplane – und wirklich jeder mit einem aufgebockten Truck, einer zerbrochenen Pflugschar, einem Geländemotorrad und einem Hund. Wenn das Meer außer Sicht war, entsprach Maine Michigan, nur ohne Humor. Und nach dem Kolumbus-Tag nahmen es die Mainer wieder komplett in Besitz. In den Läden ging das Licht aus, Restaurants wurden verrammelt und verriegelt, die Ortsansässigen ignorierten einen, wenn man in den Graben fuhr, und Ferienhäuser, die nicht einbruchsicher waren, wurden zu Meth-Labs umfunktioniert oder abgefackelt oder beides. Der

Sheriff nahm sich frei. Hier, das wurde Boyce klar, konnte er nicht überleben.

Die winzige Main Street führte direkt hinab zum öffentlichen Anleger und dem Trockendock, wo die Yachten der Sportsfreunde überwinterten. Die Altstadtkneipen waren für die Mannschaften aus dem Yachthafen, Zimmerleute und Schlägereien – wenn sich die Frau von irgendwem mit dem falschen Anstreicher zusammentat oder mit der Frau des falschen Anstreichers. Man kostete seinen Groll aus; jeder war bewaffnet. Das wurde alles in dem kleinen vierseitigen Blättchen *Amity Argonaut* festgehalten, das Mae zum Feueranmachen benutzte. Er fuhr nie rein, außer zur Post.

Die *Startrampe* war allerdings eine Neueröffnung. Unter einem neuen roten Neon-Hummer hing ein neues rotes BAR-Schild. Saubere Fenster, anheimelndes Licht drinnen. Nur ein Drink, beschloss Boyce, dann zum Haus zurück. Ein handbeschriftetes Schild an der Tür zur *Startrampe* verkündete: »Kanadisches Geld ist immer willkommen, Kanadier fast nie.« Drinnen frische Kiefernholzverschalung, eine lange, lackierte Bar, dahinter ein Spiegel mit Weihnachtsbeleuchtung. Ein kleiner, leerer Essbereich mit netzüberzogenen Kugeln und Kerzen und Silberbesteck tat sich im Hintergrund auf. Es roch nach Sägespänen, und irgendwo wurde gekocht. Offenbar hatte hier jemand eine Zukunft vor Augen.

Hatte der Laden überhaupt geöffnet? Einen Moment später trat ein schlaksiger Teenager mit hängenden Schultern durch die Schwingtür zur Küche, in sein Handy sprechend, und bedeutete Boyce, sich an die Bar zu setzen, dann verschwand er wieder. Von weiter hinten waren Männerstimmen zu hören, übertönten eine Geschirrspülmaschine. Wusste jemand, wie es am Nachmittag mit dem Mädchen weitergegangen war? Sie hatte auf ihrer Trage ganz fröhlich gewirkt.

Ein Riese schob sich durch die Schwingtür, wischte sich die

Hände an einer Schürze ab. »Okayyy!« Er ging hinter die Bar und schnappte sich ein Handtuch für das letzte bisschen. »WaskannchIhnenbring?« Er wirkte äußerst zufrieden mit sich.

»Stoli auf Eis. Doppelt.« Boyce wollte auch zufrieden rüberkommen.

»Doppelter Einsatz!«, sagte der Barkeeper. In seinem T-Shirt steckten runde, muskelbepackte Arme, die massige Brust eines Gewichthebers, eine schmale Taille und darüber ein großer Kopf mit geölten dunklen Locken. Beim Reden und Einschenken wackelte er mit dem Kopf. Alles an ihm war zu groß, um wirklich gut auszusehen. Auf seinem T-Shirt stand GO SEAHAWKS. »Und, sind wir im Ferienland?«, fragte er und hielt das Glas hoch, als wollte er die Menge abmessen.

»Ich hab was draußen auf der Cod Cove gemietet, für den ganzen Monat«, sagte Boyce mit einem Lächeln.

»Wow. O-*kay*.« Der Barkeeper setzte den Drink ab. Er streckte die Hand aus und schaltete mit einem Klick den Fernseher hinter der Bar ein, dann ging er auf der Fernbedienung die Sender durch, bis er Fox gefunden hatte. »Fürn bisschen Gesellschaft«, sagte er. »Ton oder ohne? Kostet dasselbe.«

»Gern ohne.« Er fühlte sich zwar nicht erheblich, aber doch unerwartet gut, während Fremde sein Ferienhaus durchkämmten. Am Ende des Tresens war eine junge Frau aus der Damentoilette aufgetaucht, deren Geräusche noch zu hören waren. »Wissen Sie etwas von dem Mädchen, das unten in Nicholl's Cove gefunden wurde?«, sprach Boyce den Barkeeper an.

»Wissen wir was von dem Mädchen, das unten in Nipples Cove gefunden wurde?« Der Barkeeper lächelte die junge Frau an, die sich ein paar Hocker weiter vor ein leeres Glas an den Tresen gesetzt hatte. »Dieses faszinierende Geschöpf ist ihre Cousine ersten Grades«, sagte der Barkeeper. »Wir sind hier alle verwandt. Aber unsere

Ohren passen nicht genau zusammen. Schon gemerkt?« Er hatte in beiden Ohrläppchen kleine Diamantstecker.

»Bei dir passt eigentlich gar nix zusammen«, sagte die junge Frau. Sie warf Boyce einen Blick zu. »Der geht's gut«, sagte sie über das Mädchen auf der Trage. »Die trinkt bloß zu viel. Große Überraschung. Heute Abend mach ich's vielleicht genauso.« Sie stupste ihr Glas mit dem kleinen Finger nach vorn. »Der war ja so gut, ich nehm einfach noch einen.« Schiefes Grinsen. »Und danach werden deine traurigen Dienste nicht mehr gebraucht.«

»*Meine* traurigen Dienste?«, sagte der Barkeeper, er hatte Spaß.

»Die kenn ich viel zu gut«, sagte die Frau.

Der Barkeeper stellte ihr einen Drink auf eine Serviette. »Bis jetzt hat sich noch niemand über meine Dienste beklagt.«

Sie drückte mit der Fingerspitze einen Eiswürfel nach unten, dann sah sie zum Bildschirm, wo amerikanische Soldaten in Wüstenuniform mit Automatikwaffen in ein Lehmhaus eindrangen. Mit einem Sturmbock rammten sie eine Metalltür ein, dann drängten sie durch die Öffnung hinein.

Der Barkeeper verschwand in der Küche. »Schreit einfach, wenn ihr zwei mich braucht. Dieser nette Mann hier hat dich gerade eingeladen, Süße. Der ist ein echter Sportsfreund.« Er schwebte leichtfüßig davon.

»Hat er gar nicht«, sagte die junge Frau und drehte den Kopf mit einem kleinen Lächeln zur Seite, mit dem sie zeigte, dass sie gern als netter Mensch erkannt werden wollte. »Ich heiße Jenna.« Sie hatte eine Tarnfleck-Cargohose an, dazu ein langärmliges Shirt, das sie schon länger trug. Wenn sie lächelte, gab es Fältchen um ihre Augen, ihr Gesicht leuchtete auf und zeigte gut gepflegte Zähne. »Wer sind Sie?«

»Peter.« Er lächelte zurück. Die Weihnachtsbeleuchtung hinter der Bar blinkte alle zwei Sekunden. Sinatra sang gerade »*South of the Border, down Mexico Way*«. Es war sehr gut, hier zu sein. Er entspannte sich und atmete zum ersten Mal an diesem Tag tief durch. Vom Stoli wurde er ganz wattig im Kopf. Er hätte jetzt genauso gut auf einem dunklen Highway gen Süden unterwegs sein können, aber er war hier.

»Was machen Sie?«, fragte sie.

Er lächelte wieder. »Anwalt.«

»Wo denn, in Maine?«

»New Orleans.«

»O wow. Bourbon Street.« Sie schaute wieder zum Bildschirm. »Da war ich noch nie. Würd ich aber gern.« Ein Reporter stand vor einem Nachthimmel mit einer riesigen beleuchteten Moschee darin und sprach in die Kamera. »Und – ein, zwei Kinder?«

»Eins«, sagte Peter Boyce. »Sie ist erwachsen.«

»Wie alt sind Sie denn?«

»Fünfundfünfzig. Wenn ich mich recht entsinne.«

»Also«, fragte sie, »als Sie Ihre Tochter gekriegt haben, waren Sie wie alt?«

»Siebenundzwanzig, glaube ich.« Er drehte sich halb zu ihr, damit sie merkte, für ihn war in Ordnung, was sie hier machten. Rumplappern, hätte Mae gesagt. Sie hatte dafür keine Geduld gehabt.

Die junge Frau nahm einen Schluck von ihrem Gin Tonic. »Ich bin vierundzwanzig«, sagte sie. »Also sind Sie geschieden?«

»Nein, bin ich nicht.«

Sie musterte ihn, hob ihr Kinn ein Stückchen und riss die Augen auf, als hätte sie etwas entdeckt und könnte ihm kaum noch trauen. Eine verstorbene Ehefrau, das würde ihr gar nichts sagen. Kein Grund weiterzureden. »Was machen Sie hier?«, fragte sie. »So ne Art Reise?«

»Hab ein Ferienhaus gemietet«, sagte Boyce. »Nur für den August. Draußen auf der Cod Cove.« Mit einem Drink intus brauchte er was zu essen. Er fühlte sich etwas benebelt. An der Route 1 gab es nur den *Schiffszwieback* und einen Vietnamesen, wo ihm einmal schlecht geworden war.

»Was machen Sie denn beruflich?«, fragte er.

Jenna rührte wieder mit dem Finger ihren Drink um. »Ich wollte ja Tierärztin werden. Weil. Ich mag Tiere total. Aber das ... hat ... nicht so geklappt, weil ich in Mathe nicht gut war. Und in Bio auch nicht. Deshalb mach ich mich beim *No-Kill*-Tierheim in Rockland unten nützlich.« Sie sah ihn tiefernst an, mit gerunzelter Stirn. Diesen Blick hatte sie geübt, damit man sie nicht für dumm hielt. Sie musste älter als vierundzwanzig sein. Sie war viel zu sehr in dieser Bar zu Hause und wie sie einem Fremden ihre Geschichte erzählte.

»Was machen Sie im Tierheim?« Reiner Zeitvertreib. Er konnte zu Hause essen. Die McDowells waren wahrscheinlich schon weg.

»Ich suche den kleinen Tieren ein gutes Zuhause. Das macht Spaß.« Sie nahm einen kleineren Schluck und räusperte sich. »Ich hab grad ein Problem«, sagte sie und räusperte sich noch einmal. Sie sah ihn nicht an, hatte aber ihre Lippen in ein unglückliches Kräuseln gelegt.

»Ein Problem womit?«, fragte Boyce.

»Das ist mir peinlich«, sagte Jenna. »Ich will es eigentlich nicht erzählen.«

»Macht nichts.« Es war besser so. Bald wurde es Zeit zu gehen.

Der Barkeeper tauchte wieder aus der Küche auf, nur seine großen Schultern und sein Kopf. »Bei euch beiden alles in Ordnung? Unterbreche ich da gerade ein kleines Geschäker? Ihr seid sehr ruhig. Ich geh einfach. Aber ich will euch was zeigen.« In der Hand hielt er einen sich windenden Hummer. In der anderen hatte er einen kleinen schwarz-weiß gesprenkelten Welpen. Der Barkeeper kniete sich in die Küchentür, setzte den Hummer ab und den Welpen daneben. Sofort ging der Welpe auf den Hummer los, biss in seine Schale und knurrte, als wäre der Hummer sein Feind. Der Hummer wedelte mit seinen zusammengebundenen Klauen und zog sich an eine Stelle zurück, die er verteidigen konnte – eine Ecke bei der Küchentür. Der Welpe sprang und knurrte und biss aber weiter. »Ich wollte euch meinen neuen Hummer-Hund zeigen«, sagte der Barkeeper mit fröhlichem Grinsen. »Natürlich muss er noch schwimmen lernen. Aber er hat die richtigen Instinkte.«

Jenna formte eine unhörbare Ansage mit den Lippen. Das Spektakel war für sie, das wusste sie. Der Barkeeper schnappte den Hummer und den Welpen und verschwand wieder in der Küche. Drinnen brach Gelächter aus. Sinatra war jetzt bei »*I get a kick out of you*« angekommen … *I get a kick though it's clear to me* …

»Der ist ja so ein Arschloch. Früher war er mal mit meiner Cousine Cathy verheiratet. Bis er dann feststellte, dass er schwul ist oder was. Und das hat er sich inzwischen auch wieder anders überlegt.«

»Was ist denn Ihr Problem?«, fragte Boyce.

»Ich komme nicht rein. In meine Wohnung.« Sie betrachtete sich im Spiegel hinter der Bar. Sie sah müde aus und seufzte. »Es ist kompliziert.« Noch ein Seufzer.

Er brauchte keine Fragen zu stellen. Deshalb war er nicht hier. Die Frau wandte ihr Gesicht ab und redete weiter. »Ich hab mit meinem Freund zusammengelebt. Eric. Der ist deutlich älter als ich. Er holt Hummerfallen hoch. Aber er war mal ein Semester am Community College. Er mag Bücher.« Sie tippte mit dem Zeigefinger auf den Rand ihres Glases, als dächte sie über Eric nach. Dann blickte sie Peter Boyce an, so dass er nur eine Hälfte ihres Gesichts sehen konnte, das Stirnrunzeln. »Das ist alles nicht so interessant«, sagte sie. »Lässt mich nicht besonders gut dastehen.«

»Das macht nichts«, sagte Boyce. Es reichte, wieder.

Jenna schüttelte den Kopf, wie aus Abscheu vor einer großen Menge von Dingen, die sie alle vor sich sah. »Okay. Er. Und ich – wir, egal –, wir haben uns über was Blödes gestritten. Was ich gemacht hatte. Und er ist ausgezogen und nach Melbourne Beach abgehauen, zu seiner Mutter, die hat da eine Eigentumswohnung. Er hat sein Boot und die Fallen für seinen Bruder dagelassen – der hat aber keinen Schein und auch kein Hirn. Die Wohnung gehört Eric, aber er hat gesagt, ich könnte sie haben, wenn der Mietvertrag ausläuft, was angeblich zu Halloween ist. Er hat gesagt, er würde seine Sachen abholen, aber vielleicht würden wir uns ja auch wieder versöhnen. Bla bla bla. Amity, von wegen. Jedenfalls ich wohne da und arbeite im Tierheim. Und vor zwei Tagen komm ich nach Hause, und die Schlösser sind alle ausgewechselt.« Sie blies ihre Wangen auf. »Und an der Tür ein Zettel: ›Liebste Jenna.‹ Genau. Liebste Jenna. ›Carla und ich sind wieder eingezogen. Ich hab deine Sachen zu deiner Mom gebracht und auf die Veranda gestellt. Komm nicht vorbei oder ruf mich an. Ich hab das jetzt hinter mir gelassen. Alles Liebe. Eric.«

Sie nahm einen ordentlichen Schluck und räusperte sich wieder. »Keine Ahnung, wer diese Carla sein soll.«

»Haben Sie Ihre Sachen abgeholt?«, fragte Boyce.

Jenna schüttelte den Kopf. »Meine Mom wohnt in Ellsworth – bei *ihrem* Freund. Meine Sachen hat sie in ihren Wohnwagen getan und mir angeboten, da zu wohnen. Aber das war mir zu peinlich. Ich schlafe seit zwei Nächten in meinem Auto. Das ist eigentlich überhaupt nichts für mich. Himmel noch mal, ich bin auf die Orono gegangen, ich habe einen Abschluss. Na ja, fast.«

»Wie kann ich helfen?« Oh, was für eine schlechte Idee. Das Einzige, was auch nur annähernd menschlich erschien, war gleichzeitig eine sehr schlechte Idee. Er fühlte sich müde und zu alt, um zu tun, was er gerade tat.

»Na ja.« Jenna presste die Lippen zusammen und blies sie auf. Sehr ausdrucksvoll war ihr Gesicht nicht, ein bisschen wie Pollys irgendwie. »Ich frag das nur sehr ungern.«

»Jeder kann mal in Schwierigkeiten geraten«, sagte Boyce. »So hat ein Anwalt immer was zu tun.«

»Wir kennen uns ja gar nicht«, sagte Jenna. »Sie sind kein Axtmörder oder so was, oder?«

»Nein. Ich sagte doch, Anwalt. Das ist vielleicht schlimmer.«

»Klar, ich weiß doch, wer Sie sind«, sagte sie. »Ihre Frau ist gestorben. Der Stiefsohn von dem Freund von meiner Mutter ist Sanitäter. Die haben Ihre Frau abgeholt. Das sollte ich wahrscheinlich nicht sagen.«

»Schon in Ordnung.« War es auch. Es war tatsächlich in Ordnung, dass sich Dinge wiederholten, selbst hier, an diesem Tag. Das machte nichts. Es war nur eine kleine Anpassung.

»Es tut mir wirklich leid, dass sie gestorben ist.«

»Mir auch«, sagte Boyce. »Sie war krank.«

»Hat sie nicht Suizid begangen?«, fragte Jenna etwas förmlich.

»Doch. Ja.«

»Okay«, sagte Jenna mit einem schwachen Lächeln. »Dürfte ich bei Ihnen duschen?« Dann sagte sie sofort: »Wenn Sie das komisch finden, verstehe ich es absolut. Ich kann auch Byron fragen, da in der Küche.«

Jetzt sang Frank gerade »*Make Someone Happy*«. »Ich habe ein zweites Schlafzimmer«, sagte Boyce. Vielleicht zu schnell. »Sie müssen nicht in Ihrem Auto schlafen.«

Unfassbar. Jetzt hatte er gerade einem Mädchen ohne Dach über dem Kopf angeboten, in seinem Ferienhaus zu übernachten. Das war genau das, was alte, betrunkene Narren machten. In zwei Tagen würden das Mädchen und ihr mexikanischer Freund drei Staaten weiter verhaftet werden, während sie sein Auto fuhren und seine Kreditkarten benutzten, nachdem sie drei Leute umgebracht hatten, darunter ihn. Wie wurde man zu einem, der so dumm ist? Wer war das, war das jetzt er?

Aus der Küche wurde gerufen, dann folgte das laute Scheppern runterfallender Töpfe, und jemand – der Barkeeper – brach in heulendes Gelächter aus. »O Mann«, sagte jemand. »Ich glaub es nicht, dass du das gerade gemacht hast! Michael wird ausrasten.« Noch mehr Gelächter.

Jenna richtete ihre Lachfältchen-Augen auf ihn und runzelte die Stirn, um anzuzeigen, dass sie wusste, er dachte gerade an etwas Ernstes.

»Ich lüge nie«, sagte sie. »Ich würd's gern können. Deshalb komm ich wahrscheinlich mit Tieren gut klar. Die lügen nicht.« Sie schenkte ihm ein hübsches Lächeln und strich sich links und rechts die Haare aus dem Gesicht. »Haben Sie keine Angst, dass mein Freund in Ihr Haus einbricht und Sie ausraubt. So kreativ ist er nicht. Und er ist nicht mehr mein Freund.«

Boyce legte zwei Zwanziger hin. »Wollen Sie mir nach Hause hinterherfahren?«

»Jetzt kommt noch mal was Peinliches«, sagte sie. »Meine Autobatterie ist alle. Es steht auf dem Parkplatz vor dem *Shop 'n Save*, wo ich geschlafen habe.« Sie riss wieder die Augen auf. »Darf ich einfach bei Ihnen mitfahren, wenn das okay ist?«

»Klar«, sagte Peter Boyce. »Und morgen kriegen wir Ihr Auto wieder in Gang.« Diese Tat war vollbracht. Jenna schien sich schlagartig glücklich und zu Hause zu fühlen. Darum ging es, inzwischen. *Make someone happy.*

✳ ✳ ✳

Auf der Fahrt an der Krümmung der Bucht entlang war fast alles Licht am Himmel erloschen. Die Wolken über den Bäumen zeigten nur einen schmalen Streifen Platin. Am südlichen Ufer, wo das ganze Jahr Menschen lebten, waren beleuchtete Häuser zu sehen.

Jenna hatte eine Bemerkung zu jeder Straße und jedem Haus auf ihrem Weg. Wer da wohnte, wer da gewohnt hatte, wo die Drogenfahndung durchmarschiert war. Die Wohnung ihres Freundes – wo sie nicht mehr reinkam – war barrierefrei ausgestattet, deshalb war sie so billig gewesen. Ihr schien, man könne ganz gut mit ein paar Gliedern weniger auskommen. Sie erzählte, sie wolle Yoga für Tiere entwickeln. Es gebe Übungen mit Tiernamen, also habe das früher sicher auch mal mit Tieren zu tun gehabt. Sie fragte Boyce, wo er am 11. September gewesen sei und zur Jahrtausendwende und zum Zeitpunkt von Hurrikan Katrina, das sei doch in der Nähe von New Orleans gewesen? Solche Ereignisse seien wichtig. Sie erzählte ihm, wo sie am 11. September gewesen sei – allein mit einem vietnamesischen Freund in einer Hütte östlich von Caribou. Ja, ihr Weg durchs Leben sei unkonventionell. Aber das sei in Ordnung. Viel Ehrgeiz habe sie nicht, ihre Ziele seien erreichbar, und sie könne ihren Beitrag leisten, indem sie Menschen und Tieren Gutes tue. Sie fragte Boyce, ob er tätowiert sei, und als er verneinte, erklärte sie ihm, ein Tattoo sei ein Zeichen dafür, dass jemand aufgegeben habe. Dann erzählte sie, Stevie Wonder sei angeboten worden, sein Augenlicht wiederzubekommen, aber er habe abgelehnt. Sie war nicht zu bremsen. Vielleicht, dachte Boyce beim Fahren, nahm man heute keine Tramper mehr mit, so wie er es zu seinen Studienzeiten getan hatte, und man fing auch keine Gespräche mit seltsamen jungen Frauen in seltsamen Bars an. Aber das konnte schon alles in Ordnung sein.

Die Scheinwerfer tasteten sich über eine dicht von Bäumen bestandene Straße, ab und zu zischte ein Schatten hinüber – eine Fledermaus oder Eule. Am Rand war erst ein Reh, dann ein Kojote zu sehen. Zur Rechten krochen die Fahrlichter von Hummerbooten in die Nacht hinaus. Urplötzlich fühlte er sich jetzt müde, wie gelähmt. Jemand – Mackey in der Firma – hatte zu ihm gesagt: Was immer du für das Richtige hältst (da redete er natürlich von Trauer und Tod und Verlust), erwäge genau das Gegenteil. Das war jetzt so ein Fall, ganz klar. Was sollte er mit Jenna im Haus anfangen? Eine Frau allein.

Als sie das Dorf verlassen hatten, folgte ihnen ein Pick-up, kurz darauf klingelte ihr Handy, aber sie ging nicht dran. »Ich geh nie dran«, sagte sie. »Das ist bloß irgendein Autoverkäufer – nie der Mensch, der anrufen soll.« Nach einer Weile überholte der Truck, beschleunigte und bog in eine dunkle Straße ab.

Boyce begriff, dass das, was er gerade tat, auf den Versuch hinauslief, sich anders zu fühlen, etwas anderes zu fühlen. Statt reserviert und abgeschottet zu sein. Sich zu öffnen. Ihm fiel ein Satz ein, den er morgens am Strand gelesen hatte. Wieder mal *Mrs Dalloway*. »Sie hatte immer das Gefühl, es war sehr, sehr gefährlich, auch nur einen Tag zu leben.« Das hatte er nie so empfunden. Er war eher vom Gegenteil überzeugt. Aber beides konnte stimmen. Da würde sich jeder Tag anders anfühlen.

Die junge Frau verstummte, beugte sich ab und zu vor und sah durch die Windschutzscheibe nach oben, als suchte sie einen Lieblingsstern. Als er in die Cod Cove Road einbog, vorbei am roten Haus, sah er, dass bei den Parkers Licht brannte und viele Autos auf der Seite standen. Ihre Kinder waren da. Jenna sah ihn in der Beleuchtung des Armaturenbretts an und räusperte sich wieder. So leitete sie das nächste Thema ein. Sie kaute Kaugummi, und der Pfefferminzgeruch überlagerte die Ausdünstung ihrer Kleider. Sie näherten sich dem Haus. ZU VERKAUFEN leuchtete im Scheinwerferlicht auf. Die McDowells waren schon lange weg. Alle Lichter aus. Er vermisste Mae stärker denn je. Ganz plötzlich.

»Dürfen Frauen inzwischen auch auf Kampfeinsätze?« Darüber hatte sie lange nachgedacht. Sie starrte ins Gebüsch.

»Ich weiß es nicht. Ich glaube nicht.« Er bog in die grasbewachsene Einfahrt. Das Haus ragte vor dem lichtlosen Himmel auf.

»Meine Schwester und ich haben hier draußen gespielt, als ich klein war.« Sie sprach es »klei-en« aus. Das Licht der Scheinwerfer wischte über den Fahnenmast und die Zisterne, den Pfad zum Strand, ein regloses Kaninchen. »Und da ist Mr. Bunny. Hal-lo!«, sagte Jenna fröhlich. »Wahrscheinlich war meine Mom mit der Frau befreundet, die hier wohnte. Mrs. Birney oder so. Wir haben immer mit ihrer kleinen Katze gespielt. Gibt es den Pfad zum Strand runter immer noch?« Sie warf ihm ein hoffnungsvolles Lächeln zu.

»Gibt es«, sagte er, stellte den Motor ab und öffnete schnell die Tür, damit die Innenbeleuchtung ansprang. Näher am Wasser war es kühl, die salzige Luft wehte hoch. Auffallend viele Mücken. Jenna auf ihrem Sitz sah wehrlos aus.

»Sie schleppen mich aber nicht ab, okay?«, sagte sie in dem Halbdunkel, ihre gelbe Sporttasche auf dem Schoß, an deren Nylongriffen sie herumknetete. Es sah aus, als würde sie gleich anfangen zu weinen.

»Natürlich nicht«, sagte Boyce.

»Dann müsste ich Sie nämlich schlagen«, sagte sie und schob ihr schwaches kleines Lächeln hinterher. »Ich rieche ein bisschen nach Hund, Entschuldigung.« Er stieg aus. Die Krähen versammelten sich geräuschvoll in den Bäumen. »Sie sind sehr nett«, sagte sie.

»Meine Frau hieß übrigens Mae«, sagte er und beugte sich hinein, sah sie an.

»Schöner Name«, sagte Jenna. »Wirklich. Wie heißen Sie?«

»Peter. Peter Boyce.«

»Peter. Das ist der Name meines Vaters«, sagte Jenna. »Das bedeutet wahrscheinlich irgendwas.«

* * *

Er ging durch das ganze Erdgeschoss und schaltete Lichter ein. Das hielt die Dinge in Ordnung. Ab ins Bett und schlafen, das sollte sie jetzt. Gut roch sie wirklich nicht. Da würde eine Dusche helfen.

Fendersons Karte lag auf dem Küchentisch. Im Haus war es kalt, die Kellertür stand offen, ein eisiger Abwassergeruch hatte sich ausgebreitet. Jemand hatte sich eine Kaffeetasse voll Pie genommen und die Tasse in die Spüle gestellt. Das würden die McDowells nicht tun. Ein Block lehnte an dem Griff der alten Pumpe, eine Nachricht war draufgekritzelt. »Hi Mr. B. Wir sind Ihre Nachbarn von weiter unten. Die McDowells aus Bethesda. Ihr Strand ist toll. Maine ist toll. Wir sind in dem roten Haus. Kommen Sie uns mal besuchen. Wir wünschen Ihnen einen glücklichen Sommer! Pat & Bill, Jeff & Naomi.« Fenderson hatte sie nicht über Mae informiert. Zu viel Aufwand.

Jenna stand allein im Wohnzimmer unter der blütenartigen Lampe, die Fendersons Frau aufgehängt hatte und presste ihre Sporttasche an die Brust. Sie sah klein und uninteressant aus, ihre schlaff herunterhängenden Haare rahmten das Gesicht halb ein. Mit ihrer Tarnhose und ihrem miefigen Shirt wirkte sie wie jemand, der oft bei verschiedenen Leuten schlief. Und jetzt war sie bei ihm.

»Sind Sie sicher, dass es Ihnen nichts ausmacht, wenn ich hier bin?« Sie hatte so eine Art, ein Lächeln in Gang zu setzen und dann die Stirn zu runzeln. Diesen Satz hatte sie auch schon mal gesagt. Vielleicht war sie wirklich erst zwanzig. Vielleicht würde sie die dreißig nie erreichen. Manchen Leuten stieß etwas zu.

Boyce schloss die Haustür, schloss die Nacht aus. »Nein«, sagte er, »alles prima.« Aus irgendeinem Grund fühlte er sich streng, wie er es mit Polly viel zu wenig gewesen war. Er war immer auf Abstand geblieben. »Gehen Sie nach oben, duschen. Dann wird es Ihnen besser gehen. Das kleine Schlafzimmer ist frisch gemacht.« Polly hatte ja gar nicht dort geschlafen.

»Es ist kalt.« Sie klammerte sich an ihrer Tasche fest.

»Im Bad gibt es einen kleinen Heizofen«, sagte er. Im Haus roch es nach dem Pie, schwach nach Parfüm und nach dem Keller. Er dachte an Pat McDowell mit ihrem weißen Hut auf den Felsen. »Nach der Dusche geht es Ihnen wieder gut«, sagte er. Mae hätte es amüsiert, dass die Hausinteressenten Schwarze waren. Sie hatte exzentrische Ansichten über Schwarze – als Irin. In New Orleans war das nicht sehr hilfreich gewesen. Noch so eine ihrer Eigenschaften.

»Im Dunkeln fühle ich mich nicht wohl«, sagte Jenna, als ginge ihr gerade erst auf, wo sie war.

Boyce trat in die Diele – das einzig Anmutige am ganzen Haus – und schaltete die Birne am oberen Treppenabsatz ein. »Da. Damit Ihnen kein Schauer den Rücken runterläuft«, sagte er.

»Wie spät ist es?« Sie wirkte wie ein Mädchen, dem die Uhrzeit immer egal war.

»Neun. Kurz nach.«

»Apropos Schauer«, sagte sie und lächelte. »Heute Nacht soll es einen Meteorschauer geben. Wenn Sie gleich rausgehen und nach Süden gucken, sehen Sie ihn.« Das schlechte Licht verwischte die Einzelheiten ihres Gesichts. Er war mehr als müde.

»Okay«, sagte er.

»Es ist so nett von Ihnen, dass ich hier sein darf«, sagte sie und ging die Treppe zum Badezimmer hoch.

***

Er stellte den Pie in den Schrank, wo die Mäuse nicht drankamen. Er hatte das Auto nicht abgeschlossen, aber jetzt musste er sich unbedingt hinlegen und die Augen zumachen – nur ein bisschen. Seine Hände schmerzten. Seine Knie auch. Er war sehr angespannt gewesen. Warum bloß? Am nächsten Morgen würde Jenna frohgemut den neuen Tag begrüßen und dann verschwinden.

Er stieg die Treppe hinauf. Licht kam unter der Badezimmertür durch. Jenna sprach, während die Dusche lief – am Telefon, sie sagte jemandem, wo sie war. Gut so. Es war riskant, wenn keiner wusste, wo man war. Jetzt wusste es jemand. »Du Dummes«, hörte er sie sagen. »Wir sprechen uns morgen noch. Ciao.«

Ciao.

Er schlug seine Laken zurück, schob das Fenster auf und schaute auf die kleine Rasenfläche, die Rhododendren und die Straße. Ein Polizeiwagen mit eingeschalteter Innenbeleuchtung fuhr vorbei. Ein kleineres Kaninchen saß im Gras, und das Licht der Streife strich darüber. In einiger Entfernung bellte ein Hund. Er blickte nach oben, um vielleicht Meteore zu sehen, aber das Fenster ging nach Norden.

Boyce lag in Kleidern und Schuhen auf dem Bett. Das Geräusch der Dusche war einlullend, dann spülte die Toilette, und Dielen knarzten unter Jennas Schritten. Seine Gedanken schweiften, wie am Nachmittag. Was musste er noch herausfinden, weil es der Jahrestag war – dass Mae ihn vervollständigt oder erfunden hatte? Oder war das ein neuer Gedanke? Er konnte diese Woche mal bei den McDowells vorbeischauen.

* * *

»Rutsch mal rüber, Mister Mann.« Jenna lag warm, feucht, schlüpfrig in seinem Bett. Ein Strahl Mondlicht fiel auf ihre nackte Schulter und eine Brust, die sie knapp mit der Hand bedeckte. Zu irgendeinem nicht erinnerten Zeitpunkt hatte er die Schuhe ausgezogen und das Bett aufgedeckt, aber seine Kleider hatte er noch an. Unter der Decke wirkte Jenna klobiger, umfangreicher als vorher. Fremdländisch. Wie eine kleine Bäuerin, dachte er. »Ich bin in dem anderen, miefigen Bett so lange geblieben, wie ich konnte, da war es eiskalt«, flüsterte sie.

»Du hast ja gar nichts an«, sagte er, keineswegs wach. »Kein Wunder, dass du frierst.«

Sie rückte näher heran. »Ein Schlafanzug erstickt einen. Du musst mich jetzt aufwärmen. Ich weiß, dass du ein trauriger Alter bist. Ich werde mir nichts erlauben.« Sie griff brüsk nach ihm, so wie sie in der Bar nach seinem Namen gefragt hatte. *Wer sind Sie?* Jetzt hatte er alles von ihr an sich dran, Haare, Gesicht, Knie, ihren feuchten Rücken – und ihre kleinen Beine, beharrlich. Sie roch nach der Camay-Seife, die Fendersons Frau auf das Waschbecken gelegt hatte. »Du bist richtig schön warm.« Sie drückte ihm die Nase an die Brust, ihre Beine arbeiteten sich näher heran. Unabsichtlich berührte er ihre Brust, so dass sie einen Laut von sich gab. »Mmmm. Uhhhh.« Dann, ganz leise: »Weiter nichts. Okay?«

»Was?«, fragte er. »Was ist?«

»Welcher Muppet wärst du gern?«, flüsterte sie.

»Ich …«, setzte er an, aber er hatte keine Ahnung. Sie empfand ihr Hiersein nicht als besonders ungewöhnlich. Sie sah alles anders, als er es sah.

»Ich wäre gern Janet«, sagte sie. »Und in meinen glücklicheren Momenten Kermit.«

»Ich weiß nicht«, sagte Boyce.

»Willst du von deiner Frau erzählen? Kannst du.«

»Nein.« Er flüsterte auch.

»Dann müssen wir nicht.«

»Du hättest ihr gefallen.« Das war eine Lüge. Aber es war kein guter Tag für sie gewesen, außer jetzt vermutlich. Mae hätte sie lächerlich gefunden und ihn erst recht. Auf immer und ewig ein peinlicher Clown.

»Wie heißt sie?«, fragte Jenna, an ihn gekuschelt. »Hieß, meine ich.«

»Wie gesagt: Mae.«

»May? Wie der Monat?«

»Ja«, sagte er. Daran hatte er schon lange nicht mehr gedacht. Früher hatten sie rumgewitzelt, ihre Vorfahren wären mit der *Maeflower* gekommen. »Ja«, sagte er. »Mae wie der Monat.«

»Verstehe«, sagte sie. »Okay.« Und so war es in den Minuten, bevor sie einschliefen.

***

Er wachte schweißgebadet auf. Das Mädchen war ein Ofen. Er konnte sein linkes Auge nicht richtig scharfstellen. Seine Hände waren taub vom vielen Zusammenballen. Jennas Mund stand offen, und da drinnen verursachte ihr Atmen kleine Klicklaute. Ihre Gin Tonics verströmten einen Sauerteiggeruch. Sie würde stundenlang weiterschlafen.

Er ging nach unten, wo das Licht brannte, die Schuhe in der Hand. Er wollte sich in dem kleinen Zimmer schlafen legen, sobald das Licht aus war. Jetzt fühlte er sich nicht mehr in der Falle einer herannahenden Katastrophe gegen jeden gesunden Menschenverstand. Es würde alles gut gehen. Wobei sie natürlich auch erst vierzehn sein konnte. »Wer von uns könnte die Unschuld seines Lebens vor einem Geschworenengericht aus seinesgleichen verteidigen?« Das war ihr Firmenwitz gewesen. Die Antwort lautete – *keiner*.

Er nahm sich einen Teelöffel, holte den Pie aus dem Schrank und stellte sich auf Socken an die Spüle, Hand an der Brust wie sein Vater früher, linkes Auge halb geschlossen und unscharf. Dann schöpfte er einen großen Bissen heraus, holte tief Luft, füllte sich den Mund – flüssig und säuerlich und zu süß – und schluckte, kaute kaum. Das schmeckte extrem gut – in der Mitte immer noch ganz leicht warm, die Kruste etwas bitter, der Zucker obendrauf hart geworden. Er nahm noch einen Bissen und genoss ihn. Das würde er Jenna zum Frühstück servieren, bevor sie zu ihrem Auto aufbrachen.

Schwierigkeiten beim Fokussieren sollte ja ein Schlaganfallsymptom sein. Die alte Maschine wurde angegriffen, der Blutdruck war der dienstfertige Mörder. Er hatte noch kein einziges Mal an sein eigenes Sterben gedacht – nicht mal in den schlimmsten Momenten, als Mae in Vorbereitung auf ihren Abgang herumlärmte. Sein Tod hatte nicht dazugehört – vielleicht aus Mangel an Empathie. Nur das Leben hatte dazugehört, das Weitermachen. Er hörte ein Geräusch von oben. Die Stimme des Mädchens. »Ohhhh. Mmmmm.« Dann nichts mehr. Ein Traum. Sie schlief tief. Jetzt war nicht der rechte Zeitpunkt zum Sterben. Viel zu melodramatisch, würde Polly bestimmt sagen.

**

Er zog sich die Schuhe an und ging nach draußen. Durchsichtige Wolken waren herangezogen, der Halbmond rückte langsam Richtung Horizont. Der Meteorschauer war vorüber. Der Wind hatte umgeschlagen, die Luft war jetzt wärmer. Zu Beginn seiner Zeit im kleinen Haus hatte er vorgehabt, jeden Tag die Sonne zu begrüßen, Treibholzfeuer am Strand zu entzünden, eine Decke mitzubringen, vielleicht dort zu schlafen. Stattdessen hatte er in seinem Bett gelegen, dem Krachen im Unterholz gelauscht, den polternden Holztransportern auf dem Highway, Stöhnlauten, Stimmen vom Strand, dem Pöttern von Hummerbooten auf dem dunkel werdenden Wasser. Er war ein geborener Zuhörer, ein Mann, der aufpasste. Durch Annehmen blieb man im Lauf seines Lebens. Durch das Annehmen der fälligen kleinen Anpassungen.

Er beschloss, an den Strand zu gehen, nicht weiterzuschlafen. Hinter dem Liguster war der Pfad kaum zu entdecken. Man folgte einfach der kühleren Luft Richtung Wasser. Eine Mücke zwickte ihn ins Ohr, dann noch einmal. Krähen hatten sich in den Zedern etwas mitzuteilen. Stinktiergeruch schwallte hoch. Er drehte sich um, ob im Haus das Licht angegangen war. Aber es ragte unverändert empor wie ein Schiff auf dem Meer.

Er hielt nach dem Seitenpfad zum Bunker Ausschau – da, wo die Hundsrosen ihre schwache Spätsommerüppigkeit verströmten, die hatte Polly auch nicht gemocht. Und dann war er plötzlich am Strand – schon ganz unten, die Luft stieg kühl vom fast unsichtbaren Wasser auf. Steifbeinig kletterte er über die Felsen. Die Bucht schlappte und zischte, als würde man etwas abspülen. Alles schien nach draußen zu ziehen – der Strandsand roch sauer und fischig, die Flut stand hoch. Kleine Lichtpunkte flackerten bei der Küstenwache von Schicke Point. Ein Hummerboot rumpelte außer Sicht. Er hörte Möwen im Dunkeln schreien. Auf einem Boot weiter draußen spielte das Radio *Black Magic Woman*. Er war hier und nirgendwo sonst. Aber nicht gerade allein.

Er ging zu der Stelle, wo der Sand feucht war und die Luft nach Schwefel roch. Keine Ahnung, wie spät es war. Die Hummerfischer fuhren um vier.

»Na gut«, sagte er ohne einen Grund – vielleicht zum Strand. Die Erfahrung von Schicksalsschlägen musste jeder einmal machen. Dass es ein Traum war, aus dem man erwachte, und alles war so wie zuvor. Er würde auf diesem Strand erwachen, ein Schlafwandler, und dann zum Haus zurückkehren, zum roten Haus. Mae würde im Bett liegen. Mal hieß es was, mal nicht. Das stimmte gar nicht. Mal hieß es was, mal hieß es wirklich was. Man musste sich nur vorstellen, was.

Und im Jurastudium. Der Moment, als er das Gefühl hatte, etwas Beständiges erwischt zu haben, eine Schnelligkeit, in der er sich aufhalten, sich festhalten konnte, da blätterte der junge Professor weiter voran im Fallbuch, grinste mit blitzenden Augen in die abdriftende Verzweiflung der Studentenreihen und brüllte: »Nächster, NÄCHSTER, NÄCHSTER!« Der Horror in diesem Augenblick: bloß nicht zurückfallen.

Draußen in der Bucht, im scheuen Mondlicht, spross ein kurz aufzischendes Feuerwerk in Pink und Grün empor, überdeckte die kalten Sterne und verblasste schnell wieder. Was hatte die dünne Frau gesagt? Das Leben fängt an, wenn das Feuerwerk vorbei ist. Jeder hatte seine eigene Weise, die Klemme zu beschreiben, in der er steckte.

»Das ist bloß die Küstenwache drüben in Schicke«, sagte Jenna. Sie war einfach nachgekommen – gar keine Angst vor dem Dunkeln. »Die langweilen sich furchtbar da draußen. Das war jedenfalls definitiv nicht der Meteorschauer.« Er drehte sich nach ihr um. »Klebrige Luft hier. Wo bist du aufgewachsen?«

»New Orleans«, sagte er. Beide Augen funktionierten wieder. Kein Schlaganfall. Kein Tod.

»Haste mir wahrscheinlich auch schon gesagt. Hast du da unten deine Frau kennengelernt?«

»Auf der Uni in New Jersey.«

»Ein Jersey-Girl!« Sie holte tief Atem und hielt die Luft an. Sie langweilte sich. Sie war nett zu ihm gewesen. Mal was Neues. »Hast du das Stück *Bye Bye Birdie* gesehen?«

Hatte er. Mit Mae, in einem kleinen Nachspieltheater in einer Seitenstraße im Village. Neunzehnhundertvierundsiebzig. Mae hatte auf Elvis gestanden. Und eine Figur hatte Mae geheißen. »Ja«, sagte er. »Mit meiner Frau.«

»Wir haben das auf der Highschool gemacht«, sagte Jenna ausdruckslos. Sie redete einfach so, saß im Dunkeln in dem Frotteebademantel aus dem Badezimmer auf einem Felsen. »*Honestly Sincere*.« Was sie summte, war vielleicht diese Melodie.

Er wünschte, er hätte ihr etwas Wichtiges mitzugeben. Etwas aus seiner jahrelangen Juristenerfahrung. Aber da kam nichts. So, dachte er, würde jetzt das Leben sein – vielleicht noch lange: ein Katalog. Das und dann das und dann das und dann das – und alles fügte sich irgendwie zu einem Sinn zusammen. Gespräche, Begegnungen, Menschen, Abreisen, Ankünfte. Die Dinge würden wie Gespenster vorüberziehen. Gar nicht schrecklich.

»Ich denke immer, wenn ich an den Strand komme, finde ich eine Leiche«, sagte Jenna.

»Das geht mir auch so«, sagte Peter Boyce.

»Ist das nicht komisch? Du kommst doch hier nicht runter und bist Mr. Trübsal, oder? Wegen deiner Frau?«

»Nein«, sagte er. »Ich wollte einfach nur den Tag beginnen lassen.« Sein Herz schlug regelmäßig, er sah fokussiert in die Beinahe-Dunkelheit.

»Erinnere ich dich an irgendjemanden?«, fragte sie.

»Nein«, sagte Boyce.

»Weißt du, woher ich wusste, dass du hier unten bist?« Er sah sie an. Sie befand sich etwa drei Meter hinter ihm, leuchtete irgendwie in dem schwindenden Mondlicht, der weiße Bademantel hüllte sie nicht ganz ein. Fast nackt zu sein war für sie nichts Besonderes.

»Nein. Wie?«

»Spuren im Gras«, sagte sie. »Ein paar Hinweise hast du mir ja hinterlassen.«

»Stimmt«, sagte er.

»Findest du mich narzisstisch? Das hab ich schon ein paarmal gehört.« Sie zog den Mantel enger um sich.

»Ich weiß nicht«, sagte er nachdenklich.

»Was meinst du, werden wir uns besser kennenlernen und Freunde werden?« Das schien ihr etwas zu bedeuten.

»Ja«, sagte er. »Wüsste nicht, was dagegen spräche. Du?«

»Nein. Genau mein Gedanke.« Sie blickte zum Himmel auf, als hätte sie etwas gehört, das in der Luft an ihr vorbeizog.

Und während der Tag ein weiteres Mal seine triftigen Ansprüche gegenüber der Dunkelheit geltend machte, sagten sie eine ganze Zeitlang nichts mehr.

Jimmy Green, 1992

Sie saßen in einem Taxi, auf dem Weg in die *American Bar* auf der Général Leclerc, um die Wahlergebnisse anzuschauen. Der Regen fegte seitwärts, drei Minuten nach Mitternacht. Der kleine Fiat, die Windschutzscheibe voller Wasserfurchen und -narben, kam plötzlich ins Schleudern, scherte nach links aus, (fast) in den Löwen von Denfert-Rochereau hinein, dann wieder zurück, mit durchdrehenden Rädern, dann raste er einmal im Kreis um die Statue und noch ein halbes Mal, dann standen sie – gegen die Fahrtrichtung auf dem Boulevard Raspail. »Ooooh-laaa«, jubelte der Fahrer. »Der maximale MG-Knattereffekt.«

Die Französin, Nelli, zerquetschte fast Greens Hand vor lauter Panik.

»Wir sind gleich da«, sagte Jimmy Green. »Er will es bloß interessant machen.«

»Arschloch«, murmelte die Französin, strich sich durchs Haar und spähte aus dem verschmierten Seitenfenster. Autos donnerten hupend vorbei.

Der sehr kleine Fahrer (fraglos ein Türke) strahlte sie im Rückspiegel an, ein Blick voller Vergnügen und Ablehnung, dann ließ er den Motor aufheulen, die Räder im Matsch durchdrehen und schoss davon. Kleinkalibrige Fastkatastrophen machten ihm offenbar Spaß.

Green war, auf dem Weg zu seinem guten kleinen Mittagsbistro in der Rue Soufflot, mehrmals vorbeigekommen, wo die Französin arbeitete. Er hielt sie für die Besitzerin der kleinen Fotogalerie in der Rue Racine, wenn sie nicht die bezahlte Angestellte war. Egal. Er wollte sie näher in Augenschein nehmen. Die Galerie verkaufte für teures Geld berühmte, unautorisierte, unsignierte Drucke. An Touristen. Das gesichtslose Paar, das auf einer Pariser Straße Walzer tanzte (jeder wusste, dass das gestellt war). Zwei Clochards am Kai, trinkend. Der allgegenwärtige Lartigue von einem kopfüber schwebenden Mann mit Kappe, der (wie es schien) einen Kopfsprung in einen flachen, schimmernden Tümpel machte. Wer so etwas kaufte, dachte Jimmy Green, war reif für die Heimreise.

Jeden Nachmittag war die Frau zu sehen, wie sie durchs Schaufenster auf die Straße starrte, ihr Gesicht überlagerte sich in der Scheibe mit dem furchtbaren Capa-Foto, auf dem japanische Offiziere in Reithosen zusammen witzelten und rauchten, während hinter ihnen hundert Chinesen gefesselt und auf Knien geduldig der Dinge harrten, die ihnen bevorstanden.

Green trat ein, er hatte sich eine Frage zu dem Capa zurechtgelegt. Die Kamera? Der Film? Wo war das Foto zuerst veröffentlicht worden? Die Frau lächelte ihn mit ihren violetten Augen an. Sie war schon älter, das sah er jetzt. Die Haut unter ihren Augen war etwas faltig, verschattet, das Gesicht länglich, die Lider schwer. Dünne Lippen, kleiner Mund, unvollkommene Zähne. Die Einzelteile waren nicht so attraktiv. Aber sie war es – ihre weiche Haut, ihre Hände, Knöchel, ihre ausdruckslose Miene, aus der die Erwartung sprach, angeschaut zu werden. Sie trug ein flatteriges Hemdkleid aus Seide mit blauen und rosa Blumen, dazu modische kirschrote Pumps. Ihr Haar war in dem Rot-Schwarz, das sie sich alle machen ließen, mit Pony. Bei dem Look, dachte er, schien ihr Alter für sie jedenfalls keine Rolle zu spielen. Jüdischer Herkunft, tippte er vage, wie er selbst. Aber die Franzosen waren zuallererst Franzosen. Er beschloss, sie in die *American Bar* einzuladen, wo er noch nie gewesen war. Egal, was sie sagen würde. Er wollte nicht mit ihr schlafen, nur zusammen ausgehen, irgendwohin. Die Wahlen zu Hause waren ihm ziemlich egal.

Er war drinnen durch die Galerie geschlendert, hatte sich demonstrativ dies und jenes angeschaut, absichtslose Bemerkungen gemacht, als spräche er zu niemandem, um glaubwürdig zu wirken. Harmlos. Sie hatte keine Ahnung von dem Capa, sie war also die Angestellte.

Sie trat wieder ans Schaufenster und spähte zu den Gymnasiasten draußen, die mit ihren Rucksäcken kichernd vom Lycée nach Hause gingen. Das war ihr Blick auf die Welt. Von der Mitte des Ladens aus fragte er sie auf Englisch – wahrscheinlich hatte sie so etwas schon erwartet –, ob sie ihn heute Abend begleiten wolle, die amerikanischen Wahlergebnisse im Fernsehen anschauen. Sie drehte sich halb um und lächelte, als hätte er etwas anderes gesagt.

»Was?«, fragte sie. Er wiederholte seinen Satz und lächelte, als wäre es ein Scherz gewesen. Sie tippte mit ihrer roten Schuhspitze auf den polierten Dielenboden und atmete hörbar ein und aus. Sie war gelangweilt. Er lächelte weiter, nickte und fühlte sich unendlich amerikanisch. Sie schüttelte den Kopf. »Na schön«, sagte sie. »Ja. Ich habe nichts sonst zu tun.«

»Sonst nichts zu tun«, sagte er. Seinen Namen hatte er noch nicht gesagt. Das tat er jetzt. »Ich heiße Jimmy Green. Aus Cadmus, Louisiana.«

»Nelli«, sagte sie, das reichte.

***

Cadmus war eine nette Stadt im Süden, wo Juden bei den meisten Sachen mitmachen durften, nur nicht im Country Club. Es lag im Nordwesten des Staates. Öl, Gas und Holz. Konservativ, aber nicht vorsintflutlich. Cadmus war im Bürgerkrieg nicht abtrünnig geworden wie andere Städte. Baumwolle endete weiter östlich.

Jimmy Green war beliebt gewesen, überaus beliebt, bewundert und erfolgreich. Eine Zeitlang war er sogar der fortschrittliche Bürgermeister gewesen, mit Freunden in allen Lagern. Seine Frau war Anwältin, seine Tochter auf dem College in Dartmouth, Richtung Medizinstudium. Sein Vater, seit Jahren tot, hatte mal eine Firma gegründet, die Baumwollentkörnungsmaschinen wartete. Bevor sich das Bürgermeisteramt anbot, war Jimmy Vize der Bank gewesen, die sein Vater ebenfalls gegründet hatte, um die Firma zu finanzieren. Er war in Yale gewesen, hatte dort geboxt und diverse, immer weiter gefasste Fächer studiert, was am Ende auf etwas *Interdisziplinäres* hinauslief. Er war umgänglich, spielte Golf in dem Klub, wo er nicht Mitglied werden durfte, kam klar, konnte was.

Und dann. Alles war ihm um die Ohren geflogen, schnell, immer schneller und auf spektakuläre (wenn auch vorhersehbare) Weise. Die junge Tochter eines Kollegen von der Bank. Ein paar herumfliegende Spesenquittungen. Geldsummen ohne Nachweis (allerdings später zurückgezahlt). Dann eine schockierende, unnötige einstweilige Verfügung. Er musste als Bürgermeister und in der Bank zurücktreten. Dass er Jude war, wurde natürlich erwähnt.

»Was hast du dir denn gedacht, wie das alles ausgeht, Jimmy?«, hatte ihn Ann gefragt, auf dem Absprung in die Scheidung. »Keine Ahnung«, er versuchte zu lächeln. »Vielleicht hab ich mir gar nichts gedacht.« Das war fünf Jahre her. Gar nicht so lang.

Er war von Cadmus nach New York gezogen, wo er eine Zeitlang zur Miete wohnte und so tat, als gefiele es ihm (sein Vater hatte ihm Geld hinterlassen, um das er sich kümmerte). Dann zog er weiter nach Maine, aus keinem besonderen Grund, außer dass er Leute in Camden kannte und ein Haus am Meer auftauchte. Maine war bestens geeignet, um neu anzufangen und in die Welt hinauszugehen, denn das, fand er, sollte er tun. Er war erst einundfünfzig. Seine Tochter besuchte ihn, aber sie weinte und war wütend. Seine Frau heiratete schnell wieder, blieb aber verbittert. Er hielt Kontakt mit ein paar Leuten, die ihn mochten und ihm vertrauten. Ein, zwei Collegekumpel.

Natürlich ließ sich nicht sagen, dass sein Leben besonders gut verlaufen oder dass er andererseits besonders unfair behandelt worden sei. Das Leben versuchte noch, gut zu verlaufen. Irgendwer (sein toter Vater) würde wohl sagen, er sei ein schwacher Mensch, aber nicht unbedingt ein schlechter schwacher Mensch. Seine Schwester in Cincinnati, die am Rabbinerseminar Ethik unterrichtete und auch einen Rabbi geheiratet hatte, neigte zu weniger flexiblen Ansichten. Aber Jimmy fand, er hätte ein paar gute Eigenschaften. Grausamkeit war ihm absolut fremd. Selbstmitleid auch. Auf seine Weise war er sehr treu. Nicht so leicht zu entmutigen. Durchaus geduldig. Er war bei weitem nicht der Einzige in so einer sperrigen Situation – auch andere erkannten, dass ihr Schicksal und ihre Lebensumstände nicht ganz dem entsprachen, was sie waren.

Aber eines war klar, er hatte keine Lust, jemals wieder zu arbeiten – er brauchte es auch nicht. Und Cadmus, Louisiana, so stellte er fest, fehlte ihm kein bisschen. Viel zu klein.

* * *

In Paris hatte er einige Bekanntschaften gemacht – vor allem Männer aus seinem Französischkurs in der American Library. Im Anzeigenteil einer Zeitschrift hatte er eine kleine Wohnung gefunden, nur für den Herbst. »Teilsicht über die Dächer, mit Geranien.« Er orderte ausschließlich Essen zum Mitnehmen. Übte die neue Sprache an Cafékellnern und Taxifahrern, die alle lieber Englisch sprechen wollten. Er mochte Paris, er war zweimal als Student und einmal mit Ann hier gewesen. Irgendwo hatte er gelesen, ein weiser Mann habe gesagt, in Paris fühle man sich fremder als irgendwo sonst, »… das dünne, schnelle, ganz feminine …«. Irgendwie so. Er bekam das nicht mehr richtig zusammen. Aber ihm kam das falsch vor. Er fühlte sich hier nicht sehr fremd. Eines stimmte allerdings: Wo man gerade war, spielte keine große Rolle mehr. Weniger als früher. Paris war vollkommen in Ordnung. Hätte ihn aber jemand gefragt, warum er jetzt hier war, im Herbst – statt in Berlin oder Kairo oder Istanbul, egal wo –, dann hätte er das wohl nicht beantworten können. Was aus den anderen, ganz normalen Menschen wurde, die ähnliche Dinge erlebt hatten wie er vor kurzem – wer wusste das schon. Sie verblassten. Sie lebten einfach ihr Leben weiter, außerhalb des blendenden Blicks der Welt.

***

Nelli hatte gesagt, er solle zu ihrer Wohnung in der Avenue de Lowendal kommen. Ihre kleine Tochter müsse beim Vater abgeliefert werden, der nicht weit entfernt wohne. Die Tochter würde schlafen, das würde es leichtmachen. Sie wohnte in der Nähe der École Militaire, wo die Metro aus dem Untergrund kam, man sah den Invalidendom und dahinter den Eiffelturm und den Fluss. Seine eigene Wohnung war auch nicht weit weg.

Ein breites, geschwungenes Tor im Historismus-Stil mit einem leeren Pförtnerhäuschen öffnete sich von der Avenue auf einen geräumigen Hof, wie ein Innenpark mit vierstöckigen verbundenen Backsteinbauten zu drei Seiten. Große kahle Bäume standen im Dunkeln. Dazwischen dekorative Bänke, für die Zeit aufgestellt, wenn das Wetter schön wurde und alles wieder blühte. Es war fast Mitternacht, in vielen Fenstern brannte Licht. Auf dem Weg zum

Haus setzte kalter Regen ein, der Himmel war milchig von den wimmelnden Lichtern der Stadt. Er trug seinen Mantel, Jeans und seine Gummischuhe aus Maine.

Nellis Wohnung lag im zweiten Stock, die Tür angelehnt, als wäre drinnen einiges los – vielleicht kommende und gehende Leute. Sie grüßte ihn umstandslos von einem Sitzkissen aus, wo sie sich die Schuhe anzog. Die Wohnung war geräumig – hohe Decken, Messingbeschläge, zum Garten hin hohe Fenster ohne Vorhänge, schwere Stehlampen, die die Ledermöbel in golden verhangenes Licht tauchten. Alle Teppiche kamen aus dem Orient. Reich, wurde Jimmy klar. Auf vielen Flächen prangten Kunstgegenstände, kleine menschliche Gestalten aus Holz, Urnen, Keramikscherben, Speere, echt aussehend. Nicht dem Geldbeutel einer Verkäuferin entsprechend. Er setzte sich auf die Kante einer Ledercouch und beobachtete sie bei dem letzten, kleinen, intimen Akt des Ankleidens. Er hatte nichts gesagt. Nur hallo. Aber er freute sich, jetzt da zu sein.

»Mein Vater, der war ein Ar-keo-loosche«, sagte Nelli, als wäre ihr aufgefallen, was ihm aufgefallen war. »Er behielt, was er wollte, wo immer er hinkam.«

Jetzt trug sie ein kurzes rotes Kleid mit anderen Pumps, deren dünne Riemen ihren Fesseln schmeichelten. Wen störte schon der Regen draußen. In dem schummrigen Licht sah sie noch attraktiver aus. Sie räumte herumliegende Dinge, die ihm nicht aufgefallen waren, in einen rosa Kinderkoffer. Seine Anwesenheit veränderte offenbar gar nichts. Was immer sie da gerade taten, hatte sie schon mit anderen getan. Das Gefühl – von etwas Erstmaligem, Neuem – war schon in Ordnung. Auch wenn man es mit der Zeit immer weniger wollte.

»Ich würde es wahrscheinlich genauso machen«, sagte er, fast zu lange nachdem von den Betrügereien ihres Vaters die Rede gewesen war. In seiner Stimme hörte er den Süden anklingen, was ungewöhnlich war. Das hieß, er war entspannt. In Paris war er selten bei Leuten zu Hause gewesen. Die Franzosen luden einen nicht ein. Man traf sie an öffentlichen Orten, sie hielten einen auf Abstand. Aber das hier war gut. Er schaute ihr gern beim Fertigmachen und Einpacken der Sachen ihrer Tochter zu. Und er glaubte, dass sein Schweigen das zum Ausdruck brachte.

»Ich wurde für diese Wohnung gezeugt«, sagte Nelli. Sie zeigte auf eine weiße, geschlossene Tür. »In dem Simmer.«

»Ich wurde in einem Auto gezeugt, in einem Baumwollfeld«, sagte Jimmy. »Nach einem Football-Spiel.« Sie gab ein kleines scharfes Einatmen von sich, als wäre sie schockiert.

Ein siebenarmiger Messingleuchter hing in einem Arrangement aus afrikanischen Masken. Da hatte er sich nicht geirrt. Sie sagte, sie könne gut Englisch, weil sie in den Siebzigern mit ihrem ersten Ehemann in L.A. gelebt hätte, der Filmemacher hatte werden wollen, woraus aber nichts geworden war. Ihr Englisch stammte aus dieser Zeit. »Hör auf« für »nein«; »sagenhaft« für »gut«. »Abgefahren«, wie in: »Mein Vater holte abgefahrene Antiquitäten aus einem Land, das später der Tschad wurde.« So hatte er in Cadmus nicht geredet. Dass sie so sprach, ließ sie aber süß und ungeschützt wirken, wie sie wahrscheinlich gar nicht war.

Neben den gestohlenen Schätzen enthielt die Wohnung einen großen Rattankäfig mit zwei kleinen, stummen Vögeln darin. Eine Karte der Londoner U-Bahn auf einem kleinen, arabisch aussehenden Tisch. Ein zweisprachiges Rundschreiben über ein Seminar zur Sexualität nach der Menopause. Und eine Postkarte, auf der eine Nelli im Teenageralter mit Brille streng in die Kamera äugte. Nicht sehr schmeichelhaft. Nelli als stirnrunzelndes Schulmädchen in einem grauen Uniform-Faltenrock mit Kniestrümpfen und einer weißen Bluse, die Haare zu steifen Zöpfen geflochten. Heute wirkte sie glücklicher.

Sie kam durch die weiße Tür wieder herein, durch die sie rausgegangen war. Jetzt trug sie einen schwarzen Regenmantel und etwas, das seine Mutter »Kopftuch« nannte, außerdem, auf beiden Armen, ein schlafendes Kind in einer rosa Decke. Schwaches Licht enthüllte in dem Zimmer, aus dem sie kam, ein breites Bett mit weißer Daunendecke, eine Wand mit gerahmten Fotos. Ein schwarzer Hund kam in die offene Tür. Sein Fell war geschoren, nur sein Kopf und sein Gesicht waren groß und wollig belassen. Wie ein Wasserspeier. Er beäugte Jimmy, als rechnete er damit, dass der gleich etwas Überraschendes tun würde.

Nelli warf einen Blick auf die Postkarte, ihre Tochter auf einem Arm balancierend. Das kleine Mädchen mochte vier sein.

»Gefällt dir diese Kachte?«

»Mir gefällt dein Bild«, sagte Jimmy.

»Kannst du das nehmen?« Sie reichte ihm den rosa Koffer mit den Kinderkleidern, den sie gepackt hatte. Er wog nichts.

»Mein erster Mann hat das gemacht«, sagte Nelli und zog die Decke um das schlafende Gesicht des Kindes zurecht. Es hatte dunkle, dicke Locken, das Gesicht lag abgewandt an der Schulter der Mutter. Inzwischen prasselte der Regen draußen. Nelli schnalzte abfällig. »Gefällt dir die *Coiffure* von dem Hund? Wie heißt das? Haarschnitt?«

»Nicht besonders. Er sieht traurig aus.«

»Nein. Natürlich. Aber sie besteht darauf.« Das kleine Mädchen, das sie meinte, war ein gut verpacktes Bündel. »Sie glaubt, er will bi-saar aussehen. Sie glaubt, er findet sich dann in-tee-res-sant. Er ist ihre Puppe.«

* * *

Im Taxi zur Wohnung des Ehemanns, die hinter dem Trocadéro lag – ein teures Viertel –, dachte er daran, dass es jetzt in Maine, wo sein Haus stand, Herbst war, die Jahreszeit, nach der sich alle sehnten. Morgens weiß überfroren, mittags sonnig, und nachts glitt der Mond über den Himmel wie über Wasser. Die müßige Zeit des Tagträumens und geduldigen Planens vorm Winter. Die Uhren zurückgestellt. Sein Haus war leer. Sobald die Paris-Zeit vorbei war, würde er zurückgehen. Etwas Neues anfangen. Seine Tochter fiel ihm ein – klar. Er hatte überlegt, sie nach Paris zu holen, aber sie hatte jetzt eine Stelle als Assistenzärztin in der Chirurgie in Minnesota und würde nicht kommen, zumal zu erwarten war, dass sie loyal zu ihrer Mutter stand.

Jetzt redete Nelli von Wohnungen, die Kleine hing schlaff auf ihren Armen, ein leicht saures Aroma stieg von der rosa Decke auf. Das unauffällige Gesichtchen lag ruhig im Schlaf. Den Namen ihrer Tochter hatte Nelli noch nicht ausgesprochen, ebenso wenig seinen.

Der Fluss, sie überquerten ihn gerade, war vom Regen angeschwollen, der Himmel ein dunstig weißer Schein, von der Place de la Concorde her. »Ich hätte gern was Neues. Weißt du?«, sagte Nelli leise. »Vielleicht ein bisschen ländlich. Tiere haben. *Une ferme.*« Sie lehnte sich an seine Schulter und den rosa Koffer, den er festhielt. »Stimmt, dass in Amerika jetzt riesige Häuser neben dem anderen stehen, auf winzig kleinen – wie heißt es? Kleines Land?«

»Ja«, sagte er. »Winzig kleine Grundstücke.« Seine Bank hatte viele davon finanziert, bevor alles den Bach runterging.

»Und wo wohnst du? In Paris, meine ich.«

»In der Rue Cassette. Bei St. Sulpice. Eine Mietwohnung.«

»Schön da zu sein«, sagte sie. »Sehr teuer. Amerikaner wohnen gern, wo sie nicht geboren sind.« Sie gähnte, den Kopf immer noch an seiner Schulter, die Tochter in der Decke auf dem Schoß. »Meine

Tochter«, sagte sie, »fände eine *ferme* sagenhaft. Sie liebt alle Tiere. Hast du Tiere, wo du in Amerika wohnst?«

»Hatte welche«, sagte Jimmy. »Mal früher.« Er fing schon an, in ihren Sprechrhythmus zu fallen.

***

Der Ehemann und Kindsvater öffnete die Tür. Er war ein kleiner, fröhlicher, kahler Mann, milchkaffeefarben, aus der Karibik, und trug einen weißen Seidenkaftan und einen goldenen Ohrring. Ihm schien einfach alles zu gefallen. Er lächelte, gab Jimmy die Hand und nahm den Koffer des Kindes. Eine junge blonde Schwarze in einem Tigertrikot kam auch an die Tür. Nelli und der Ehemann und die Frau redeten leise auf Französisch und lachten und wirkten wie Freunde – so konnte das auch sein, dachte Jimmy. Seine Frau hasste ihn.

Sammy hieß der Ehemann. Er war nicht derselbe Ehemann, der die Fotos gemacht hatte. Sie blieben alle in der Tür stehen. Sie schienen es völlig normal zu finden, die Übergabe des Kindes um Mitternacht. Die Kleine wachte nicht auf, obwohl Sammy sie auf die Stirn küsste und mit ihr redete, als wäre sie wach. Er sagte ihren Namen. Lana. Nelli sagte Jimmys Namen, teilweise in englischer Aussprache – Jiiimy Green –, und senkte den Blick. Dann sprachen sie eine Weile alle Englisch.

»Schön, Sie kennenzulernen«, sagte Sammy, als hätte es ihn interessiert, mit wem seine Frau herkommen würde.

»Gleichfalls«, sagte Jimmy und fühlte sich willkommen. Die Tochter sah diesem Mann kein bisschen ähnlich.

Nelli sagte noch etwas auf Französisch, schnelle, geschäftsmäßige Sätze, in denen die Worte *demain* und *quinze* und (glaubte er) *dîner* vorkamen. So viele Worte klangen gleich, und alle sprachen zu schnell. Dann war es vorbei, und sie gingen die dunkle Treppe wieder hinunter.

* * *

Draußen auf dem regennassen Bürgersteig standen die Pfützen. Das Taxi, das auf sie hätte warten sollen, war weg. Nelli packte unerwartet seinen Arm überm Ellbogen und küsste ihn hart auf den Mund, schmiegte sich an. Er legte die Hände auf ihre Hüften, die knochig waren, ertastete durch den Regenmantel die Rippen und ihren starren BH und umarmte sie ungeschickt. Sammy schaute ihnen bestimmt von oben zu. Green dachte an Nelli, das Schulmädchen auf der Postkarte, frech in seiner tristen Schuluniform. In diesem Moment rückte ihm sein eigenes Leben sehr fern. Das war gut.

»So fühle ich mich immer, wenn ich von ihr weggehe«, sagte Nelli leise in seine Schulter hinein, ihr Schal wurde nass.

»Wie denn?«, flüsterte er.

»Frei«, sagte sie. »Als hätte ich ein neues Leben. Wundervoll.«

»Ich hatte etwas anderes erwartet.« Er drückte sie an sich und atmete in ihr Haar.

»Ich weiß. Aber. Ist die Wahrheit. Ich bitte ihn nicht so oft, dass er sich um sie kümmert. Ich wollte sehr gerne gehen. Mit dir.«

Er freute sich. Dass sie so etwas sagte, dass sie mit ihm gehen wollte und was immer das mit sich brachte. Er spähte auf der Straße nach dem Licht eines neuen Taxis und sah eins.

* * *

Aus den langen, goldgerahmten Fenstern der *American Bar* strahlte das Licht nach draußen auf die Général Leclerc. Taxis kamen im Regen an und fuhren wieder weg. Ein paar lächerlich junge Prostituierte warteten in dem wärmenden Licht, kurze Fähnchen, kniehohe weiße Lackstiefel, und sandten Stoßgebete aus, dass sie jemand mit reinnahm. Magee, der Ire, den er aus dem Sprachkurs kannte, hatte ihm erzählt, die Prostituierten seien jetzt alles Polinnen und hätten farbenfrohe Krankheiten, sähen aber so fantastisch aus, dass man nicht daran dachte. Magee hatte ihm auch von diesem Ort erzählt. Amerikaner kamen in der Wahlnacht her und betranken sich. Das war so Tradition. Ein Brüller. Allen war egal, wer gewann. Magee erst recht.

Drinnen war die *American Bar* riesig und wahnsinnig lärmig und verraucht und voller Männer, das Licht ordinär und grell. Der Boden war gefliest, kleine blaue, weiße, rote Kacheln, was alles nur noch lauter machte. Kellner in langen Schürzen liefen mit Champagnerflaschen herum. An allen Wänden hingen Fernseher, Rudel junger Businesstypen in Hemdsärmeln und Hosenträgern rauchten Zigarren, guckten amerikanische Sender, lachten und riefen und tranken.

Ein amerikanischer Nachrichtensprecher, den alle kannten, saß auf allen großen Bildschirmen hinter einem Schreibtisch, in seinem Rücken große Schaubilder mit den Wahlergebnissen. Kein Wort zu verstehen. Irgendwo sang ein Barbershop-Quartett, aus irgendeinem Grund lief auch irische Musik, dazu das ständige Klingeln und Klappern der Kassen. Das sollte alles aufregend sein, aber es war aufdringlich und schwindelerregend.

Die Businesstypen in Hosenträgern und Hemdsärmeln waren wohl sämtlich Republikaner – die Frisuren und die glatten Gesichter, so gepflegt. Alle warteten, dass ihr Kandidat zum Sieger erklärt wurde, damit sie herumprahlen und in ihre Büros zurückrennen konnten, sobald es hell wurde, bereit, Geld zu drucken.

Ein Kellner bot ihnen Champagner an, der gratis war, aber nach Essig schmeckte. Sie saßen fest. Nelli und er wurden gegen eine

Wand gedrückt, die nur aus Spiegeln mit polierten Messingbeschlägen bestand. Obwohl er zufrieden war, hier einfach mit dieser Frau zu sein, sonst nichts. Sie stand steif in ihrem roten Kleid da, das Kinn erhoben, als beobachtete sie jemand. Sie hatte fast schwarze Augen, die das Licht einfingen, und dünne Lippen, sehr rot und weich. Rot war ihre Farbe. Ihr Gesicht und dessen Länge waren ihr Plus. Ungewöhnlich. Bei jemand anders wäre das anders.

»Wen liebst du zu siegen?«, sagte Nelli in dem Getöse. Sie starrte einen Fernseher an, wo das Gesicht des Demokraten und das lächelnde, ernstere und ältere Gesicht des Republikaners zusammen zu sehen waren. Die New Yorker Ergebnisse sollten in Kürze verkündet werden. Die zigarrenkauenden Businesstypen buhten schon mal, sie rechneten wohl mit dem Sieg des Falschen.

»Früher mochte ich die Demokraten«, sagte Jimmy Green.

»O mein Gott«, sagte Nelli und sah schockiert drein, eine Hand über dem halb offen stehenden Mund. Dann reckte sie keck das Kinn wieder, um ihn zu beschimpfen: »Du bist ja irre.«

»Klar«, sagte er. Es war ihm egal. Warum sollte es ihm nicht egal sein?

»Niixon«, sagte sie. »Den 'ab ich geliebt.« Einen Augenblick lang manifestierte sich vor seinem geistigen Auge Nixons großes, hängendes Schwindlergesicht mit dem lichtlosen Blick. Sein Vater hatte Nixon verabscheut. »Ein geborener Judenhasser.« So etwas hatte er sonst nie gesagt. Da hatten sie alle mit feierlichen Gefühlen die Beerdigung im Fernsehen verfolgt.

»Niixon war so komisch«, sagte Nelli, »wie eine französische Politiker, weißt du?« Sie blies die Wangen auf und zog eine Grimasse. Wie alt konnte sie gewesen sein, als Nixon Präsident war? In L.A. mit einem Ehemann. Vor zwanzig Jahren.

Er wollte dazu ansetzen, dass es falsch sei, Nixon zu lieben, hielt sein Glas fest und fand es schwierig zu sprechen. Und sagte nichts.

»Is gar nicht soo anders jetzt«, sagte sie. »Man denkt das, aber es is gar nicht so.« Er verstand nicht, was sie meinte. Sie dachte, er hätte etwas gesagt, was er nicht gesagt hatte.

Er betrachtete das eckige, attraktive Technicolor-Gesicht des Demokraten, das über dem blinkenden Wort SIEGER den ganzen Bildschirm auffraß. Die Republikaner, die von unten hochstarrten, buhten und fluchten und warfen ihre Zigarren gegen den Bildschirm.

***

Nach einer Weile erspähte Nelli einen Bekannten, einen jungen Mann mit dicken, rosigen Wangen, einem fast kahlen, rosigen Kopf und einer Brille mit Metallgestell. Wie die anderen rauchte er Zigarre und trug rote Hosenträger über einem gestärkten weißen Hemd, gegen das sein Bauch drückte. Sie ging zur Bar und redete mit ihm, und sofort wurde er ganz lebhaft, sah sich allerdings zu Jimmy um, als er sie umarmte. Sie tätschelte seine runde Wange und lachte. Sie kannte Leute hier.

Jimmy ließ den Blick schweifen, ob er den Iren Magee irgendwo entdeckte, einen Texaco-Anwalt, aber er sah ihn nicht. Man konnte die Menschenmenge nicht überblicken. Keiner sprach Französisch, nicht mal die Kellner. Es war nach eins. Ihm war ziemlich schwindlig und nicht besonders gut.

Binnen kurzem hatte Nelli den dicken jungen Mann mit den rosigen Wangen rübergebracht, der verkündete, er heiße Willard B. Burton aus St. Johnsbury, Vermont. Dieser Name klang zu alt für ihn, so als hätte er ihn erfunden. Willard B. Burton sagte, er arbeite »unten bei Lowndes, Rancliffe im Ersten«. Er war ein Wachstumsfonds-Dingsbums. Aber heute Nacht trat er hauptsächlich als Anführer der Jungen Republikaner auf. Er sei hier der Gastgeber für alle, und bald, wenn in den südlichen und westlichen Staaten die

Wahlbüros zumachten, würde abgerechnet. »Dann spielt hier eine andere Musik«, so drückte er es aus.

Willard B. Burton hatte äußerst blasse, blaue Augen mit rosa Fleisch drum herum, das entzündet aussah, und einen fleischigen Mund. Als hätte ihn jemand gekocht. Seine enorm langen Füße waren in glänzenden schwarzen Budapestern verstaut. Er trank Whiskey und torkelte leicht.

»Für wen sind *wir* denn, Mr. White?«, fragte Willard B. Burton lächelnd.

Ärgerlicherweise wurde Nelli vorwitzig. »Er mag den Hübschen.«

Burton kniff seine blassen Augen zusammen. Überall wuselten Leute herum. Noch mehr Buhs. Noch mehr unglückliche Nachrichten.

»Im Ernst?«, fragte Willard B. Burton.

»Ist doch egal«, sagte Jimmy.

»O nein, es ist nicht egal. Ich sollte Sie hier rauswerfen lassen. Hör ich da nicht den Alten Süden in Ihrer Stimme? Sie sollten sich was schämen.« Willard B. Burton ließ mit theatralischem Missvergnügen sein fleischiges Kinn sacken. Seine üppigen Lippen waren feucht geworden.

»Ich schäme mich nicht. Aber Sie können mich rauswerfen lassen«, sagte Jimmy. »Schon in Ordnung. Wir gehen.«

»Nein. Wirklich«, sagte Willard B. Burton. »Wir müssen Sie einweisen lassen. Sie sind ja gestört.« Er torkelte ein Stück voran, seinen Drink in der Faust, die Zigarre in der anderen Hand. Seine Unterlippe wanderte über die obere, um zu demonstrieren, wie entschlossen er zu der Einweisung war. Über genau diesen Gesichtsausdruck lachten bei Lowndes, Rancliffe alle, wenn er nicht dabei war.

»Weg, weg, weg mit dir, Burty«, sagte Nelli. »Du bist langweilig. Du nervst.«

Willard B. Burtons Augen fingen Jimmys Blick auf und wurden kalt, in clownesker Rage. »Sie müssen Ihre Geisteskrankheit wirklich behandeln lassen, Sie Franzmann«, sagte er. »Sie haben keine Ahnung.«

»Geh jetzt woandershin, Burty«, sagte Nelli und ließ ihren Blick wandern, als suchte sie jemand Neues.

»Wir müssen Sie geraderücken. Und das werden wir.« Burton gab sich alle Mühe, bedrohlich zu klingen. Jimmy dachte, den könnte jetzt mal jemand ohrfeigen, dann würde es ihm gleich besser gehen.

»Kein Grund zur Aufregung«, sagte Jimmy und lächelte.

»Ach, wirklich?«, sagte Burton.

»Klar.«

»Na, das werden wir ja sehen.« Nelli kniff Willard B. Burtons Arm unter dem gestärkten Hemd, genau ins Weiche. »Das werden wir ja sehen.« Er taumelte umher, sie immer noch an ihm dran, dann schlitterte er in die Menge, Richtung Bar.

***

Kurz standen sie da und sagten nichts, mit dem Rücken an den glänzenden Spiegeln, die hie und da einen abgewetzten schwarzen Untergrund enthüllten. Sie standen am Anfang eines kleinen Gangs, der zu den Toiletten führte. Ungeschickt rempelten Leute vorbei. Wenn die Türen aufgingen, drangen feuchte Gerüche heraus. Nelli erwähnte Willard B. Burton nicht mehr. Bis morgen, dachte Jimmy, würde er das meiste hiervon vergessen haben, vielleicht alles. Als ein Kellner vorbeikam, bestellte er einen Gin.

»Warum magst du, in Paris zu fahren?«, fragte sie und sprach es halb Englisch aus. *Perris*.

»Es gibt mir das Gefühl, ich könnte jemand Gutes sein, wenn ich nur wollte.« Was er selber glaubte.

»Wirklisch?«, sie hörte nicht richtig zu, sah sich um, rümpfte die Nase und war ganz Zuschauerin. »Ich wurde in Perris geboren. Glaubst du, besser kann ich nicht werden?«

»Du bist wundervoll«, sagte Jimmy. »Und du bist sehr nett.« Das sagte er immer zu Frauen, die ihm gefielen, wenn er betrunken war. Dass sie wundervoll waren. Und sehr nett. Er zog sie zu sich heran, den Rücken am Spiegel. Es sah so aus, als wollte sie wieder geküsst werden. Sonst wurde nicht geküsst.

Er küsste sie auf den Mund und schmeckte das Kreidige ihres Lippenstifts, roch einen Hauch säuerlicher Babydecke. Ihr Gesicht war weich, nicht die straffe, widerstandsfähige Haut eines Mädchens. Erneut spürte er das Knochige, das Schmächtige. Ihr trockenes Haar roch nach Rauch und Parfüm. Er schob ihr die Hand unter den bloßen Arm.

»Wie alt bist du?«, sagte sie ihm ins Ohr. Feuchter Atem.

»Fünfzig«, sagte er und fühlte sich betrunken, als läge das nur an dem Lärm ringsum.

»Fünfzig«, sagte sie. Einige der Businesstypen sangen jetzt, als Konkurrenz zu dem A-cappella-Quartett.

> *Beantown, oh Beantown, what a mean, mean town*
> *Ultimately a rather sad and obscene town*
> *Not at all a serene or a clean town*

Was sollte das eigentlich heißen, fragte sich Jimmy. Irgendwas aus Harvard, wo sie alle studiert hatten.

»Wir sollten weg hier, meinst du nicht?«, sagte Nelli. Was bedeutete fünfzig für sie? Vielleicht war sie ja erst vierzig.

»Unbedingt«, sagte er, dann war er sich unsicher, ob er es gesagt hatte.

Sie küsste ihn aufs Ohr, ein elektrischer Schlag bis in die Oberschenkel. Das Wort SIEGER wurde wieder vom Fernsehen verkündet, gefolgt von großem Geschrei.

»Ich glaube, der Kandidat von deinem Freund hat nicht gewonnen«, sagte er.

»Der ist nicht mein Freund.« Sie sah sich um.

Er hielt in dem großen Raum nach Willard B. Burton Ausschau – um zu sehen, was er wohl in diesem Augenblick kläglichen Verlustes tat. Das runde, unglückliche Gesicht war nirgends zu entdecken.

***

Auf dem Weg nach draußen sah er Magee betrunken und schwitzend am Kupfertresen. Neben ihm stand eine große blonde junge Frau in einem knappen Silberröckchen. Magee trug einen grotesken Westernanzug mit Taschen in Pfeilform. Er hatte sein Hemd durchgeschwitzt, der Reißverschluss an der Hose stand halb offen, die braunen Augen waren gerötet und schauten wirr drein.

»Alles nur noch ein Scheiß-Leichenschmaus jetzt«, ließ er raus.

»Was soll's«, sagte Jimmy.

»Du solltest dableiben. Ein Depp von eurer Botschaft hält gleich eine Rede über die amerikanische Demokratie. Gibt bestimmt n Riesenaufstand.«

»Wir gehen«, sagte Jimmy. Hinter sich hielt er Nellis Hand. Er lächelte Magee an, der tippte ihm auf die Schulter.

»Guter Mann«, sagte er. »*Qui est votre cocotte?*« Die große Blonde drehte sich weg. Jimmy verstand das Wort nicht, Magee hatte wohl was falsch verstanden. Er steuerte sie auf die schweren Bleiglastüren und die Straße zu.

Als sie hinaus auf den kalten Bürgersteig traten, wo der Regen nachgelassen hatte und eine Reihe Taxis am Bordstein standen, die Fahrer draußen beim Plaudern mit den Prostituierten, nahm er –

hinter sich – Schritte wahr, das Geräusch, wie sich die Türen der Bar kurz öffneten, warme Luft von drinnen strich ihm über den Nacken. Ein Instinkt sagte ihm *Schnell, aus dem Weg*. Er packte Nellis Hand fester, um sie beiseitezuziehen.

»Bist du der blöde Sack, der mal zurechtgestutzt werden muss?« Eine Männerstimme.

Amerikaner.

Jimmy drehte sich um und sah einen Mann, nicht größer als er selbst, gekleidet wie alle hier. Weiße Hemdsärmel, grelle Hosenträger, verwuschelte dunkle Haare, aber geballte Fäuste, aufgepumpte Schultern, kleine wilde Augen. »Haben Sie vielleicht …«, sagte Jimmy.

Da schlug der Mann zu, ins Gesicht, zwei Mal. Erst auf die rechte Schläfe, dann seitlich ans andere Auge, fast an dieselbe Stelle. Die Hiebe machten hohle Plopp-Geräusche in den Ohren und taten nicht besonders weh. Aber Wucht hatten sie und machten ihm weiche Knie, der junge Mann mit den Hosenträgern – mit Stars 'n Stripes auf den Riemen – wich zügig zurück, was Jimmy darauf brachte, dass er vielleicht gerade fiel, Hände hinter sich, Finger Richtung Pflaster ausgestreckt. Wie auf einer Schaukel.

Er fiel aber nicht auf das Pflaster, sondern gegen die nachgebende Seite eines Taxis, dessen Lackierung Zebrastreifen imitierte. Außerdem wurde sein Sturz noch vom harten Arsch einer Prostituierten abgepolstert, die im Weg stand. »*Incroyable*«, hörte er jemanden sagen, als er auf dem nassen Bürgersteig landete, eher ein Hinsetzen als ein Hinfallen, er fühlte sich nicht verletzt, nur sehr, sehr schwindlig. Und er hatte das Gefühl, er sollte sofort wieder aufstehen.

Der Mann, der ihn geschlagen hatte, ging schon wieder zurück in die volle Bar. Leute starrten Jimmy durch die offene Tür an. Er hörte Musik, Flaschen klirrten, das Quartett sang »*Auld lang syne*«, Leute lachten. Über ihn, nahm er an. Aber so schlimm war es gar nicht.

Nelli kniete neben ihm, sie alle – die Prostituierte, eine andere Prostituierte, eine Taxifahrerin – halfen ihm auf. Sein Hosenboden war durchnässt. Sein Kopf dröhnte. Die Knie waren wacklig. Und er hatte sich wohl den kleinen Finger an der Taxitür verstaucht.

»Schwanzlutscher«, sagte Nelli.

»Alles gut«, sagte er. Er fühlte sich eher betrunken als verletzt.

Die Prostituierten waren mit argwöhnischen Blicken allmählich die Général Leclerc runtergezogen, ihre Lackstiefel schimmerten im Scheinwerferlicht. Er konnte die Taxifahrerin riechen – mehlige, schwitzige Hitze. Sich zu übergeben war wohl unvermeidlich.

Andere Männer in Businessanzügen verließen die Bar, mit großen Schritten in die Dunkelheit des frühen Tages. Sie musterten ihn lächelnd. Jetzt geriet die Nacht in Gefahr, trübsinnig zu werden. Das hatte er nicht gewollt. Vielmehr das Gegenteil. Einen glücklichen Ausgang. Er betrachtete den dunstigen, gelb-schwarzen Himmel. Tauben kreisten über ihm und verschwanden hinter den Dächern.

※ ※ ※

Die Lichter vom Verkehr schwammen über das Innendach des Taxis wie Filmbilder. Jimmy ließ den Kopf über das Plastik der Kopfstütze rollen. Der Geruch dieses speziellen Taxis war Apfel. *Pomme*. Eigentlich fühlte es sich gar nicht so schlimm an, zusammengeschlagen zu werden – fast entspannend. Seine Kiefer schwollen allerdings an, auf beiden Seiten, das Fleisch spannte über den Knochen. Sein Schädel pochte. Der Finger war vielleicht gebrochen. Das ließ sich alles ertragen. Er musste nur nach Hause.

Unterwegs sprach die Fahrerin leise mit Nelli, auf Französisch. Sie hatte einen Ort genannt, den sie mochte. Brasserie *Grenelle*. Sie hatte Hunger.

»Ich geh einfach nach Hause«, sagte Jimmy.

Sie saß neben ihm, starrte hinaus auf die Straßen um ein Uhr früh, belebt und anziehend mit ihrer Helligkeit. Sie war nicht scharf darauf, ihn zu berühren oder auch nur mit ihm zu reden. Irgendeine ungute Eigenschaft an ihm war deutlich geworden. Irgendetwas Enttäuschendes. Abstand zu ihm war notwendig. Ihre kurze Nähe, als er sie in der Bar geküsst hatte, war ausgelöscht worden, als er zu Boden ging.

»Aber wenn du etwas essen willst …«, sagte er. Sie warf ihm einen Blick zu, der spröde, gefärbte Pony ließ ihr Gesicht schwer und ernsthaft wirken. »Ich will nicht, dass es dir den ganzen Abend verdirbt.« Er lächelte so, dass ihm die Knochen im Gesicht wehtaten. Sie schien nichts davon wahrnehmen zu wollen.

Neben dem Taxi, vor der Brasserie *Grenelle*, die geschlossen war, erbrach er sich in den Rinnstein, eine Hand an das Taxi gelehnt, während die Fahrerin Nelli durch das Fenster auf ihrer Seite erklärte, dass sie jetzt nicht länger ihre Passagiere seien. »*Désolée, Madame, mais non, non.*« Jimmy wollte etwas sagen. Die Dinge in die Hand nehmen. Aber als er sich aufrichtete, fuhr das Taxi an, das Licht auf seinem Dach verblasste schnell. Nelli sah ohne ein Wort zu.

»Ich sollte wirklich nach Hause.« Es tat ihm sehr leid, Gin getrunken zu haben, leid, dass sie ihn hatte kotzen sehen, leid, dass sie sich nicht mehr darüber freute, bei ihm zu sein, wie vorher.

»Wo wohnst du?« Sie legte ihr Kopftuch um und war verärgert. Hatte vergessen, dass er das schon gesagt hatte. In der Brasserie stellten Kellner die Stühle auf die Tische. In dieser Gegend war niemand zu Fuß unterwegs. Jetzt, nach dem Regen, war es kälter geworden. Auf der anderen Straßenseite hatte ein kleiner weißer Lastwagen mit Rasenmähern angehalten. Ein Mann im grünen Overall kletterte auf die Ladefläche und räumte herum.

»Nähe St. Sulpice. Ich gehe zu Fuß.« Er roch schrecklichen Atem in der Luft vor ihm. Wenn er vom Boxen träumte, verlor er nie, das ging gar nicht. Man wurde getroffen, fühlte aber nichts. Man ließ die eigenen Schläge niederprasseln.

»Du stinkst«, sagte sie und setzte sich in Bewegung, den Boulevard hinunter, ganz wie sie es am Nachmittag vor der Galerie gemacht hatte. Das machte sie immer so. »Aber komm schon. Ich bin jetzt hier in der Nähe.«

»Nein. Ich gehe nach Hause«, sagte er.

»Ja«, sagte sie im Gehen. »Vielleicht raubt dich nicht jemand in einer Minute aus.«

Ihre Pumps lösten kleine Detonationen auf dem Pflaster aus. Er dachte wieder daran, wie sie ihn vor dem Haus ihres Ex-Gatten geküsst hatte, im Regen, bevor das alles auf die traurige kleine Rutschbahn geraten war, auf der es jetzt war. Als hätte er es nur geträumt.

***

Die Wohnung in der Avenue de Lowendal lag dunkel und still. Die Heizung war angesprungen und die Luft drückend und stickig. Am Himmel vor den Fenstern stand immer noch gelber Dunst, im kleinen Park tropfte alles. Nur zwei Lichter brannten in anderen Wohnungen. Zuvor hatte es bestimmt noch Geräusche gegeben – Stimmen hinter Wänden, durch Rohre rauschendes Wasser, Musik, schwebende Klänge von irgendwo. Jetzt war alles ruhig, nur die Vögelchen flatterten in ihrem Weidenkäfig. Der Hund, der fand, dass er interessant aussah, stand in der Schlafzimmertür und schnupperte.

Nelli wurde geschäftsmäßig. Bald musste sie zur Arbeit. Im Schein einer Tischlampe fing sie an, sich auszuziehen, als wäre sonst niemand da. Sie rief eine Mailbox an und hörte Nachrichten ab, dann ging sie ins Schlafzimmer. Er hörte ihre Schuhe zu Boden fallen, das Scharren von Kleiderbügeln, ihr leises Murmeln im Selbstgespräch.

Er war durch und durch nass, die Haare waren schmierig, und sein Körper verspannte sich, als hätte er gerade einen Autounfall hinter sich. In der Wohnung war ein Geruch, den sie vorher nicht gehabt hatte. Als wäre da irgendwas in einem Becken oder Eimer vergessen worden.

Nelli kam barfuß wieder rein, nur im weißen Slip und einem schwarzen BH. Sie steckte ihr Haar zurück, für die Dusche, und hatte eine Brille auf, wie auf dem Postkartenfoto von ihrem Mädchen-Ich. Ihr Körper zog das Licht nicht an, aber er konnte erkennen, wie schlank und langgliedrig ihre Hüften, Schenkel, Schultern, Arme waren – jünger aussehend, als er gedacht hatte. Keine Mutterschaftsspuren.

»Könntest du mit dem Hund rausgehen zum Pipimachen, bitte?«, sagte sie, Haarnadeln im Mund. Sie öffnete einen Garderobenschrank und holte eine Leine hervor. »Wenn meine Tochter hier nicht ist ...« Sie wollte weitersprechen, dann brach sie ab. Der schwarze Hund schaute schwanzwedelnd zu Nelli hoch, er hatte sich neben der Tür aufgebaut. Nelli legte die Leine auf den Tisch »Du kannst duschen, wenn du wieder da bist. Ich mach dir ein Bett auf dem *canapé*.« Sie schaute verwirrt drein. »Ich weiß nicht. *canapé*? Wie heißt es?«

Canapés waren was anderes.

»Okay«, sagte er. Seine Füße waren taub, sein Rücken, seine Schultern, seine Kiefernmuskeln verkrampften sich zunehmend. Der Hund setzte sich mit einem Seufzer hin. Nelli ging zurück ins Schlafzimmer, knipste das Licht an und machte die Tür zu.

***

Die Luft im Garten war eisig. Seine Kleider hatten sich drinnen aufgewärmt, aber jetzt waren sie wieder fürchterlich. Er konnte gar nicht aufhören, in seinem Mantel zu zittern. Der Hund schnüffelte im nassen Gras herum und ließ sich Zeit. An einem Fenster gegenüber stand ein Mann neben einem blau erleuchteten Aquarium und spähte auf Jimmy herunter, als wäre er ein Eindringling. Regen zeigte einen Wechsel der Jahreszeiten an. Jetzt setzte der berüchtigte Pariser Winter ein. Er sollte länger bleiben, dachte er. Vielleicht würde er diese Frau wieder treffen. Es musste nicht alles zuschanden gehen. Das ging noch besser.

In Amerika feierten sie. Willard B. Burton aus St. J würde in seinem Bett liegen, garantiert alleine. Er selbst konnte mit Fug und Recht sagen, dass er auf fremdem Terrain den Preis des Sieges bezahlt hatte. Aber hier zu sein, in der eiskalten Nacht, in dieser elenden Lage – das hätte er sich nicht ausmalen können. *Hier* war sowieso niemals der Punkt, den man erreicht hatte (diesen Gedanken rief er sich oft ins Gedächtnis), sondern der Punkt, an dem man schon vorbei war, ohne es zu merken. War das die Bedeutung von Optimismus? Oder von Pessimismus? Als unvermeidlich und vergangen zu erkennen, wo man sich gerade befand? Das ließ ihn an die junge Tochter seines Partners denken, was seit einiger Zeit nicht mehr vorgekommen war. In Kalifornien – war sie zumindest gewesen. Ein Job beim Fernsehen. Patricia. Nichts von alldem hätte bewirken sollen, was es bewirkt hatte – das ganze Desaster. Den verbitternden Verlust, die Auflösung des Lebens. Aber es war vielleicht auch unvermeidlich gewesen. Hatte er damals sogar gedacht. Es war geschehen, bevor es geschah.

Oben, in den kalten Platanen, flatterten ungesehene Flügel. Der Hund sah nicht hoch. Sein verletzter Finger pochte, sein Kopf genauso. Noch ein Licht ging in der Wohnung an, in die er bald zurückmusste, als wäre eine Tür aufgezogen worden. Nelli stand da, in einem weißen Bademantel, Licht hinter ihr, und winkte ihn heran. Ihre Lippen bewegten sich.

Wie lang war er in diesem dunklen Garten gewesen? Er hatte die Zeit aus den Augen verloren. Jetzt sollte er aber wieder hineingehen. Hinter den tiefhängenden Wolken wurde der Himmel heller. Er wandte sich zum Gehen.

Aufbruch nach Kenosha

Louise hatte um vier einen Zahnarzttermin – Prophylaxe und Anpassen der Nachtschiene –, dann wollten sie zu zweit früh bei *Cyril's* zu Abend essen, sie mochte diesen Laden draußen am Chef-Highway, ein kunterbuntes Rasthaus auf Stelzen, das der Hurrikan lustigerweise übersehen hatte. Später würden sie zurück in Hobbes' Eigentumswohnung fahren, Hausaufgaben, und noch später einen Bill-Murray-Film vorm Schlafengehen. Es war der zweite Jahrestag des großen Sturms.

Dienstag war Walter Hobbes' Tag mit seiner Tochter Louise. Ihre Mutter hatte drüben in La Place ein paar Flurstücke zur Parzellierung zu begutachten, dann würde sie auf der anderen Seite des Sees bei Mitch Daigle schlafen. Perfekte Mojitos, ein fetter Joint und ein paar gekochte Garnelen. Walter und Betsy waren seit einem Jahr geschieden. Betsy hatte sich »Hals über Kopf verliebt«, als sie Mitch ein Haus zeigte – das hatte ein Geschenk für seine Frau werden sollen, was leider schiefgegangen war. Ab und zu traf Hobbes im Biomarkt auf Mitchs Frau Hasty. Früher war sie mal eine tolle Miss Dingsdabumsda an der University of Alabama in Birmingham gewesen, kastanienbraunes Haar, rauchige Stimme, aber jetzt, am Anfang ihrer mittleren Jahre, war sie füllig und bissig geworden. Im Biomarkt musterte sie Walter streng, als hätte der damals seine Jetzt-Ex-Frau abkommandiert, ihre bereits alles andere als perfekte Ehe auszuspionieren. Einmal hatte er sich abrupt umgedreht, und da stand Hasty bei Salat und Fenchel. Er hatte sofort gelächelt, und auch auf ihrem Gesicht war der Beginn eines unverzagten, dümmlichen Lächelns erschienen. Dann ließ sie die Schultern hängen. Kräuselte den Mund, schüttelte den Kopf, blickte zu Boden. Und hielt ihre ringlose Hand hoch wie ein Verkehrspolizist. Bleib bloß weg. Und damit hatte sie ihren Wagen weitergeschoben.

»Wir hatten heute eine Schweigeminute für die armen Flutopfer«, sagte Louise gerade, als sie die Prytania überquerten, vorbei an der Residenz des französischen Konsuls, vor der eine schlappe Trikolore hing und ein dicker schwarzer Citroën in der kreisförmigen Zufahrt stand. Draußen herrschten fast 37 Grad, aber dank der A/C war es angenehm. Auf den dampfenden Bürgersteigen alberten Kinder in Schuluniformen mit heraushängenden Hemdschößen herum, johlten und lachten. Privilegierte Kinder von einer anderen Schule. Nicht mehr weit bis zum Zahnarzt. »Heute ist der zweite Jahrestag des furchtbaren Hurrikans«, verkündete Louise förmlich.

»Ja«, sagte ihr Vater. »Hat irgendwer aus deiner Klasse jemanden verloren?«

»Klar.« Louise war in der sechsten Klasse und wusste alles von allen. »Ginny Baxter – die ist schwarz. Wir haben gleichzeitig die Augen wieder aufgemacht und fast gelacht. Das war wie Beten, aber war es natürlich nicht. Es war komisch.«

»Hast du an deine Schiene gedacht?« Neuerdings knirschte sie nachts, sogar tagsüber – und das, wo Nachtschienen sozial problematisch waren. Francis Finerty, der Zahnarzt, hielt das Knirschen für eine Folge der Scheidung, damals war Louise exakt zehn Jahre und zwei Monate alt gewesen. Louise schob es auf den Hurrikan und fand es im Vergleich zu dem, was andere durchgemacht hatten, nicht besonders schlimm.

Mit einem tiefen Seufzer legte Louise ihre kleinen Hände auf ihre grüne Büchertasche aus Plastik und drehte Däumchen. Die Frage ihres Vaters ignorierte sie, als stünde sie über dem Thema. »Ich habe zwei Bitten«, sagte sie mit einem Blick auf das letzte der Schulkinder draußen.

»Das Gericht wird nur zwei Anfragen bearbeiten. Solange nicht eine davon lautet, den Zahnarzt zu schwänzen.« Hobbes war Prozessanwalt.

Manchmal mochte Louise ihren Zahnarzt, allerdings nicht immer – den irischen Witzereißer mit Hängebacken und rundem Bauch, der an katholischen Schweigeexerzitien teilnahm, allein im Wald Kierkegaard und Yeats las und über den Mystiker Thomas Merton nachdachte. Louise fand das aufgeblasen. Auch Finerty war geschieden – von einer ansprechend pausbäckigen Presbyterianerin, die dann irgendwann nach Nordirland ins County Down zurückgekehrt war. Finerty machte Louise immer Komplimente für ihre perfekt weißen Zähne, darauf war sie stolz.

»Ginnys Familie nimmt sie von der Schule. Morgen ziehen sie weg. Ich würde ihr gern eine Karte mitbringen oder so.«

»Das ist aber sehr aufmerksam«, sagte Walter. Die Schule hatte erst seit einer Woche wieder angefangen. Louise wühlte tief in ihrer Tasche herum, bis sie die Plastikbox mit ihrer Nachtschiene zutage gefördert hatte. Sie waren schon in der Straße, wo der Zahnarzt war, St. Andrews, eine Querstraße von der Magazine Street. Das alte Irish-Channel-Viertel, wie passend. Ein Wohnblock. Ein Chinese, alles zum Mitnehmen. Ein *Circle K*-Markt. »Warum gehen sie denn weg?« Er fuhr rechts ran. Er hatte vor, sich ins Wartezimmer zu setzen, im *Time*-Magazin zu lesen und dann mit Finerty zu plaudern, über einen Angelausflug nach Pointe à La Hache (das machten sie nie, redeten aber immer drüber). Und über den Euro, für dessen Entwicklung sich Finerty interessierte.

Louise hielt die Box in beiden Händen. »Ihr Vater arbeitet für *UPS*« – sie sprach es wie ein Wort aus, »Ups«, wie »Huch«. »Er ist versetzt worden, nach Kenosha. Wo liegt das überhaupt?«

»In Wisconsin. Wenn es nicht noch eins gibt.«

»Stimmt, hat Ginny gesagt. Hatte ich schon vergessen.«

»Es liegt am Michigan-See.« Als er in Ann Arbor Jura lehrte, hatte er mal mit ein paar Studenten eine Fähre rüber genommen. Vor einer Million Jahren, in Wahrheit waren's nur zwanzig. »Da wird es kalt.«

»Leben da viele Schwarze, was meinst du?«

»Überall leben viele Schwarze. Außer in Utah.«

Louise schwieg. Mehr brauchte sie nicht zu wissen.

Jetzt stieg sie aus, machte jedenfalls Anstalten dazu. »Könntest du eine schöne Karte kaufen? Für mich? Bitte? Während ich da drin sterbe, woran ja du schuld bist. Dann können wir zu ihr rausfahren, und ich kann ihr die Karte geben?«

»Wo wohnt sie denn?« Der Nachmittag nahm eine andere Richtung – das konnte stressig werden, denn Louise mochte feste Abläufe, auch wenn sie das Gegenteil behauptete.

»Ich hab die Adresse.« In ihrer Schultasche. Louise sagte den Straßennamen – stadtauswärts nicht weit vom St. Claude Boulevard, da waren vor zwei Jahren die meisten Häuser zerstört worden. Jetzt war es wieder wie Ackerland. »Das wird eine Überraschung.« Seine Tochter hatte lange, ziemlich unscheinbare braune Haare und trug eine Brille, mit der sie nach Businessfrau aussah. Eher wie sechzehn als wie zwölf. Sie trug ihren Schul-Schottenrock, die weiße, knittrige Standardbluse und die weißen Kniestrümpfe. Für Hobbes sah sie vollkommen aus. War sie vollkommen.

»Können wir machen«, sagte er.

»Bei *Walmart* gibt es Karten. Hau-fen-weise.« Das sagte sie gerne. »Dieses Jahr hab ich da schon eine für dich gekauft.« Ihre Mutter ging mit ihr zu *Walmart*, für strapazierfähige Spielklamotten, Schultaschen. Und Karten.

»Was soll denn auf der richtigen Karte stehen?«, fragte Hobbes.

Louise schaute ihn ernst an, schon draußen. Darüber hatte sie bereits nachgedacht. »Wir würden uns freuen, wenn Du zurückkommst. Alles Liebe, Louise Hobbes.«

»So eine werde ich kaum finden«, sagte Hobbes. »Aber du kannst es ja als Nachricht draufschreiben. Ich hol dir eine neutrale.«

»Aber eine echt hübsche, ja. Keine Blümchen. Und keine Vögel.« Die brüllende Nachmittagshitze drückte jetzt ins Auto hinein. Louise musterte ihren Vater, als bräuchte er genauere Anweisungen. »Vielleicht eine mit New-Orleans-Motiven. Damit sie sich an mich erinnert und traurig wird.« Sie hielt die Nachtschienen-Box in ihrer kleinen Hand. Ihre Fingernägel waren in einem ähnlichen Grün lackiert. Noch hatte sie vor nichts Angst und fand nichts unmöglich. »Pass auf meine Büchertasche auf«, sagte sie. »Bitte.« Dann schloss sie die Autotür.

***

Im Sommer lag Walter oft wach in seinem Junggesellenapartment hoch oben über dem teuren Viertel an der Flussbiegung. Da unten ankerten Tanker und Containerschiffe, ihre Lichter undeutliche Kleckse im dichten Dunkel der Nacht. Betsy hätte sich gar nicht unbedingt von ihm scheiden lassen müssen. Mitch Daigle war kein schlechter Kerl, aber keiner, für den man sein ganzes Leben hinter sich ließ. Walter hatte ihn bei den Junganwälten kennengelernt und mindestens einen Sommer lang im *River Bend Club* eine freundliche Bekanntschaft mit ihm gepflegt: Mitchell aus Mamou, ein gewandt-attraktiver Mann mit nervösem Blick, war wie Hobbes aus Mississippi nach New Orleans gekommen. Um mit einem guten Blatt in das lukrative Spiel um Öl und Gas einzusteigen, inzwischen längst ausgespielt. Da war ein ganzer Schwall von ihnen gekommen – Jungs, die sich unbedingt durchsetzen und reich werden wollten. Dafür brauchte es in New Orleans keine alten Familienbande. Mitch hatte, wie Walter, in einer seriösen Anwaltskanzlei angefangen und war dann, dem Geldfluss folgend, in kleinere Läden weitergezogen. Betsy hatte ihm ein angemessenes, griechisch-klassizistisches Haus in der Palmer Street angeboten und dann bei der zweiten Besichtigung mit ihm vögelt, im Bett des Besitzers. Sie erklärte, sie hätte an der Uni mal was über verirrte Kinder gelesen, die auf einer Südseeinsel in einen Wirbelsturm geraten waren. Alle Tiere auf der Insel – ob Eidechsen, Vögel oder struppige Viecher – seien vor dem Sturm total ausgerastet. Es war in Mode, alles Schlechte auf den Hurrikan zu schieben – auch das, was garantiert sowieso passiert wäre. Dabei war das ganze Leben doch ein individuell abgestimmter Sturm. Man brauchte gar nicht lange darüber nachzudenken, warum irgendetwas passierte, fand Hobbes. Man brauchte bloß zu akzeptieren, *dass* es passierte. Aus Gewohnheit suchte man halt nach den Ursachen für alles Schlimme und vergrübelte sich dabei. Sogar Louise machte das.

Betsy wohnte jetzt allein in einer Eigentumswohnung, als Teilzeitmutter, verbrachte die Abende auf der heißen Veranda mit Fliegengitter, trank Rum, starrte auf die fernen Lichter der Stadt und langweilte sich wieder.

* * *

Auf dem *Walmart*-Parkplatz war es heißer als überall sonst, wo er heute gewesen war, über dem Asphalt, wo lauter Papierchen herumflogen, wogten butterdicke Dünste vom Fluss her. Nach dem Hurrikan war die Filiale überfallen worden, dann sicherheitshalber gleich noch mal, und hatte erst vor kurzem wieder aufgemacht. Da lag ein Cupcake, in dem es von Ameisen wimmelte. Eine üppige schwarze Frau in knappen korallenroten Shorts, mit drei kleinen Kindern und einem muskulösen jungen Mann in Jeans und einem *Saints*-Trikot im Schlepptau, kam gerade raus, sie manövrierten Einkaufswagen vor sich her.

Er stieg rasch aus und hastete nach drinnen, in die Blitzabkühlung von der Bruthitze. Er war fürs Büro gekleidet, nicht für den *Walmart*. Kein Mensch sah aus wie er. Grenzenloser Raum, weiter als das Auge reichte, so fühlte es sich da drinnen an. Familien, Einkaufende, Omas im Rollstuhl, alleingelassene Kinder, gelangweilte Frischverheiratete vom Lande, die ihren Spätnachmittag vertrödelten und *Walmart* zum Höhepunkt ihres Tages machten. Trotzdem wirkte es leer, schon wegen der schieren Größe des Raums. Er war länger nicht da gewesen.

Er fragte an der Kasse, wo es Grußkarten gab, und ging direkt hin – zwischen Schulbedarf und Billigwein. Keiner da, der ihm weiterhalf. Die eiskalte Luft roch gechlort. Hobbes war verschwitzt, vom Hemdkragen bis zum Haaransatz. Natürlich brauchte er die Sache nicht komplizierter zu machen als nötig. Was er aussuchte, würde Louise sowieso nicht gefallen. Und ohne ihn würde sie hier Stunden damit verbringen, die perfekte Karte ausfindig zu machen, und sie später wieder verwerfen.

Das meiste aus dem gestaffelten Angebot eignete sich für konventionelle Anlässe – Schulabschluss, Geburtstag, Jahrestag, Konfirmation, Geburt, Beileidsbekundung für den Tod der Mutter, Besserungswünsche, anderes, was ein bisschen Humor erforderte. Aber keine Karten ohne Botschaften drauf, außer zwei mit sexuellen Themen – auf die eine hatte ein Witzbold einen großen Penis mit Schnurrbart gekritzelt.

Viele der Karten stellten Schwarze dar – hellbraune, adrette Männer in Chinos und Oxfordhemden und hübsche Frauen, die lächelnd auf leuchtende Kornblumenfelder schauten, mit goldenen Eheringen und Kindern, die nach guten Noten in den naturwissenschaftlichen Fächern aussahen. Nicht wie die Leute, die heute im *Walmart* waren. Ginny Baxter würde vermutlich eine Karte mit klarem Bezug auf ihre Hautfarbe übel nehmen. Da lag ja der Grund ihres Umzugs. Am liebsten hätte er eine der Mitarbeiterinnen im roten Kittel, selbst schwarz, danach gefragt, ob es sie beleidigen würde, wenn ein wohlmeinendes weißes Kind ihrem Kind eine Freundschaftskarte schenkte, auf der die Menschen als mehr oder weniger »schwarz« dargestellt waren. Wäre das unsensibel? Noch so etwas, das die Weißen an dem immer näher rückenden Protest nicht kapierten. Es war anstrengend.

Aber da stand auf einer Karte: »Schöne Reise!« Ein knallroter Minivan voller winkender, lächelnder brauner Kinder fuhr aus der Einfahrt eines blauen Vorstadthauses mit einer belaubten Eiche im grasgrünen Vorgarten. Der Text lautete: »Wir sind erst wieder glücklich, wenn Ihr zurück seid!« Louise würde das daneben finden und »unangemessen«. Außerdem fuhren diese Leute eindeutig nach Orlando, nicht nach Kenosha. Diese Mission, wurde Hobbes klar, überstieg seine Fähigkeiten. Louise hätte doch ganz einfach eine perfekte Karte aus Bastelpapier machen und mit ihrer eigenen witzigen, aber liebevollen Nachricht beschriften können. Nur dass sie unsicher und ihr alles peinlich gewesen wäre. Das war ein echter Vaterjob. Louise bat ihn nicht oft um etwas.

Als er Betsy erst kurz kannte – frisch als Anwalt in New Orleans –, schenkte er ihr eigenhändig gestaltete Karten. Mit der persönlichen Walter-Note. »Tut mir leid, dass Du in der Klinik warst.« Er hatte, sehr witzig, »psychiatrischen« hinzugefügt. »Heute ist Dein Geburtstag!« Plus »100.«. Betsy liebte es »witzig«, das glaubte sie jedenfalls. Meistens war ihre Reaktion: »Du alter Spinner« oder »Ziemlich wild und wahrscheinlich gefährlich«, was beides nicht zutraf. Er war Walter G. Hobbes aus Minter City, ein dünner, gutmütiger Öl-und-Gas-Typ in Businessanzügen und Slippern und manchmal grellen Fliegen und Burlington-Socken, der die Demokraten wählte und schlicht hoffte, all das liefe auf die Ehe hinaus. Was eine Zeitlang ja auch stimmte.

Er griff zu einer Karte mit einer Zeichentrickgans vorne drauf, deren oranger Schnabel mit Klebeband umwickelt war und deren Gänseaugen verzweifelt und aufgeregt hervorquollen. »Es muss nicht gesagt werden, es ist doch GANS KLAR …« Wenn man die Karte aufklappte, schwebten drinnen lauter rote Herzchen herum, die lächelnde Gans war mit befreitem Schnabel abgebildet, und quer drüber stand in großen neongelben Lettern: »Du fehlst mir!« Louise konnte auf der Fahrt noch etwas Persönliches mit einem ihrer farbigen Eddingstifte hinzufügen – sobald sie drüber hinweggekommen war, dass sie die Karte hasste. Ginny würde sowieso zwei Tage später schon nicht mehr an Louise denken. Ihre Karte würde es nicht bis nach Kenosha schaffen. Das war auch Louise völlig klar. Für den Verlust der beiden gab es keine vorgefertigten Worte.

**

Francis Finerty stand draußen vor seiner kleinen Zahnarztpraxis – einem gemütlichen mediterranen Einfamilienhaus aus den zwanziger Jahren, von Mary und ihm nach ihrer Ankunft in den siebziger Jahren umgebaut. Ein Neuanfang, weit weg von den Bomben und Soldaten des Bogside-Viertels von Derry. Er stand, noch in seinem rosa Zahnarztkittel, auf den Eingangsstufen und unterhielt sich angeregt mit Louise. Die letzte Patientin des Tages. Er hätte sie nicht allein warten lassen. Finerty war auch Walters Zahnarzt, Betsys ebenfalls. Vielleicht sogar Mitch Daigles. Er war rundlich, schlaff und überschwänglich, hatte blaue, leicht hängende Augen und buschiges Haar. Außerdem lachte er schnell, das machte ihn gleich sympathisch, wenn nicht liebenswert. Er erzählte gern peinliche Geschichten aus seiner Jugend, während man den Mund aufsperren musste. Louise erzählte er die natürlich nicht.

»Ich war gerade dabei, deiner jungen Medizinstudentin hier das Konzept des Phantomschmerzes zu erklären.« Finerty trat an den Wagen, seinen Akzent hatte er extra für sie aufgemotzt. Louise hatte keine Ahnung davon, wie Irisch klang. Sie hatte ihrem Vater allerdings schon mehrfach verkündet, sie wolle Ärztin werden – reine Erfindung. Finerty hielt ihr die Tür auf, und sie kletterte mit ihrer Nachtschienen-Box und einer Plastiktüte voller Zahnpflegezubehör hinein. Er lächelte, um ihr geheimes Einverständnis zu betonen. Finerty hatte erwachsene Töchter, die ihn zusammen mit seiner Frau verlassen hatten, Amerikanerinnen. Er war enttäuscht, dass sie in die Nähe von San Francisco gezogen waren. Finerty verknüpfte gern seinen Zahnarztberuf und seine priesterliche Berufung, gegen die er sich vielleicht unklugerweise entschieden hatte. Er hatte eine fleischige, flache Nase, eine faltige Stirn und dichte Groucho-Marx-Brauen, die er bei seinen anrüchigen Irenstorys über seiner Zahnarztmaske herumhüpfen lassen konnte. Manchmal schloss er beim Sprechen die Augen – genüsslich.

»Gibt es einen Zusammenhang zwischen Phantomschmerz und Nachtschienen und Zähneknirschen?« Walter beugte sich etwas vor, um Finerty durch den offenen Türspalt anzuschauen. Sengende tropische Luft bedrängte ihn.

»Im Kontext des allgemeinen Verlustbegriffs, ja«, sagte Finerty. Die Augenbrauen witschten hoch, als die dunklen Augen sich weiteten. Finertys Stimme klang manchmal etwas gurgelnd, und auf seinen dicken, geschickten Händen standen gelockte Härchen hoch. »Bezogen auf diese dunkle Zeit des Gedenkens.«

Louise sah Hobbes streng an, falls er womöglich etwas Unzulässiges sagen wollte – über sie. Ihre »Blicke« waren sorgfältig gebaut: sachkundig, oft streng, unterschwellig skeptisch und – nach allein ihrem Verständnis – sexy. Abrupt lächelte sie, um Hobbes ihre frischgereinigt schimmernden Zähne vorzuführen, es roch leicht nach medizinischer Mundspülung.

Finerty zettelte nach der Behandlung gern ein pseudophilosophisches Palaver an. Jegliches Ziehen oder Reparieren von Zähnen war für ihn von einer spirituellen Dimension heimgesucht. Francis war, nach Walters Eindruck, ein voll ausgelasteter Mann und der einsamste, den er kannte. Mit ihm angeln zu gehen würde strapaziös werden.

»Genau«, sagte Walter, zum Thema Verlust und dunkle Jahreszeit.

Mit geschlossenen Augen rieb sich Finerty die weichen Hände wie ein Bestatter. »Ein Verlust erhält seine eigene elementare Präsenz, die der Beckett'schen Wesenhaftigkeit entspricht, sofern es dir nichts ausmacht, dass dein Zahnarzt gern liest.«

»Wie geht es ihren Zähnen?«

Finerty lächelte. Seine eigenen waren klein und stumpf, mit unregelmäßigen Abständen. »Alles wunderhübsch. Das weiß sie ganz genau.«

»Aber ich weiß auch, dass ich mich gut um mich selber kümmern kann«, sagte Louise, aus irgendeinem Grund barsch. Mit einem grellen Lächeln entblößte sie vor ihrem Vater die gelbliche, durchsichtige Acrylschiene, die sie gerade wieder über ihre perfekten Schneidezähne geklickt hatte. »Das werde ich mein ganzes Leben lang tragen müssen«, sagte sie.

»Zumindest bis die Anspannung in ebendiesem Leben nachlässt.« Finerty verzog sein Gesicht in gespieltem Entsetzen.

»Also bis ich sechzig bin«, sagte Louise.

»Da werden wir dran arbeiten«, sagte Hobbes. Louise und sechzig? Undenkbar.

»Wenn wir wüssten, was sich wirklich zwischen Männern und

Frauen abspielt, würden wir wahrscheinlich keine Zahnärzte brauchen, oder?« Finerty drückte die Tür zu und trat mit dem beherzten Hüpfer des kleinen, klobigen Mannes wieder auf den Bürgersteig.

»Der ist eklig«, sagte Louise. Finerty, nur eine Handbreit hinter der schalldichten kühlen Glasscheibe, redete immer noch.

»Nein«, sagte Walter. »Er ist nicht eklig. Er ist ein Guter, und er mag dich.«

»Alle …«, setzte Louise an, um zu sagen: »Alle mögen mich«, aber dann tat sie es doch nicht. Ihre Nachtschiene quoll unter ihren Lippen auf, während Walter langsam anfuhr, weg vom Bürgersteig. Sie wusste es besser. Finerty winkte. Sie winkte zurück.

* * *

»Das ist SO PEINLICH!« Louise studierte die aufgeklappte Karte grollend. »Wieso hat dieser idiotische Vogel Klebeband um den Schnabel? *Was* ist ›GANS KLAR‹? Ich hab doch gesagt, keine Vögel. ›Du fehlst mir‹? Ekelhaft.« Walter sank der Mut. Jetzt würde sich Louise bis zum Abend in die Schmollecke zurückziehen und missverstanden fühlen. Ihr gemeinsamer Abend kam ins Rutschen. Aber es stimmte schon, er hatte eine Gans nicht als Vogel betrachtet.

Sie fuhren über den St. Claude stadtauswärts, einen breiten, vermüllten Boulevard durch das einst blühende Schwarzenviertel, jetzt überall geschlossene Schulen, geplünderte Elektroläden mit eingeschlagenen Scheiben, davor lauter Haushaltsgeräte auf dem Bürgersteig verstreut. Ein mit Brettern vernagelter Fastfoodladen. Eine ebenso vernagelte Tankstelle. Und eine vernagelte Bruchbude mit einem kaputten Neonschild auf dem Dach: *Mars Bar*. Auf der Straße liefen Leute herum, meist Schwarze, argwöhnisch, ohne Ziel. Jede zweite Ampel war ausgefallen. Hier musste sich die Stadt erst wiederherstellen.

»Ich dachte, du könntest sie mit deinen Eddings gestalten«, sagte Hobbes.

»Was soll ich da denn bitte hinschreiben? Das ist bescheuert. Ich habe gar keine Eddings.« Und schon zerriss sie die Gänsekarte in zwei, vier, acht Stücke und schmiss sie auf den Wagenboden. »Jetzt habe ich überhaupt kein Geschenk. Na Gott sei Dank.«

»Du hast immer noch deine gewinnende Persönlichkeit«, sagte Walter. »Da überlegt es sich Ginny bestimmt noch mal anders mit ihrem Umzug. Nachdem ich im *Walmart* mein Leben riskiert habe.«

»Scheiß-*Walmart*. Du hast nicht dein Leben riskiert. Das ist rassistisch.« Louise betrachtete die erloschene Stadtlandschaft und presste ihre bloßen Knie fest zusammen. Frisches Wasser auf Finertys Mühlen. Seine irisch-amerikanischen Töchter benahmen sich in stürmischen Zeiten bestimmt nicht so. Frisches Wasser hätte ihm selbst ganz gutgetan.

»Wie alt bist du?«, fragte Walter und steuerte vorsichtig über eine ampellose Kreuzung. Keine Polizei in der Nähe, um einen zu retten. Die Leute waren in nachtragender Stimmung.

»Alt genug, um ›Scheiß-*Walmart*‹ zu sagen«, sagte Louise. »Und noch einiges mehr.«

»Heb dir was Nettes für Ginny auf.« Louise hatte die Adresse auf der Delery Street angesagt, kurz bevor sie wegen der Gänse-Karte explodierte.

»Ich geh da nicht ohne ein Geschenk hin. Das ist ja wohl GANS KLAR.« Selbstgerechte Empörung war für sie immer in Reichweite.

»Dann lass dir mal schnell was einfallen. Die Geste zählt. Würde zählen.«

»Was soll ich denn sagen?« Louise schniefte, als wollte sie ein bisschen weinen oder es versuchen. Das gehörte sonst nicht zu ihren Waffen. Trockene Augen waren ihre Bastion.

»Mal sehen«, sagte Walter. »Wie wär's mit: ›Liebe Ginny, ich werde dich vermissen, wenn du weg bist.‹ Oder: ›Liebe Ginny, ich hoffe, dein neues Leben in Kenosha wird ganz toll.‹ Oder: ›Hoffentlich sehen wir uns mal wieder.‹ So was fände ich ganz brauchbar.«

»Alles peinlich.«

Louise knirschte mit den Zähnen, aktuell ohne ihre Schiene.

»Nein, überhaupt nicht. Das sind Sätze, die eben doch nicht von selber ganz klar sind. Das gehört zu deiner Erziehung.«

»Warum habt ihr euch scheiden lassen?«, flammte Louise auf. Das war seit einiger Zeit ihre Standardabwehr – und immer aus dem Hinterhalt. Ein böses Häschen aus einem hübschen Hut.

»Ich weiß es nicht mehr«, sagte Walter, als er das »Delery«-Schild sah – ein Pappplakat, an einen Telefonmast getackert, das eigentliche Schild war weggewirbelstürmt. In der Nähe lauter weitere, handgeschriebene Schilder, auf Spanisch. »*Demolición de su casa.*« »*Reparos.*« »*No se siente sola.*«

»Gar nicht wahr«, sagte Louise. »War es deine Schuld?«

»Bestimmt«, sagte Walter.

»Warum hast du es überhaupt gemacht? Etwas falsch gemacht?«

»Keiner hat etwas falsch gemacht«, sagte Walter. »Auch du nicht.« Er verspürte von neuem unendliche Müdigkeit. »Wenn jemand was falsch macht, ist immer alles leichter.«

Louise musterte ihn verächtlich, blinzelte mit ihren intensiven Augen hinter der Brille, ballte die Fäuste, ihr Zahnpflege-Zubehör immer noch auf dem Schoß. In den letzten Monaten hatte sie zugenommen. Gerade hatte sie einen Teenie-Pickel auf der Stirn, gleich am Haaransatz. Aus reiner Bosheit kümmerte sie sich nicht darum. Die Fetzen von der Gänsekarte lagen auf ihren Schulschuhen.

»Ich verstehe dich nicht«, sagte Louise. Plötzlich war sie fünfundzwanzig, er war ihr kommunikationsgestörter Freund, sie hatten sich gerade getrennt, vermutlich definitiv.

»Ich weiß«, sagte Walter und bremste ab, um bei einer vom Wetter mitgenommenen Backstein-Highschool mit vielen, vielen Fenstern einzubiegen, die jetzt verlassen dalag. »Aber das muss so reichen. Gibt ein spannendes Thema für dein späteres Leben.«

»Später?«, verkündete Louise triumphierend. »Es gibt kein Später.« Sie hatte gern das letzte Wort. Er nicht.

***

Die Delery Street – lang, gerade, Richtung See, voller Schlaglöcher und Müll – war eine Straße der Verwüstung. Die alles aufwühlende Überschwemmung hatte Häuser plattgemacht oder mitgerissen, Dächer abgedeckt. Andere, kompaktere aus Backstein waren durchgespült worden, nur die Außenwände hatten standgehalten. Unkraut wucherte, wo Betonplatten ganze Häuser gestützt hatten. Ein schlankes Kajak war von Wunderhand hochgehievt und auf einem weißen Nurdachhaus abgesetzt worden. Ein alter Studebaker war durch die Eingangstür in irgendein Wohnzimmer gedrückt worden. Alles Zauberkunststücke des Wassers. Die meisten Häuser wiesen einen dunklen Fleck oberhalb ihrer Fensterlinie auf, dort fanden sich auch Nachrichten der Rettungsleute. »Kein Schwein gefunden/9-10-05«, »Hund im Haus/10-8-05«. Eine andere, ganz schlicht: »Ein Toter hier.«

Weiter vorn unter dem weißen, brutheißen Himmel lud eine Gruppe aufstrebender schwarzer Jungs ohne Hemd geschäftig gebrauchsfertiges Bauholz und Schindeln auf einen bereits durchhängenden Pick-up. Keiner mehr da in den umgebenden ramponierten Straßenzügen. Das wurden alles wieder Felder. Ein paar Bäume hatten überlebt. Weite Aussicht. Dieses Land war überschwemmungsgefährdet, das wussten alle. Es war immer überwiegend schwarz und arm gewesen, aber hier konnte man schon wohnen. Louises Schule hatte einen Ausflug hierher gemacht und danach berührende Gedichte darüber geschrieben, grelle Landschaften gemalt, Kindern in weit entfernten Städten Briefe geschrieben und eine bessere Zukunft vorausgesagt. Kommt zurück.

Louise stellte wahrscheinlich eine Liste höflicher Sätze zusammen, die sie zu Ginny sagen konnte, wenn sie ankamen, und war in Schweigen versunken. Die Totlast der Zerstörung – ohne Grammatik, anziehend fremd – musste erst noch richtig auf sie einwirken. Vor ihnen waren ein paar weiße Männer in der gleichen Arbeitskleidung – Handwerker in weißen Overalls und mit gelben Helmen – an einem Lichtmast versammelt, wo sie irgendwas ein- und ausstöpselten. Vor den zwei zerstörten Häusern daneben standen kleine Wohnwagen. Auf dem Gras ein braun-weiß gefleckter Hund, starrend.

»Es ist schrecklich hier«, sagte Louise, als hätte sie das noch nie gesehen. Sie presste ihre Nase an die Scheibe, ihr Brillengestell machte klick. Jetzt hatte sie einen noch besseren Grund dafür, hier zu sein.

Die Nummern auf den wenigen übrig gebliebenen Häusern führten sie an ihr Ziel, nicht weit entfernt. »Ginny wohnt bei ihrer Großmutter«, seufzte Louise und hauchte eine kleine Wolke auf das Glas. Sie hatte einen neuen Weg zur Entschlossenheit gefunden: sich kompetent und angeödet geben.

Vor ihnen, im nächsten entleerten Block, stand eine Ansammlung von Fahrzeugen, wie sie vor keinem anderen Haus zu finden waren. Ein Mann stand auf der Straße und hob Haushaltsgegenstände – einen Stuhl, einen kleinen Tisch, eine Lampe – hinten in einen rot-weißen, gemieteten Umzugswagen von *U-Haul*, auf dessen Seite ein Bergpanorama aus Idaho prangte. »Wir haben nicht nur Kartoffeln!«

»Da ist Ginny«, sagte Louise animiert, nicht mehr angeödet. Jetzt wusste sie genau, was sie sagen musste.

Ein Kind, das exakt Louises Schuluniform trug, stand am Straßenrand, dem Mann gegenüber, der die Sachen einlud. Zwei Autos parkten auf dem Unkraut, wo mal ein Haus gestanden hatte und jetzt nur noch eine Betonplatte war. Das Mädchen schaute nur zu. Ein Maschendrahtzaun fasste die Fläche dahinter ein, auf dem ein Gerät zum Bügeln und Mangeln gestrandet war. Alles um Ginny herum war leeres Gelände mit unterschiedlichen Betonplatten, wo die Häuser der Delery Street gestanden hatten. In der Ferne erhob sich der Turm einer weißen Kirche. Möwen segelten schreiend umher. Zerstörung, dachte Hobbes, hatte viele Gesichter.

Louise war hinausgesprungen, bevor Hobbes den Wagen ganz zum Halten gebracht hatte. Ginny sah Louise, erkannte sie, rührte sich aber nicht. Louise ging direkt auf sie zu und fing an zu reden. Dies war ein offizieller Besuch. Sie nahm Ginnys Hand und rüttelte an ihrem Arm herum, bis Ginny etwas sagte und lächelte. Die beiden sahen sich ähnlich mit ihren Uniformen und Hornbrillen und langen, glatten Haaren.

Auf der anderen Straßenseite stand ein erstaunlich neues, aber kleines Haus, auf Betonpfeilern in Mannshöhe, alles frisch gestrichen, Hellblau mit weißen Rahmen. Am Fuß der Pfeiler waren Azaleen gepflanzt, eine neue Betoneinfahrt war angelegt worden, in Blumenkästen vor den Fenstern prangten grelle Plastikgeranien, dazu ein dicker Teppich St.-Augustin-Gras, frisch ausgerollt. Auf der erhöhten vorderen Veranda stand eine abgehärmte, ältere Schwarze mit langem Rock und sah dem Mann zu, der Kisten und Koffer in den eckigen Transporter lud – alles Dinge von drinnen.

Einen Moment nahm der Mann Hobbes in seinem Wagen nicht wahr. Dann unterbrach er das Einladen und sah zu den Mädchen, zum Wagen und zu dem aussteigenden Walter Hobbes hinüber. Er war mittelgroß, hatte kurz geschnittene Haare und trug ein durchgeschwitztes ärmelloses Shirt, ebenfalls durchgeschwitzte karierte Bermudashorts und schwarze Basketballschuhe mit weißen Kniestrümpfen. Seine Hautfarbe war ebenso hellbraun wie Ginnys – genau wie Louises Teint eher seinem eigenen entsprach. Der Mann, der den Umzugswagen belud, zögerte kurz, dann kam er, sich die Hände abklopfend, auf die andere Straßenseite.

»Louise wollte sich verabschieden«, sagte Walter. Alles ließ sich nachvollziehbar machen.

»Ah ja«, sagte der Mann. Er war zweiunddreißig, kompakt mit glatten Muskeln. Er konnte sehr gut ein *UPS*-Mann sein, höflich, streng, sorgfältig.

»Sie gehen in dieselbe Klasse«, sagte Walter. »Meine Tochter.«

»Okay.« Der Mann betrachtete die Mädchen. Ginny und Louise hatten sich schnell in ihrer Privatsphäre verschanzt. »Ginny«, unterbrach er sie. »Louises Daddy.« Louise und Ginny schauten beide zu Hobbes, der winkte. Ginny winkte zurück. Louise wandte sich ab.

Eine zweite Frau erschien auf der Veranda des blauen Hauses neben der älteren, abgehärmten. Sie war sehr dunkelhäutig und majestätisch und trug die Haare zu Cornrows geflochten. Selbst von der Straße aus sah er den Vorwurf in ihrem Gesicht.

»Ich heiße Walter Hobbes.« Walter streckte die Hand aus.

»Miller«, sagte der Mann und schüttelte sie, ein unfester Händedruck. Er sah gut aus, auf eine irgendwie gesichtslose, glatte Weise, schweißglänzend jetzt. In seinem linken Ohrläppchen saß ein kleiner goldener Stecker. Auf einem Bizeps prangte ein Tattoo, »Cher« in Schnörkelschrift. Er trug einen Ehering.

So standen sie in der reglosen Hitze da, betrachteten die Straße mit den übrig gebliebenen Häuserruinen und leergefegten Grundstücken Richtung Wasser. Es ging um die Mädchen und den Besuch. Kein Wort musste fallen über die Arbeit als *UPS*-Mann oder als Rechtsanwalt oder wie es sich anfühlte, in der gleißenden Augusthitze nach Kenosha zu ziehen.

»Was machen Sie?«, fragte Miller. Vorname? Nachname?

»Ich bin Anwalt.« Hier draußen klang es komisch, das zu sein.

»Verstehe«, sagte Miller. »Ich bin bei *UPS*.«

Hobbes lächelte und nickte. Beste Firma von allen. Beste Zusatzleistungen. Beste Arbeitsbedingungen. Beste Kundschaft. Eigentlich gar nicht wie Arbeit. »Ist das Ihr Haus?« Walter sah zu dem hellblauen schmalen Shotgun-Haus rüber, wo ihn die beiden Frauen von der Veranda her beäugten, als führte er was im Schilde. Louise lachte und sagte: »Du wieder. Du bist so lustig.« Der dünne gefleckte Hund von weiter oben an der Straße trottete vorbei auf das zu, was jetzt leere Felder waren.

Miller zeigte auf die Frauen und nickte. »Gehört meiner Schwiegermutter.«

»Hübsches Haus«, sagte Walter.

»Da stand ihr altes Haus, bis der Sturm kam. Dann tauchten so Leute von ner Kirche auf und sagten, sie bauen es wieder auf. Haben die auch gemacht. Sie hat nich mal drum gebeten. Und is einfach wieder eingezogen, als wär nix gewesen. Die kann nix wirklich überraschen. Frau vom Land.«

Hobbes begriff, dass alles, was ihm jetzt als Antwort einfallen mochte, eine Beleidigung gewesen wäre. Aus seiner Wohnung hatte er einen Blick auf den Fluss.

Miller sah das Haus an, als dächte er ungefähr dasselbe. »Wir sind bei ihr eingezogen, als unser Haus kaputtging. Aber. Dann hab ich 'ne Versetzung nach Norden angenommen. So was lehn ich nich ab. Meine Frau würde lieber hierbleiben. Aber ...«

»Wie geht es Ginny damit?«

Miller strich sich über den nackten Arm, wo sein Cher-Tattoo saß. Die Sonne brannte, wolkenverhangen, auf sie nieder. Walters Jackett war durch und durch nass. »Für die ist das wie ein Spiel. Ein großes Abenteuer.« Walter betrachtete die beiden Mädchen zusammen. »Erzählen Sie mir was Gutes über Wisconsin«, sagte Miller. Seine Augenbrauen verknoteten sich, als würde er alles, was er jetzt hörte, ernst nehmen.

»Es liegt an einem See«, sagte Walter. »Es wird kalt. Die Packers spielen da.«

»Das mit der Kälte macht mir langsam Angst«, sagte Miller.

»Da oben gibt es Jahreszeiten«, sagte Walter. »Anders als hier. Das könnte Ihnen gefallen.«

»Okay«, sagte Miller und wartete ab, bis dieser Gedanke an ihm vorbeigekreiselt war. »Als ich bei der Navy war, bin ich durch Chicago gekommen. Aber das war im Sommer.«

Dann schweigen sie, während ihre kleinen Mädchen ein Stück die Straße hinuntergingen, eng umarmt. Sie hatten sich Kleine-Mädchen-Sachen zu erzählen, privater als vorhin. »Und was machen Sie so?«, fragte Miller. Die beiden Frauen auf der Veranda wandten sich ab und gingen durch die Schiebetür hinein. Eine von ihnen hatte gelacht und gesagt: »Du weißt ja, wie er da rangeht ...« Eine Klimaanlage summte, Walter hatte das Geräusch noch gar nicht bemerkt. Millers Frage bedeutete: »... seit dem Hurrikan ... Was ist bei Ihnen gelaufen? Sie scheinen ja auch ein menschliches Wesen zu sein.«

Walter sah die Straße hinunter, auf Louise Hobbes, ihren Schottenrock, ihre Kniestrümpfe, ihre Brille. Sie streichelte gerade eine Locke von Ginnys Haaren, die flusigen Spitzen.

»Ich mach das Beste draus«, sagte Walter. »Ich glaube, so geht's mir.«

»Gutes Leben?«

»Denk schon«, sagte Walter.

»Na bitte«, sagte Miller lächelnd. »Darauf kommt's an.« Auch er schaute zu den Mädchen hinüber, die in Vergangenheit und Gegenwart der anderen versunken waren.

Jetzt streckte Miller seine Hand aus, Walter machte sich bereit für noch so einen unfesten Händedruck.

»Hat mich gefreut«, sagte Walter.

»Na dann. Passen Sie auf sich auf«, sagte Miller.

»Absolut«, sagte Walter und nahm die große, weiche Hand. Hinter ihm suchte seine andere Hand nach dem viel zu warmen Türgriff seines Autos. Er lächelte zurück. Miller. Vorname, Nachname. Jemand, der nicht mehr hier wohnte.

»Wir sind weg, sobald alles drin ist«, sagte Miller und ging weitersprechend zu dem Transporter zurück. »Heute noch bis Memphis. Und morgen Wisconsin. Am Tag drauf geht die Arbeit los. Sie wissen ja, wie es läuft.«

»Ja«, sagte Walter. »Gute Reise.«

»Ich bin gut am Steuer. Wenns nich schon schneit.«

»Wird es nicht«, sagte Walter.

»Na bitte«, sagte Miller.

Weit unten in der Delery, wo die Arbeiter mit den gelben Helmen um den Lichtmast herumstanden, bog ein Streifenwagen ein und schlich langsam auf sie zu. Es war gut gelaufen hier. Besser als erwartbar.

* * *

Louise saß mit übergeschlagenen Beinen auf ihrem Sitz, Hände im Schoß, sie war froh. Sie hatte einen Sieg errungen. »Sie hat Glück, dass sie wegziehen kann«, sagte sie, während das demolierte Viertel vorbeiglitt. Sie waren wieder auf dem St. Claude, von wo man in der Ferne das Zentrum erkennen konnte, ein Blick wie aus der tiefsten

Wüste – hohe Bankgebäude in dem körnigen Dunst, Hotels, Bürotürme, die der Hurrikan nicht demoliert hatte. Die City – mittendrin, wo Walter arbeitete – schien immer da emporzustreben, wo sie nicht hätte sein sollen. Einmal, als er von irgendwoher zurückkam, hatte das Flugzeug so eingedreht, dass er am Fluss entlang auf die Altstadt sehen konnte, den Stadtteil, den die Touristen kannten. Was für ein Fehler, ausgerechnet hier eine Stadt hinzubauen, dachte er. Das hätte auch einer aus Des Moines erkannt. An dieser Stelle konnte das alles nicht gutgehen.

»War es auch ohne Karte okay?«, fragte Walter. Nun fuhren sie zu ihrem lustigen frühen Abendessen bei *Cyril's*. Ginny und ihre Familie waren auf ihren mühevollen, hoffnungsfrohen Weg geschickt. Und Bill Murray stand am Horizont. Louises Mutter ging es – vermutlich, unerklärlich – gut auf der anderen Seeseite bei Mitch Daigle. Walter Hobbes würde morgen arbeiten. Alles war so gut, wie es werden konnte.

»Definitiv«, sagte Louise. Lebhaftes Sonnenlicht funkelte durch die Windschutzscheibe, die Sorte, von der man Kopfweh kriegen konnte.

»Gut zu wissen, dass du dich selber ausdrücken kannst«, sagte er. »Das ist manchmal schwierig, aber es ist besser.«

»Egal«, sagte Louise. »Oder man kauft eine bessere Karte. Oder geht nicht zu *Walmart*, was meine Idee war, tut mir leid. Oder man hat erst gar keine Freunde.« Ihre Kiefer mahlten, knirschten. Das wusste er, ohne hinzusehen.

»Eins nach dem anderen«, sagte Walter Hobbes.

»Glaubst du, es wäre möglich, dass *ich* umziehe?«, fragte Louise. Die Gänsekartenschnipsel lagen unter ihren Schuhen.

»Na ja. Du könntest nach Wisconsin ziehen, an einem eiskalten See leben, der von stattlichen Nadelbäumen umstanden ist, auf eine Landschule gehen und Kanu fahren und die Legenden der Chippewa auswendig lernen, und deine Klassenkameraden sagen dann ›Heiliger Bimbam‹ oder ›Gottchen, Louise‹.« Er sah seine Tochter besitzergreifend an, langte hinüber und berührte ihre Schulter, damit sie merkte, er machte sich nicht lustig über sie, wollte sie nur ein bisschen auf die Schippe nehmen. Mit der Zeit würde vieles für sie möglich werden. Gar nicht so viel Zeit übrigens. Und manches davon würde bestimmt gut.

»Ich dachte an Italien oder China. Oder Irland. Und dann keinen Menschen wiedersehen, den ich jetzt kenne.« Sie zog ihren Laptop aus der Büchertasche, schaltete ihn aber nicht ein, sondern starrte nur vor sich hin.

»Mich eingeschlossen?«, fragte Hobbes.

»Mama auch«, sagte Louise und warf ihm einen ängstlichen Blick zu. Einen Blick, der eine andere, furchteinflößende Zukunft sah. Sie schaltete ihren Laptop ein und wartete.

Und in diesem Augenblick beschlich Walter Hobbes das Gefühl, gleich würde etwas passieren. Das Gefühl von etwas Schwebendem, Bevorstehendem – nicht unbedingt gut oder schlecht, nur in Aussicht. Allerdings wusste er, wenn er sein Denken nur unterbrach, wie er es vor kurzem erst gelernt hatte, es nicht bis ganz ans Ende oder an den Anfang verfolgte – dann konnte diese Empfindung des Schwebens auch wieder nachlassen oder sich sogar zu etwas entwickeln, das ihm gefiel. Louise war sehr klug für ihr Alter. Sie würde in ihrem Leben an all diese Orte fahren und sonst wohin auch noch, sie würde vieles lernen. Und ebenso würde sie vieles vergessen dürfen. Er musste nichts widerlegen. Am besten ihre Worte einfach verhallen lassen. Er fuhr weiter. Auf den Chef-Highway, ins *Cyril's*, und die City war immer noch ein bemerkenswerter Anblick in der dampfenden Ferne dieses Abends.

Der freie Tag

Eileen Lewis hatte den Bus von Ballycastle runter genommen, um im *Maldron* am Flughafen die Nacht mit Tom Magee zu verbringen. Tom musste früh nach Paris, und Eileen hatte einen Tag in Dublin vor. Gar nicht mal zum Einkaufen – obwohl, es gab die Arkaden und die kleinen Schmuckläden in Johnson's Court, wo sie zu Studienzeiten nette Sächelchen gefunden hatte und immer noch ab und zu hinging. Vor zwei Jahren hatte sie dort ein Paar hübsche Granatohrringe gekauft, aber es gab keine Gelegenheiten dafür, und jetzt waren sie ihr seit einiger Zeit nicht mehr unter die Augen gekommen. Der Tag sollte einfach ein freier Tag sein. Ein Tag in der Stadt.

Tom hatte ihre frühere Zimmergenossin vom Queen's College geheiratet, Marjorie Stearns. Sie wohnten in Westport, im County Mayo, wo er bei der Off-Shore-Instandhaltung arbeitete. Als Ingenieur oder so was. Eileen war Lehrerin an der ökumenischen Grundschule. Marjorie war Amerikanerin, aus New Hampshire. »*Live Free* then *Die*«, das war ihr Witz über den Wahlspruch ihres Heimatstaates. Sie war »vehement unabhängig«, aber ansonsten humorfrei. Rechtsanwältin. Tom und Eileen hatten dieses Arrangement seit vier Jahren laufen, seit sie mal – zu viert – abends ausgegangen waren, zu *Pep's*. Damals war Eileen noch mit Mick verheiratet gewesen und die Kinder klein. Mick war längst weg. Die Kinder neun und acht. Eileen war sechsunddreißig. Sie »frequentierte« (grässliches Wort), inzwischen in Ballycastle, einen guten Kerl namens James Bowen, einen Fischer, dessen Frau gestorben war. Mit James konnte sie sich etwas vorstellen. Er war fröhlich, freundlich, mochte Musik, war beinahe ans Queen's gegangen, wenn nicht sein Vater gestorben wäre – womöglich hätte sich keiner mehr um das Boot gekümmert. Die alte Geschichte der Dableiber. James wusste nichts von Tom Magee. Marjorie wusste *anscheinend* nichts von Eileen. Es gab keine langfristigen Pläne, mehr daraus zu machen. Es war nur, was es war. Drei, vier Mal pro Jahr machte Tom Flugreisen – gelegentlich für Seminare nach Amerika –, dann suchte sich Eileen einen Vorwand, um runterzufahren. »Lehrerfortbildung«. Berufliche Weiterbildung. Nicht dass James nachgefragt hätte. Für Eileens Empfinden nichts besonders Unrechtes. Marjorie hatte ein bisschen was von einem Mannweib und ließ Tom vermutlich nicht ihre sämtliche Aufmerksamkeit zukommen. Wohingegen Tom, trotz des Ingenieurswesens, eine künstlerische Ader hatte. Er spielte Horn beim städtischen Musikfest, ging ins Ballett, segelte gern und hatte ursprünglich am Trinity College Englisch studiert, bis ihm einfiel, er müsste irgendwann vielleicht auch mal Geld verdienen.

Also wirklich absolut nichts Unrechtes, fand Eileen. Weit entfernt von Schuldgefühlen oder von eines Tages abzulegender Rechenschaft. Stattdessen war da ein Hochgefühl: dass das richtig war. Das Ungleichgewicht in Toms Leben ließ sich richtigstellen, und keine Menschenseele hatte darunter zu leiden. Das ihre genauso. Es war irgendwie ein Lebenselixier. Tom war absolut nicht der Mensch, den sie sich für eine Lebensbeziehung aussuchen würde. Ziemlich trocken. Leichtes Hinken seit Kindertagen, ein professoraler Bart und Haarausfall. Sie wiederum hatte, durch das ständige Kochen für die Jungen, sechs, sieben Kilo zugelegt und fühlte sich weniger energisch als früher. Mit Tom Magee im Flughafen-*Maldron* zu vögeln und dann, wenn er nach sonstwo flog, einen freien Tag in der Stadt zu verbringen, so was machte man halt. Genau wie man es halt machte, alleinerziehende Mutter mit zwei Jungen in einer schäbigen kleinen Küstenstadt mit nur einer Hauptstraße zu sein, wo es, abgesehen von der Arbeit, dem Weg zur Bank und den Abenden mit dem Fischer-Beau im Pub, nichts zu tun gab, ein kläglliches Nichts. Da konnte man die Tom-Geschichte nicht *nicht* machen. Mit Sex hatte das nichts zu tun. Den konnte sie immer kriegen und kriegte ihn auch. Es ging um das heimliche Vergnügen. Dafür war Tom ein leichter und manchmal sogar genussvoller Zugang. Ein Portal.

In Dublin unternahm sie meist sehr wenig. Fuhr mit dem Flughafenbus rein. Bestellte ein spätes Frühstück bei *Bewley's*, als es das noch gab. Spazierte durchs Trinity – Toms College –, wo sie früher mal gern selbst studiert hätte, aber dann hatte das Geld nicht gereicht. Innerhalb seiner Mauern war es besonders hübsch. Sie konnte herumschlendern, ohne eine Ahnung, wo sie herauskommen würde. Und dann die kleinen Läden in der Altstadt. Ein Bier bei *O'Neills* oder im *Duke*, wo die Professoren tranken. Manchmal lief irgendwas in der Nationalbibliothek – eine Podiumsdiskussion oder ein Vortrag. Und das war's dann – zu Fuß über den Fluss zum Bus, dann die lange Fahrt gen Norden, die sie verschlief, während die Meilen vorbeirauschten. Vom Freitag (ihrem Gleitzeit-Tag) rüber zum Samstag. Sonntags entspannen. Montags Schule. Im Bus musterte sie verstohlen die diversen Mitpassagiere und stellte sich alle bei ähnlichen Eskapaden vor, verschieden nur in den Einzelheiten. Früher, als es noch die roten Telefonzellen gab, dachte sie immer, wenn du eine Frau in einer Telefonzelle reden siehst, ist garantiert irgendwas im Busch. Eine Frau allein im Bus, dito. Wie gesagt, man konnte es nicht *nicht* machen. Es war so geringfügig. Aber nach den Regeln der anderen zu leben (und zu sterben), damit würde man sich zu billig verkaufen. Kam für sie nicht in Frage.

* * *

Die Logistik war mittlerweile einfach und routiniert. Umsteigen in Ballymena zur Europa-Station, dann mit dem Translink zum Flughafen – und dort unter den anderen Leuten, die nach Galway oder Cork weiterreisten, die Treppe runter. Für das kurze Stück zum *Maldron* den Shuttlebus nehmen und hineinstolzieren, als gehörte es ihr, nur mit einer geräumigen Handtasche. Bis dahin hatte Tom schon per Telefon die Zimmernummer durchgegeben. Dann den Weg über den sauber riechenden Korridor, zuweilen unter Herzklopfen, vorbei an den ihr zunickenden Filipinas mit ihren Putzmittelwagen. Fingernägel an der Tür. Damit war alles in Gang gesetzt. Es mochte vertraut sein, war aber deshalb nicht weniger anstrengend, manchmal geradezu wild bis an den Rand der Gewalt, was ihr nicht so viel brachte, Tom aber anscheinend brauchte, als Messlatte für die Leidenschaft. Er war fünfundvierzig und hielt sich mit Crosstrainer und Hanteln fit, neben dem Segeln und Hornspielen.

Später – im Bett – unterhielten sie sich über die Themen, die zugelassen waren und nicht ans Eingemachte rührten. Sie erkundigte sich stets höflich nach Marj, die sie nicht mehr getroffen hatte, seit das hier lief, und wahrscheinlich auch nie mehr treffen würde. Seine Arbeit auf den Off-Shore-Plattformen interessierte ihn immer noch; seine Firma war jetzt von einem guten norwegischen Unternehmen gekauft worden. Er fragte nicht nach James, von dem sie wenig erzählte, außer dass es ihn gab und dass er Golf spielte. Etwas Gesprächsstoff ergab sich aus ihren Jungs und deren Schwierigkeiten mit dem Vater. Der lebte inzwischen in Derry und besuchte die beiden unregelmäßig, was Eileen ihm verübelte, und sei es nur wegen der verlorenen Zeit. Tom und Marjorie hatten weder Jungs noch Mädchen, und manchmal ging es, sporadisch und verlogen, um das Älterwerden usw. Eileen dachte nicht viel darüber nach – außer dass sie bald vierzig wurde, was nicht mehr lang hin war. Und dann was? Sie lachten darüber.

Manchmal (nicht immer) liebten sie sich ein zweites Mal. Aber wenn die Restbestände von ihren jeweiligen Anfahrten eher Richtung Schlaf drängten als Richtung Leidenschaft, dann ließen sie es ausfallen. Tom schlief tief und still. Sie döste nur und dachte währenddessen über ihn nach, so bruchstückhaft und hochkontrolliert, wie sie es für passend und gefahrlos hielt. Letzten Endes kannte sie ihn nur ein bisschen und Marjorie viel besser. Einmal war sie mit ihr in den Uni-Herbstferien nach New Hampshire gefahren, hatte ihre gebildete, gastfreundliche Mutter (Neuengland) und den strengen Vater (Antrim) sowie die Schwester (besonderer Förderungsbedarf) kennengelernt, dazu das hohe Holzhaus der Familie im Urwald. Einmal hatten Marjorie und sie auf einer Waldwanderung, wo das Licht hell und frisch war, geknutscht und sich gestreichelt. Ihr hatte es gefallen; es hatte ihnen beiden gefallen – aber sie machten es nicht noch einmal, sprachen auch nie darüber, konnten sich, obwohl sie es versuchten, nicht mal mehr direkt in die Augen schauen. Ja, die Sache mit Tom hatte einen Anteil Überdruss, den Überdruss einer langen Affäre. Und eines Verrats. Dabei mochte sie ihn, strich ihm über den Rücken, den Hintern, die dünnen Haare, während er schlief. Sie hätte ihn leicht besser kennenlernen, sich an ernsthaftere Fragen heranwagen können (seine Ängste, seine Unzufriedenheiten, seine Krankheiten, seine Gefühle für Marjorie), aber intimer als so würde es nie werden. Der Austausch persönlicher Informationen war keine Intimität; im Gegenteil, das konnte der Todesstoß für die Intimität sein. Ihr Leben mit Mick war der zweifelsfreie Beweis dafür gewesen. Tom atmen zu hören, sein leises Schnurcheln, das Gurgeln in seinem Magen und ab und zu auch einen – ja, schon. Und mit ihm zu vögeln – so wie sie es mochte. Diese Intimität reichte ihr und deckte auch größtenteils ab, was sie je vermisst, sich je gewünscht hatte.

Am frühen Abend – dunkel im Winter, hell im Sommer – waren sie dann schon vier Stunden in dem Zimmer. Tom brachte immer

Chablis mit und stellte ihn kalt. Für danach schlug er, als Entlastung, Abendessen vor. Natürlich lag die Stadt viel zu weit weg – mit dem Taxi sechzig Euro hin und zurück. Klar konnten sie auch nach Malahide oder sogar Swords fahren, näher gelegene Orte zum »Dinieren«. Ein Inder, ein Afghane, zwei Pasta-Läden (Nord- und Süditalien). Mit dem Taxi hin, mit dem Taxi zurück. Und kein einziges Mal versäumten sie, sich nach der Rückkehr noch einmal zu lieben. Meist länger, oft etwas ermatteter, auf andere Einzelheiten aufmerksam, sich in den anderen einfühlend, was im vorherigen Elan vielleicht untergegangen war.

Und dann sofort einschlafen, manchmal noch »vereint«, oft ohne Gutenachtkuss. Einfach wegdämmern, in stummer Einigkeit. Tom stand früh auf, zog sich im Dunkeln an, während sie noch schlief oder so tat, und brach (mit hörbarem Hinken) auf, nachdem er sie in ihrem warmen Bett ein letztes Mal geküsst hatte. Einmal flüsterte er »Ich liebe dich«. Sie wusste, obwohl sie schlief, dass er eigentlich gerade zu Marjorie gesprochen hatte. Er sagte es nie wieder. Als Letztes fiel die Tür mit leisem Klicken ins Schloss.

**

Eileen wachte abrupt auf und dachte, es müsse mindestens zehn sein. Die Verdunklungsvorhänge täuschten einen über die Uhrzeit. Tom war schon in Paris. Die leere Chablis-Flasche ein Schatten neben dem Fernseher, das Einzige, was er zurückgelassen hatte, abgesehen vom Offensichtlichen. Der Tag schien sie anzuspringen.

Doch dann sah sie, dass es erst acht war. Sie hörte, wie nicht allzu weit entfernt die Flugzeuge eins nach dem anderen rumpelten und Fahrt aufnahmen – das dämpften die Vorhänge auch ab. Ein Linsen durch den Spalt enthüllte, dass die Zufahrt zum Terminal voller Autos war, die vom Kreisverkehr kamen. Sie hätte auch irgendwohin reisen können. Lisboa. Selbst Amerika. Ein angenehmer Gedanke. James hatte von einer Reise in den Frühlingsferien gesprochen. Alles war noch offen. Es war erst Ende Januar. Genug Zeit.

Allerdings war sie furchtbar durstig und richtig hungrig auch. Seit *Bewley's* dichtgemacht hatte, war das Frühstücken in der Stadt nicht mehr dasselbe wie früher. Es gab die schicken Hotels – zu teuer. *Buswells* nicht so, aber da war es eng, man saß ganz eingepfercht. Und dazu kam das unschöne Gefühl, als gehörte man zu einer Reisegruppe und draußen ächzte irgendein Reisebus, Richtung Süden. Im *Bewley's* war sie sich wie eine Einheimische vorgekommen, sie wusste, wie das Bestellen ablief, und konnte Zeitung lesen, bis die Läden aufmachten.

Besser hier frühstücken – das hatten Tom und sie schon zwei Mal gemacht, als sein Flug Verspätung hatte. Sie waren im Bett geblieben und hatten sich geliebt, obwohl das Reinigungspersonal klopfte und der Fluglärm sie ablenkte.

Erst mal duschen, dann die blauen Slacks mit dem neuen Pullover, den sie bei *Debenham's* gekauft hatte, als sie mit den Jungs hochgefahren war. Und die immer noch schicken und so verlässlichen Stiefel, falls das Wetter schlecht wurde. *Und* der Trenchcoat von *Aquascutum*, James' Weihnachtsgeschenk, das sie nicht mochte. »Du erinnerst mich an eine Spionin«, hatte er gesagt, als sie das Ding anzog. »Offenbar siehst du mich so«, war ihre Antwort gewesen. Er hatte gelacht. Sie nicht. Ganz fair war das nicht.

* * *

Am Vorabend hatte sie beim Thai in Malahide wenig gegessen. In ihren Nudeln herumgestochert, schweigsam. Eine merkwürdige Art Leere. Postkoital. Hormone. Das ganze Paket. Die Kursabweichungen des Winters. Plus Tom und sein Gefühl, nach dem Sex

»alles im Griff« zu haben. Wie er vom Leder zog über die neuen Bosse aus »Norwegen« – sein Scherzname. Und über Paris mit seinem »kleinen Lieblingsrestaurant«, das kein Mensch kannte. Und natürlich über Marjorie. Daran erinnerte sie sich kaum noch. Irgendwas mit dem Fall, den Marj gerade vor Gericht vertrat.

Aber jetzt war Samstag. Ihrer. Ihr freier Tag. Nach dem Frühstück vielleicht ein Taxi nehmen, ans untere Ende der Dame Street, falls die Straßenarbeiten fertig waren – waren sie wahrscheinlich nicht. Schade, dass es keine Tram zum Flughafen gab. Das wäre mal ein frischer Wind für solche Gelegenheiten. Die es noch lange geben würde, ihrer Meinung nach. Warum auch nicht?

Um 8.45 Uhr war der Frühstücksraum praktisch leer. Nicht viel los – Samstag. Die billigen Pauschalgruppen brachen alle früh auf. Tom, daran hatte sie kaum gedacht, würde am Abend schon wieder zurück sein, im Auto Richtung Westen, während sie gerade im Bus saß, mit genau dem richtigen Geschenk für James und für Frank und Bob. Computerkram, von dem sie nichts verstand, aber eine Liste in der Tasche, mit Läden, die sie recherchiert hatten.

Sie nahm das warme Frühstück mit Beilagen. Und einen Latte. Tom hatte letztes Mal einen Bristol's bestellt; aber das würde den Vormittag nur duselig machen, sie wäre nicht wach genug für alles in der Stadt. Außerdem war es natürlich eisig – noch war sie nicht draußen gewesen; ein Schwips würde das Kältegefühl nur steigern. Am Vorabend war es in der Nähe vom Meer unangenehm frisch gewesen.

Im *Salon de Thé* saß ein Mann beim Frühstück mit seiner Schuluniform tragenden Tochter. Und zwei Afrikaner – ein kleiner Mann und eine üppige Frau in ihren hübschen Gewändern. Sie lachten leise, ansonsten war es ruhig und still in dem Raum. Ein bisschen kalt, etwas zu wenig Licht, das Personal räumte das Büfett bereits ab, und durch die Bullaugen-Türen drangen Geräusche aus der Küche. Es war nicht ärgerlich. Die Eier richtig gepoacht, die Tomaten mit Schmorkruste, durchgewärmt und obendrein süß. Die Würstchen knackig. Alles sehr brauchbar. Die biedere, irgendwie englische Art von allem war passend für den Tagesanfang, sogar hier. Natürlich bei weitem nicht wie *Bewley's*. *Tempus omnia revelat*, oder so ähnlich.

Kurz flog sie ein Gedanke an – seltsame Vision. Sie alle in einer Reihe – Marjorie und James und ihre Söhne und Lockvogel Mick und Patrick French aus Ballycastle, mit dem sie kurz vor (und kurz nach) Micks Abhauen ein kurzes Strohfeuer gehabt hatte und der sie immer noch ab und zu anrief. Es ging ihr bei dem Gedanken nicht darum, aufzudröseln, was sie alle in diesem Augenblick gerade dachten. Das wusste eh keiner, und es war auch egal. Aber dass sie alle, egal wo sie waren, gerade mittendrin in ihren Samstagsaktivitäten steckten. Während sie, ohne dass irgendwer es wusste, ein feines Frühstück in aller Gelassenheit und Abgeschiedenheit zu sich nahm und (fast) überhaupt nicht an sie alle dachte. Solche Momente des Stillstands – mit völlig fremden Leuten in diesem durchaus nicht prächtigen Raum zu sein – waren selten und kostbar und mussten eingefordert werden, selbst auf Kosten von … na ja, auf Kosten von allem. Tom hatte damit nichts zu tun – mit dieser Reihe von Gesichtern und Leben. Tom und sein Horn, das war der Joker, der ihr Blatt vervollständigte, und musste gar nicht weiter in Betracht gezogen werden. Wie gesagt: ein Portal.

Sie zahlte mit ihren Euros – Tom hatte heute früh bestimmt die Zimmerrechnung erledigt, das Zimmer ging ja auf die Firma. Ohne Tom hier noch etwas zu essen, das war neu. Normalerweise hängte er das *Bitte nicht stören*-Schild draußen an die Tür, damit sie ausschlafen konnte – aber so entspannt war es für sie nicht, allein in dem Zimmer zu sein, wenn sie da offiziell gar nicht sein sollte. Bloß dass sie ja nicht mit ihm aufbrechen konnte, wenn es noch dunkel war. Was sollte sie denn in der Dame Street veranstalten, morgens um halb sieben? Nach seinem Aufbruch war sie jedenfalls immer aufgestanden und hatte die Kette vorgelegt, gegen die Putzkolonne, für alle Fälle. Und war dann wieder eingeschlafen.

Die junge Frau mit ihrem Wagen war schon im Korridor, als sie aus dem Aufzug kam, aber nicht vor Zimmer 119, wo noch *Bitte nicht stören* an der Türklinke hing. Welches spanische Wort mochte sie so, wegen des Klangs, der weich wie eine Lotion über die Zunge floss? *Huéspedes*. Gäste. Und irgendeine französische Geschichte, die auch so hieß. *L'hôte*. Komisch, was so alles wiederkommt, wenn der Kopf entspannt ist. *Huéspedes*.

Aus irgendeinem Grund funktionierte die Schlüsselkarte nicht, die Tom dagelassen hatte – das winzige Lämpchen auf dem Schloss wechselte nicht von Rot zu Grün. Weder das vertraute Klicken noch das Summen, um Einlass anzuzeigen. Wahrscheinlich hatte sie die Karte in der Tasche zu nah an ihrem Handy gehabt, was man ja nicht sollte, aber bislang war ihr das noch nie passiert. Sie drehte das glänzende Kärtchen um, so dass die Pfeile unten waren und der Magnetstreifen oben. Nichts. Sie rieb die Karte an ihrem Ärmel, das hatte sie mal bei Verkäufern im Laden gesehen. Hatte funktioniert. Aber das Licht blieb rot. Tom hatte etwas gesagt, erstaunlicherweise dasselbe wie James mal auf den Kanaren. »Die wollen dir absolut klarmachen, dass das Zimmer verdammt noch mal nicht dir gehört. Du bist unter ihrer Aufsicht. Du musst beweisen, dass der Schlüssel nicht geklaut ist, dass du keine flinke Hand bei jemandem in die Manteltasche gesteckt hast und hier mit Vorsprung hochgekommen bist, um die Diamanten zu kidnappen.« An einem Abend hatte nach dem Essen die Karte auch schon mal versagt, da musste Tom runter zur Rezeption, sie vorlegen und neu programmieren lassen. Als ob, hatte er gesagt. Im Sinne von: Als ob er auf Kosten der Firma irgendwas Unziemliches machen würde. Endlos nervig. Tja, hatte er angemerkt, die Tage von echten Schlüsseln, echten Schlössern und echten Menschen waren vorbei.

Etwas weiter den Flur runter stand der Putzwagen vor Zimmer 124, die Tür stand offen, drinnen brannte Licht. Eileen ging hin und tippte mit der nicht funktionierenden Schlüsselkarte leicht an den Türrahmen, sie wollte niemanden erschrecken. Aus dem Badezimmer tauchte ein hübsches lächelndes asiatisches Gesicht auf, gelbe Ohrstöpsel auf beiden Seiten.

»Es tut mir furchtbar leid, Sie zu stören«, sagte Eileen, »aber mein Schlüssel spinnt rum. Könnten Sie mich wohl in Zimmer 119 lassen? Ich bin im Aufbruch.« Konnte die junge Frau sie überhaupt hören? Eileen hielt die Karte hoch, die kaputte Schlüsselkarte, ihr Beweismaterial. Keine krummen Dinger. Das Mädchen hatte den Generalschlüssel an einer Schnur um die graue Kitteltaille hängen.

Sofort leuchtete das kleine Gesicht auf, ein wacher, verständnisinniger Blick voll Mitgefühl und enormer Bereitschaft, sich grenzenlos hilfreich zu zeigen.

»*No English*«, sagte sie, ohne die Stöpsel rauszunehmen. Um ihr Bedauern zu unterstreichen, schob sie die Unterlippe vor wie ein Kind, das gleich losheult. »Schlüssel kaputt. Rezeption. Die machen.«

»Wenn Sie das verstehen«, sagte Eileen, »könnten *Sie* mich doch reinlassen. Da sind nur meine Sachen drin. Meine Tasche. Mein Pass mit meinem Foto. Mein Führerschein. Ich kann beweisen, dass ich es bin. Es geht ganz schnell. Versprochen. Ich sag's auch keinem. Unser Geheimnis.« Jetzt hielt sie einen Zehn-Euro-Schein hoch. »Das wäre das Mindeste. Ich wäre Ihnen so dankbar.« Natürlich gab es überall Kameras. Vorbei waren die Tage notwendiger Geheimnisse.

Aus irgendeinem Grund raste Eileens Herz, poch, poch, poch. Etwas, das es vor einer Stunde noch nicht gegeben hatte, als sie *in* Zimmer 119 in Sicherheit war und nach dem Stau Richtung Terminal 2 spähte – etwas, das es vorhin noch nicht gegeben hatte, war jetzt da, und zwar unnötigerweise, sie hätte einfach im Zimmer bleiben sollen, wie sie es immer gemacht hatte, bis es Zeit war aufzubrechen. Natürlich war ihr das klar gewesen. Die notwendigen Vorsichtsmaßnahmen. Die hatte sie halt nicht beachtet, ausgeblendet, zugunsten von etwas Angenehmerem. Wie der *Salon de Thé*. Das gute Frühstück. Die geistige Entspannung. Marjorie – die Anwältin – würde ihr, falls sie die Chance dazu bekam, das alles genau erläutern.

»Zu Rezeption«, sagte die junge Frau. Sie zeigte auf die Aufzugnische oder vielleicht auf das Treppenhaus am Ende, mit dem grünen *Exit*-Schild, auf dem ein Mann zu fliehen schien. »Die machen für Sie.« Sie lächelte wie zuvor. »Ist easy. Alles okay.«

»Sind Sie ganz sicher?«, sagte Eileen und gab sich einen Schubs. Was sich jetzt abzeichnete (und vorher nicht), hatte einen eigenartigen Reiz. Eine Neuentdeckung. Ihr Herz wurde langsamer. Alles würde gut werden. »Ich könnte auf hundert raufgehen«, sagte sie. Das war mal eine Stange Geld. Einhundert. Davon konnte man viel kaufen.

»Ja«, sagte die Frau strahlend. »Rezeption. Ich jetzt Arbeit.«

»Auf jeden Fall«, sagte Eileen. »Gehen Sie an die Arbeit.«

»Schön Tag no.«

»Ich versuch's.«

***

An der Rezeption gab es einen gewissen Moment – den sie nur zu gern an sich hätte vorüberziehen lassen. Ein stämmiger Sikh mit einem hellgrünen Turban stand hinter dem schimmernden Tresen, mehr als gut gekleidet, auch sein lackiertes Gesicht schimmerte. Wunderbare Zähne. Polierte Nägel. Strahlendes Lächeln. Aftershave. Aber man konnte doch nicht *nicht* – konnte doch nicht *nicht* versuchen, den Tag zu retten, egal was es die eigene Würde kostete.

»Nicht nötig«, sagte der große Angestellte und steckte eine leere Karte in die kleine Box zum Magnetisieren. Mit komplizenhaftem Blick. »Machen Sie sich keine Sorgen.« Sie hatte ihren Führerschein erwähnt.

»Alles drinnen gehört mir«, hatte sie gesagt. »Mein Pass. Eine braune Tasche, ein Paar schwarze Schuhe, eine leere Flasche Chablis, etwas Unterwäsche.« Sie wollte gewinnend wirken.

»Wohin ist Ihr Mann heute geflogen?«, fragte er fröhlich. Sie hatte behauptet, Tom sei ihr Mann; sie hätten ihre Namen behalten, ganz modern; was bloß manchmal ein bisschen mühselig war. So wie jetzt.

»Nach Paris«, sagte sie schamlos.

»Ah«, sagte der Angestellte. »Da war ich noch nicht. Aber irgendwann.«

»Ich auch nicht«, sagte Eileen. Stimmte gar nicht.

»Na, dann sehen wir uns dort.« Er reichte ihr die neue, gebrauchsfertige kleine Karte.

»Ich werde Ausschau nach Ihnen halten«, sagte sie.

»Ich war schon in Amerika«, verkündete er stolz.

»Da warte ich auch noch, bis der richtige Moment gekommen ist«, sagte sie, New Hampshire übergehend. »Eines Tages, eines Tages.«

»Na. Dann sehe ich Sie auch dort. Drüben in den Staaten, so sagt man doch?« Er kostete es aus, das merkte sie.

»Glaub schon«, sagte sie.

So schwer war es gar nicht gewesen, nachdem sie sich einmal ins Unvermeidliche gefügt hatte und ihr egal geworden war, wie man sich da fühlen konnte. Eigentlich ziemlich einfach.

* * *

Der freie Tag war unterm Strich nicht so toll gelaufen. Es war tatsächlich eisig draußen gewesen. Sie hatte sich verkühlt. Auf dem holprigen Pflaster der Nassau Street hatte sie sich vor *Eason's* den Fuß verknackst. Dann hatte es geschneit, gar nicht so viel, aber ihre alten Stiefel wurden feucht, und ihre Füße fühlten sich taub an. Der alte Antiquitätenladen hatte samstags zu, war sogar verrammelt und verriegelt. Der Latte, den sie bei *Powerscourt* bestellte, war zu schwach, das Fleischbüfett bei *O'Neill's* war allerdings absolut annehmbar. Sie saß gemütlich am Fenster und schaute dem fallenden Schnee zu, bis es aufhörte. Bei *Brown Thomas's* fand sie einen Schal für James; zwei Hemden und ein Vogelbuch für die Jungs (keine Spiele); eine transparente Seidenbluse für sich selbst – die würde James gefallen. Sie überlegte, etwas für Tom zu kaufen – etwas Nautisches, Lustiges. Aber wo sollte er das anziehen?

Noch ein Spaziergang durch St. Stephen's Green in der Nässe und Kälte, das wurde langsam etwas zu viel für ihren jaulenden Knöchel, aber sie schaffte es bis zum oberen Ende der Grafton Street und um die Ecke wieder runter in die Dawson Street, an den smarten Herrenausstattern und den schicken Restaurants vorbei. Die Tram, die *Luas*, war immer noch eine Baustelle. Klang wie Lewis. Eines Tages würde man von hier nach Phoenix Park fahren können, aber – anscheinend – nicht zum Flughafen.

Am Ende lief sie, Knöchel hin oder her, über die O'Connell-Brücke und nahm einen früheren Bus – der zum Glück durchging. Alles hatte mit einem Aufschrecken um acht angefangen und war danach nicht besser geworden. Nächstes Mal würde sie das mit einrechnen, bedachtsamer sein.

Als sie allein auf ihrem Sitz saß, dachte sie über tausend Dinge nach, ließ den Tag in sich hochsteigen und davonwehen. Wenn Tom später allein nach Hause fuhr, würde sie zu Hause im Bett liegen. Am Tag danach sprachen sie nie miteinander. Was sollten sie auch sagen? Ich vermisse dich? Aber war es nicht wahnsinnig komisch, dass ihr Herz so ein Getöse machen musste, nur weil sie nicht mehr ins Zimmer reinkam? Als würde das ganze Streichholzhaus in Flammen aufgehen. Die grausigen Details. Irgendein wildes Viech, das sie mit lodernden Augen aus einer dunklen Höhle anstarrte. Wie ging das beschissene Gedicht noch mal? »Wessen Flügel, wessen Hand / wagte sich an diesen Brand?« Aber wie nett der bärtige Typ mit dem Turban doch gewesen war. Dem war natürlich alles klar. Jeder hat sein' Job zu tragen. Solche Improvisationen machten das Ganze erst interessant. Er hätte ja auch rumzicken können.

Und jetzt. Was war wohl die notwendige Folge von einem derart peinlichen Moment, wie sie ihn heute erlebt hatte? Ein neues, plötzliches, beißend klares Verständnis seiner selbst? Eine strenge neue Vorsichtsmaßnahme – wie ein neuer Schlüssel? Wie hieß das französische Wort? Ein Aperçu? Nein, das war's nicht. Aber das war sowieso Quatsch. Sie waren alle erwachsen – bis auf ihre Jungs natürlich. Falls jemand erwartete, dass man daraus etwas lernte, dann gab es da nichts. Im Augenblick zumindest nicht.

Die Winterlandschaft – jetzt bei Dundalk – mit ihren Höhen und Tiefen schob sich vorbei, und Eileen war erschöpft. Fast Meerblick auf der rechten Seite. Schnee setzte wieder ein, ging aber langsam in Regen über. Man hatte nur ein Leben, bis man es dann plötzlich nicht mehr hatte. Das war nicht zu viel verlangt. Der Knöchel pochte noch ein bisschen weiter, bis sie ihren Augen erlaubte loszulassen, sie ließ sich vom Bus mit seinem stetigen Rumpeln zutiefst beruhigen, und nach einer Weile schlief sie ein.

Die zweite Sprache

Jonathan und Charlotte waren geschieden, aber Freunde geblieben. Charlotte Porter glaubte, wer ein zweites Mal heirate, dürfe nur »Stückwerk« dessen erwarten, was die erste Ehe enthalten hatte, müsse aber sicherstellen, dass es sich um die guten Stücke handelte. Charlotte hatte eine lange Ehe hinter sich – mit dem Architekten Francis Dolan, einem großen, markanten, gutaussehenden Iren, schwarze Haare und dunkle Augen, den sie an der New York University kennengelernt hatte. Er war damit erfolgreich geworden, Unternehmenswürfel aus Stahl und Glas zu entwerfen, wie sie an der Autobahn nördlich der City standen, nicht weit von Goldens Bridge, wo sie lebten und ihre Kinder aufzogen. Mit fünfundvierzig hatte Francis Dolan verkündet, er würde es gern mal mit dem Norden von Maine probieren; sich in Holzboote reinfuchsen, eins restaurieren, damit nach Irland segeln und später vielleicht um die Welt, und ob Charlotte gern mitkommen wolle?

Charlotte hatte länger darüber nachgedacht, denn sie wusste, plötzliche, spektakuläre Abweichungen von der ehelichen Norm konnten gefährlich sein. Francis war stets ein angenehmer, aber affektfreier Ehemann gewesen – seiner Meinung nach typisch County Kerry. In Gesellschaft fühlte er sich nicht allzu wohl, selbst wenn es andere Architekten waren. Die beiden gemeinsamen Kinder behandelte er fürsorglich-distanziert, aber er liebte Charlotte – und sie ihn. (Obwohl er sich manchmal benahm, als sei er etwas überrascht, sie zu kennen.) Es war 1998 – das Jahr von Monica Lewinsky. Drei Jahre zuvor hatte Charlotte eine Maklerlizenz erworben und war (aus dem Stand) mit Wohnimmobilien erfolgreich. Die Arbeitslosenquote war niedrig. Die Leute kauften Häuser. Es herrschte kein Krieg. Man kam leicht an Geld. Sie war vierundvierzig, eine große, schnell lächelnde, schlaksige, intelligente Schönheit mit einem scharfen Sinn für Humor und einem Abschluss in Finanzwesen. In fast allem, was sie anpackte, war sie selbstbewusst. In ihren Zwanzigern hatte sie, parallel zu ihrem Job in der Wall Street, als Laufstegmodell der zweiten Reihe für Eileen Ford gearbeitet. Hauskäufer trauten oft ihren Augen nicht, wenn sie bei einem Besichtigungstermin »diese Beine« aus dem Auto streckte.

Daher lautete Charlottes Entscheidung (die ihrer Meinung nach absolut zu ihr passte) *nein*. Sie würde, solange Francis auf See war, in Goldens Bridge bleiben, sich um die Kinder – acht und neun – kümmern und sich nach ihm sehnen wie eine Matrosenbraut, Quilts nähen, Bienenwachs produzieren, ein Tagebuch führen, sich auf den Witwenausguck stellen usw., bis ihr normales Leben weiterging. Sie wusste, wenn Francis zurückkam, würde er sich vermutlich verändert haben. Sie aber auch. Und die Kinder. Das würde sie fordern, Anpassungen und neue Entscheidungen mit sich bringen und sie alle zusammen in neue Richtungen führen. Eine Ehe brauchte so etwas bekanntlich, und manchmal war es eben nicht anders hinzukriegen. Seit dem Studium hatte sie nur selten allein gelebt und freute sich jetzt darauf. Francis Dolans Flagge würde wieder am Horizont auftauchen. Dann würden sie sehen. Nichts daran kam ihr irregulär vor.

* * *

2002 hatte Jonathan Bell Charlotte Porter kennengelernt und geheiratet, alles binnen drei Monaten, nachdem sie ihm als Maklerin ein teures Loft in der Watts Street verkauft hatte. (Sie hatte wieder den Namen »Porter« angenommen, nach der Scheidung von Francis, der nicht wieder nach Hause gesegelt war.) Jonathan verliebte sich atemlos in Charlotte und überhäufte sie mit Museum und Konzert und Abendessen an den damaligen Top-Adressen. Er nahm sie zum Columbia-Yale-Spiel mit ('71 hatte er selber bei den Lions gespielt), kaufte ihr Diamantohrringe bei Harry Winston und lud sie auf einen Herbstfarben-Ausflug in die Green Mountains ein, wo er im *Woodstock Inn* zum ersten Mal mit ihr schlief und ihr beim Frühstück einen Heiratsantrag machte – den sie überraschenderweise annahm. Sie heirateten Weihnachten, drei Monate bevor im Irak die Kampfhandlungen begannen und genau als der Immobilienmarkt unmerklich anfing, den Bach runterzugehen.

Johnny Bell stammte aus Chicago. In den frühen Siebzigern hatte er einen Abschluss in Erdöltechnik gemacht, um ins Ölbusiness einzusteigen. An der Latin School of Chicago war er der untypische Junge gewesen – groß, ungelenk, ein starker Sportler mit weichen Muskeln, der beim Fußball beneidenswerte Leistungen als robuster Torjäger zeigte, aber auch Geschichte belegte und die Romantiker las, einen hervorragenden – später preisgekrönten – Aufsatz über Charles Beard und die Kontroverse um die wirtschaftlichen Auslöser der Amerikanischen Revolution verfasste und noch dazu Waldhorn spielte. Er war eine Leseratte. Aber dann wurde ihm klar, dass die weltweite Suche nach Öl seine große, maßgebliche Leidenschaft war. Er war davon überzeugt, wenn er schnell reich würde – was er schaffte –, konnte er immer noch jedes Buch lesen, das er wollte, zurückkommen und seinen Doktor machen, egal in welchem Fach, und am Ende große, unbeholfene, unschuldige-aber-schlaue Jugendliche an einer guten Privatschule in New England auf das Studium vorbereiten, die Wert auf guten Unterricht legte und die Leute so vielseitig und abgerundet ins Leben entließ wie einst auch ihn. An alldem hegte er keinen Zweifel.

Er hatte Mary Linn (Hewlett) geheiratet, die aus derselben Gegend am North Shore stammte wie er, in Champaign-Urbana auf Grundschullehramt studierte und, ein Jahr älter als er, auf den Moment wartete, den großen Johnny Bell zu heiraten, sobald er seinen Abschluss gemacht hatte. Johnny war ins östliche Texas zu einer obskuren Ölsucherfirma gegangen – das Stichwort hieß Pachtverträge. Binnen fünf Jahren lernte er genug über Seismologie, Abbaurechte und Fremdkapitalaufnahme, darüber, wie man Leuten auf Augenhöhe begegnete, nicht von oben herab, und (wichtig!) wann es Zeit wurde, das nötige Geld einzuschießen. 1980 fühlte er sich dann erfahren und ausgebufft genug, um sich selbstständig zu machen: Er durchkämmte ganz Texas nach kleinen Pachtflächen, die die großen Unternehmen eines Tages brauchen und die dann (Überraschung!) ihm gehören würden.

Eine gute Idee, wie sich zeigte. Mary Linn und er lebten ein Jahr lang in Houston und machten sich ein schönes Leben mit ihrer Tochter. Johnny behielt ein kleines Büro in Manhattan und bemühte sich, seinen Laden schlank zu managen, als in der Ölbranche alle austickten. 1998, kurz bevor Francis Dolan mit seinem restaurierten Nordischen Folkeboot Richtung Dingle segelte, gingen Mary Linn und Johnny in den Vorruhestand nach Idaho, wo sie ein Grundstück gekauft und ihr Traumhaus gebaut hatten. Mary Linn glaubte, dort könne sie unterrichten (vielleicht in einem Reservat), und Johnny (erst sechsundvierzig und stinkreich) gedachte den Ort als Schauplatz für seine nächste Lebensphase zu nutzen, in der theoretisch immer noch ein Doktortitel in einem sinnvolleren Fach vorkam, auf dass die Welt für alle ein bisschen besser würde. Mary Linn und er wählten die Demokraten.

Das hätte sich wahrscheinlich auch alles so ereignet, hätte sich nicht eines Morgens, als das makellose Licht von den noch schneebedeckten Bergen über die Wiese hereinfloss, Mary Linn mit einer Tasse Tee an den Frühstückstisch gesetzt, Johnny seltsam angelächelt und gesagt, sie müsste kurz mal den Kopf auf die gefalteten Hände legen. Was sie gleich tat. Und tot war, bevor Johnny sie auch nur berühren konnte. Sie hatte – laut dem ortsansässigen Arzt – einen Tumor irgendwo ganz tief in ihrem limbischen Lappen. Sie erlebte nur ein einziges echtes Symptom: ihr Sterben.

**

Das nächste Jahr. Das nächste Jahr wurde natürlich das Jahr der tiefen, trüben Schatten, des Wütens und Wanderns, der entfesselten Verwirrungen und dermaßen hilflosen Panikattacken, dass Jonathan dachte, er würde es nicht überleben. Nach seinem Empfinden hatte er kein Anrecht mehr auf eigene Pläne – Mary Linns unvollendetes, lächerlich unerfülltes Leben mit ihren Träumen (Indianer zu unterrichten) stellte einen so viel größeren, untröstlichen Verlust dar, als sein eigenes Leben es jemals werden konnte – dabei hatte er noch viele Jahre vor sich. Seine Schrägheit und seine schuljungenhaften Berechnungen mochten sich genauso bewährt haben, wie er sich das als großer, emsiger, gehemmt-getriebener Junge an der Latin School ausgemalt hatte, aber am Ende war es doch immer Mary Linn gewesen, die die Grundprinzipien ihrer gemeinsamen Existenz entwarf und überwachte und diese Existenz anscheinend umfassender erlebte. Ihre Liebe. Ihre Vertrautheit. Ihre verstrickten Ängste. Ihr gemeinsames Wissen um fast alles. Er war lediglich ganz bequem in ihre freundliche, wohltuende Welt eingezogen – und ließ sich sogar dafür loben, was Mary Linn nicht nur nichts ausmachte, es gefiel ihr sogar. Seine wirkliche Leistung bestand nur darin, Geld zu machen und ihnen davon etwas zu kaufen. Jetzt, da diese sichere, magische, unersetzliche Welt dahin war (als hätte jemand einen Stern vom Firmament gerissen und den Himmel ins Dunkel gestürzt), hatte er keine Ahnung, wie er sich auch nur annähernd ein Leben zusammenbasteln sollte.

Johnny Bell war seit nicht mal einem Jahr in New York, als er die glamouröse, geistreiche Charlotte Porter kennenlernte und in schneller Reihenfolge hofierte, umwarb, umschmeichelte, anschmachtete und impulsiv heiratete. Sein Haus in Idaho hatte er inklusive Mobiliar verkauft und seine Vermögenswerte, über fünfundzwanzig Millionen, bei einem Freund von der Columbia geparkt, der ihm versprach, seinen Reichtum zu erhalten und zu mehren, wenn er das Geld für einen Fonds einsetzen durfte, den er zusammengestellt hatte. Jonathan war nur deshalb in New York, weil sich sein kleines Büro dort befand, und nachdem er sein Haus-auf-der-Wiese verkauft hatte, fiel ihm kein anderer Ort ein. Kalifornien, wo seine Tochter lebte, hasste er. Nach Texas konnte er nicht mehr gehen. Chicago war seit dem Tod seiner Eltern vorbei. Er dachte über ein Graduiertenstudium nach, merkte aber, dass ihn eigentlich nichts interessierte und er höchstens als schräger Vogel Punkte machen würde. New York passte für ihn, so wie für viele Leute – weil (und nur weil) eben kein anderer passender Ort denkbar war. Ausschlussprinzip. Sein historisches Verständnis – siehe Charles Beard – sagte ihm, dass vieles so funktionierte.

In der City zog er zur Untermiete in eine Wohnung in den East Thirties und streckte seine Fühler nach etwas Dauerhaftem aus. Er interessierte sich – und so hörte er dann auch von Charlotte – für eine Schule in der Bronx, wo spanischsprachige Einwanderer Englisch lernen konnten und die Chance für einen Neuanfang bekamen. Mary Linn und er hatten in Houston bei ähnlichen Projekten im Vorstand gesessen. Mary Linn hatte an so einer Schule unterrichtet. Das erschien ihm als passender Tribut. Und zufällig suchte diese Schule in der Bronx nach einem neuen, geschäftstüchtigen Vorstandsvorsitzenden, der bei Bedarf genug Managererfahrung hatte, um den Laden zu schmeißen. An einer Privatschule zu unterrichten – wie es seine Tochter Celia in Kalifornien machte – war schnell vergessen.

Charlotte Porter war im September 2002 seit zwei Jahren in der Stadt, als sie Jonathan in seiner Wohnung in Murray Hill abholte. Sie hatte Klienten weitergeholfen, die ihr plötzlich leeres Familiennest in Brewster, Katonah oder Lake Mohawk für eine Ehrenrunde in Gotham verlassen wollten, bevor sie ihre Sachen endgültig für die Rentneroase Florida packten. An eine neue Ehe hatte Charlotte nicht gedacht, ihr war vielmehr oft durch den Kopf gegangen, ob sie, wenn sie damals nicht den charmant-distanzierten, attraktiven Fran Dolan bei einer Studentenveranstaltung an der NYU getroffen und einen gutgewürzten Joint mit ihm geraucht hätte, überhaupt je geheiratet hätte. Sie mochte Männer, seit ihrer Scheidung hatte sie sich zwei Mal wieder auf einen eingelassen. Der eine war ein intensiver, aber allzu klein geratener Hirnchirurg gewesen, der andere ein strammer Cop, für den sie allerdings nach Staten Island hätte umziehen sollen. Außerdem stellte sie fest, dass sie Frauen genauso gern mochte wie Männer. Sie hatte noch nie mit einer geschlafen und hatte das auch nicht geplant. Aber sie konnte sich vorstellen, irgendwann mit einer liebenswerten, aufgeschlossenen Frau nach Rhode Island zu ziehen, zusammenzugehen, aber mit getrennter Kasse, ein schindelgedecktes Haus zu kaufen und einen Lampenladen aufzumachen. Nichts war ausgeschlossen. Dass ihre beiden Kinder Cormac und Sinead, inzwischen Teenager, noch bei ihr wohnten, war lästig, ließ sich aber managen. Bis sie dann überraschenderweise nach Dingle ziehen wollten, um bei ihrem Dad zu sein, und irgendwann immer unregelmäßiger anriefen. Das konnte sie verstehen. Sie war auch so gewesen. Das Leben veränderte sich. Sie würden zum Studieren wiederkommen. Oder auch nicht.

Vor kurzem – etwa um die Zeit, als sie Johnny Bell einen Loft zeigte und ihn drei Monate später heiratete – hatte sie im Fernsehen den Film *Harry und Sally* gesehen. Das ganze lange Ding, über das es überall so ein Geschrei gab – der gefakte Orgasmus und wie süß Meg Ryan war. Als sie durch ihr Haus ging, wo sie mit Francis Dolan und den Kindern gewohnt hatte und jetzt mit einem Glas Pinot in der Hand Lichter ausschaltete und alles für die Nacht abschloss, dachte sie: Das war 1983 (da hatten sie geheiratet). Ich weiß es noch genau. Damals stand das Leben auf festem Boden. Man wusste mehr oder weniger, wer man war und was, und was man später sein würde. Aber jetzt. Mit welchem Wort würde man das Leben jetzt beschreiben – so viele Jahre später? Interessante Frage. Das Leben erschien ihr jetzt wie etwas seltsam Substanzloses, Zerfleddertes, das sie nicht festhalten konnte. Als sie auf der hinteren Veranda stand und in den dunklen Garten schaute, dahinter der Wald, durch den immer noch wilde Tiere streiften, fehlte nicht viel, und das Wort »Oberfläche« hätte am Nachthimmel gestanden. Das war das Leben, nichts sonst. Eine Oberfläche. Darauf konnte man sich verlassen. Sie fand das schon in Ordnung, denn sehr viel anders hatte sie es auch nie eingeschätzt, auch wenn sie es mal mit anderen Bezeichnungen versucht hatte. So wie »fester Boden«. Das war auch nichts Gefährliches oder Deprimierendes oder Änderungsbedürftiges. Während ihrer Ehe hatte sie halt nur vermieden, so zu denken – dass das Leben eine Oberfläche sei. Aber jetzt kam es ihr überaus wahr vor. Sie bedauerte doch, dass Francis gerade nicht da war, mit dem hätte sie darüber reden können.

※ ※ ※

In dem prachtvollen Loft in der Watts Street, den sie schon bald an Jonathan Bell verkaufen würde, standen die beiden nebeneinander auf der landschaftsgärtnerisch gestalteten Dachterrasse und sahen in die Richtung, wo früher die Zwillingstürme aufragten – jetzt eine sonnige Leerstelle. Charlotte ging davon aus, dass ihr Klient wusste, was er gerade *nicht* erblickte, und hielt es für unnötig, darauf einzugehen. Bei anderen Besichtigungen der Wohnung, die für vier-zwo angeboten wurde, hatten die Klienten die ganze Zeit über *den Tag* reden wollen; wo sie gewesen waren, welche Opfer sie gekannt hatten, wie man nur irgendwo anders in der Stadt hatte leben können, ohne etwas davon mitzukriegen. Das sagten sie alle. An dem schrecklichen Vormittag hatte Charlotte mit ihrer Mutter in Alpine, New Jersey, telefoniert. Ihre Mutter hatte das erste Flugzeug am Himmel gesehen und es komisch gefunden, aber dann weiter über Charlottes jüngere Schwester Nika geredet, eine Filmproduzentin, die überlegte, sich den Kopf rasieren zu lassen. Charlotte war zu Hause gewesen.

Jonathan Bell erwähnte die Katastrophe nicht. Stattdessen starrte er in die frischgeleerte Luft, als mache es ihn überraschend glücklich, hier auf diesem warmen, luftigen Dach zu sein, und er wisse nicht, wie er damit umgehen solle. Er hatte, während sie durch die leeren, sonnenhellen Räume gingen, zugewandt mit Charlotte gesprochen, war aber nicht weiter auf seine tote Frau eingegangen. Er erwähnte sein früheres Traumhaus in Idaho und dass er gedacht hatte, er würde es vermissen, was aber gar nicht der Fall war. Komisch. Und dass er Schuldgefühle habe, weil er es nicht vermisse, aber gleichzeitig auch unerwartete Freiheit verspüre. Er erwähnte, dass seine Tochter in Kalifornien unterrichtete und die Schule, mit der er zu tun hatte und die, wenn alles gut lief, Menschen ohne Hoffnung auf ein neues Leben ein neues und anständiges Leben ermöglichte. Er zitierte den Dichter Blake, dass Narren närrisch bleiben sollten, um zur Weisheit zu finden. Danach habe er sich immer gerichtet, um in dem Geschäft zu reüssieren, das er vor kurzem aufgegeben hatte. Er fragte Charlotte, wie lang sie schon Maklerin sei und woher sie stamme – Alpine – und was ihr Mann mache. Darüber redeten Leute halt.

Männer fragten immer nach dem Ehemann, um herauszufinden, ob sie an einem Tag in der vagen Zukunft vielleicht mit dir schlafen konnten. Der Moment kam dann natürlich nie. Aber Charlotte hatte die Angewohnheit, sämtliche Fragen ganz freimütig zu beantworten, und gestattete dem Klienten, kurz daran zu glauben, dass sie sich vielleicht einen Tag vorstellen konnte, einen Moment in einem Taxi oder einem Aufzug, wo eine ungeplante Berührung oder ein unerwartet intimer Blick tatsächlich den Wahnsinn in eine Art Wissen umwandeln würde. Das Ziel war, näher an den Klienten heranzukommen und den Verkauf perfekt zu machen. Männliche Klienten verstanden das und hatten kein Problem damit, wenn später nichts passierte. Vielleicht waren sie sogar eher erleichtert. Und Charlotte Porter sorgte auch dafür, dass nie etwas passierte.

Jonathan Bell war anscheinend nicht der typische reiche Öl-Trillionär. Ein großer, nachdenklich wirkender Mann in Khakihosen und Slippern, einem schlampigen grünen Polohemd und einer ausgeblichenen blauen C-Kappe vom College. Er war vermögend, attraktiv bedürftig und selbstsicher. Gesprächig. Definitiv nicht attraktiv in der Art, wie sie es bei Männern gern hatte – zu massig und ein zu geräuschvoller Atmer. Aber obwohl sie wusste, dass das Blake-Zitat seine Art war, sie zu beeindrucken und festzustellen, ob er sie beeindrucken konnte, machte ihr das nichts aus: Sie fand es nett. Besser als es normalerweise ablief. Sie mochte sogar die Art, wie Jonathan Bell redete, gemessen, kehlig, mit gesenktem Kopf, sie schrieb das Chicago zu. Das hatte Persönlichkeit und war ihr neu. So dass sie sich in einem kurzen Augenblick, draußen auf der Terrasse in der Sonne, wo sie schon mit den unterschiedlichsten reichen Klienten gestanden hatte, entsprechend gut fühlte – einfach nur in der Nähe dieses Mannes zu sein und zu verstehen, warum seine Frau ihn so geliebt hatte. Etwas war geschehen, als sie gerade nicht aufgepasst hatte. Was war es? Vielleicht merkte nur sie es – Jonathan Bell würde es aller Wahrscheinlichkeit nach nicht mitkriegen. Zu ihrer großen Überraschung fragte sie sich: Könnte ich mir je vorstellen, in den Armen dieses großen, lieben, besorgten, trauernden und wahrscheinlich am Ende distanzierten und doch enttäuschenden Mannes zu liegen? Und die Antwort darauf lautete komischerweise: Ja. Ohne Zweifel, ohne reifliches Überlegen. Warum habe ich das nicht gemerkt, als ich ihn zum ersten Mal sah?

Jonathan Bell betrachtete sie, als sie ihre funkelnden Augen auf ihn richtete. Seine waren klein und braun, und er wirkte verwirrt, ja besorgt, als hätte er etwas gesagt und gemerkt, dass sie nicht zuhörte, und fürchtete nun, dass etwas Unangenehmes passiert sei. Die normale Angst eines Mannes, dachte Charlotte, dessen Frau den Kopf auf die Hände gelegt und ihn nie wieder angesehen hatte. Er war eine Herausforderung. Aber vielleicht konnte sie sie bewältigen.

Intuitiv lächelte sie. Jonathan hatte seine Columbia-Kappe abgenommen und hielt sie an seiner Seite wie ein Schuljunge, dem einer genau das befohlen hatte. Sein Kopf war groß und eckig, mit dicken wolligen Haaren, die (für Charlotte) nach Mittlerer Westen aussahen. »Entschuldigung«, sagte Charlotte. »Einen Moment lang war ich gar nicht bei der Sache, bei dieser Besichtigung.« Jetzt, dachte sie, sah er sie bestimmt als hübsches junges Mädchen.

»Alles gut«, sagte Jonathan und lächelte erleichtert zurück. »Ich hab mich nur grad gewundert. Wenn ich diese Wohnung kaufe, gehen Sie dann heute Abend mit mir essen?« In genau diesem Moment rauschte ein kleiner Habicht – oder Falke oder Turmfalke, jedenfalls ein Raubvogel – in Sicht, erhob sich in die Lüfte über ihnen und starrte nach unten in die bevölkerte Weite. Jonathan hatte schon davon gehört, solche Kreaturen, sogar in der City. Noch Wildnis.

»Würde ich«, sagte Charlotte. »Auch wenn Sie die Wohnung nicht kaufen. Sie sind mir zuvorgekommen, sonst hätte ich Sie gefragt.« Nur drei Monate später waren sie verheiratet.

***

In der relativ kurzen Zeit, die sie tatsächlich verheiratet waren (plusminus zwei Jahre), hatte Jonathan den Eindruck, Charlotte und er seien extrem glücklich. Für ihn war das Beste daran, dass er sich nie vorgestellt hätte, überhaupt jemanden wie Charlotte heiraten zu können – so hübsch und geistreich und unvorhersehbar und klug und unabhängig, wie es Mary Linn nie gewesen war (eigentlich total unwichtig); deshalb war er immer froh und begierig, in ihrer Nähe zu sein. Charlotte war viel glamouröser als Mary Linn (vom Typ her eher eine gutaussehende Ehefrau und Mutter im Stil der Fünfziger, die er zutiefst geliebt hatte und immer noch unsagbar vermisste). Charlotte wirkte modern, rasant, funkelnd und unberechenbar in allem, was Mary Linn ernst genommen und geduldig bearbeitet, begrübelt, wieder vorgenommen und immer, immer zu Ende gebracht hatte. Und da er nun erstaunlicherweise tatsächlich mit Charlotte Porter verheiratet war, schienen auf einmal tausend neue Dinge möglich, Ideen, Engagements, Leidenschaften – unerhörte Ergebnisse der bloßen Tatsache, dass er er selbst war, wobei es unnötig war, genau herauszufinden, welche Dinge das im Einzelnen waren. Dass es sie gab und geben würde, war eine Glaubensfrage – wobei Jonathan sich dadurch nicht in seinem klaren Blick auf sich selbst beirren ließ. Er war bodenständig, unterm Strich nicht besonders raffiniert, ein großer, netter Kerl aus Chicago mit einigem Grips, der mit Öl reich geworden war. Dass er der Glückliche war, in den sich Charlotte Porter verliebt hatte, würde daran nie etwas ändern.

Wie sich zeigte, war Charlotte der Typ, der gern »etwas unternahm«. Also unternahmen sie etwas. Vieles. Sie fuhren nach St. Petersburg. Bhutan. Marokko. Alles in einem Jahr. Sie fuhren nach San Francisco und New Orleans. Sie fuhren nach Idaho und besuchten Jonathans früheres Traumhaus, das von Erinnerungen überwuchert war – und jetzt einem Filmagenten gehörte. (Charlotte mochte es nicht besonders, lobte es aber.) Sie hatte offenbar wenig enge Freunde – aber alle beteten sie an und waren begeistert, wenn sie hereinkam, hatten Freude daran, mit ihr zusammen zu sein. So auch zwei schwule Innenarchitekten aus Westport – Byron und Tweedy –, die sie einmal besuchten, ein wunderbarer Abend. In ihren frühen Maklertagen hatte Charlotte mal mit ihnen zusammengearbeitet. Es gab einen in die Jahre gekommenen post-expressionistischen Maler und seine in die Jahre gekommene Frau – Jess und Bella –, die sie in Bucks County besuchten. Auch Byrons und Tweedys Sommerhaus in Tenants Harbor statteten Jonathan und Charlotte einen Besuch ab – nicht weit von dem Ort, wo Fran Dolan sein Boot restauriert hatte und mit ihm für immer außer Sichtweite gesegelt war. Im ersten Sommer mietete Jonathan dort ein Ferienhaus, sie fuhren Kajak und wanderten und aßen Hummer frisch vom Boot und tranken Martini-Cocktails mit »den Zwillingen«, bis die Sonne im Wald und hinter den Inseln versank und es kalt wurde und sie Pullover anziehen mussten.

Jonathan wiederum hatte nur ein paar Freunde in der City. (Das lag an den zufallsbedingten Um- und Neuverteilungen des Lebens.) Leute von der Schule in der Bronx, für die er sich interessierte. Plus ein paar ehemalige Klassenkameraden, mit denen er in Kontakt geblieben war. Bekannte und Nachbarn aus Texas und Idaho kamen manchmal zu Besuch nach New York, aber er traf sich nicht immer mit ihnen. Und Bailes, der Hedgefonds-Typ von Columbia, der auf dem Standesamt ihr Trauzeuge gewesen war und mit dem sie danach bei Dim-Sum gefeiert hatten. (Jonathans Glückskeks an jenem Abend: »Heute bist Du der glücklichste Chirurg Amerikas.« Charlottes war zum Brüllen gewesen: »Halte Deine Rachsucht im Zaum.«) Jonathan war auch mit einem seiner alten Geschichtsprofessoren in Verbindung geblieben, und eines Abends fuhr er mit Charlotte hoch zur 120. Straße und Riverside, für ein langatmiges Abendessen mit Sol Hertzl und seiner jungen schwedischen Frau, bei dem sie über den aktuellen Krieg redeten und wie man ihn stoppen konnte, bevor er die Welt verschlang. Sie waren sich in allem einig, allerdings hielt Jonathan, ausgehend von seinen Erfahrungen, das Öl nicht für das Kernproblem von allem, was im Nahen Osten passierte. Es war viel komplizierter. Man musste historisch denken – die Ottomanen usw. So lief es praktisch den ganzen Abend.

Charlotte mochte anscheinend alles, was er mochte, und alles, was sie machten. Und ihre Ehe hielten sie beide für eine gute Idee. Egal, wo er sie hinbrachte oder sie ihn hinbrachte, sie waren beide begeistert, Charlotte war bezaubernd und lebendig und hübsch und liebenswert und großzügig. Manchmal allerdings, wenn sie einen Gin Tonic zu viel getrunken hatte, konnte sie spitzzüngig werden, und unter Leuten, die sie kannte, vor allem Männern, wurde ihr Sinn für Humor ziemlich sexy. Genau das, was er wollte, fand Jonathan, ja, tausend Mal besser als alles, was er sich hatte vorstellen können, als er zerrissen vor Kummer und mit zerschlagenen Träumen nach New York kam.

Nicht alles war perfekt – diese Selbstverständlichkeit, dieser auf die Probe stellende Ballast stutzte das Leben auf Normalmaß zurück. An einem Wochenende gab es in Jonathans Schule in der

Bronx einen Brand, bei dem das Gebäude nahezu zerstört und ein Hausmeister schwer verletzt wurden und den ohne jeden Zweifel ein ehemaliger Schüler gelegt hatte – der Vorstand war entsetzt und musste sich fragen, ob man sie nicht besser an einem sichereren Ort wieder aufbaute. Am Ende wurde renoviert, aber die Schule hatte eine Zeitlang schließen müssen. Der Immobilienmarkt zeigte erste Anzeichen des Niedergangs, allerdings vor allem in den abgelegeneren Vorstädten, nicht in der City, wo Charlotte unbeirrt weiterarbeitete und den Eindruck hatte, alles würde eher noch besser.

Nach einem Jahr Ehe ging Jonathan allmählich auf, dass er, so glücklich sie beide auch zu sein schienen, noch keine richtige Vorstellung oder Kategorie oder Systematik für das Funktionieren dieser Ehe entwickelt hatte. Sie gingen überall zusammen hin. Er war selig, wenn er bei ihr war. Er mochte einfach alles an ihr. Sie war verlässlich, ordentlich, leidenschaftlich, respektvoll, aufmerksam, wählerisch, unabhängig, sie schien weder zu lügen noch unter Launen zu leiden. Aber ihn beschlich eine leise Ahnung – die sich auf der Dachterrasse, als sie sich gerade kennenlernten, nicht angekündigt hatte –, dass zu einem gewissen Teil an Charlotte schwer heranzukommen war. Eigentlich völlig in Ordnung. Sie waren beide erwachsen und hatten viel erlebt. Aber es *war* schlicht und einfach so – und bei Mary Linn hatte er das nicht so empfunden. Allerdings, das musste er zugeben, irrte er sich da vielleicht auch. An einem Tag, nicht lange nach ihrem ersten Hochzeitstag, saß er in dem geräumigen, sonnenüberfluteten Loft in der Watt Street und las *Bildnis einer Dame* von Henry James. Ein Kapitel gegen Ende fängt so an: »Als Isabel in Charing Cross aus dem Zug stieg, fiel sie nicht mit einem Gefühl der Überraschung, sondern mehr mit einem Gefühl, das unter anderen Umständen dem der Freude gleichgekommen wäre, sozusagen in die Arme – auf jeden Fall in die Hände – von Henrietta Stackpole.« Genau in diesem Augenblick ertappte sich

Jonathan – unerwartet – bei dem Gedanken: »Für einen verheirateten Mann fühle ich mich nicht besonders verheiratet.«

Gleich fiel ihm wieder, wie so oft, sein Leben mit Mary Linn ein; dass stets sie den funktionstüchtigen, verlässlichen Rahmen für ihr gemeinsames und für sein ganzes Leben erfunden hatte – auch wenn sie so taten, als käme er von ihnen beiden. Diese Selbsterkenntnis erfüllte ihn nicht mit Bewunderung, nein, er war von sich enttäuscht.

Konnte es sein, das er gerade wieder dasselbe tat?, dachte Jonathan. Erwartete er von Charlotte, dass sie dem Verheiratetsein einen Sinn gab – wie es sich anfühlen, was es im Wesentlichen sein sollte? Wahrscheinlich fehlte ihm dafür jegliche Begabung, oder er war faul und ichbezogen und womöglich gar zu alt.

Charlotte jedenfalls zeigte keinerlei Anzeichen, dass sie willens oder auch nur im Ansatz dazu fähig war, Prinzipien der (ihrer) Ehe zu liefern – was Jonathan auch verständlich fand, zumindest vorläufig. Sie hatte anscheinend nie erwogen, den Namen Charlotte Bell anzunehmen. Sie hatte gesagt, Jonathan könne gern in das Haus in Goldens Bridge einziehen, wenn er wolle, sie habe jedenfalls vor, es zu behalten. Vielleicht wolle er das nicht und ziehe es vor, in seinem praktisch nagelneuen Loft zu bleiben, das sei ihr klar. Deshalb könnten sie doch am besten zwei Wohnsitze haben – den einen »auf dem Land«, sagte sie munter (wobei das wirklich nicht auf dem Land war), und den anderen als schicke Stadtwohnung, wenn das gerade passte. Ihr Verhältnis zum Verheiratetsein war freier als üblich.

Jonathan mochte das Haus in Goldens Bridge überhaupt nicht – ein Deckshaus aus Glas und Holzlatten mit Flachdach, das auf einem bewaldeten Aussichtspunkt thronte, mit Blick auf einen verseuchten Fluss, in dem nichts lebte. Die winzigen Zimmer hatten hohe Fenster, die sich nach außen kurbeln ließen, und niedrige, triste Decken. Eine Höhle. Ihn erinnerte das an billige, abgelegene Vorstädte von Houston, deren Bewohner stundenlang pendeln mussten und ihre Familien nie zu Gesicht bekamen. Was für ein Architekt war Charlottes erster Ehemann bloß gewesen, dass er so einen Schrott akzeptiert hatte? Ire halt. Jonathan hätte es vorgezogen, beide Objekte – ihr Haus und seine Wohnung – zu verkaufen und ein Anwesen in Riverdale mit Blick auf den Hudson zu erwerben, wo sie zusammenleben konnten.

Charlotte sagte fröhlich »Nein danke«. Sie mochte das Deckshaus. Sie hatte dreißig Jahre lang dort gelebt. Ihr war vollkommen klar, was Jonathan daran nicht gefiel. Aber sie hatte vor, weiter dort zu leben. Sie hatte zwei Kinder darin großgezogen, hatte die ungenügenden Zimmer mit einem Ehemann, den sie nicht mehr liebte, bewohnt – aber es war bezahlt, es gehörte ihr, sie fühlte sich dort sicher. Es hatte die perfekte Größe für eine Person. Und sie arbeitete gern zu Hause.

All das erläuterte Charlotte Jonathan nicht etwa im unflexiblen Ton eines Ultimatums, sondern mit derselben lächelnden, funkeläugigen, leicht spöttischen Art, mit der sie sicher war, ihn glücklich zu machen, das Erfolgsrezept all ihrer bisherigen Gespräche. Ihr ging es auch darum, weiter zu arbeiten (jeder Verkauf steigerte ihr Selbstwertgefühl); (wahrscheinlich) nicht jede Nacht miteinander zu verbringen; und diese neue Ehe als Bund gemeinsamer Unternehmungen zu gestalten. An diesem Punkt offenbarte Charlotte ihre Ansichten über zweite Ehen – dass man versuchen sollte, die besten »Stücke« der ersten, langen Ehe zu kriegen, aber die schlechten, langweiligen, die einen in den Wahnsinn trieben, lieber auszulassen. Allerdings gestand sie Jonathan zu, dass seine erste Ehe mit Mary Linn ihn nicht in den Wahnsinn getrieben hatte und, wäre sie nicht so früh gestorben, bis in alle Ewigkeit hätte weitergehen können.

Durch Charlottes feste, positivistische Haltungen und Überzeugungen wurde Jonathan klar – während er allein in seinem vielfenstrigen Apartment saß und *Bildnis einer Dame* las –, dass sie nicht daran dachte, in ihrer Ehe von dem bereits laufenden Schema »zusammen etwas unternehmen« und »die Nacht ab und zu getrennt verbringen« abzuweichen. Sollte es jemals ein besser funktionierendes, allumspannendes *Konzept* für die Ehe mit Charlotte geben – ganz anders als alles, worum sich Mary Linn tapfer und erfolgreich jahrzehntelang gekümmert hatte –, dann musste Jonathan es aller Wahrscheinlichkeit nach entweder selber liefern oder (letztlich) darauf verzichten. Möglicherweise konnte er das sogar – denn (überwiegend) mit Charlotte Porter zu leben war die beste Version, die er sich für diese Etappe seines Lebens vorstellen konnte.

Im Mai fiel Jonathan auf, dass er zugenommen hatte und jetzt bei 112 Kilo lag, er machte sich aber keine besonderen Gedanken darüber oder fühlte sich irgendwie anders. Sein Gewicht hatte immer geschwankt, zwischen 100 und 107. Sein Blutdruck war absolut stabil. Er erklärte sich diesen Ausreißer damit, dass er weniger aktiv war, weniger ins Fitnessstudio ging, mehr las – genau, wie er es wollte –, und auch damit, dass er jetzt vor lauter Glück über sein Leben zu allem ja sagte. Charlotte machte es anscheinend weder etwas aus noch fiel es ihr überhaupt auf. Er war halt der massige Typ. Das mochte sie und hatte es ihm auch auf ihrer ersten Fahrt zum *Woodstock Inn* gesagt. »Du bist ein richtig großer, schwerer Junge, was, Jonathan?«, sagte sie, als sie die erste Nacht zusammen verbrachten. Danach wurde das Thema eigentlich nie erwähnt. »Groß« kam allerdings häufig vor, wenn sie von ihm sprach. »Du bist ein großer Leser.« »Du bist ein großer Freund von Sauvignon Blanc.« »Du hast ein großes Leben geführt, bevor wir uns begegnet sind.« Charlotte blieb natürlich immer schmal und schlank und fantastisch. Tja, dachte Jonathan, so hatte sie mehr von ihm, das sie lieben konnte.

Aber nach seinem jährlichen Besuch bei Dr. Kramer hieß es beim Besprechungstermin, Jonathans Blutwerte seien teilweise beunruhigend, er habe vielleicht etwas an der Schilddrüse, dazu kämen erhöhte Triglyzerid-Werte, was beides seine Gewichtszunahme erklären, aber auch auf Schlimmeres hinweisen könne. Dem solle man nachgehen – durch eingehendere Diabetestests etwa. Vielleicht sei irgendwann eine vorsorgliche Operation nötig, bevor es möglicherweise ernster werde. Krebs stand aber offenbar nicht zu befürchten.

Und plötzlich passierte alles auf einmal. Seine Testergebnisse waren unangenehm schwammig. Am Donnerstag drauf ging Jonathan ins Albert Einstein und ließ sich die Schilddrüse herausnehmen, was wegen seines Gewichts und (jetzt auch) Blutdrucks nicht ohne einige kleinere Komplikationen abging. Die Histologie ergab nichts (na ja, sie fanden eine große Zyste). Und am Samstagnachmittag kam Jonathan nach Hause – also, »nach Hause« in Charlottes Deckshaus in Goldens Bridge. Er wollte sich zwei, drei Tage erholen, dann würden sie mit Byrons Flugzeug für das freie Wochenende über den Memorial Day nach Owls Head fliegen.

Charlotte entpuppte sich als wunderbare Krankenschwester, unermüdlich, geschickt, engagiert und ziemlich streng. Sie kochte ihm etwas Gesundes – schmackhafte Suppe und Bio-Hackbraten, den er liebte. Sie half ihm beim Wechseln des Verbandes an seinem Hals, stand mit kritischem Blick neben ihm vorm Badezimmerspiegel, während er sich – knurrig, etwas abgeschlafft und unrasiert – wieder einwickelte. Sie machte es ihm auf ihrem Wohnzimmersofa gemütlich, für sein Nickerchen oder ein Cubs-Spiel oder wenn er nach draußen auf die frisch belaubten Bäume und das trockene Flussbett und in den hohen Vorstadthimmel schauen wollte. Da konnte sie neben ihm sitzen und die Preisvergleiche für ihre Immobilienobjekte auswerten. Sie hatte Videos von Blockbustern mitgebracht, fuhr ihn in die Stadt, um seine Wundheilung inspizieren zu lassen, alles bestens, hieß es, der Faden löse sich wie erwartet auf. Dass sich Charlotte so um ihn kümmerte, dachte Jonathan, hätte er sich nicht träumen lassen. Es war nur für dreieinhalb Tage, aber Charlotte zeigte sich niemals ungeduldig oder gelangweilt oder abgelenkt oder abfällig. Sie wirkte nicht so, als wäre sie der Meinung, er müsse, weil er keinen Krebs hatte, jetzt aber schleunigst wieder auf die Beine kommen und in seine Wohnung zurückkehren, damit sie weiter über ihren Listen von teuren Genossenschaftswohnungen, Eigentumswohnungen und Townhouses sitzen und Geld damit verdienen konnte. Charlotte bewegte sich durch das Haus, gekleidet wie ein Filmstar (fand Jonathan), ihr goldenes Haar glatt zurückgekämmt, um ihr markantes Kinn zu betonen, ihre vollkommene Nase, ihre kleinen Ohren, ihre Wangenknochen, nach denen sich die Leute in der Agentur Ford damals umgedreht hatten. Sie war groß und rank und schwebte mit langen Schritten, barfuß, in einer blassblauen Jogginghose durch das Haus, um möglichst noch irgendetwas für ihn und seine Genesung zu tun.

Jonathan für seinen Teil lag meistens in seinem blau-weiß gestreiften Paul-Stuart-Pyjama auf dem Sofa, aß selbstgebackenes Vollkornbrot mit Olivenpapenade (und den Hackbraten) und musterte die Ufersicherung aus Eichen und Buchen und Zedern bis hinunter zu dem hässlichen Fluss. Welchen Reiz hatte dieser Ort bloß für Charlotte, dass weder die Ehe noch das neue Leben mit ihm, ohne die geringsten Geldsorgen, die Idee eines großen neuen Hauses am Hudson River unwiderstehlich machten? Durch die gläserne Schiebetür sah Jonathan auf ein großes Baumhaus, das Charlottes Kinder – oder sonst wer – in die Arme einer riesigen Blutbuche gebaut hatten. Er konnte drei Ebenen und Tritte erkennen, die in die dicke Rinde genagelt waren, von oben hingen mehrere Tarzanseile herab. Allerdings war es über die Jahre ziemlich heruntergekommen. Die Kinder waren mittlerweile in den Zwanzigern, lebten in Irland und kamen selten nach Hause. Er hatte noch keines von ihnen kennengelernt. Das kam ihm alles merkwürdig vor. Die dicken Seile waren faserig und grau und verwittert, einige der Tritte waren abgefallen. Ein paar Balken des Hauses waren durchgefault, gefährlich war das. Im Grunde war das gesamte Grundstück vernachlässigt und verwahrlost, ebenso die Beete und Pflanzungen und die Stützmauer, die den Garten von dem tiefen Wasserlauf und dem Wald trennte. In allen Bäumen gab es tote Äste, die herunterfallen und Schaden anrichten konnten. Auch das Haus selbst zeigte erste Anzeichen. Die Aufhängungen der Regenrinnen mussten überholt werden. Abgehängte Decken mussten belüftet werden. Eine alte Fernsehantenne hätte schon längst vom Schornstein entfernt werden müssen. Das Flachdach brauchte garantiert eine neue Acrylversiegelung. In einer Ecke der Esszimmerdecke saß ein schorfig aussehender brauner Wasserfleck wie ein Krebsgeschwür, wo Charlotte zwar schon was hatte machen lassen, aber anscheinend war es ihr egal. Schließlich sah sie selbst phänomenal aus, konnte den Beduinen Sand verkaufen und den Papst verführen. Manch anderes sah sie nicht so eng, aber hier sollte sich nichts ändern, obwohl sie Jonathan (irgendwie) in ihr Leben eingeladen hatte und durchaus mochte, alles in allem. Sie mochte ihn. Mochte seine Persönlichkeit, sein XXL des Mittleren Westens, Maß und Übermaß von ihm, von dem er einst gedacht hatte, nur Mary Linn könne es lieben. Eine Ungereimtheit. Wie Charlotte auch, auf ihre Weise.

Sie hatten sich über Jonathans Geld geeinigt. Seine Tochter bekam einen dicken Treuhänderfonds, von dem sie problemlos ein Leben ohne Arbeit finanzieren konnte – falls die Welt nicht unterging. Charlotte würde im Falle seines Todes lässige vier Millionen kriegen, sagte aber, die wolle sie eigentlich gar nicht. Auf fünf Millionen wollte Jonathan direkten Zugriff behalten, als Spielgeld – für Lebenskosten und Reisen, um zusammen mit Charlotte was zu unternehmen. Den Rest des Geldes beließ er in Bailes Technologiefonds, wo es anscheinend nichts anderes tat, als mehr und mehr und immer mehr zu werden. Irgendwann würde der Löwenanteil wohltätigen Zwecken zugeführt werden – darunter auch seiner Schule, die Jonathan gern aus eigener Tasche von Grund auf neu gebaut hätte, weil es Zank im Vorstand gab und einige Mitglieder zurückgetreten waren. Die Reparaturen an Charlottes abbröckelndem Haus hätte er mit links stemmen können – und hätte es auch getan, leicht widerstrebend –, aber anscheinend wollte sie das nicht. Also, beschloss er, würde er nicht weiter darüber nachdenken, und er wusste, nach gar nicht mal so viel Zeit würde es ihm leichtfallen, das alles zu vergessen.

Am Montagabend, als Charlotte und er mit den guten Nachrichten über Jonathans Wunde aus der Stadt zurückkamen (in zwei Tagen würden sie nach Owls Head fliegen), machte sie ihm einen Martini (der Chirurg erlaubte genau einen) und sich selbst einen Gin Highball, ihren Lieblingsdrink, setzte sich an das Panoramafenster und schaute in die Dämmerung. Der Wald wandelte sich von Formen zu Schatten, und das große Baumhaus war nicht mehr zu erkennen. Eine sanfte Brise von Norden her hatte sie dazu verführt, die Schiebetür zu öffnen und die Heizkörper an den Fenstern auszuschalten. Jonathan lag wieder auf dem Sofa und beschäftigte sich mit dem Martini, der auf seinem Bauch stand. Charlotte drehte ihm den Rücken zu, ihre schöne Silhouette stand im Gegenlicht vor dem Frühlingshimmel. Im Wald, wo es einen versteckten Weiher gab, quakten die Frösche. Ein magischer Moment, fand Jonathan. Sogar an diesem Ort.

Eine lange Zeit lag er da und sagte nichts, der Schmerz unter seinem Adamsapfel, wo sie reingegangen waren, pochte dumpf. Eiswürfel klingelten in Charlottes Glas. Die feine glatte Oberfläche ihrer Seidenhose verschob sich, wenn sie die Beine übereinanderschlug. Ein Armreif klirrte leicht an einen anderen Armreif. Sie seufzte, sehr tief. So ein Seufzen hatte er eigentlich noch nie gehört, weder von Charlotte noch von irgendjemandem sonst. Nicht mal, als Mary Linn vor seinen Augen am Frühstückstisch gestorben war. So einen Seufzer konnte man sich in einem Roman vorstellen. In *Tess von den D'Urbervilles* oder einem dieser schaurigen Bücher. Ein Seufzer, der in dem herabsinkenden Frühlingsdunkel vielsagender klang als alles, was er je gehört hatte, wie eine Klage aus tiefstem Herzen. Einen kurzen Augenblick lang fühlte er sich schrecklich, allein und bedürftig, nichts konnte diesem Bedürfnis angemessen entsprechen, und er selbst kam sich völlig unzulänglich vor, Charlotte gegenüber, seiner Frau, die er liebte. Denn er wollte, auch wenn *seinem* Bedürfnis nichts genügen konnte, selbst gern adäquat sein. Aus dem großen Fundus seiner Gefühle wollte er Charlotte alles geben, jedes kleine bisschen, das sie brauchen könnte. Er überlegte, ob er vom Sofa aufstehen, den leeren Raum zwischen ihnen durchqueren und ihr eine Hand auf die schmale Schulter legen sollte. Sonst nichts. Keine Worte. Aber das kam ihm auch nicht richtig vor. Vielleicht gab es gerade nichts Richtiges. Aber dies war ein magischer Moment für sie beide. So dass er schließlich, in möglichst unbesorgtem Ton und nach einem Schluck von seinem immer noch kalten Martini, fragte: »Was geht dir denn durch dein verträumtes Köpfchen?«

Charlotte lächelte im Halbdunkeln. »Ach. Nichts. Normalerweise geht bei mir im Kopf nicht gerade viel vor sich, Johnny. Manchmal habe ich einfach irgendein Gefühl und lasse es mich ganz erfüllen. Kennst du das nicht?«

»Doch«, sagte er.

»Na dann ...«

»Ich suche aber immer Worte für meine Gefühle«, sagte Jonathan. Halb fiel ihm etwas aus dem Studium ein, irgendwas von

Archibald MacLeish, aber er kam nicht auf den Wortlaut. Sowieso sowieso, »aber gleich dem ...«.

»Na. Typisch Jonathan«, sagte Charlotte.

»Es müssen ja nicht die richtigen Worte sein«, sagte er. »Manchmal können die falschen genauso gut funktionieren. Manchmal sogar besser.«

»Hm-hmm«, bestätigte Charlotte.

»Also. Was für Worte würdest du dem Gefühl zuordnen, das dich gerade so seufzen ließ?«

»Ach«, sagte Charlotte und schüttelte ihre goldenen Haare, als wollte sie eine Verwirrung abschütteln, dann strich sie sie mit beiden Händen nach hinten und schüttelte sie noch einmal aus. Jonathan wurde seltsam zumute, so als wäre er nicht im selben Raum mit ihr, säße irgendwo hoch oben an der Decke, wenn die Decke hoch gewesen wäre. Irgendwo, von wo er sich nicht mit Charlotte verständigen konnte. »Mal sehen«, sagte sie langsam. »Ich würde sagen ... die Worte ... die dazu passen, wie ich mich gefühlt habe ... und die mich zu dem Seufzer gebracht haben ... hmmmm ... Ich habe keine Albträume mehr. Insbesondere nicht mehr den, wo ich in irgendeinem Kurs an der Uni die Abschlussprüfung machen soll, nur war ich das ganze Semester über nicht da, und jetzt komme ich in Panik. So was hab ich nicht mehr. Francis hatte solche Träume auch, hat er mir gesagt. Er glaubte, zu so was könnte es kommen, wenn man auf eine Jesuitenschule gegangen ist. Dabei bin ich das gar nicht. Also. Wolltest du das hören? Hat Mary Linn je geseufzt?« Charlotte schaute immer weiter in das stille Gitternetz der Bäume.

Er musterte sie durchdringend in dem fast verloschenen Licht. Ganz kurz zischte draußen eine Fledermaus vor dem Fenster entlang. »Nein. Ich kann mich nicht erinnern, dass sie je geseufzt hätte. Sie war wohl nicht der seufzende Typ Frau.« Er rechnete damit, dass das Charlotte zu irgendeiner Antwort anstacheln würde. Zum Beispiel »Na, das muss ja irgendwas beweisen« oder »Dann muss sie ja sehr glücklich gewesen sein« oder »Jeder Mensch ist halt anders«. Aber sie sagte nichts, überhaupt nichts. Er lag unbehaglich auf der Seite, mit seinem warm gewordenen Martini, in dem der Gin flach und metallisch schmeckte. Charlotte saß da, keine Silhouette mehr, aber sehr still, und schaute in die junge Nacht hinaus. Er konnte keinen Atem hören, kein Eis in ihrem Glas, keine Armreifen. Sie schien mit dem Gedanken, der sie zum Seufzen gebracht hatte, fertig zu sein und froh, dass ihm keiner nachgefolgt war.

»Wie geht's deinem armen Hals, mein Schatz?«, fragte sie schließlich. Und schüttelte ihre goldenen Haare noch einmal, als wollte sie sich wachrütteln.

»Gut. Ziemlich gut«, sagte Jonathan. »Ich werd's überleben.«

»Na klar«, sagte sie. »Wir werden es uns mit Byron und Tweedy schön machen. Es ist immer so nett da oben. Vielleicht gehen wir segeln.«

»Das wäre toll«, sagte Jonathan und stellte sich vor, wie sie schnell dahinsegelten, eine aufkommende Brise im Rücken.

»Nachts wird es kalt werden, das ist immer so«, sagte sie. Dann stand Charlotte auf und streckte und reckte sich im Dunkeln. Mondlicht sickerte durch die Schiebetür herein und erreichte ihren langen Körper. Sie gähnte und ging ohne ein weiteres Wort hinaus. Er hörte, wie ihre Badezimmertür zufiel, das Licht mit einem Klicken anging, Wasser lief. Und er hörte Charlotte summen, dann singen. Einen Song von den Doobie Brothers, den sie immer gemocht hatte. »*This is it, make no mistake where you are. Your back's in the cor-ner.*«

***

Auf dem Flug nach Owls Head schwebte die Landkarte der Küste von New England sanft unter ihnen entlang – ihre nicht-ganz-grün besiedelten Ufer, die große Narragansett-Halbinsel. Boston und das Cape, bis hoch zur diamantenen Küste von Maine. Die ganze Zeit dachte Charlotte auf dem hinteren Sitz eingehend und ausschließlich über Jonathan nach, der in seiner beigen Popelinejacke schwerfällig auf den »Kopiloten«-Sitz neben Byron gezwängt dasaß, am Hals bandagiert, und begeistert von Englisch als zweiter Sprache erzählte.

Umhüllt vom Lärm der Motoren wurde Charlotte langsam klar, dass sie nicht die perfekte Ehepartnerin für Jonathan Bell war – obwohl sie ja mit ihm verheiratet war und ihn sehr mochte. Jonathan war offensichtlich jemand, der an immer größere Nähe glaubte, daran, dass sich Komplikationen gemeinsam bewältigen ließen, dass schwer zu überstehende Reibungen zu einer Vertiefung der Intimität und des Wissens umeinander führte. Was für sie wirklich nicht galt, sie war einfach nicht so ein Mensch, nie gewesen. Ihr schwante, dass sie diese Diskrepanz mit der Zeit sehr unglücklich machen würde, denn das hieß ja, ein Element, das einem von ihnen äußerst wichtig war, würde immer fehlen bzw. zu stark vertreten sein. Und dies (diese Absenz oder auch Präsenz) würde Jonathan als fehlende Wertschätzung empfinden, es würde ihn ablenken, er würde zu sehr insistieren und sich missverstanden fühlen, was wiederum sie äußerst unglücklich machen würde. Ihr kam der Gedanke – viel zu spät, aber nicht zum ersten Mal –, dass der ferne Francis Dolan wahrscheinlich der ebenso perfekte Partner für sie gewesen war wie Mary Linn für Jonathan. Wie oft stellte sich wohl heraus, dass die erste Ehe doch die beste war. Die meisten Menschen begriffen das nicht.

Aus dem Flugzeugfenster erblickte Charlotte andere kleine Flugzeuge, die vom Logan Airport starteten, sich langsam emporschoben und verschwanden. Möglicherweise, dachte sie, hätte sie nicht noch einmal heiraten sollen – und schon gar nicht den armen Jonathan. Da war etwas Vorhersehbares passiert: Sie, Charlotte, stellte sich nun schlicht als die Frau heraus, als die sie sich schon immer kannte, auch als sie Jonathan an jenem sonnigen Tag den Loft auf der Watt Street verkaufte und so entzückt von ihm war. Aus irgendeinem Grund hatte sie sich selbst aus den Augen verloren, nicht mehr aufgepasst, vielleicht auch nicht mehr an die Charlotte Porter aus Alpine geglaubt. Sie hatte sich von Jonathan gewünscht, dass er sie um ihrer selbst willen mochte – meinetwegen auch anbetete –, aber mehr wollte sie für ihn nicht sein. Schon gar nicht ein Mensch, in den er tiefer eindrang. Den er erforschte. Den er zu ergründen und zu *erlernen* hoffte – wie eine zweite Sprache. Er sollte sie einfach in Ruhe lassen. Bloß ... was? Sie wusste es nicht. So ein Mist.

Was immer sie Jonathan nicht gab – die Worte konnte sie sehr wohl sagen, aber sie verstand sie eigentlich gar nicht –, hatte die gute, liebende und fügsame Mary Linn (die ihr ziemlich schnuppe war) ihm in Vollkommenheit gegeben. Sie waren jung, alles war neu gewesen. Die Welt hatte aus einer Überraschung nach der anderen bestanden. Dann verging die Zeit. Die Überraschungen waren irgendwann kein entscheidender Faktor mehr, und sie hatten sich aneinander gewöhnt (all das hatte Jonathan niemals so gesagt), das war bestimmt völlig normal und gut gewesen, auf seine Weise. Tief sogar – wie er es ja mochte. Ja. Und so, hoch über der geschwungenen Perlmuttfläche des Atlantiks, begriff Charlotte (zum ersten Mal), wie unvorstellbar schrecklich es war, einen Gefährten zu verlieren. Francis und sie hatten das Glück gehabt, einander nicht zu verlieren, nur ihre Liebe. Wahrscheinlich verstanden die Europäer das besser als die Amerikaner. Francis und sie hatten nie den Punkt in ihrem Leben erreicht, wo mangelnde Anregung zu einem Daseinszustand wurde und danach verlangte, tiefer zu gehen – was immer »tiefer« überhaupt hieß. Irgendwas, das man sich ausdachte, um die Zeit zu vertreiben, die ansonsten zu langsam verging. Solche Erfindungen hatten sie beide nicht gebraucht, oder sie zumindest nicht.

Das war ja alles nicht Jonathans Schuld. Er war ein großzügiger, intelligenter, liebevoller, bedürftiger Mann – liebevoller und geduldiger und anständiger, als sie tatsächlich erwartet hatte. Er mochte es, wenn man sich wohl in seiner Gesellschaft fühlte – und das tat sie ja auch. In dieser Hinsicht war sie wie er. Aber sie wollten beide auf etwas anderes hinaus. Sie empfand ihn jetzt als ebenso angenehm wie im ersten Augenblick, in dem Dachgarten mit Blick auf die fehlenden Türme, wo er jetzt wohnte. Eigentlich hatte sich seither nichts für sie verändert. Aber Jonathan – das musste der Ingenieur in ihm sein – war immer woandershin unterwegs. Eine Zeitlang hatte sie das wohl erregt, dazu gebracht, weggehen zu wollen und zu vergessen, wer Charlotte war.

Die Scheidung würde ein viel besserer, einfacherer Zustand sein, um diese Ehe zu erhalten, das dachte sie. Um das zu durchschauen, musste sie mit einem netten Mann wie Jonathan verheiratet sein, der ihr all die erstrebenswerten Dinge bot, die er ihr bot. Sie war seit vier Jahren von Francis Dolan geschieden und hatte nicht das Gefühl, sie hätten sich gegenseitig aus ihrem Leben verbannt (obwohl sie sich seitdem nicht mehr gesehen hatten und auch nicht in Kontakt waren). Jonathan und sie würden das besser machen. Es würde keine Ängste geben, kein Herumgrübeln, ob man jemanden für immer hängenließ. Wenn sie verheiratet blieben – und ihr wurde gerade klar, das würden sie nicht –, würde sie am Ende Dinge sagen, die sie nicht sagen wollte, schmerzhafte Dinge, wie sie sie andere hatte sagen hören. Sie würde sich verdüstern, wäre nicht länger fröhlich und unvorhersehbar und schön. Die Ehe würde sie verändern, und das wollte sie nicht. Jonathan war erst dreiundfünfzig. Er konnte noch jemand Tiefes finden. Oder auch nicht. Und so, während unter ihnen der Leuchtturm von Owls Head sichtbar wurde und sich das weiß schimmernde Meer mit kleinen Segeln darauf gen Osten erstreckte, wo es grüne Inseln und anscheinend auch einen Berg gab, so war das Ende ihrer Ehe mit Jonathan Bell beschlossene Sache.

***

Während ihres Wochenendes in Maine teilte Charlotte Jonathan die Neuigkeiten mit. Sie fand es schrecklich, das so kurz nach seiner Operation zu tun, wo er noch den Verband um den Hals trug. Aber den ganzen Donnerstag dachte sie an nichts anderes und fühlte sich am Freitagmorgen beim Aufwachen elend und grausam und betrügerisch (was sie nicht war). Aber sie kannte sich gut genug: Wenn sie etwas Wichtiges erkannt hatte, konnte sie nicht lange darauf herumbrüten.

Jonathan und sie waren zum Landladen in Tenant's Harbor gelaufen, um Sandwiches und gekühlten Wein zu kaufen, mit dem Plan, auf der Seemauer, wo die Hummerboote entladen wurden, in der frischen Sonne zu picknicken. Sie glaubte, sie könnte es ihm ganz lieb sagen, dabei war ihr klar, es würde ihn schocken.

Jonathan saß glücklich da, sein ausgepacktes Hummersandwich aufgeklappt auf den bloßen Knien, und beobachtete zwei Fischadler, die auf der anderen Seite des Hafens Ästchen zum Wipfel einer hohen Fichte brachten. Sie besserten gerade ihr Nest aus. Wegen Jonathans Wunde hatten Charlotte und er nicht Kajak fahren können. Aber sie hatten am Spätvormittag einen ordentlichen Spaziergang gemacht, bis zu dem Laden. Tweedy und Byron waren nach Rockland gefahren, um fürs Abendessen einzukaufen und Pakete abzuschicken. Charlotte hatte das Gefühl, Jonathan und sie seien allein genug auf der Seemauer, um ein ernstes Gespräch zu führen – sie waren auffällig allein, was sie unerwartet stresste. So als hätte sie Jonathan schon gesagt, was sie auf dem Herzen hatte, und er – süß, wie er war – täte so, als wäre nichts, damit es ihr besser damit ging. Jonathan trug rosa Shorts, ein weißes T-Shirt und einen Porkpie-Hut aus grünem Frottee. Er war sehr blass und wirkte in ihren Augen lächerlich mit seinen zusätzlichen Pfunden und dem Halsverband, durch den es ein wenig durchgeblutet hatte.

»Jonathan«, sagte sie.

»Der größere der Fischadler ist das Weibchen, glaube ich«, bemerkte Jonathan. Hinter ihnen wuselten Ladenkunden herum, beluden ihre SUVs mit ihren Einkäufen und fuhren weg. Es war ein wunderschöner Mittag. Sie hatten eine halbe Flasche Pouilly-Fuissé und Plastikbecher.

»Ich muss dir etwas sagen«, fing Charlotte an. »Ich tue es sehr ungern. Aber ich glaube, verheiratet zu sein funktioniert für mich nicht gut. Für uns. Ich meine …« Sie unterdrückte das Bedürfnis, ihm eine Hand auf den Unterarm zu legen, verschränkte vielmehr ihre Hände fest und legte die Ellbogen an. Sie lächelte ihm zu, aber es fühlte sich an, als würde eine Krankenschwester einen sterbenden Patienten anlächeln, und das war Jonathan Bell nicht. Es war im Grunde ein Lächeln der Vergebung – für sie selbst. Sie zwang sich, damit aufzuhören.

Jonathan, mit dem Sandwich im Wachspapier auf den Knien, warf ihr einen Seitenblick zu, nur kurz, dann starrte er zu den Vögeln, die ihn eben noch so begeistert hatten, dass er ihr unbedingt davon erzählen musste. »Oh«, sagte er. »Es funktioniert nicht.«

»Nein«, sagte Charlotte. »Nein.«

»Warum?«, fragte Jonathan. »Kann man das überhaupt fragen?«

»Ja«, sagte Charlotte. »Ich denke seit einiger Zeit darüber nach.« Das stimmte gar nicht. Sie war nicht der Typ, einige Zeit über irgendetwas nachzudenken. Und sie glaubte auch nicht, dass andere das taten. Wenn Charlotte einmal intensiv über etwas nachdachte, wie auf dem Flug hierher, dann wurden dabei ihre Überzeugungen klar, und die änderten sich praktisch nie. Fast hätte sie gesagt: »Warum, Jonathan? Weil du an etwas Unbekanntem interessiert bist, das du erfinden willst, und ich nicht.« Aber das hätte beleidigend geklungen und auch so nicht gestimmt. Also sagte sie: »Ich werde dich unglücklich machen als deine Frau, Jonathan, und ich sehe keinen Grund, warum ich das tun sollte.«

»Hast du einen Liebhaber?«, fragte Jonathan und aß weiter.

»Natürlich nicht«, sagte Charlotte.

»Was ja auch nicht das Allerschlimmste wäre«, sagte Jonathan und saß eine Weile schweigend da. Zwei große Möwen landeten auf dem felsigen Flachwasser vor ihnen und beäugten sie und ihre Sandwiches. Jonathan riss ein Stück von seinem Brötchen ab und warf es hinüber, was die Möwen zum Rufen und Flügelschlagen brachte und eine weitere Möwe anlockte.

»Ich weiß nicht genau, was du von mir wahrnimmst«, sagte Jonathan, plötzlich sehr förmlich. »Meine Vorgeschichte. Mein Alter. Mein Naturell. Es könnte sehr wenig sein.« So ein Gespräch, das wusste sie, hatten sie nie geführt. Versucht hatte er es schon. Sie wusste, dass er das gut fand – egal wie katastrophal das Thema war –, denn es eröffnete die Möglichkeit, dem (wie er fand) *eigentlichen* Thema auf den Grund zu gehen, was sie ja genau überflüssig fand. »Es könnte sein, dass du mich unterschätzt.«

»Was an dir denn?«, fragte Charlotte. »Ich finde, du hast ein gutes Naturell.« Sie aß ein kleines Stückchen Hummer, vom Scherenfleisch. Die schlimmen Worte hatte sie jetzt gesagt, die ließen sich nicht zurückholen. Jetzt konnten sie wie Freunde weiterreden. Ihre Ehe war vorbei.

»Meine Fähigkeit zu lieben«, sagte Jonathan feierlich.

»O nein«, sagte Charlotte. »Die unterschätze ich nicht.« Sie wackelte mit ihren hübschen, blau lackierten Zehen in Richtung Möwen, die prompt näher heranpaddelten. »Du bist sehr, sehr liebevoll.«

Jonathan atmete geräuschvoll ein und aus, dann faltete er das Metzgerpapier über den Resten seines Sandwiches auf dem Schoß zusammen. Sie roch einen Hauch Schweiß.

»Eine Frau sollte ihren Mann glücklich machen und sich gut fühlen«, sagte Charlotte, es ging ihr schon viel besser, als hätte sich eine schwere Eisentür aufgetan, wäre wieder zugefallen und dann plötzlich doch wieder aufgegangen. Die Sonne wärmte ihr die Beine.

»Ich finde, man muss sich selbst glücklich machen, nicht darauf warten, dass es ein anderer tut«, sagte Jonathan.

»Ja, genau«, sagte Charlotte. »Das stimmt. Deshalb sage ich dir das ja. Ich versuche, mich glücklich zu machen. Aber dich auch.«

Jonathan nickte. Sein Sandwich war jetzt ein ordentliches weißes Päckchen in seinen großen Händen. Der Sonnenschein, der auf ihnen lag, ließ einen neuen, guten Geruch von irgendwoher aufsteigen, nach sauberer Kleidung, Stärke, Waschmittel. Da machten es sich zwei Menschen nett mit einem Sandwich, fütterten die Möwen, genossen die Sonne, so mussten sie nach außen wirken, wurde Charlotte bewusst, nicht wie zwei, die ihr gemeinsames Leben beendeten. Nett war daran gar nichts. Aber sie war froh, dass sie es hinter sich hatte und sich nicht ganz und gar wie ein schrecklicher Mensch fühlte. Jonathan war sowieso kein schrecklicher Mensch. Alles andere als das.

»Es ist eine Sequenz, oder?«, meinte Jonathan in seiner maßvollen Art.

»Was denn?«, fragte Charlotte. Dieses Mal lächelte sie bewusst ihr vergebungsvolles Lächeln – für ihn. Sie vergab ihm, dass er zurückblieb.

»Heiraten, nicht verheiratet sein, wieder heiraten, jetzt sich entheiraten. Das Ganze.« Jonathan tippte an die Oberkante seines Gazeverbandes, unter dem sich eine Wunde verbarg, wo eine schadhafte Schilddrüse gewesen war. Charlotte hatte sich den genähten Schnitt nicht gern angeschaut. »Alles eine Sequenz. Wahrscheinlich braucht man sich gar nicht allzu sehr auf einen einzelnen Schritt davon zu konzentrieren. Man muss das Ganze sehen, um es zu verstehen. Und das können wir natürlich noch nicht.«

»Stimmt«, sagte Charlotte, »das können wir nicht.« Sie hatte keine Ahnung, wovon er da redete, aber aus irgendeinem Grund – weiß der Geier wieso – ärgerte es sie, und sie freute sich jetzt etwas mehr als vorhin, dass sie ihn verlassen würde.

»Ich bin gern in deiner Nähe. Sehr gern«, sagte Jonathan.

»Ich bin auch gern in deiner Nähe«, sagte Charlotte. »Vielleicht kriegen wir das noch besser hin, wenn wir nicht mehr verheiratet sind.«

»Vielleicht.« Dann sagte er: »Ich finde, wir sollten Byron und Tweedy nichts davon erzählen. Oder? Die können das später erfahren.« Er hatte das hastig gesagt. Ganz untypisch für ihn. Aber es war ihm wohl peinlich. Wahrscheinlich äußerte sich so, dachte Charlotte, sein Schock, sein Verlust.

»Absolut«, sagte Charlotte. »Das hatte ich mir auch überlegt.« Stimmte gar nicht. »Wir erzählen ihnen irgendwann davon. Wir können zwei schöne Tage miteinander verbringen.«

»Ja«, sagte Jonathan. »Können wir.«

Und mehr wurde an diesem Tag nicht zum Thema ihrer Scheidung gesagt.

***

Ein Jahr nach ihrer Scheidung rief Charlotte gegen Ende des Sommers bei Jonathan an, ob er mit ihr nach Yonkers fahren wolle, um ihre Mutter zu besuchen; sie lebte in den *River Mansions*, und Charlotte hatte hart dafür gearbeitet, das möglich zu machen. Im Sommer der Scheidung hatte Charlottes Mutter Beezy (Beatrice) einen Schlaganfall in ihrem Haus in Alpine erlitten, der sie geschwächt und krank zurückließ, und Charlotte hatte daraufhin ihren Umzug nach drüben in die *Mansions* organisiert, (fast) mit Flussblick. Es handelte sich um eine freundliche, saubere, von Lutheranern geführte Einrichtung, und Charlotte konnte einen praktischen Zwischenstopp einlegen, wenn sie über den Saw Mill River Parkway nach Hause fuhr. Jonathan hatte Beezy einmal dort besucht, um höflich zu sein, aber nachdem die Scheidung durch war, damit aufgehört.

Charlottes Mutter, die gerade achtzig geworden war, hatte seit ihrer Ankunft in den *River Mansions* schlagartig abgebaut und war geistig nicht immer auf der Höhe. Aber wenn, dann redete sie begeistert vom Tod und vom Nichts, und Charlotte klagte Jonathan ihr Leid, dass die Besuche dort (dreimal in der Woche) allmählich ihr persönliches Gefühl von Lebendigsein aufrieben, sie war oft erschüttert. Sie fürchte sich vor einer aufziehenden Depression. Meist (auch an den Tagen, wo sie ihre Mutter nicht besuchte) wollte sie, wenn sie von ihrer Agentur nach Hause kam, nur noch mit einem großen Glas eiskaltem Tanqueray vor dem Fernseher einschlafen. Und am Wochenende, wenn sie keine Hausbesichtigungen hatte, blieb sie einfach zu Hause und schlief. Manchmal passierte es ihr, dass sie ohne Grund anfing zu weinen. Und das fand sie nun wirklich »nicht typisch Charlotte«, sie neigte nicht zu Depressionen.

Jonathan hatte Charlotte nur zwei Mal getroffen, seit sie Ex-Ehepartner geworden waren; das Wort hasste er, es klang so oberflächlich und so zynisch, denn es sparte wichtige Facetten der menschlichen Erfahrung aus, die man nicht einfach so glattradieren konnte. Die Textur der Dinge. Einmal hatte er Charlotte gesehen, als sie aus dem *Loew's* auf der Second Avenue kam, wo sie gerade *Das Leben der Anderen* gesehen hatte. Sie war mit einem großen, streng wirkenden Mann unterwegs, der für Jonathan wie ein Anwalt aussah – breite Kleiderbügelschultern, eckig wie ein Adler, mit glänzenden, zurückgekämmten Haaren, einer Fliegerbrille und gut gebräunt. Ganz anders als er selbst. Charlotte sah wunderschön aus – schlank und lässig mit einem Paar oblatendünner blauer Sandalen und einer Art mexikanischem Kleid, kurz und paillettig, das er noch nie an ihr gesehen hatte. Sie wirkte überrascht, aber froh, ihn zu sehen, und stellte ihn so vor, wie man einen alten Freund einem neuen Freund vorstellte – nicht wie man seinem derzeitigen Lover seinen früheren Ehemann vorstellte. So kam es Jonathan jedenfalls vor, aber er blieb freundlich. Jake hieß der Mann offenbar. Er wirkte gleichgültig.

Die zweite Begegnung mit Charlotte fand in seinem eigenen Häuserblock statt, auf der Watt Street. An einem kalten Morgen Ende Oktober, als er gerade von einem Spaziergang am Fluss zurückkam, saß Charlotte in einem langen grünen Wollpullover auf den Eingangsstufen zu einem Haus und schrieb etwas auf ein transparentes Klemmbrett, offensichtlich in Erwartung eines Klienten. Jonathan fragte sich, ob der Klient wohl der Raubvogel mit der Fliegerbrille war, verwarf den Gedanken aber wieder. Als er näher kam, wirkte Charlotte müde und sah ihn von ihrem Platz auf den Stufen unverwandt an, als wüsste sie nicht, was sie sagen sollte oder warum er überhaupt in dieser Gegend war. Jonathan wusste auch nicht, was er sagen sollte. In Chicago hätte man gar nichts gesagt und die Straße überquert, um den Kontakt zu vermeiden. Was er natürlich nicht machen würde. Irgendetwas an dieser Begegnung mit Charlotte ließ ihn aber an seine Eltern denken, die tot in ihren Gräbern nahe Springfield, Illinois, lagen, dort stammten sie auch her. Guy und Betty. Einundfünfzig Jahre zusammen. Scheidung gab es nicht in ihrem Wortschatz, und in seinem eigentlich auch nicht, dachte Jonathan – inzwischen allerdings schon. Er sah sie in einem Auto vor sich, einem alten Ford, und sie lachten. An sie zu denken, was nicht oft vorkam, war wie ein seltsamer, lebhafter, aber auch angenehmer Tagtraum. Er vermisste sie.

Charlottes Züge hellten sich auf, sie schenkte ihm ihr prachtvolles, herzerwärmendes Lächeln und überwand ihre Erschöpfung und kurze Abwesenheit. Sie wollte wissen, was er so treibe und ob es ihm »gut« gehe. Dazu der flirtende Augenaufschlag, genau wie vor fast drei Jahren, als sie ihm den Loft zeigte. Er erzählte ihr, etwas unbeholfen, dass er sich stärker für seine Schule engagiert habe. Mit seinem Hedgefonds habe er Glück gehabt und frisches Kapital bekommen, so dass er dem noch vor kurzem beschädigten Gebäude sogar einen Kunst-Flügel spendieren könne. Er fahre jetzt regelmäßig an die Columbia, für ein Postgraduierten-Seminar über die Geistesgeschichte Europas, was er schon immer hatte machen wollen. Er war mit Bailes zum Angeln in Schottland gewesen (erzählte ihr aber nicht, wie lausig es ihm da ergangen war). Gerade wollte er ihr erzählen, dass er eine Frau kennengelernt habe, die ihm gefalle – sie arbeitete am MOMA. Doch da klingelte Charlottes Handy in ihrer lila NYU-Tasche. Sie runzelte die Stirn und sagte: »Diese Dinger ruinieren einem das ganze Leben. Ich erledige das mal eben.« Doch wer immer sie anrief, brachte Charlotte dazu, aufzustehen und langsam den Bürgersteig entlangzugehen, ihre Stimme wurde weicher und klang privater. Jonathan stand eine Weile da und wartete darauf, dass sie zurückkam, damit er ihr von seiner neuen Freundin Emma erzählen konnte, oder ihm ein Zeichen gab, dass es doch ein längeres Telefonat war, als sie gedacht hatte. Nach einer Minute stützte sie sich an einen Laternenpfahl und ließ den Kopf hängen, redete weiter, wandte Jonathan den Rücken zu. Da sie ihn anscheinend vergessen hatte, ging er einfach weiter zu seinem Haus. Als er den Eingang erreicht hatte, drehte er sich noch einmal nach Charlotte um, aber sie redete immer noch mit gesenktem Kopf. Er war dann hinein gegangen.

Danach traf er nicht mehr auf Charlotte, als sei es ebenso unvermeidlich gewesen, ihr diese zwei Male zu begegnen, wie es unvermeidlich schien, dass es danach nicht mehr geschah. Einmal – nur einen kleinen Moment lang – glaubte er, Charlotte auf dem Flughafen von Chicago zu sehen. Die große Frau, die er ganz kurz auf einer Rolltreppe nach oben erblickte, während er hinunterfuhr, hatte Charlottes dicke, goldene Mähne und stand seitlich mit ausgestellter Hüfte da, wie Charlotte oft. Doch dann begriff er schnell – als die Frau sein Starren bemerkte –, dass es nicht Charlotte war, und befand, dass der Gedanke an sie knapp unter der Oberfläche seines Bewusstseins saß. Wer weiß, ob das stimmte, aber es kam ihm, wenn auch nicht wichtig, so doch ganz natürlich vor; ein menschlicher Reflex, der mit der Zeit vielleicht nicht ganz verschwinden, aber nachlassen würde.

Und doch. Ihm war schleierhaft, wie man nicht mal zwei Jahre lang mit Charlotte Porter – oder jemand anders – verheiratet sein konnte, glücklich sein und daran glauben, sie sei es auch, und sich dann so einfach von ihr scheiden ließ, als stiege man in der Canal Street aus der Linie 1. Oder meinetwegen so einfach, wie sie geheiratet hatten. Und das war noch nicht alles. Schleierhaft war ihm erst recht, wie relativ leicht ihm das alles gefallen war – bei seinen traditionellen Ansichten, seiner vorhergehenden langen Ehe, der überaus langen, treu sorgenden Ehe seiner Eltern plus seinen positivistischen Meinungen zu den umfassenden Grundfesten der Ehe; seiner Meinung nach waren Charlotte und er gerade dabei gewesen, diese Grundfesten noch weiter zu verstärken, aber da hatte er sich wohl völlig geirrt. In Charlottes Weltsicht war man eher spontan und vermied Komplikationen und große Lebensinterpretationen zugunsten einer direkteren, schlichteren Mentalität des leichter Erreichbaren. Viele Menschen waren so, das wusste er. (Und ihm war auch klar, dass er Charlotte damit zu sehr vereinfachte.)

Aber wie hatte er sich damit abgefunden?

In seinem alten System, etwas richtig zu vertiefen, zu entwickeln, zu durchdringen, sich anzueignen, mochte das, was er gerade erlebte, vielleicht unverständlich sein, dachte Jonathan, aber es war absolut möglich, dass er selbst es doch verstand – so wie man mehr oder weniger intuitiv verstand, dass eine Ölquelle sich schon irgendwann lohnen würde, auch wenn erst einmal vieles dagegensprach. Vielleicht gab es eine Diskrepanz zwischen seinem alten Glaubenssystem und ihm. So schrecklich war es gar nicht gewesen, nicht mehr mit der wunderbaren Charlotte verheiratet zu sein, und damit bewies er doch durchaus ein authentischeres, aktualisierteres, wenn auch nicht ausformuliertes Bewusstsein seiner selbst. Vermutlich hatte er deshalb auch auf der sonnengewärmten Seemauer in Tenant's Harbor, als Charlotte ihm sagte, sie wolle nicht mehr seine Frau sein, geantwortet, dass alles eine *Sequenz* sei. (Abgesehen davon hatte er an jenem Tag nicht viel Sinnvolles gesagt.) Die Welt so zu sehen war ganz neu für ihn – und für Charlotte ziemlich natürlich. Auf dieser Grundlage waren Charlotte und er also geschieden, aber auf eine Weise immer noch zusammen, für die ein positives Vokabular fehlte, die aber authentisch und verlässlicher war als die Ehe, weil sie beide frei blieben – er wusste nicht genau, ob das Wort stimmte. *Autonom* vielleicht, darauf hatte er bislang nie viel Wert gelegt – Engagement, Pflicht und Verantwortung waren ihm immer wichtiger gewesen. Es war jedenfalls, als könnte das Geschiedensein zur neuen, besseren Version einer langen Ehe avancieren. Das hätte er so nie gedacht, bis jetzt jedenfalls nicht.

Jonathans Tochter Celia, die aus Kalifornien zu Besuch kam, war der Meinung, der Tod ihrer Mutter habe bei ihm einen »Mini-Nervenzusammenbruch« ausgelöst, und Charlotte Porter (glamourös, gewinnend und zumindest für ihn rätselhaft) sei nur ein Symptom davon gewesen. Eine Kombination aus Verdrängen und Verhandeln. Celia hatte an der SMU in Oakland Gesundheitswesen studiert. Und sie fand es gesund, dass Charlotte und er die Sache einvernehmlich beendet hatten, gut für die nächste Lebensetappe, wie immer die aussehen würde. Wahrscheinlich sei es sogar gut gewesen, dass er Charlotte geheiratet hatte und dass sie zu jenen verlockend unergründlichen Frauen gehörte, für die Langlebigkeit nichts Reales war. Irgendwo in diesem Zusammenhang benutzte Celia das Wort »Narbengewebe«, worauf Jonathan scharf widersprach, er empfinde ihren wohlfeilen Doktorandenjargon als herabsetzend und sei enttäuscht, dass sie so mit ihm rede. Sie nehme sein Leben nicht so komplex wahr, wie es gesehen werden müsse. Dem hatte Celia nichts zu entgegnen, sie verbrachte einfach ein langes Wochenende in der Stadt und ging viel aus, dann flog sie zurück nach Paso Robles, wo sie an einer Montessori-Schule unterrichtete und mit ihrem Mann zusammenlebte.

Doch an dem Morgen, als sie abreiste, schrak Jonathan aus dem Schlaf hoch, in misstönender Überraschung darüber, dass er allein in seiner Wohnung in der Watts Street war und nicht woanders. Wo, das wusste er nicht. Dieses Gefühl hatte irgendetwas mit Charlotte zu tun, aber er wollte sie ganz sicher nicht anrufen, um danach zu fragen, so als dächte er, ihr ginge es gerade genauso. Das dachte er nämlich nicht. Zu dem intensiven, aber kurzen Eheleben mit Charlotte gehörte nicht nur die Erkenntnis, dass sie beide wenig Freunde hatten, sondern auch dass er praktisch niemanden kannte, der sie kannte. Und abgesehen von Bailes und Celia galt das auch umgekehrt, war Charlotte aber egal. Doch dieses Missgefühl (im Grunde drückte das Enttäuschung und Verwirrung aus) zeigte an, dass es etwas gab, das er nicht wusste, aber erfahren wollte, von jemandem, den er nicht kannte – und zwar über Charlotte. Er hatte keinen Schimmer, was das sein konnte. Man – Celia – wäre schnell mit der Einschätzung bei der Hand gewesen, dass es sich da nur um einen verschleierten Ausdruck von Einsamkeit handelte.

Der einzige Mensch, der wahrscheinlich eine Ahnung davon hatte, worum sich sein Selbstgespräch drehte, war wohl Charlottes abgängiger ehemaliger Mann. In Irland. Der Seefahrer/Architekt. Dolan. Es hatte immer eine Verbindung zwischen Francis Dolan und ihm gegeben (jedenfalls nach Jonathans Empfinden), und es war gut möglich, dass dieser, wenn es sich so ergab, auch empathisch auf ihn reagierte. Auch wenn Dolan Charlotte hatte fallenlassen, um die Meere zu durchpflügen, während Charlotte Jonathan nur deshalb hatte fallenlassen (und zwar ohne Bedauern), weil sie es eben wollte.

Mitte Februar, kurz nach Valentinstag (und in totaler Verletzung seines kühnen neuen Verständnisses von der Ehe und der *Sequenz des Lebens*), rief Jonathan bei Francis Dolan im County Kerry an, wo Dolan sein Architekturbüro hatte und mit einer polnischen Frau und seinen undankbaren Kindern lebte. Es war kinderleicht gewesen, die Nummer herauszufinden. Und es würde auch nicht nötig sein, Charlotte davon zu erzählen; sie hätte (das wurde ihm klar) vermutlich nichts dagegen gehabt, aber allein dass sie davon wusste, hätte ihm ein komisches Gefühl gegeben.

Francis Dolan reagierte mit kühler Höflichkeit, als Jonathan sich am Telefon als jener Jonathan Bell vorstellte, der Charlotte nach ihm (Dolan) geheiratet hatte und jetzt ebenso von ihr geschieden war wie er (Dolan) … und der jetzt aus Übersee anrief, weil er … was genau wollte? »Ah ja, ja, genau, genau«, sagte Dolan und hörte sich erstaunlich irisch an. Damit hatte Jonathan nicht gerechnet. Es war neun Uhr früh in New York. Und zwei Uhr nachmittags, wo Dolan war. Der Ort hieß Dunquin. Am Meer. Francis Dolan war jetzt vermutlich mitten in seinen Projekten und hatte an einem großen Tisch irgendwas zu zeichnen.

»Entschuldigung, dass ich Sie mitten am Arbeitstag anrufe«, sagte Jonathan und fühlte sich dumm, als hätte er nicht selbst die Uhrzeit bestimmt.

»Nun ist es so. Okay«, sagte Francis Dolan. »Ist irgendwas mit Charlotte?«

»Nein«, sagte Jonathan. »Ich meine, ich weiß es nicht. Ich glaube nicht. Das ist nicht der Grund meines Anrufs. Ich wollte Sie nicht beunruhigen.«

»Aha. Na, das ist ja gut«, sagte Francis Dolan. »Was kann ich für Sie tun, äh, John, nicht wahr?«

»Genau«, sagte Jonathan. »Jonathan Bell. Aus New York.«

»Was kann ich für Sie tun, Jonathan?«

Francis Dolan war jetzt eine nachweisbare Person, wahrscheinlich stand er vor einem riesigen Koppelfenster zum Meer hin, in einer schweren Wollstrickjacke etwa. Francis Dolan war zweiundfünfzig. Jonathan hatte bei Charlotte ein Foto von ihm mit den Töchtern gesehen – groß und hager mit einem verkniffen-verknitterten irischen Gesicht und schwarzen Locken –, da trug er diese Art Jacke. Jonathan wollte gerade erklären, was Dolan für ihn tun konnte, da passierte etwas: All die laute, aufgewühlte, misstönende Unruhe und Verwirrung, wegen der Jonathan glaubte, er müsse etwas über Charlotte erfahren, verstummte auf einmal. Er hatte erwartet, ihm würde wie von selbst eine Frage einfallen, sobald er den Architekten Dolan am Apparat hatte, wie jetzt. Aber das geschah nicht. Stattdessen nur Stille. Keine Frage. Er fühlte sich kindisch, das war lähmend peinlich.

»Ich wollte Sie etwas wegen Charlotte fragen«, das kriegte er gerade noch heraus, und es führte zu weiterer Stille bei Dolan, einem Seufzer, dann zu einem Einschenkgeräusch. In ein Glas. Wasser. Ein Glas Wasser auf einem Schreibtisch.

»Was könnte das sein?«, fragte Francis Dolan. Seine Stimme klang, als hätte er gerade einen Blick aus dem Fenster geworfen. »Ich habe schon ziemlich lang nicht mehr mit Charlotte gesprochen. Jahrelang, würde ich sagen. Die Kinder haben kaum Kontakt zu ihr, obwohl ich glaube, sie lieben sie, doch, doch. Sind Sie nicht mit ihr verheiratet?«

»Nein«, sagte Jonathan. »Wir haben uns scheiden lassen. Letztes Jahr.«

»Ah ja, ja«, sagte Dolan. »Das haben Sie ja gleich in Ihrem Vorspann erwähnt. Entschuldigung. Was möchten Sie denn wissen? Ich weiß gar nichts mehr.«

Und mit einem Mal wusste Jonathan genau, was er von diesem Mann wissen wollte, in dessen Leben er ohne Vorwarnung eingedrungen war, dem er nie begegnet war und auch nie begegnen würde und zu dem er keinen Draht hatte – egal, was er sich idiotischerweise ausgedacht hatte. »Ich wollte wissen, was Ihr Gefühl zu Charlotte ist«, sagte Jonathan. »Mir fällt es schwer, herauszufinden, was mein Gefühl sein sollte, als einer, der von ihr geschieden ist.« Die Wahrscheinlichkeit, dass er jetzt gerade einen Mini-Nervenzusammenbruch erlitt, bestand absolut. Er schaute aus seinem eigenen Fenster in den großen, luftigen Himmelsraum, den einst das World Trade Center beherrscht hatte.

»Wie noch mal«, sagte Francis Dolan. Aus Irland. »Was mein Gefühl zu Charlotte ist?«

»Mir ist klar«, sagte Jonathan, »das ist …«

»Also, das ist ja wohl vollkommen daneben«, sagte Francis Dolan. »Sind Sie betrunken, Jonathan? Was *mein* Gefühl zu Charlotte ist? Es ist egal, wen Sie fragen würden. Charlotte ist total ichbezogen. Und total unwiderstehlich. Man muss sie überleben. Wissen Sie das nicht? Deshalb hat sie keine Freunde.«

»Nein«, sagte Jonathan, er meinte nur das Trinken.

»Ist das hier irgendeine Verarschung?«

»Nein«, sagte Jonathan. »Aber Sie haben recht. Dieser Anruf ist vollkommen daneben. Ich hoffe, Sie können mir das verzeihen.«

»Ihnen verzeihen. Na. Toll. Natürlich«, sagte Francis Dolan.

»Entschuldigung. Ich lege einfach auf«, sagte Jonathan. »Sie werden nichts mehr von mir hören.«

»Na. Das ist auch toll«, sagte Francis Dolan. »Tschüss.«

»Tschüss«, sagte Jonathan, legte auf und fühlte – auch wenn er ihm nicht nachgab – das japsende, magenverkrampfende Bedürfnis, laut zu schreien. Nur was.

***

Charlotte chauffierte sie in ihrem cremefarbenen Mercedes-Kombi Baujahr '92, der 300 000 km runter hatte und hintendrin lauter Hausverkaufsschilder mit »Sotheby/Charlotte Porter«. Sie holte Jonathan nach einer Wohnungsbesichtigung ab, und sie fuhren die West Side hoch Richtung Yonkers, da lag *River Mansions*, wo Charlottes Mutter lebte. Es war Labor Day. Wenig Verkehr. Der würde erst kommen, wenn die Wochenendler in Schwärmen zurückkehrten und alle Brücken und Schnellstraßen verstopften, die absolute Hölle. In der Vormittagssonne bildete der glänzende Fluss neben ihnen eine stählerne Maske, die Gezeiten drückten Lastkähne gegen die eigentliche Strömung. Der Himmel über New Jersey stand matt sommerweiß hinter den Reihen der Wohntürme und den großen Flugzeugen, die den Anflug auf Newark unternahmen.

Während sie auf die Henry-Hudson-Brücke zufuhren, lief ein Hund – ein großer, langbeiniger, lederbrauner Jagdhund, der gepflegt auf Jonathan wirkte – über die Fahrbahn, hielt bei dem Zaun auf dem Mittelstreifen inne und setzte sich hin, schaute den vorbeisausenden Autos zu. Er nahm die anderen Fahrspuren in Augenschein. Keine großen Chancen, dachte Jonathan. Charlotte und er würden diesen Hund auf ihrer Rückfahrt in die Stadt wiedersehen.

Charlotte wirkte weder deprimiert noch besorgt wegen ihrer Mutter, nicht im Geringsten. Sie wirkte glücklich. Sie hatte abgenommen, trug eine kesse, gelb gerahmte Brille, ihre Haare waren jetzt kürzer und dunkler getönt. Durch die Gewichtsabnahme hatten sich die Lachfalten vertieft, was sie älter aussehen ließ, als er in Erinnerung hatte. Seit jenem Tag auf der Straße hatte er sie nicht wiedergesehen. Seit einem Jahr. Sie war immer noch strahlend schön und geistreich und bezaubernd. Als er in der Lobby auf sie gewartet hatte, war ihm noch einmal durch den Kopf gegangen, dass er kein Interesse mehr daran hatte, mit ihr verheiratet zu sein (aus all den guten Gründen, die er sich eingebläut hatte); aber er wusste, heiraten würde er sie sofort noch einmal, und wahrscheinlich sollten sie genau das auch tun. Es kam ihm nicht unwahrscheinlicher vor als das Gegenteil. Diese alten, vermoosten Übereinstimmungen lagen längst hinter ihm. Und tschüss! Das hatte ihm, während er auf sie wartete, ein angenehm befriedigtes Gefühl gegeben.

Auf dem Weg durch Riverdale, wo er einst gehofft hatte, sie mit einem prachtvollen Haus überschäumend glücklich zu machen, redete Charlotte über alles Mögliche, was ihr gerade so in den Kopf kam. Nicht die kleinste Spur Verkrampfung nach einem ganzen Jahr Schweigen. Sie fühlte sich absolut wohl in seiner Nähe. An den Füßen hatte sie genau dieselben oblatendünnen blauen Sandalen wie an dem Abend vorm Kino, dazu aber, was sie »mein Bauern-Outfit« nannte – beige mit dünnen roten Schmucknähten, was ihre schlanken bloßen Schultern und gebräunten Beine betonte. Charlotte erkundigte sich nach Jonathans Gesundheit. Sie glaubte, er hätte sich operieren lassen, es war aber die OP aus den Zeiten ihrer Ehe. Sie merkte an, dass er abgenommen habe und Jeans trüge, was er früher nie gemacht habe, ihm aber gut stehe – wobei dieses Modell etwas zu schlabberig geschnitten sei, die solle er mal gegen was Netteres auswechseln. Und sie erklärte ihm, dass die Besuche bei ihrer Mutter sie ziemlich belasteten, weswegen sie jetzt immer eine Freundin oder einen Freund mitnehme. Inzwischen habe sie sie aber alle aufgebraucht, so viele seien es ja nicht. Ihre Mutter leide an kongestiver Herzinsuffizienz und zu viel Natrium im Blut. Harnvergiftung habe sie auch, was zu unglaublichen Wachträumen führe, und manchmal rede sie brüllkomisches Zeug. Falls auch heute, solle er nicht darauf achten. Charlotte sagte, das laufe wohl auf Nierenversagen hinaus und sei kein gutes Zeichen. Dazu komme noch eine »Wäscheliste« anderer Krankheiten, mit anderen Worten, sehr lange habe ihre Mutter nicht mehr zu leben. Die eine Behandlung schließe jeweils die andere aus. Und ihre Mutter wolle sowieso nicht »repariert« werden und habe verkündet, sie freue sich auf eine lange, selige Zeit des Totseins. Charlotte erwähnte auch ihre Schwester, die einmal zu Besuch gekommen, jetzt aber wieder weg sei, eine Erleichterung. Charlotte mochte ihre Schwester nicht, die vor einiger Zeit »den Schritt gewagt« habe, sich den Kopf zu rasieren und eine Ausbildung zur Spiritistin anzufangen. In der Hospiz-Abteilung hatte Nika, bevor sie wieder in den Flieger stieg und nach Hause flog, für eine Menge Aufruhr gesorgt, indem sie allen erklärte, dass in einem Raum, wo jemand starb, der Druck ansteige – die Krankenschwestern widersprachen –, und sie (Nika) spüre bereits den ansteigenden Druck im Zimmer ihrer Mutter. Charlotte fand das unverantwortlich von ihr. Sie sollte lieber einfach ihr Haar wieder nachwachsen lassen.

Charlotte erzählte Jonathan, in letzter Zeit habe sie »ein paar Rückschläge« erlebt, sagte aber nicht, was für welche. Er dachte an eine Trennung, vielleicht von diesem raubvogelhaften Anwalt, oder vielleicht erreichte sie auch ihre Verkaufsquoten an Edelimmobilien nicht. Sie sagte, sie fühle sich schon besser, seit sie das medikamentös behandeln lasse, und bald würde ihr Leben wieder genug Kraft haben, um »über die üblichen Bedingungen hinausgehen« zu können, dann würde sie »gewisse Dinge in den Vordergrund rücken, und andere dürften zurücktreten und verschwinden«. Worum es sich dabei handelte, sagte sie nicht, und Jonathan machte sich nicht die Mühe, danach zu fragen.

Beim Fahren fiel ihm auf, dass sie die drei dünnen Silberarmreifen, die früher immer ihre schönen Handgelenke betont hatten, nicht mehr trug. Was sie trug, war ein Ring mit einem großen, ampelgrünen Smaragd mit Smaragdschliff. Wohl ein Geschenk eines Bewunderers. Vielleicht hatte sie ihn auch, im Vorfeld eines würdigen Todes, von ihrer Mutter geschenkt bekommen. Als er eine Bemerkung zu dem Ring und seinem Leuchten machte, schaute sie zu ihm herüber und lächelte, neckisch und ebenso leuchtend. Sie hatte die Diamantohrringe verkauft, die er ihr damals in seinem Liebeswerben bei Harry Winston gekauft hatte. Sie sei, sagte sie ihm (jetzt), eigentlich nicht die Frau für Diamantohrringe, obwohl sie sie immer toll gefunden habe. Den Smaragdring, eine Antiquität, liebe sie aber, und er (Jonathan) solle ihn einfach als ein indirektes Geschenk von ihm betrachten, sie sehe ihn so.

Jonathan beobachtete, wie sich der Ring auf dem Steuerrad hin und her bewegte, während Charlotte durch den Mittagsverkehr über den Saw Mill Parkway fuhr, nach links, dann nach rechts. Er stellte sich das Paar Diamanten in ihrer HW-Schachtel aus blauem Leder vor, erinnerte sich an sein ansteckendes, draufgängerisches Gefühl an jenem kalten Novemberabend 2002, als er zur 67. Straße gelaufen war, um sie Charlotte beim Abendessen zu schenken. Wenn er Mary Linn jemals Diamantohrringe geschenkt hätte – und er hatte ihr auch einmal einen fast genauso schönen Abendring mit Solitär geschenkt (allerdings nicht von Harry Winston) –, dann hätte sie die im Sarg getragen. Wie sie es mit dem Abendring getan hatte. Sie hatte Jonathan gebeten, ihn ihr anzustecken, wenn sie plötzlich sterben sollte. Und da er sein Wort immer hielt, tat er es, kurz bevor der Sargdeckel geschlossen wurde.

Das kam, wie alles mit Charlotte, unerwartet. Neue Verhaltensregeln. Gesten, die ihre ursprüngliche Bedeutung verloren. Versprechungen, bei denen das Verheißene von der klassischen Norm abwich. Einen Moment dachte er an Charlottes praktische Klauseln für eine zweite Ehe – das Gute zu bekommen, was noch übrig war – und wie leicht es immer noch war, in ihrer Nähe zu sein, selbst jetzt noch. Für wie wenig Unglücksgefühle sie sorgte. Der blöde Smaragd war ihm egal – und das war in sich schon eine Offenbarung. Was ihm nicht egal war, ließ sich immer noch nicht so leicht in Worte fassen, war aber nicht nichts. Danach hatte er ihren anderen Ehemann Dolan fragen wollen, als er es nur schaffte, herumzustammeln und sich selbst zu demütigen. Er gab doch keinen Furz drauf, wie dessen Gefühle für Charlotte aussahen. Wichtig war ihm sein eigenes Gefühl ihr gegenüber. Aber die Sprache, die es dafür brauchte, beherrschte er noch nicht.

Belanglos war Charlotte jedenfalls nicht für ihn geworden, ganz sicher nicht. Als Charlotte ihm auf der Seemauer vor anderthalb Jahren gesagt hatte, dass ihre Ehe nicht funktionierte, schien sie ihnen beiden doch zu wünschen, dass sie sich viel besser aufeinander einstellen könnten – in einer Art und Weise, die die Ehe nicht zuließe. Für sie zumindest nicht. Vielleicht hatte sie Jonathan das nicht zugetraut, aber sie hatte ihn deshalb nie kritisiert. Erst jetzt, dachte Jonathan, war er dazu in der Lage. Er hatte sich auf Charlotte und auf ihre gemeinsame Situation eingestellt. Völlig. Ja, in seinem Innern war keinerlei Restbestand an unausgedrücktem Begehren für sie übrig, wie offenbar auch umgekehrt. Und das war ja wohl das Ziel gewesen.

»Du bist mir böse, Mr. B., stimmt's?«, sagte Charlotte lächelnd, ohne den Blick von der Straße zu wenden.

»Nein«, sagte Jonathan.

»Bist aber kurz ganz schön still geworden. Ich wollte dich nicht verletzen, mit den Ohrringen.« Sie legte eine Hand, die mit ihrem Smaragdklunker, leicht auf seine, auf die mit seinem klobigen Absolventenring.

»Hast du auch nicht«, sagte Jonathan.

»Du musst mir aber sagen, falls es doch mal so ist«, sagte Charlotte munter. »Anscheinend passiert mir das manchmal, ohne dass ich es merke. Versprochen? Ich will dich noch lange kennen.«

»Versprochen«, sagte Jonathan. Dann fügte er hinzu: »Ich hoffe, du kennst mich.«

»Da ist nichts dran zu hoffen«, sagte Charlotte. »Überhaupt nichts.«

***

River Mansions war, anders als der Name versprach, kein Herrenhaus, sondern ein buchsbaumumhecktes Rechteck aus mittelhohen Apartmenthäusern, roter Backstein aus den vierziger Jahren, früher mal ein Ort, dessen Bewohner nicht alt waren und starben, sondern ein normales Leben führten. Struppige Tertiärwaldbäume verstellten jegliche Sicht auf den Fluss, und auf der anderen Seite eines breiten Boulevards wurden in Yonkers mit dem normalen Gewerbefleiß Acetylenprodukte unter die Leute gebracht, Klempnerarmaturen nach Maß verkauft, Anti-Einbrecher-Alarmanlagen hergestellt und Lösungsmittel entwickelt, um die Folgen von Giftunfällen zu beseitigen. Bei ihrem ersten Besuch hier auf der anderen Seite des

Flusses hatte Charlottes Mutter *River Mansions* nicht gefallen. »Ein Trockendock für alte Wracks«, sagte sie zu Charlotte. »Nicht dass ich keins wäre. Und ich war auf jeden Fall mit einem verheiratet.«

Charlottes Vater war ein mittlerer Angestellter qua Vetternwirtschaft bei der Stadtverwaltung von Parsons gewesen, ein sanfter, verlässlicher Mann, der Dinge im Rechnungswesen erledigte und sich Söhne wünschte statt zwei wunderschöne Töchter. Charlottes Mutter, eine Rumänin, sagte von sich selbst, sie sei »der zigeunerhafte Geist in diesem Bund« gewesen. Sie hatte eine kleine Theateragentur gehabt, liebte Schauspieler und Eskapaden, trank und rauchte und riss Witze und kümmerte sich wenig bis gar nicht um ihre Familie. Sie ermutigte Charlotte und ihre Schwester, die Highschool abzubrechen und eine Europatour zu unternehmen – um etwas zu lernen. Aber sie waren beide an die NYU gegangen und hatten sich dafür entschieden, stattdessen nichts zu lernen. Charlottes Schwester hatte sich eine Weile als Schauspielerin versucht, aber ohne Erfolg.

Zum Labor Day besuchten ganze Familien ihre unmöglichen, alternden Verwandten in den *River Mansions*, beladen mit Blumen, Karten, Zeitschriften, Puzzles, Babyfotos und Süßigkeiten, die die älteren Menschen nicht essen sollten, alles um mit einem erlöschenden Lieben ein langes Leben voller Mühen auf Erden zu feiern. Jonathan hatte eine blaue Topfhortensie mitgebracht, die ihm zur selbst im Hospiz überbordenden Persönlichkeit von Charlottes Mutter zu passen schien. Charlotte warnte ihn allerdings schon auf dem Hinweg, dass Beezy sein Geschenk vielleicht gar nicht bemerken würde, daraus solle er sich aber nichts machen. Früher hätte sie es toll gefunden. Charlotte hatte nichts mitgebracht außer Jonathan.

Charlottes Mutter saß aufrecht in ihrem verstellbaren Bett, trug eine lockige, champagnerfarbene Perücke und ein T-Shirt in Pink mit einem Zeichentrick-Teufel und dem Text »WILD THING ... I THINK I LOVE YOU« vorne drauf. Als Charlotte und Jonathan ins Zimmer schlüpften, zuckten ihre kleinen braunen Augen zu ihnen. Aus dem einzigen Fenster sah man zwei Stockwerke hinunter auf den Rasen des *River Mansions*-Campus, wo Patienten und ihre Familien Feiertagspicknicks im Gras abhielten. Gelbe Blumen umstanden das ganze Grundstück. Auf der anderen Seite des Boulevards flackerte aus einer kleinen Raffinerie, die man bei der Einfahrt nicht sah, eine Abgasflamme in den Montagshimmel. Auf Beezys Tür informierte ein Schild SAUERSTOFF-PATIENT, aber Beezy trug ihre Nasenbrille nicht, und es gab auch keinen Monitor, keinen Zylinder oder eine Wandsteckdose, die nahelegten, dass sie es tun sollte. Vielleicht war Beezy schon darüber hinaus. Ein junger Priester mit cranberryrotem Kragen und einem kurzärmligen schwarzen Hemd saß am Fuß ihres Betts, im Arm die Gitarre, auf der er gerade gespielt hatte. Auf der Bettdecke lag ein Heft mit der Aufschrift *Das Leben – ein Schauplatz*. Der Priester hatte einen silbernen Mylarballon mitgebracht, auf den die Worte *Auf, auf und davon* gedruckt waren, ebenfalls in Pink, und den er an Beezys Betthaupt festgebunden hatte. Das gehörte alles zu seiner Priester-Ausrüstung.

»Sie mag Liebesschnulzen«, sagte der junge Priester lächelnd und erhob sich zum Gehen. »Mochte sie jedenfalls, als sie hier ankam. Jetzt kann sie gar nichts mehr so recht genießen.« Er schaute Charlottes Mutter vernarrt an, die jetzt schlief oder zumindest die Augen geschlossen hatte. Auf dem Plastik-Namensschild des Priesters stand PATER RAY, GESELLSCHAFT JESU. »Oder?«, fragte er Charlottes Mutter.

»Nein«, sagte diese mit Emphase. Und überraschenderweise. Beim Klang ihrer eigenen Stimme klappten die Augen auf. Charlotte schenkte erst dem Priester und dann ihrer Mutter ihr verständnisvollstes Lächeln, schien aber nicht zu wissen, was sie sagen sollte. Charlottes Mutter hing an einem Tropf, dessen Schlauch ominös unter ihrem T-Shirt verschwand. Auf ihrem rechten Arm prangte ein grüner Gips voll gelber Smiley-Gesichter und lauter Filzstift-Unterschriften. Jonathan sah, dass Beezys Haut ober- und unterhalb des Gipsverbandes gelb und blau und zerknautscht war. Sie war (irgendwann) gestürzt, und jeder wusste, das war der Anfang vom Ende.

»Charlotte kann sich glücklich schätzen, mit Ihnen verheiratet zu sein«, sagte Beezy, entweder zu Jonathan oder zu dem Priester. Ihr kleiner, vogelgleicher Kopf war in das Kissen eingesunken. »Ihr letzter Ehemann war ein beschissener Kathole, den keiner leiden konnte.«

»Das stimmt nicht, mein Schatz«, sagte Charlotte. »Seine Kinder haben ihn geliebt. Lieben ihn immer noch.« Pater Ray nickte und lächelte, mehr wollte er nicht sagen, er wollte nur weg. Charlottes Mutter hatte keinen Schimmer, wer er war. Charlotte nahm Jonathans Hortensie in Besitz, ging ans obere Ende vom Bett ihrer Mutter, stellte die Pflanze auf den Nachttisch und warf Kleenextücher, die sich überall angesammelt hatten, in einen glänzenden Abfalleimer aus Metall. Dann zog sie die Vorhänge auf, damit mehr Licht hereinkam. »Wir dachten, du schläfst vielleicht«, sagte sie. »Jonathan hat dir diese schöne Blume mitgebracht.«

»Meine Augen sind offen«, sagte Beezy. »Wenn ich schlafe, sind sie zu.«

»Das ist bei mir genauso«, sagte Charlotte frisch. Sie nahm die Topfpflanze wieder und stellte sie mitten aufs Fensterbrett, wo sie etwas fröhlicher aussah, wenn auch nicht richtig hübsch.

»Was ist das?«, fragte Charlottes Mutter und folgte der Bewegung der Pflanze mit den Augen. »Ist das eine große Zinnie? Die mag ich nicht. Die stinken.«

»Es ist eine blaue Hortensie«, sagte Charlotte munter. »Die magst du. Angeblich.« Sie strich die weiße Krankenhausdecke glatt und warf einen Blick auf den Wandfernseher. Der Ton war aus, aber Oprahs großes, glänzendes Gesicht füllte den Bildschirm aus. Jonathan war nicht ganz hereingekommen, dachte aber, dass das Zimmer mal desinfiziert werden müsste. Unbewusst zwickte er sich kurz die Nase zu.

»Damals, als ich noch lebte, war das wohl so«, antwortete Charlottes Mutter, in Bezug auf ihren Blumengeschmack.

»Jawohl«, sagte Charlotte und sah Jonathan lächelnd an. »Jetzt bist du tot. Ich weiß gar nicht, warum wir dich überhaupt besuchen.«

»Deine Schwester mochte Dr. Kamasutra«, sagte Charlottes Mutter schwächlich. »Aber ich glaube, den Deal hat ihr die Glatze versaut.« Beezy keuchte, und Jonathan hörte, wie rasselnd sie atmete. Langsam, angestrengt, tief drinnen hustenbehindert. Ein Atmen, das nicht viel damit zu tun hatte, was da sonst in ihrem Körper ablief.

»Mom nennt ihren Arzt Dr. Matsui lieber Dr. Kamasutra«, erklärte Charlotte mit einem Seitenblick auf Oprah. »Anscheinend gefiel er Nika.«

»Anscheinend«, betonte ihre Mutter.

Jonathan fühlte sich zu groß in diesem Zimmer und zu maskulin, als verströmte er irgendeinen Männchenduft. Er wollte etwas sagen, ein positives Wort in das scheußliche Treiben einspeisen. Charlotte und ihre Mutter waren aber eigentlich eine Einheit, die gar keinen Bedarf für irgendein Wort von ihm hatte. Beezy war völlig anders als vor einem Jahr bei seinem letzten Besuch. Jetzt, in diesem Zimmer, wo sie bald sterben würde, wirkte sie zwar definitiv menschlich, aber unerträglich, als würde sie direkt vor Jonathan schrumpfen, in einem Tempo, das er – groß, massig über ihr aufragend – mit bloßem Auge sehen konnte. Wie ein Ballon, der an Luft verlor. War das etwa Druck, der den Raum erfüllte? Jemand hatte Rouge auf Beezys Wangen aufgetragen. Ihre Haut hatte eher die Farbe ihrer Kissen, die so aufgeplustert waren, dass ihr Kopf mit seinem Champagnerhäubchen fast darin verschwand. Es verschlug Jonathan die Sprache. Er war erleichtert, dass ihm erspart geblieben war, Mary Linn jemals in so einem Zustand zu sehen. Sie tot zu sehen war schlimm genug gewesen. Aber das hier war noch schlimmer.

Inzwischen starrte Beezy ihm direkt ins Gesicht. Sie hatte den Mund fest zusammengekniffen und nach innen gezogen und runzelte die Stirn, als wollte sie unter größten Mühen etwas ausdrücken. Jonathan fragte sich, was sie gerade sah. »Also«, verkündete sie. »Was hast du zu deiner Verteidigung zu sagen, Varney?« Sie blinzelte mit ihren winzigen Augen, dann noch einmal. »Wer dich kennt, bewertet dich nicht allzu hoch, oder?« Sie schenkte Varney ein mitleidloses Lächeln, wer immer das war. Charlotte konnte genauso lächeln. Beezy rang tief nach Luft. Dann klappte ihr Mund weit nach unten, ihr Gesicht entspannte sich vom Lächeln und wirkte plötzlich schief, als wäre die Lebenskraft, die es zu einem Gesicht machte, verebbt. Ihre Augen flitzten immer noch hin und her, doch dann schlossen sie sich, als legte eine Wolke über ihnen eine Pause ein. An ihrem verletzten linken Arm, unterhalb vom grünen Gips, krampften und krallten ihre Finger unablässig.

Im Zimmer roch es säuerlich, aber zugleich auch süß. Irgendwo tief in den Eingeweiden des alten Gebäudes hörte Jonathan so etwas wie das Ruckeln eines Presslufthammers. Seit er hereingekommen war, hatte er nichts gesagt und war nichts gefragt worden – nur als Varney. Sie waren noch gar nicht so lange da.

Ein leises Klopfen, dann das Zischen der aufgehenden Tür. Das lächelnde Gesicht einer Frau erschien. Eine Krankenschwester. Sie beugte sich herein. Gestärkte weiße Haube. Spitze Nase, blinzelnde Augen, großer Mund, rot von frischem Lippenstift. Sie sah Jonathan an, dann Beezy und schließlich Charlotte.

»Wie geht's uns denn so?«, fragte sie. »Brauchen wir irgendetwas?« Sie hatte einen Akzent.

»Es geht uns gut«, antwortete Charlotte an Beezys Stelle. »Danke sehr.«

Die Krankenschwester lächelte ihr bedeutungsvolles Lächeln. »Und wie geht es *Ihnen*?«, das war an Charlotte gerichtet. »Geht es *Ihnen* auch gut?« Sie kannten sich. Die Schwester kam heran, tauschte die Schnabeltasse mit Wasser auf dem Nachttisch gegen eine frische aus und wandte sich wieder zum Gehen.

»Ja«, sagte Charlotte, so einnehmend sie konnte. »Auch mir geht es prima.«

»O-*kay*.« Die Tür glitt weich zurück und fiel ins Schloss.

***

Mittlerweile sickerten in der Spätsommerwärme die Labor-Day-Besucher aus den *River Mansions* zu ihren Autos zurück. Ältere Insassen standen an ihren Fenstern und sahen ihnen nach. Einige winkten oder weinten, andere standen nur da. Das warme, üppige Gras verströmte einen chemischen Geruch, aber den Fluss in der Nähe konnte man auch riechen. Es war deutlich über 30 Grad.

Sie waren noch eine Weile im Zimmer geblieben, hatten wenig gesagt, Charlotte spähte ab und zu zum Fernseher hoch. Sie warteten auf nichts. Jonathan trat ans Fenster und musterte die Straßen. Yonkers. War das eine eigene Stadt? Er hatte davon gehört, war aber noch nie bewusst da gewesen. Nach irgendeinem Mann benannt. Yonkers. Ein Holländer. Beezys Atem wurde langsam ausgeglichener und kam zur Ruhe. Sie sprach in ihren Träumen. »Na, wenn ich das täte, müsste ich ja verrückt sein, oder?« Darauf hatte Charlotte geantwortet, damit sie sich nicht einsam fühlte. »Nein, Mutter, gar nicht.« Ein andermal sagte Beezy, weniger deutlich: »Ja, Tom. Ja, Tom. Ja.« Tom war ihr Mann gewesen, der Vater der beiden Mädchen.

Eine Zeitlang blätterte Charlotte in »*Das Leben – ein Schauplatz*«, dem Heft, das der Priester dagelassen hatte. Leise, um ihre Mutter nicht zu wecken, las sie Jonathan etwas vor. »Das neue Jahrtausend, windgepeitscht, in Blut geritzt.« Sie schaute Jonathan am anderen Ende des Zimmers an. »Was ist da ›eingeritzt‹?«

»Ich weiß nicht«, antwortete Jonathan.

»Das ist aber komisch, oder?«, meinte sie. »In Blut geritzt.«

Kurze Zeit später hatte die Schwester noch einen Auftritt, das glänzende Gesicht, der saubere Geruch, die Munterkeit in Person. Sie brachte etwas für Beezy. Gelben Vanillepudding. Sie trat ans Bett, legte eine Hand auf Beezys Handgelenk, wartete, als horchte sie, und sagte dann: »Na schön.« Sie musste Schwedin sein, Lutheranerin. »Ich glaube, sie hat uns jetzt zurückgelassen.«

»Oh!«, sagte Charlotte und wirkte sehr überrascht. »Meine Güte. Ich wollte unbedingt dabei sein.«

»Das sind Sie ja auch, meine Liebe«, sagte die Schwester und strich Beezys Decke glatt. »Sie sind genau hier. Das ist so schön.«

***

Es gab so vieles zu regeln, und die Leute von den *River Mansions* waren dazu da, es effizient zu regeln. Alle Arrangements waren seit langem besprochen. Es war kein unbehaglicher Moment. Charlotte schaltete den Fernseher aus und versuchte dann, die Hände ihrer Mutter übereinanderzulegen. Aber der Gips war sperrig, es war gar nicht so einfach. Dann war da der Tropf, den irgendwann jemand abmachte. Nach einiger Zeit erschienen zwei Schwarze in Overalls mit einer Bahre und frischen Laken. Der eine war älter und sehr feierlich. Der andere, jüngere, war alles andere als feierlich: »Sie is jetzt in Frieden.«

Dann wurde es Zeit. Nichts mehr in die Wege zu leiten.

* * *

Von Anfang an hatten sie vorgehabt, Sushi essen zu gehen. Ganz weit unten downtown gab es ein Lokal, das Charlotte mochte, wo kleine Boote California Rolls und Miso-Suppe und Unagi auf einem stetig fließenden Strom heranbrachten, in einem rings um eine runde Bar verlaufenden Metallkanal. Das könne man sich schwer vorstellen, sagte Charlotte. Sie wollte ihn einladen, als Dank dafür, dass er mitgekommen war.

Doch draußen, auf dem heißen Gehsteig vor den *River Mansions*, drehte sich Charlotte um und betrachtete das alte flache Backsteinensemble. Ältere Menschen starrten auf sie herab, aus ihren Zimmern. Die blaue Hortensie stand immer noch im Fenster ihrer Mutter. Sie fing an zu weinen. Sie weinte ganz undramatisch, dachte Jonathan, die Tränen rollten frei über ihre Wangen, sie versuchte, mit verzerrtem Mund zu lächeln, atmete durch eine verstopfte Nase. Er stand neben ihr. Die vorbeikommenden Familien achteten nicht auf jemanden, der weinte. Er legte die Hand auf ihre knochige Schulter, der Stoff war noch kühl von der klimatisierten Luft drinnen. Er wartete einfach ab, blieb bei ihr, ließ sie tun, was sie wollte oder brauchte. Er rechnete nicht damit, dass sie sehr lange weinen würde. In diesem Moment, und aus keinem besonderen Grund, fiel ihm ein, dass Charlotte gesagt hatte, sie wolle kein Geld aus ihrer Scheidung. Die vier Millionen hatte er freigegeben – ohne ihre Einwilligung, ohne ihr Wissen. Damals waren sie noch verheiratet gewesen. Aber die Scheidung sei doch ihre Idee gewesen, hatte sie gesagt. Er sei ihr kein Geld schuldig, er habe ja auch nichts falsch gemacht. Aber jetzt, dachte er, sollte er ihr das Geld geben. Ihr das Leben leichter machen. Es würde eine substanzielle Verbindung zwischen ihnen halten. Sie war eine Frau, die mit sehr wenig auskam.

»Ich habe grad eben eigentlich gar nicht an meine Mutter gedacht«, sagte Charlotte, als sie fast schon nicht mehr weinte. Jonathan hatte ihr ein grün-rotes Seidentaschentuch gereicht, und sie hatte sich die Augen abgetupft und die Nase geputzt. »Tut mir leid mit meiner Nase«, sagte sie mit einem kläglichen Lächeln. Der Gehsteig reflektierte die Hitze der grellen Sonne. Er hatte angefangen zu schwitzen, das passierte ihm schnell, wie jedem massigen Mann, und er hasste es. »Ich dachte an meine Schwester, die ich so richtig *nicht* liebe, und wie schrecklich es sein wird, sie anzurufen und ihr zuzuhören, wenn sie mit ihrem Spiritismusgelaber ankommt, als würde das irgendeinen Scheiß bedeuten. Verstehst du?«

»Glaub schon«, sagte Jonathan. Er war der Schwester nie begegnet. Und er hatte Charlotte nie weinen sehen, in ihren fast zwei Jahren zusammen hatte keiner von ihnen je geweint.

»Du hattest dieses Gefühl doch nicht, dass der Druck im Raum zunahm, oder?«, fragte sie. »Ich meine ...« Sie warf noch einen Blick zu dem Fenster hoch, wo zu irgendeinem Zeitpunkt einmal sie, ihre Mutter und Jonathan gestanden hatten und wo bereits jemand die Hortensie entfernt hatte. Charlotte schüttelte den Kopf, als müsse sie sich mehr Dinge vom Leib halten, als sie je bedenken könnte.

»Ich hab nichts gemerkt«, sagte Jonathan.

»Nein.« Sie schaute ihn zärtlich an, wie schon manchmal. Er erinnerte sich an die Situationen. »Aber du warst so lieb. So lieb, mitzukommen. Du hast die Dinge in die Hand genommen. Ich hätte nicht mehr aus noch ein gewusst, wenn du nicht da gewesen wärst. Ich wäre verloren gewesen.«

»Na, das ist ja gut«, sagte Jonathan. Er hatte gar nichts gemacht, aber nun spürte er, wie sich etwas in ihm regte, etwas beinahe Sexuelles, das in ihm aufstieg, aber nicht anhielt. »Hast du Hunger?«

»Nein«, sagte Charlotte. »Überhaupt nicht. Ich weiß, ich hatte Sushi gesagt.«

»Macht nichts«, sagte Jonathan.

»Das war gar keine schlechte Art zu sterben, findest du nicht?«, sagte Charlotte. »Sie ist einfach eingeschlafen. Hat einfach losgelassen. Wäre dir das nicht auch am liebsten?«

Er hatte das anders empfunden. Seinem Eindruck nach hatte sich Beezy vielmehr ans Leben geklammert, so fest sie nur konnte. Das war Charlotte schlicht nicht aufgefallen, sie hatte anderes bemerkt. Und so wie Beezy wollte er nicht sterben. In einem schäbigen Zimmer, wo es säuerlich roch. Mit diesem Ballon. Und Oprah, die im Fernsehen Grimassen schnitt. Da gab es bessere Varianten. Aber auch nicht Mary Linns Tod. Der war ja nicht schrecklich gewesen, aber zu abrupt. Er war nicht vorbereitet gewesen. »Kann ich gar nicht sagen«, lautete seine Antwort.

»Ach. Ja, wahrscheinlich hast du recht.« Als hätte er sich über den Tod ihrer Mutter beschwert. Sie schüttelte ihren Kopf, als sei sie benommen, tupfte sich die Wangen mit seinem Taschentuch ab, wobei ihr Smaragdring in der Nachmittagssonne kurz aufblitzte.

Da wurde Jonathan klar, dass die Frage »Was wünschen wir uns vom Leben?«, seiner Meinung nach die logische Folgefrage, nicht zur Sprache kommen würde. Nicht jetzt. In Charlottes Denkweise vielleicht auch nie. Das wusste er jetzt.

»Weißt du was«, sagte Jonathan. Charlotte lächelte ihn schwach an. Sie mochte es, wenn plötzlich etwas Neues kam, und hatte keine Ahnung, worauf er hinauswollte. »Ich nehme einfach ein Taxi nach Hause. Das ist das Einfachste.« Noch mehr Passanten. In deren Augen konnten Charlotte und er über sonst was reden. Über die große, drastische Erschütterung, die gerade die Erde erfasste. Oder etwas Kleineres. Auf der Straßenseite gegenüber von den *River Mansions* leckte die Raffinerieflamme am Himmel. In der Ferne war eine Polizeisirene zu hören.

»Bringst du mich noch bis zum Auto?«, fragte Charlotte. Sie lehnte sich an ihn, ihren warmen Kopf an seine Brust, als horchte sie auf das Poch-Poch, Poch-Poch seines Herzens. Wie früher. »Ich fahre einfach nach Hause und lege mich schlafen. Okay?«

»Ja. Das machen wir beide.«

»Und morgen sprechen wir, oder?« Sie holte tief Luft, atmete ihn ein, er war so nah.

»Genau«, sagte er. »Das machen wir.« Ansonsten taten oder besprachen sie, was all das anging, nichts weiter. Wie Charlotte gesagt hatte, würde es viele andere Tage geben, an denen sie sich träfen. Ganz sicher. Das Leben würde weitergehen, bis das, was sie sich tatsächlich von ihm wünschten, klar und handhabbar wurde, so als hätten sie es sich immer so gewünscht. Und er spürte, dass diese Dinge, dass all diese einzelnen Dinge in Wahrheit zusammenhingen.

Dank

Mein Dank geht an das großartige Team meines deutschen Verlages Hanser Berlin, vor allem an meinen Freund Karsten Kredel und meinen Freund Thomas Rohde. Dieses Buch gäbe es nicht auf Deutsch ohne den erfindungsreichen Einsatz meines Übersetzers Frank Heibert; ich freue mich immer auf seine scharfsinnigen Fragen und Textvorschläge, ein Glücksfall. Ich bedanke mich außerdem bei meinem lieben Freund, dem Literaturagenten Peter Fritz.

Sehr herzlich bedanke ich mich auch bei der Jury des internationalen Siegfried-Lenz-Preises für ihr Vertrauen, bei der großzügigen Familie Lenz und bei meinem Freund Günter Berg. Meiner Kollegin Verena Lueken gilt meine große, dankbare Bewunderung.

Nichts in meinem Leben geschieht ohne Kristina Ford, dieses Buch ist nur ein kleines Beispiel dafür.

Richard Ford

Nachweis

Blake, William, *Zwischen Feuer und Feuer. Poetische Werke. Zweisprachige Ausgabe*, übers. v. Thomas Eichhorn, München: dtv 1996.

Fitzgerald, Scott, »Wiedersehen mit Babylon«, in: Ders., *Wiedersehen mit Babylon. Erzählungen*, übers. v. Walter Schürenberg, Zürich: Diogenes 2012.

Fitzgerald, Scott, *Zärtlich ist die Nacht*, übers. v. Renate Orth-Guttmann, Zürich: Diogenes 2006.

Frost, Robert, *Promises to keep. Poems – Gedichte*, übers. v. Lars Vollert, Ebenhausen bei München: Langewiesche-Brandt 2002.

James, Henry, *Bildnis einer Dame*, übers. v. Hildegard Blomeyer und Helmut M. Braem, Frankfurt a.M.: Insel 2003.

James, Henry, *Der Amerikaner*, übers. v. Herta Haas, Köln: Kiepenheuer & Witsch 2017.

Nietzsche, Friedrich, »Zur Genealogie der Moral«, in: Ders., *Jenseits von Gut und Böse. Zur Genealogie der Moral*. Kritische Studienausgabe, hg. v. Giorgio Colli und Mazzino Montinari, München: dtv 2007.

Trollope, Anthony, *An Autobiography and Other Writings*, Oxford World's Classics 2016, hier übers. v. Frank Heibert.

Woolf, Virgina, *Mrs Dalloway*, übers. v. Walter Boehlich, Frankfurt a.M.: Fischer 2008.